AS QUATRO RAINHAS MORTAS

ASTRID SCHOLTE

AS QUATRO RAINHAS MORTAS

Tradução
Adriana Fidalgo

8ª edição

— *Galera* —
RIO DE JANEIRO
2024

CIP-BRASIL. CATALOGAÇÃO NA PUBLICAÇÃO
SINDICATO NACIONAL DOS EDITORES DE LIVROS, RJ

S391q
8ª ed.

Scholte, Astrid
  As quatro rainhas mortas / Astrid Scholte; tradução de Adriana
Fidalgo. – 8ª ed. – Rio de Janeiro: Galera Record, 2024.

  Tradução de: Four dead queens
  ISBN 978-85-01-11827-1

  1. Ficção australiana. I. Fidalgo, Adriana. II. Título.

19-59817

CDD: 828.99343
CDU: 82-3(94)

Vanessa Mafra Xavier Salgado – Bibliotecária – CRB-7/6644

Copyright © 2019 by Astrid Scholte

Todos os direitos reservados. Proibida a reprodução, no todo ou em parte, através de quaisquer meios. Os direitos morais da autora foram assegurados.

Texto revisado segundo o novo Acordo Ortográfico da Língua Portuguesa.

Direitos exclusivos de publicação em língua portuguesa somente para o Brasil adquiridos pela
EDITORA RECORD LTDA.
Rua Argentina, 171 – Rio de Janeiro, RJ - 20921-380 – Tel.: (21) 2585-2000, que se reserva a propriedade literária desta tradução.

Impresso no Brasil

ISBN 978-85-01-11827-1

Seja um leitor preferencial Record
Cadastre-se no site www.record.com.br
e receba informações sobre nossos
lançamentos e nossas promoções.

Atendimento e venda direta ao leitor
sac@record.com.br

*À rainha em todas nós.
Que seja corajosa, autoconfiante, obstinada, sem remorso
e tenha determinação para concretizar seus sonhos.*

OS QUADRANTES DE QUADARA

Archia

A ilha agrícola, que valoriza a simplicidade,
o trabalho duro e a natureza.
Provérbio: Confie apenas no que pode ser
empunhado com mão e coração.
Rainha: Iris

Eonia

O quadrante gelado, que valoriza a tecnologia,
a evolução e uma sociedade harmônica.
Provérbio: Uma mente turbulenta gera tempos turbulentos.
Uma mente pacífica é prenúncio de paz.
Rainha: Corra

Toria

O quadrante costeiro, que valoriza o comércio,
a curiosidade e a descoberta.
Provérbio: Conheça todas as coisas,
e você compreenderá o todo.
Rainha: Marguerite

Ludia

O quadrante do prazer, que valoriza a frivolidade,
a música, a arte e o entretenimento.
Provérbio: A vida é para foliões de olhos e corações abertos.
Rainha: Stessa

AS LEIS DAS RAINHAS

Primeira Lei: Para proteger as terras férteis de Archia, a rainha deve
preservar o modo de vida humilde, porém diligente, de seu povo.

Segunda Lei: Emoções e relacionamentos podem anuviar a razão.
Eonitas devem confiar apenas em avanços tecnológicos,
na medicina e na comunidade como um todo.

Terceira Lei: Para estimular o florescimento da arte, da literatura
e da música, Ludia não deve ser incomodada com
os monótonos detalhes da vida cotidiana.

Quarta Lei: Curiosidade e descoberta são a essência de cada toriano.
Ambas devem ser encorajadas a fim de promover o crescimento
contínuo da próspera sociedade de Toria.

Quinta Lei: Uma rainha deve ser criada dentro do próprio
quadrante, de modo a aprender os costumes de seu povo
e não ser influenciada pelas intrigas da corte.

Sexta Lei: Quando uma rainha entra no palácio,
nunca mais há de visitar a terra natal.

Sétima Lei: Antes de completar 45 anos, a rainha deve
gerar uma herdeira para garantir a linhagem real.

Oitava Lei: Uma rainha não pode desperdiçar tempo ou
emoções com o amor. O casamento lhe é proibido,
pois a desvia de seus deveres.

Nona Lei: A cada rainha caberá um conselheiro do
próprio quadrante. E este será seu único mentor.

Décima Lei: O conselheiro de cada quadrante deve comparecer
a todas as reuniões e participar de todas as decisões
para assegurar a imparcialidade da rainha.

Décima Primeira Lei: O poder da rainha somente pode ser
passado, na ocasião de sua morte ou abdicação, para a filha.

Décima Segunda Lei: Assim que uma rainha morre, sua filha,
ou a parente mais próxima, deve ser imediatamente
levada ao palácio para ascender ao trono.

Décima Terceira Lei: Apenas uma rainha pode ocupar o trono. Quando
assume a coroa, ela aceita a responsabilidade de
governar o quadrante até o dia de sua morte.

Décima Quarta Lei: É dever da rainha manter
a paz entre os quadrantes.

Décima Quinta Lei: Anualmente, as rainhas decidirão,
em conferência com seus conselheiros,
a quem caberá uma dose de HIDRA.

PARTE UM

CAPÍTULO 1

Keralie

O sol da manhã cintilou no domo dourado do palácio, inundando Concórdia de luz. Enquanto todos interrompiam seus afazeres e olhavam para o alto — como se julgassem ser aquilo um sinal genuíno das quatro rainhas —, nós observávamos de cima, como abutres do mar prestes a mergulhar e dispersá-los.

— Quem vamos escolher hoje? — perguntou Mackiel, apoiado na grande tela que exibia os últimos Relatórios das Rainhas no topo do prédio. Ele parecia um jovem toriano charmoso e bem-vestido. Pelo menos, era o que *parecia*.

— São tantas opções — respondi, com um sorriso.

Ele se aproximou e pousou o braço com força sobre meus ombros.

— Quem você quer ser hoje? Uma jovem ingênua? Uma donzela em perigo? Uma sedutora relutante? — E franziu os lábios para mim.

Eu ri e o afastei.

— O que nos render mais dinheiro.

Em geral, eu escolhia meus alvos, mas Mackiel estava bem-humorado naquela manhã, e eu não quis ser um estraga-prazeres. Ele andava sucumbindo à escuridão com tanta facilidade que eu faria qualquer coisa para que Mackiel continuasse feliz.

Dei de ombros.

— Você escolhe.

Ele ergueu as sobrancelhas escuras antes de inclinar o chapéu-coco para avaliar melhor a multidão. Um traço de delineador destacava ainda mais o azul profundo de seus olhos. Nada escapava de seu escrutínio. Um sorriso familiar alegrou seus lábios.

O ar fresco da Concórdia estava limpo, bem diferente do travo ácido de maresia, peixe e madeira podre que impregnava nossa casa, nos arredores do porto de Toria. Concórdia era a capital de Quadara e a cidade com o mais alto custo de vida, já que fazia fronteira com Toria, Eonia e Ludia. Archia era a única região separada do continente.

As lojas abaixo de nós vendiam uma série de mercadorias autorizadas, incluindo remédios eonitas, a última moda em Ludia, carne-seca e produtos frescos de Archia — tudo reunido e distribuído por comerciantes torianos. Gritos de crianças, o burburinho dos negócios e o murmúrio de fofocas da corte ecoavam entre as vitrines.

Ao fundo, um opaco domo dourado se erguia, englobando o palácio e guardando os acordos confidenciais em seu interior. A entrada do palácio era através de um antigo prédio de pedra, chamado a Casa da Concórdia.

Enquanto procurava por um alvo, Mackiel encostou o dedo médio nos lábios — um insulto às rainhas escondidas no interior da cúpula dourada. Quando encontrou meu olhar, ele bateu de leve na boca e sorriu.

— Ele — decidiu, seu foco nas costas de uma figura sombria que descia as escadas da Casa da Concórdia e se misturava à multidão na praça. — Me traga seu estojo de comunicação.

O alvo era claramente eonita. Ao contrário dos torianos, enrolados em xales para se proteger do frio cortante, ele vestia um dermotraje feito sob medida a partir de um tecido eonita confeccionado a partir de milhares de micro-organismos capazes de regular a temperatura corporal com suas secreções. Nojento, mas útil em pleno inverno.

— Um mensageiro? — Lancei um olhar ríspido a Mackiel. A entrega devia ser de suma importância se o mensageiro viesse da Casa da Concórdia, o único lugar onde torianos, eonitas, archianos e luditas negociavam juntos.

Mackiel coçou o pescoço com os dedos cheios de anéis, um tique nervoso.

— Não aceita o desafio?

Bufei.

— Claro que aceito. — Eu era sua melhor larápia; invadia bolsos com um toque leve, feito uma pluma.

— E lembre-se...

— Entre rápido. Saia ligeiro.

Ele agarrou meu braço antes que eu pudesse descer do telhado. Seus olhos brilhavam com seriedade; havia meses que não me encarava daquele modo... como se se importasse. Quase ri, mas o riso ficou preso em algum lugar entre meu peito e minha garganta.

— Não se deixe apanhar — avisou.

Sorri com sua preocupação.

— E isso já aconteceu alguma vez? — Saltei do telhado para o agrupamento abaixo.

Não tinha ido longe quando um senhor parou de forma abrupta na minha frente, levando quatro dedos aos lábios em respeito às rainhas; a saudação *apropriada*, não a versão desrespeitosa de Mackiel. Cravei os pés no chão, as solas com travas se agarrando às pedras gastas. Parei a tempo, a bochecha roçando suas costas.

Droga! Por que o palácio inspirava tamanha estupidez deslumbrada? Não se podia ver nada através dos vidros dourados. E mesmo que fosse possível, e daí? As rainhas não se importavam com as pessoas; muito menos com alguém como eu.

Acertei a bengala na mão do velho. Ele se desequilibrou para o lado. Então se virou, a imagem da irritação.

— Desculpe! — pedi, pestanejando debaixo de meu chapéu de aba larga. — Alguém me empurrou.

Sua expressão suavizou.

— Sem problemas, querida. — Ele inclinou a cabeça. — Tenha um bom dia.

Abri um sorriso inocente antes de deslizar seu relógio de bolso de prata para uma dobra da saia. Aquilo lhe daria uma lição.

Fiquei na ponta dos pés a fim de localizar meu alvo. *Ali*. Não parecia muito mais velho que eu... Dezoito anos, talvez. Seu traje se aderia a ele como uma segunda pele: da ponta dos dedos ao pescoço, cobrindo o peito, as pernas e até mesmo os pés. Embora eu lutasse para me enfiar em espartilhos e saias pesadas todos os dias, não acreditava que aquele modelo fosse mais fácil de vestir.

Ainda assim, invejei o tecido e a liberdade de movimentos que proporcionava. Tal como os do eonita, meus músculos foram definidos por corridas constantes, pulos e escaladas. Apesar de não ser incomum para um toriano parecer esbelto e em forma, meus músculos não se deviam às viagens de veleiro para — ou vindas de — Archia ou à estiva. Havia muito me enredara no lado mais sombrio de Toria. Escondida sob as modestas camadas de panos e corseletes, ninguém percebia minha malícia. Meu trabalho.

O mensageiro hesitou na base das escadas da Casa da Concórdia, ajeitando algo na bolsa. Era minha chance. Aquele velho tinha me inspirado.

Avancei para os degraus de pedra polida, o olhar fixo no palácio, minha melhor imitação de fascínio — ou estupidez deslumbrada — estampada no rosto, os quatro dedos quase nos lábios. Ao me aproximar do mensageiro, prendi a ponta do pé em um vão entre duas lajotas e me lancei para a frente, como uma boneca de pano. Deselegante, mas teria que servir. Havia aprendido, da pior forma, que qualquer fingimento poderia ser facilmente descoberto. E eu não era nada, senão comprometida.

— Ah! — gritei, conforme dava um encontrão no garoto. Meu lado perverso adorou o som da batida do corpo contra as pedras. Caí em cima do eonita, as mãos em sua bolsa.

O mensageiro se recompôs rapidamente, me afastando, a mão direita agarrando a bolsa com firmeza. Talvez aquele não fosse seu primeiro encontro com os larápios de Mackiel. Eu me segurei para não lançar um olhar enviesado a meu chefe, ciente de que ele observava avidamente do telhado.

Ele estava sempre observando.

Adotando outra tática, rolei, esfolando o joelho no piso de pedra de propósito. Chorei como a inocente jovem toriana que fingia ser. Ergui a cabeça e o encarei, exibindo o rosto debaixo do chapéu.

Ele tinha aquele ar eonita, olhos perfeitamente espaçados, lábios cheios, malares altos e definidos e uma mandíbula proeminente. Uma aparência fabricada. Cachos de cabelo preto emolduravam seu rosto. A pele era delicada, mas resistente. Nada parecida com minha pele pálida, que descamava e rachava no inverno e queimava sob o escaldante sol de verão. Seus olhos estavam em mim; claros, quase sem cor, não o clássico castanho eonita, uma proteção contra os raios solares. Será que o ajudavam a ver no escuro?

— Você está bem? — perguntou ele, o rosto impassível. Em geral, as expressões eonitas pareciam congeladas, como a maior parte de seu quadrante.

Assenti com a cabeça.

— Lamento muitíssimo.

— Tudo bem — disse ele, mas a mão continuava na bolsa; minha farsa ainda não havia acabado.

Ele olhou para minha bota preta, que arranhei quando meu pé se prendeu nas pedras, então para meu joelho, aninhado em minhas mãos.

— Está sangrando! — exclamou, surpreso. De fato, havia julgado que aquele fosse um artifício para me apossar de seus pertences.

Desviei o olhar para minha saia branca. Uma mancha vermelha atravessava as camadas de baixo e florescia em meu joelho.

— Ai, nossa! — Cambaleei de leve. Ergui o rosto para o sol forte até que lágrimas pinicassem meus olhos, então o encarei outra vez.

— Aqui. — Ele pegou um lenço na bolsa e o ofereceu para mim. Mordi os lábios para esconder o sorriso.

— Não prestei atenção no caminho. Estava distraída com o palácio.

Os estranhos olhos pálidos do mensageiro se desviaram para o domo dourado atrás de nós. O rosto não traía nenhuma emoção.

— É lindo — concordou ele. — O modo como o sol ilumina o domo, é como se estivesse vivo.

Franzi a testa. Eonitas não apreciavam a beleza; não era uma qualidade que valorizassem. O que não deixava de ser irônico, considerando como eram atraentes, de um modo geral.

Peguei a bainha da saia e comecei a levantá-la até acima do joelho.

— O que está fazendo? — perguntou ele.

Engoli o riso.

— Estou vendo se é grave. — Fingi que só então me dera conta de onde ele vinha. — Ah! — Ajeitei a saia até que cobrisse minhas pernas. — Que inapropriado. — Intimidade era algo tão alheio quanto emoções em Eonia.

— Não tem problema. — Mas ele desviou o rosto.

— Pode me ajudar? Acho que torci o tornozelo.

Ele ofereceu as mãos, constrangido, antes de decidir que era mais prudente me segurar pelos cotovelos cobertos. Eu me apoiei nele com força, para que não percebesse uma mudança no eixo de gravidade conforme enfiava uma das mãos dentro de sua bolsa. Meus dedos roçaram algo gelado e liso, do tamanho de minha palma. O estojo. Então o pesquei para fora e o escondi em um bolso da saia. Assim que me colocou de pé, ele me soltou, como se tivesse tocado em um peixe podre.

— Acha que consegue andar? — perguntou.

Fiz que não com a cabeça. Larápios iniciantes se traíam ao sair do personagem logo após garantirem o prêmio. E meu joelho doía *de verdade*.

— Acho que não. — Minha voz estava fraca e ofegante.

— Onde posso deixá-la?

— Ali. — Apontei para uma mesa e cadeira desocupadas em frente a um café. O mensageiro segurou meu cotovelo e me guiou até lá, usando os ombros largos para abrir caminho pela multidão. Despenquei na cadeira e pressionei o lenço no joelho. — Obrigada. — Abaixei a cabeça, torcendo para que ele fosse embora.

— Você vai ficar bem? — perguntou. — Não está sozinha, está?

Eu sabia que Mackiel estava nos observando de algum lugar próximo.

— Não, não estou. — Deixei um pouco de indignação se insinuar em minha voz. — Estou com meu pai. Ele está fazendo negócios por aqui. — Acenei de forma vaga na direção das lojas ao redor.

O mensageiro se agachou para me encarar por baixo da aba de meu chapéu. Hesitei. Havia algo de perturbador em seus olhos àquela distância. Quase pareciam um espelho. No entanto, sob seu olhar atento, eu me sentia como a garota que fingia ser. Uma garota que passou o dia com a família em Concórdia, a fim de aproveitar os luxos dos outros quadrantes. Uma garota cuja família estava intacta. Uma garota que não despedaçara a própria felicidade.

O momento passou.

Algo brilhou na expressão do eonita.

— Tem certeza? — Seria preocupação verdadeira?

O frio do estojo metálico pressionava minha perna, enquanto o olhar intenso de Mackiel me queimava as costas.

Entre rápido. Saia ligeiro.

Eu tinha que me livrar dele.

— Só preciso descansar um minuto. Vou ficar bem.

— Ok, então — disse ele, olhando para trás, para a Casa da Concórdia, a mão na bolsa. Como um mensageiro, seu atraso não seria tolerado. — Se vai ficar bem... — Ele esperou que eu negasse. Devo ter exagerado na fragilidade.

— Sim. Vou ficar bem aqui. Tem minha palavra.

Ele me concedeu um aceno eonita formal, então disse:

— Que as rainhas para sempre governem o dia. Juntas, mas separadas.

A típica saudação da boa vontade entre quadrantes. Ele se virou para partir.

— Juntas, mas separadas — ecoei. Antes mesmo que ele tivesse dado um passo, eu levantei da cadeira e me misturei à multidão.

Segurei o estojo de comunicação nas mãos enquanto corria.

CAPÍTULO 2

Iris
Rainha de Archia

Primeira Lei: *Para proteger as terras férteis de Archia, a rainha deve preservar o modo de vida humilde, porém diligente, de seu povo.*

Iris se remexeu no trono, desconfortável, ajeitando a saia engomada. O sol do meio-dia se infiltrava pelo teto abobadado, iluminando o disco dourado abaixo dele. A nação de Quadara fora gravada na superfície, com grossas cumeeiras representando as muralhas que dividiam a terra. Um globo cor de âmbar jazia no centro do círculo e fragmentava a luz do sol em raios, destacando centenas de palavras desenhadas nas paredes de mármore da sala do trono. As palavras eram um lembrete a cada rainha, e àqueles que visitavam a corte, das transações aprovadas entre os quadrantes e das rigorosas leis às quais as monarcas deviam obediência. As Leis das Rainhas.

Os quatro tronos e suas respectivas soberanas estavam dispostos ao redor do disco. Apesar de os quadrantes permanecerem divididos, as rainhas governavam da mesma corte.

Juntas, mas separadas.

Cada mulher encarava, no piso da própria seção da sala circular, um brasão, sinal que indicava onde seu quadrante tinha início.

O próximo compromisso de Iris surgiu de trás da divisória que separava visitantes da corte e monarcas. Ela olhou para uma de suas irmãs rainhas, Marguerite, sentada ao seu lado. A mulher ergueu uma sobrancelha, bem-humorada, conforme o homem fazia uma reverência, o nariz raspando no piso de mármore a seus pés; ele parou abaixo do escudo archiano — uma ilha rural, debruada por galhos, folhas e flores, com um cervo no alto de uma montanha, pintado em efusivos arabescos dourados.

Iris tinha 30 anos e não visitava Archia, seu quadrante natal, havia doze. Mas, enquanto vivesse, jamais esqueceria o ar fresco, as florestas suntuosas, as colinas suaves.

Quando o homem se endireitou, ainda assim não a encarou. Uma pena, pois ela tinha lindos olhos.

— Minha rainha. — A voz do homem tremia.

Que bom. Iris alimentava tal medo. Uma tarefa demorada, mas gratificante.

Ela sabia que Archia poderia ser facilmente considerada o menos formidável de todos os quadrantes, uma vez que os archianos se mantinham isolados, cruzando poucas vezes o canal até o continente, dada a desconfiança geral em relação a máquinas. Eles se concentravam no trabalho braçal e em levar uma vida boa, mesmo que modesta.

— Fale. — Iris acenou para o homem a sua frente. — Não tenho o dia todo.

Uma gota de suor escorreu da testa até a ponta do nariz do homem. Ele não a enxugou. Iris franziu o nariz em solidariedade... a única solidariedade que lhe ofereceria.

— Eu vim lhe pedir energia — disse o homem. Ela fez uma careta, e ele rapidamente elucidou: — *Eletricidade...* precisamos de eletricidade.

Iris se obrigou a lembrar que ele era o governador de Archia, embora, para ela, o título conferisse pouca autoridade. As rainhas eram o poder. Ninguém mais.

O poder era um jogo, e, ao longo dos anos, Iris o aperfeiçoara.

— *Precisam* de eletricidade? — Iris se inclinou para a frente. — Não.

Embora os outros quadrantes usassem eletricidade, Archia continuava a contar apenas com o que podia ser *empunhado com mão e coração*... como mandava um tradicional provérbio archiano.

Por fim, o homem ergueu uma das mãos trêmulas para enxugar o cenho.

— A eletricidade permitiria o uso de máquinas — continuou o governador. — Os trabalhadores têm enfrentado dificuldades para cumprir o cronograma de entregas estabelecido por Toria este ano. Por favor, reconsidere, minha rainha.

Ela se recostou e soltou uma risada rouca.

— O senhor já me conhece o bastante para não me pedir isso.

Era verdade que a população de Quadara continuava a crescer e que, por mais que tentassem, todos os outros quadrantes, com exceção de Archia, permaneciam estéreis. A nação dividida de Quadara era um ecossistema, cada quadrante cumprindo um papel. Archia fornecia safras e riquezas naturais; Eonia desenvolvia a medicina e tecnologia; Ludia criava arte, moda e entretenimento; e Toria administrava a importação e exportação entre os quadrantes. E as Leis da Rainha eram o alicerce do sistema.

Archia era a única esperança da nação. Por isso Iris precisava proteger seu quadrante a todo custo. Não podia arriscar sobrecarregar a terra com o uso de máquinas. Se destruíssem Archia, Quadara morreria de fome. Mesmo que alguns ainda considerassem Archia primitiva, a ilha não era fraca. Não enquanto Iris reinasse.

O lábio inferior do governador se projetou para a frente.

— Sei que não devemos usar a tecnologia de outros quadrantes, mas...

— Então você me aborrece com essa conversa porque...?

— Talvez você pudesse abrir uma exceção? — perguntou Marguerite. Aos 40 anos, ela era a mais velha e a mais antiga das rainhas, frequentemente a voz da razão. Muito embora seu último compromisso do dia tivesse sido cancelado, ela continuava a assistir às audiências com interesse. Como era comum aos torianos, sua curiosidade por outras culturas parecia insaciável.

Um total desperdício do tempo, pensou Iris, lançando um olhar para a irmã rainha.

— Não é da sua conta, Marguerite. — Mas o tom era conciliatório; a indiscrição fazia parte da natureza da rainha toriana.

Marguerite colocou um cacho do cabelo avermelhado, já ficando grisalho, atrás da orelha.

— Você deve se lembrar de que pedi a Corra que seus médicos desenvolvessem uma vacina para impedir que a peste rubra se espalhasse. Às vezes precisamos burlar as regras sem quebrá-las.

Iris inclinou a cabeça para ver o cabelo negro de Corra, trançado para cima à moda eonita, a coroa dourada brilhando contra a pele escura. Mas a rainha da Eonia, aos 25 anos, não desviou o olhar à menção de seus cientistas. Já Stessa, rainha de Ludia, olhou para elas e fez uma careta, como se estivesse aborrecida com Iris. E devia estar mesmo, pois tudo o que Iris falava ou fazia parecia aborrecer a rainha de 16 anos.

— Uma situação completamente diferente — argumentou Iris, ignorando o olhar de Stessa. — A praga ameaçava dizimar seu povo. A vacina foi uma intervenção pontual; não alterou de modo significativo seu quadrante. Mesmo que eu permitisse o maquinário por um curto período de tempo, como voltaríamos aos velhos costumes? Não posso arriscar.

Marguerite lhe lançou um sorriso compreensivo, mas bem-humorado, como se acreditasse que a teimosia de Iris fosse um mero capricho.

— Não — decidiu Iris, voltando a atenção para o governador archiano. — A eletricidade não pertence a nosso quadrante; portanto, jamais devemos usá-la. Não seremos auxiliados por máquinas e sua bruxaria automatizada.

Iris havia visto o que a tecnologia fizera a Eonia e não permitiria que o mesmo acontecesse com seu quadrante. Devido à terra quase congelada e inóspita, no extremo norte da nação, Eonia não tinha outra alternativa senão se concentrar nos avanços tecnológicos, e até mesmo na manipulação genética, para sobreviver. Como consequência, perderam uma parte de sua humanidade. Ou assim pensava Iris. Não pôde evitar mais um olhar para Corra.

Não escapou a Iris a espiadela que o governador lançou para a fileira de candelabros elétricos pendurados nas quatro passagens que levavam ao centro da sala do trono. Iris sabia o que aquilo parecia... que ela desfrutava dos prazeres de todos os quadrantes. Mas o que o governador não sabia é que Iris ainda lia à luz de velas e se banhava nas fontes termais naturais em seu jardim privado, em vez de usar a rede de água aquecida do palácio. Não iria discutir sua rotina de higiene com o homem.

Quando ele não replicou, Iris ergueu uma sobrancelha.

— Mais alguma coisa? — perguntou.

O governador balançou a cabeça.

— Ótimo. E se mais alguém desejar discutir minha decisão, sabe onde me encontrar. O palácio está sempre aberto para meu povo.

Com aquilo, ela se levantou e desceu do palanque, deixando a corte para suas irmãs rainhas.

IRIS DECIDIU PASSAR o restante do dia em seu bem-cuidado jardim palaciano. Na infância, ela havia desfrutado de incontáveis horas nas terras imaculadas que rodeavam seu lar ancestral. Tinha sido ali que imaginara seu reino e como deveria governar todo o quadrante. Iris fora uma criança solitária e, embora se achasse preparada para ser rainha, jamais imaginara que alguém pudesse influenciar seu reinado.

Ou seu coração.

O jardim se encontrava na seção archiana do palácio, também dividido em quatro, a exemplo da própria nação. O parque ficava do lado de fora do domo dourado, debruçado sobre um penhasco com vista para o canal que levava à ilha de Archia. Havia muito, uma de suas ancestrais exigira acesso à natureza... à vida. As Leis das Rainhas decretavam que as rainhas jamais deixassem o palácio — para a própria segurança e para garantir que não fossem enredadas por influências externas.

Iris não voltaria a seu quadrante, nunca mais se embrenharia na beleza de Archia ou veria os cervos e veados vagando pelas montanhas.

Ela se recostou no banco de madeira, afundado na grama; sua saia preta engolia a estrutura. Tirou a pesada coroa e a colocou na mesa ao lado. Então inclinou a cabeça, aproveitando o sol na pele pálida. As fontes borbulhavam ali perto, um lembrete do gentil riacho que corria não muito longe de seu lar da infância.

Aquilo teria que bastar.

Ainda de acordo com as Leis da Rainha, Iris havia sido criada por pais adotivos, fora do palácio, na região que um dia viria a governar. Mas, mesmo crescendo em um simples chalé de pedra, não lhe faltara nada. Ela não sabia *como* desejar coisas que jamais tinha visto, que nunca havia experimentado. Iris aprendeu tudo o que podia sobre sua terra, os animais e seu povo. E sobre o passado sombrio de Quadara.

Archia tinha sido um refúgio intocado pelos problemas da nação por mais de um século. O restante de Quadara ficara desesperado, os recursos naturais quase exauridos. E lá estava Archia, a solução perfeita.

Embora cada região tivesse desenvolvido forças e habilidades próprias, compartilhavam da mesma fraqueza: a inveja.

Assim começaram as Guerras dos Quadrantes, que duraram cerca de uma década e ceifaram milhares de vidas. Durante esse período, as outras regiões tentaram conquistar Archia. Mas era um plano estúpido, já que eonitas não entendiam de criação de gado, torianos ficavam impacientes por descobrir novas terras e luditas não queriam sujar seus belos trajes cuidando da plantação.

Então as rainhas fundadoras de Quadara ergueram muros para separar as regiões, pondo um fim à guerra. As muralhas garantiram autonomia, permitindo que cada quadrante se desenvolvesse com independência e harmonia.

Archia estava em segurança outra vez.

Iris deixou a terra natal pela primeira vez quando completou 18 anos e foi informada de que a mãe morrera. Ela velejou pelo canal em um barco toriano, rumo ao palácio, onde assumiu seu novo mundo e o trono sem hesitação, insistindo em comparecer à corte, momentos após o corpo da mãe ter sido enterrado na cripta abaixo do palácio. Naquela noite, ela ficara acordada até quase amanhecer, enquanto estudava em livros sobre a história e diplomacia de Archia. Nada podia abalar Iris. Nem mesmo a morte da própria mãe.

A rainha de Archia abriu os olhos verdes para o brilhante céu azul, desfrutando uma trégua do imutável palácio dourado. Como todo o prédio era abarcado pelo domo de vidro, cada sala, e tudo em seu interior, tinha um tom dourado. Até mesmo à noite, os corredores ganhavam contornos de um âmbar profundo, como se nem mesmo a escuridão ousasse acariciar as rainhas com seus dedos de um negro retinto.

Quando Iris estudou as nuvens no céu, pensou no pai. Não em seu pai de sangue — um homem que jamais fora nomeado pela mãe —, mas aquele que a criara em Archia. Quando era pequena, ele havia lhe contado sobre as rainhas no céu, as rainhas mortas, que moravam em um quadrante sem fronteiras, guardando os parentes que deixaram para trás. Quando estava sozinha, ela observava as nuvens e lhes confessava seus mais terríveis medos e os mais incríveis sonhos, sabendo que seus segredos estariam seguros com elas. As mais leais confidentes.

Então Iris chegou ao palácio e conheceu as rainhas. Elas passavam todas as noites juntas — em geral acordadas além do que seria "respeitável", conversando sobre sua infância, família e quadrante. Iris não estava mais sozinha.

Ainda assim, costumava olhar para o céu, mas agora ela falava com o pai, havia muito morto.

— Pai, não recuei — disse. — As Leis das Rainhas são, e sempre serão, primordiais. Entretanto, existem certas regras que dizem respeito às rainhas, a *mim*, e que ao longo dos anos percebi serem irrelevantes.

Até mesmo pronunciar as palavras parecia errado. Iris balançou a cabeça. Precisava ser mais forte, ser uma mulher com uma vontade férrea.

— Somos rainhas. Devíamos ser capazes de mudar as leis que não afetam os quadrantes ou a paz que defendemos. Devíamos ter *algum* controle sobre nossas vidas. — Mais um aceno. — Vou continuar a lutar por Archia e a proteger o que temos, mas quero mais. — Ela balançou a cabeça de novo, pensando no pedido do governador. — Não para Archia, mas para mim. — Odiou como soava patética. — Tenho um plano. — Soltou um suspiro profundo. — Fiquei muito tempo calada. Mas não mais. Amanhã as coisas vão mudar. As Leis das Rainhas *vão* mudar. Amanhã eu vou...

Uma abelha picou sua garganta. Uma ferroada intensa, seguida por uma dor persistente.

As abelhas, assim como todos os outros besouros e insetos, deviam ter sido erradicadas do jardim com o uso de um spray. *Outra maravilha eonita*, pensou Iris, irônica. A rainha archiana não se opunha a dividir o espaço com criaturas naturais em um jardim. Mas os conselheiros haviam insistido que aquilo era o melhor... para a segurança de Iris.

Um sorriso se abriu em seu rosto; talvez a natureza tenha triunfado sobre a tecnologia enfim, derrotando o spray. Mal podia esperar para se vangloriar da descoberta no jantar com Corra, naquela noite.

A ferroada da abelha se tornou mais dolorida, a ponto de Iris não ser mais capaz de engolir. A saliva se acumulou em sua garganta. Seria alérgica?

Ela levou a mão à picada e encontrou uma ferida aberta. Quando recolheu a mão, estava coberta de sangue. Um gemido brotou de seus lábios.

Uma silhueta assomou sobre ela, os dentes brilhando com ameaça e deleite. Uma faca fina refletia uma nesga de sol, pingando em vermelho.

A fúria a atravessou, quente como o sangue que lhe escorria do pescoço. Seus braços voaram para trás, esbarrando na coroa e jogando-a no chão.

Um ultraje! Eu sou a rainha de Archia!
Como alguém se atreve a cortar meu pesc...

CAPÍTULO 3

Keralie

M ackiel Delore Jr. estava sentado à escrivaninha de carvalho, rodando o estojo de comunicação na mão, os anéis raspando na superfície de metal, o cenho franzido. Demonstrava uma estranha calma desde que eu havia lhe entregado o artefato, e então durante a longa e fria caminhada de Concórdia até a casa de leilões, localizada nas decrépitas docas, passando pelo centro de Toria. Não ficava tão quieto desde o dia em que os pais morreram.

A pele pálida e o cabelo escuro pouco lembravam o pai. Ele usava um colete para encorpar a silhueta extremamente magra e um chapéu-coco para disfarçar a baixa estatura. Ainda assim, era apenas uma sombra do pai, do homem que queria ser.

Mackiel Pai quisera um herdeiro formidável. Em vez disso, tinha acabado com um fiapo de menino. Ele se preocupava que a aparição de Mackiel Jr. não suscitasse o mesmo medo e admiração em seus parceiros de negócios na Delore Importação e Exportação.

Estava enganado.

Mackiel examinou o estojo como se estivesse tão encantado quanto perturbado com o que havia em seu interior.

— Não vai abrir? — perguntei.

— E estragar a mercadoria? — Ele apontou um dedo para mim, a expressão se iluminando. — Você é mais esperta que isso, querida.

Sibilei ao sentar a sua frente.

— Se machucou, minha boneca de porcelana? — indagou ele, com um sorriso. — Devia ser mais cuidadosa com *sua própria* mercadoria.

Revirei os olhos e gentilmente esfreguei o curativo no joelho por cima de minha saia preta desbotada. Minhas roupas de trabalho estavam na lavanderia; com sorte, seriam capazes de tirar a mancha de sangue. A saia era de minha mãe. Uma das poucas coisas que eu tinha dela.

Haviam se passado seis meses desde que vira meus pais. Seis meses desde o acidente de meu pai. Seis meses desde que tinha fugido de casa, incapaz de encarar minha mãe, e trancado aquela parte de meu coração para nunca mais abrir.

— Valeu a pena — respondi. Eu faria qualquer coisa por Mackiel. Embora fosse apenas dois anos mais velho, era tanto um amigo quanto um mentor. E a única família que me restara.

Ele ergueu o queixo.

— Com você, sempre vale.

Eu o ignorei. Mackiel estava sempre brincando, mas daquela vez não entendi se era uma piada ou se, de fato, queria algo mais de mim, de *nós*. Imaginei o que ele via quando olhava para mim. Seria a garota toriana competente que eu fingia ser? Ou uma jovem frágil, *sua* boneca de porcelana, cuja escuridão interior escaparia no menor indício de fissura?

Jamais questionei suas preferências.

O escritório de Mackiel ficava no sótão da casa de leilões, com vista para o porto de Toria. As velas dos navios, iluminadas pelo luar, brilhavam como fantasmas contra a água escura. Com frequência me perguntava por que ele escolhera aquela sala, que se abria para o mar. Seria apenas porque havia pertencido a seu pai? Ou talvez quisesse enfrentar sua fobia do oceano dia após dia, na esperança de que uma hora o medo amainasse?

Mackiel coçou o pescoço de leve para se assegurar de que não estava, nem em breve estaria, submerso em água. Era mais forte do que ele próprio acreditava. Ao contrário de mim. Eu não conseguia encarar meus fantasmas. Qualquer lugar menor que meus exíguos aposentos atrás do palco da casa de leilões me fazia querer correr. Sequer pensar em lugares apertados me comprimia o peito.

Inspirar devagar, expirar devagar. Existe uma entrada, e sempre há uma saída. O mantra me ajudava a controlar qualquer ansiedade que se enrolasse, como uma enguia agitada, em meu estômago.

— Quanto acha que vai nos render? — perguntei, distraindo a mim mesma.

Ele pousou o estojo de comunicação na mesa e estendeu a outra mão.

— Isto é para você.

Em sua palma, via-se um pingente de prata no formato de um quatrilho de ouro, a moeda que unia Quadara. Estendi a mão para o medalhão. Ele segurou meus dedos nos seus. *Ali...* a escuridão que nos últimos tempos se escondia em sua expressão havia se mostrado, e meu amigo desapareceu.

— Demorou demais na ação — reclamou ele.

Eu me afastei, o pingente em mãos, e me recostei na cadeira.

— Como assim demorei demais? — argumentei. — Alguém mais roubou um estojo de comunicação sem ser preso pelas autoridades quadarianas?

— *Touché.* — Ele inclinou a cadeira para trás, me imitando. A estrutura de madeira o obscureceu. O cômodo havia sido construído e mobiliado para um homem maior: Mackiel Delore Pai. E tudo continuava exatamente como ele deixou, antes da peste rubra.

A praga começara como uma moléstia do mar, contraída em uma viagem de volta de Archia, e se espalhara com rapidez assim que o navio havia atracado e a tripulação, retornado a suas casas em Toria. A doença era implacável; poucas horas após ser infectada, a pessoa sangrava pelos olhos e ouvidos, então o sangue cristalizava. A mãe de Mackiel ficara doente primeiro, depois o pai.

Mackiel correra até o Centro Médico de Eonia na esperança de conseguir uma dose de HIDRA. A Holística Injeção para Danos e Recuperação Absoluta era a cura eonita para qualquer doença, a mais estimada criação de

Quadara. Mas apenas um paciente "digno" era tratado anualmente, devido às reservas escassas. As rainhas decidiam quem seria o felizardo. Um fora da lei e sua esposa não estavam no topo da lista.

Os pais de Mackiel estavam mortos quando ele voltou para casa.

Nos três anos desde a morte do pai, a única mudança na Delore Importação e Exportação era o brilho ameaçador nos olhos de Mackiel e o crescimento de sua equipe de segurança. Seus capangas estavam na rua naquela noite, cumprindo ordens. Mais monstros que homens... Eu torcia para que esquecessem o caminho de casa.

— Obrigado, Kera — agradeceu Mackiel, de repente.

Ergui o olhar.

— De nada? — Aquilo soou mais como uma pergunta do que eu tinha pretendido; me sentia insegura com suas mudanças de humor. Éramos amigos havia sete anos. Nossa carreira de larápios começara como um jogo excitante, que por acaso também enchia nosso bolso de dinheiro. Aos 12 anos, Mackiel era um garoto carismático, vivaz, uma promessa de riqueza, entusiasmo e fantasia. Um mundo à parte daquele que eu conhecia.

Enquanto um jovem Mackiel se gabava de brincar com as últimas tecnologias eonitas e de comer os doces cremosos de Ludia, eu tremia no chalé escuro e apertado de meus pais e comia o ensopado de minha mãe, feito com sobras de peixe velho. Meu pai herdara o negócio de navegação de meus avós, mas o barco cheio de vazamentos mal podia enfrentar as tempestades entre Archia e Toria. Vivíamos, dia após dia, na esperança de tempos melhores.

O convite de Mackiel para que me unisse a seus larápios havia sido o passaporte para uma nova vida. E eu o aceitara sem hesitação.

Mas, ao longo do último ano, alguma coisa vinha corroendo os pensamentos de Mackiel, como a maresia carcomia as docas. Onde estava o menino cujo sorriso iluminava seu rosto com a mesma facilidade com que o sol brilhava no céu? A morte de seus pais continuava o assombrando, assim como o acidente de meu pai me aterrorizava?

Havia seis meses, eu tinha me mudado para a casa de leilões de Mackiel... para um quarto só meu, claro. Pensei que a mudança nos tornaria mais próximos, como na infância, quando fazíamos tudo juntos. Mas ele desaparecia por dias às vezes e nunca me revelava o motivo.

— Você trabalhou bem — elogiou ele, com um sorriso.

Rolei o pingente entre os dedos antes de prendê-lo a meu bracelete de larápia. Havia quase um ano, Mackiel começara a me presentear com berloques ao fim de cada roubo perigoso. A moeda estava pendurada em meio a minhas outras conquistas.

— Obrigada pelo presente.

— Tenho mais uma coisa para você. — Ele estendeu um envelope. O medo revirou minhas entranhas.

Abri a carta imediatamente. A carta mais recente de minha mãe era breve, mas me acertou como um murro nas costelas.

Querida Keralie,

Por favor, venha ao Centro Médico de Eonia de imediato. Seu pai está morrendo. Os médicos acreditam que só lhe restem poucas semanas, talvez menos, se ele não conseguir uma dose de hidra. Por favor, venha se despedir.

Amo você, Keralie. Sentimos sua falta. Precisamos de você.

Com amor,
Mamãe

Amassei o papel em minhas mãos, a respiração ofegante.

Embora já tivessem se passado seis meses, ainda podia ouvir meu pai gritando meu nome. Foi a última palavra que ele falou, quase como uma blasfêmia, antes de ser atirado para fora do barco e bater com a cabeça em uma rocha ali perto. Jamais esquecerei o rosto molhado de lágrimas de minha mãe, que soluçava sobre seu corpo inconsciente conforme o levavam para o hospital.

Minha mãe não havia saído do lado de meu pai por duas semanas. Quando voltou para casa, eu já tinha partido. Então mandou diversas cartas para a casa de leilões, implorando que me juntasse a ela no alojamento do hospital, sabendo exatamente para onde eu tinha fugido.

Mas ela estava enganada. Não precisava de mim. Meu pai vagava na fronteira da morte por conta do que eu fizera. Estavam melhor sem mim.

O encontro com Mackiel me colocara no curso de uma vida diferente, e o acidente de meu pai foi o último ato para me afastar de meus pais e de suas expectativas opressivas. Não poderia retornar naquele momento. Por mais que eu quisesse.

— Está tudo bem? — A voz de Mackiel era suave.

Balancei a cabeça.

— Meu pai está morrendo.

— Nada da HIDRA? — perguntou, a expressão sombria.

— Parece que não. — Meu pai era um entre milhares na lista de espera. Por anos, cientistas eonitas tentaram, sem sucesso, replicar o tratamento. Começaram a correr boatos de que não havia mais doses disponíveis.

— Malditas sejam aquelas rainhas — praguejou Mackiel, batendo com o punho na mesa. — Lamento, Kera.

Inspirei fundo, me recompondo. Já derramara lágrimas o suficiente por meu pai nos dias seguintes ao acidente. Ele se fora para mim no momento que havia sido atirado do barco.

A vibração estremeceu o prédio conforme o equilíbrio do piso abaixo de nós parecia mudar. O público tinha chegado.

— Se não quiser participar hoje à noite — começou Mackiel —, vou entender.

— E perder quem vai comprar meu estojo de comunicação? — Abri um sorriso forçado. — Nem pensar.

Ele me deu um sorriso malicioso, o humor sombrio esvanecendo.

— Venha, então. Não podemos deixar o público esperando.

A CASA DE LEILÕES ficava na mais distante e sórdida doca do porto de Toria. Quando criança, o velho salão mercantil me parecera um palácio majestoso, com o teto abobadado e as colunas grossas. Agora via a verdade. O prédio devia ter sido interditado. O ar salgado havia apodrecido os pilares, inclinando o lado direito do edifício em direção ao mar, e a madeira enfraquecida contaminava cada cômodo, inclusive os frios aposentos atrás do palco, alugados por mim. Tinha certeza de que o cheiro de putrefação me seguia como uma sombra. Que apropriado.

O público afluía de setores das docas ligeiramente mais estáveis, que abrigavam outras atrações torianas: as concorridas casas de jogos, os sofisticados palácios do prazer e os bares sujos e úmidos, espremidos entre os dois primeiros como fungos no pântano, formando o famoso distrito do Jetée de Toria. As mãos de nossos vizinhos eram tão sujas quanto as nossas.

A câmara do leilão ficava cada vez mais cheia até não parecer haver espaço para respirar sem esquentar a nuca de alguém. Se mais um corpo se espremesse ali dentro, afundaríamos até o leito do oceano abaixo. Apesar de ser impossível ignorar a cacofonia trespassando as paredes até as docas, as autoridades torianas não se metiam nos negócios sórdidos de Mackiel.

Por décadas, a rainha de Toria nutrira a intenção de fechar o Jetée. Recentemente, ela revelara seus planos para demolir as docas por "questões de segurança", mas todos sabíamos a verdade. A monarca estava empenhada em apagar tal mancha da respeitável sociedade toriana. Seria isso que corroía os pensamentos de Mackiel?

Mackiel não era o único a se preocupar. Durante o dia, quando a maioria dos estabelecimentos do distrito estava fechada e todo mundo *deveria* estar na cama, vozes alteradas podiam ser ouvidas por trás de portas fechadas. As vozes de comerciantes, exigindo vingança contra a rainha enxerida. Eles ameaçavam arruinar *todos* os negócios de Toria se ela tivesse êxito. Mesmo que a rainha não quisesse acreditar, aquele decadente submundo era o coração do quadrante. Extirpá-lo traria a morte de Toria.

Eu não me envolvia em questões políticas.

Observei da coxia enquanto a audiência esquecia as boas maneiras; ou melhor, a educação que fingiam ter em público para manter a imagem de dedicados e intrépidos exploradores e comerciantes. Não demorou muito para que seus verdadeiros — e sombrios — desejos viessem à tona. Saias volumosas levantadas entre a multidão, mãos procurando pele exposta enquanto crianças serpenteavam entre pernas, como ratos navegando os esgotos, na esperança de um pouco de ação. O cenário perfeito para o treinamento de novos larápios — qualquer criança capaz de roubar daquela plateia sem ser pega era digna de ser recrutada.

Não era difícil de entender por que meus pais tinham me alertado quanto àquele lugar quando era pequena. Mas com nossa cabana tão próxima do porto, a casa de leilões estava sempre à vista.

A infância perto do mar fez com que eu adorasse nadar, mas, por outro lado, sempre odiei velejar. A baixa estatura dificultava na hora de alcançar o mastro, e meus dedos pequenos eram imprestáveis para atar nós. Embora meus pais conseguissem caminhar pelo deque como se estivessem em terra firme, meu equilíbrio sempre fora péssimo. Não conseguia entender por que amavam a vida de marinheiro: despertar de madrugada, o frio intenso e o trabalho duro e incansável por uma recompensa minguada.

Depois de uma viagem, meus pais se aninhavam junto ao fogo — quando podíamos arcar com a despesa — e relembravam a jornada, enquanto eu rezava às rainhas no céu para que um raio atingisse o barco ancorado no porto. Conforme crescia, comecei a implorar que partissem sem mim, e fazia um escândalo quando insistiam em minha companhia.

Por anos, não conheci outro modo de vida, uma que pudesse apreciar, em que pudesse prosperar. Então encontrei Mackiel.

Não me lembro muito de minha primeira visita à casa de leilões, exceto da sensação. Um entusiasmo tangível incendiou meu corpo e meus sentidos. Não roubei nada, apenas passei as mãos na bolsa das damas e as enfiei no bolso dos homens. Mas descobri que eu era capaz de afanar alguma coisa, e aquilo fora esclarecedor.

Mackiel me encontrou, mais tarde naquela noite, sentada nas docas, as pernas balançando, penduradas, as bochechas coradas de excitação, apesar do frio. Ele se apresentou, oferecendo a mão e um emprego.

Afastei os pensamentos de meus pais, da carta de minha mãe e da saudade doída que haviam deixado em minha vida. Uma saudade que nascera no dia que decidi seguir Mackiel por aquele caminho sombrio. Não tinha mais volta.

Estudando a multidão na casa de leilões, eu me perguntei quem arremataria o estojo de comunicação e seus chips, e de quanto seria minha comissão. Imaginei o frenesi de lances que o item despertaria naqueles desesperados por um vislumbre da vida e da tecnologia eonita. Assim como o povo de outros quadrantes, torianos não tinham permissão para usar a maioria dos artefatos de Eonia, por receio de que pudessem alterar nossa sociedade. Mas aquilo não nos impedia de querer um gostinho.

E era exatamente o que aqueles chips proporcionariam. Só era preciso colocar um deles na língua, e seus sentidos seriam transportados para outro tempo e lugar. Uma memória que a pessoa sentiria ser como uma das suas. Uma mensagem de outra vida.

Mackiel estava parado perto das arquibancadas erguidas de forma precária em uma das laterais do prédio. Desde a morte do pai, o rapaz havia acrescentado uma cortina vermelha para esconder as mercadorias do público; a casa de leilões agora parecia mais um teatro ludista que um armazém. Como era do feitio de Mackiel, que julgava a vida um espetáculo.

Mackiel reservava lugares nas arquibancadas para "clientes preferenciais", aqueles respeitáveis demais para sujar a roupa se misturando aos plebeus. Ele conduziu uma jovem com uma grande boina azul-escuro até seu assento, uma das mãos no braço trajado em veludo, a outra no próprio chapéu, à guisa de reverência. A moça o encarou. Mesmo daquela distância, pude ver a adoração ridícula em sua expressão. Desviei o rosto quando Mackiel olhou em minha direção, não querendo que flagrasse o ciúme em minha expressão.

— Mexa-se — ordenou Kyrin, com uma cotovelada. — Minhas mercadorias vão ser apresentadas primeiro.

Com satisfação, abri caminho; o hálito de Kyrin o precedia por, pelo menos, três metros. O cabelo louro-claro parecia espetado em ângulos insólitos, como se tivesse tentado imitar a nova moda em Ludia. Ficou ridículo nele. Era uma tradição entre nós, larápios, usar roupas e trajes discretos, de modo a passar despercebidos.

— Ainda roubando relógios? — perguntei. Infelizmente para Kyrin, a altura o colocava em evidência, não importando o quanto tentasse disfarçar. Apesar disso, embora eu odiasse admitir, seus ágeis e longos dedos conseguiam abrir fechos de relógio em segundos, sem despertar suspeitas. — Já faz quanto tempo? Cinco anos?

— Cale a boca, Keralie — cuspiu em resposta.

Dei de ombros, ajeitando um cacho de cabelo solto atrás da orelha.

— Fique tranquilo. Daqui a alguns anos, você chega lá. Veja isso aqui. — Ergui o pulso e sacudi meu novo pingente para ele, um símbolo de status nas fileiras do exército de Mackiel. — Quer olhar mais de perto? Pode ser uma inspiração para você. — No bracelete de couro de Kyrin, um único berloque fazia companhia a outro, enquanto eu penara para arrumar lugar para meu último sucesso. Meus pais costumavam dizer que velejar estava em meu sangue, mas jamais me viram tirar uma bolsa do ombro de uma mulher ou os óculos do nariz de um homem. *Roubar* estava em meu sangue.

— Não preciso de *seu* tipo de inspiração. — Kyrin afastou meu braço. — Nem todo mundo está disposto a tocar a flauta de Mackiel como você.

— Não faço nada além de meu trabalho! — Ergui meu punho antes mesmo de pensar no que faria a seguir.

Kyrin não se intimidou.

— É claro. Você acha que somos cegos? — Ele indicou os larápios assistindo a tudo com interesse atrás de si. — Você consegue os melhores serviços.

— Porque *sou* a melhor.

— A melhor em chupar o...

Investi contra ele, o punho prestes a lhe acertar o rosto, mas fui puxada para trás no último segundo por dedos cobertos de anéis, das unhas até as falanges.

— O que está acontecendo aqui? — perguntou Mackiel, os olhos correndo de um para o outro, a boca carnuda repuxada para um lado.

— Nada — respondi, engolindo a raiva. Não queria discutir os rumores sobre Mackiel e eu até me sentir segura. — Estava apenas ouvindo sobre o lindo relógio ludista que Kyrin conseguiu hoje. — Abri um sorriso doce para o outro larápio.

Mackiel riu para mim.

— É mesmo? — Ele cutucou minha covinha na bochecha. — Pequena — outra cutucada — e doce — mais uma — Kera. — E mais outra.

Eu me desvencilhei de Mackiel e me afastei, odiando a maneira como os olhos de Kyrin prestaram atenção ao contato. Claro, eu havia passado algumas noites nos aposentos de Mackiel, discutindo o futuro da casa de leilões, mas nada acontecera, embora eu sentisse que estávamos à beira do precipício de algo mais. Ou pelo menos *eu* estava na beirada. Desde o ano anterior, ele não parecia mais se importar comigo.

— O que eu sempre digo? — A voz de Mackiel soou melódica, mas ainda assim autoritária. Seu olhar atento se alternava entre cada um de nós.

— Jamais desmereça a mercadoria — retrucamos em uníssono.

Chutei a canela de Kyrin para reforçar. Ele gemeu em resposta e se afastou um pouco.

— Muito bem — elogiou Mackiel, brincando com o chapéu-coco. — E temos uma generosa coleção esta noite. Não vamos perder o foco, certo?

Generosa? Olhei para ele. Mackiel não havia respondido minha pergunta sobre o valor do estojo e dos chips. Ele evitou o questionamento estampado no meu rosto, coçando o pescoço de leve, e seus olhos pousaram em mim, para então se desviarem outra vez. Mackiel nunca perdia a calma, não quando o assunto era um leilão. Aquela era sua vida desde que o pai se fora.

— A seus lugares, larápios — comandou ele. — Vamos começar! — Então subiu ao palco, o casaco comprido chicoteando o ar atrás de si.

— Mackiel parece distraído. — O hálito de Kyrin me engolfou quando sussurrou em meu ouvido. — Não ofereceu seus favores na noite passada?

Desta vez, acertei os dedos dos pés de Kyrin com as cavilhas no salto de minha bota. Eu me regozijei com seu *guincho* conforme os picos atravessavam couro e pele.

— Sua vaca! — gritou, pulando em um pé só. — Um dia vai ter o que merece!

Passei por ele e pelo restante dos larápios boquiabertos.

— Talvez — gritei por cima do ombro. — Mas não vai vir de você. — Não enquanto eu contasse com a proteção de Mackiel.

Abri caminho até a entrada da casa de leilões para observar os trâmites por trás da audiência. O suor brotava de minha testa, fruto do calor corporal de tantas pessoas no espaço abafado; o único alívio vinha da brisa salgada, que se infiltrava pelas rachaduras no piso de madeira.

Um rangido sacudiu o prédio. Os compradores se acomodaram mais para a esquerda rapidamente, a fim de contrabalancear o peso.

— Bem-vindos a minha casa! — anunciou Mackiel, a voz ressoando pelo teatro. — Hoje à noite, vocês e eu somos uma só família. E minha família merece o melhor! — Era o bordão de seu pai, mas a plateia ainda o engolia, como se fosse original.

O pai havia construído aquele negócio de mercado clandestino do nada. Quando era jovem, pouco mais velho que Mackiel, viu a oportunidade de lucrar com a natureza curiosa de seus conterrâneos, que não podiam manter um barco ou arcar com as transações aprovadas entre quadrantes. Em vez disso, fornecia mercadorias a um preço bem mais em conta.

— É sua noite de sorte — continuou Mackiel. — Pois reunimos a melhor das seleções. — Ele dizia o mesmo todas as noites, mas naquela era verdade. A algazarra durante um leilão perdia apenas para o entusiasmo pela compra das mercadorias. Sorri, ansiosa. Era a distração perfeita para esquecer a carta de minha mãe. — Antes de começarmos, vamos às regras. — A multidão ficou inquieta como um cão cheio de pulgas. — Ora, ora. — Mackiel estalou a língua. — Primeiro os negócios, depois o prazer. É o que sempre digo.

Ele sorriu, a multidão mais uma vez em suas mãos. A vocação de Mackiel para o espetáculo tinha multiplicado o número de compradores, assegurando que não procurassem a concorrência depois da morte de seu pai. De fato, alguns dos clientes vinham pelo show, mantendo seus quatrilhos seguros no bolso.

— Agora, como sabem, não trabalhamos com pagamento integral aqui. É uma tentação para aqueles com dedos leves. — Risadas irromperam na multidão; a audiência sabia muito bem como Mackiel "conseguia" os itens leiloados e compreendia a hipocrisia de tudo aquilo. — Dito isso, um sinal de dez por cento do valor é necessário para garantir a compra. Ao final do leilão, meus queridos larápios vão acompanhar o comprador até sua casa para recolher o restante dos quatrilhos. Se não puderem pagar, o larápio vai confiscar a mercadoria e vocês terão a oportunidade de dar um novo lance amanhã à noite. Mas não dou uma segunda chance a maus jogadores.

O que Mackiel ocultou do público foi que tínhamos uma hora para retornar com o dinheiro, o que nos rendia uma comissão de cinco por cento como compensação. Em geral, larápios inexperientes tentavam embolsar mais que sua cota ou manter as mercadorias roubadas para si. Mackiel costumava banir qualquer larápio desleal, tomando todos os quatrilhos, mas atualmente usava seus capangas para garantir a ordem.

Um arrepio me atravessou a espinha quando pensei naquela pele tocando a minha, ou pior, nos olhos inteiramente negros em meu rosto. Fazia dois anos que Mackiel contratara os capangas, e eu ainda não me acostumara com sua presença. E não podia negar o impacto que tiveram em Mackiel. Quando menino, ele costumava resgatar ratos dos esgotos do Jetée; agora era ali que desovava o corpo de traidores.

— Os capangas se entusiasmaram além da conta — dizia ele. Mas a sombra em seu olhar me fazia questionar quem, de fato, havia levado a tarefa a cabo. Não tinha certeza se queria descobrir a verdade.

Mackiel continuou a recitar as regras.

— Não haverá mais negociações após o fim do leilão. Se eu descobrir a mercadoria em outra casa, bem, digamos que nunca mais porão os pés aqui. — Ele abriu um sorriso largo, embora a mensagem fosse clara: o dia que alguém o enganasse, seria o último.

"Enfim, meus negócios e serviços — ele sorriu para a plateia, os olhos brilhando — e minha presença são um luxo reservado apenas aos torianos, que não devem subestimá-los. Lembrem-se: meu nome e o de meus larápios jamais podem ser pronunciados fora desta casa. Isso é de extrema importância."

Os compradores ficavam cada vez mais inquietos conforme o discurso continuava. Já haviam escutado aquilo tudo antes. Queriam ver o que havia no lote. Que relíquia ou prêmio de outros quadrantes cairia em suas mãos afoitas? Algo para melhorar suas vidas? Remédio, talvez? Algo trivial para enfeitar a lareira, do qual pudessem se gabar para os amigos?

Ou chips de comunicação e um vislumbre da vida em outro quadrante, o prêmio perfeito para qualquer toriano?

As roupas de baixo grudaram em minha pele suada. *Vamos, Mackiel. Ande logo com isso.*

— Tudo bem, então — disse ele, finalmente. — Chega de negócios. Vamos ao show!

A multidão irrompeu em aplausos quando Mackiel abriu a cortina para revelar o primeiro item a ser leiloado. As primeiras mercadorias se alternavam com lentidão: cobertores tecidos à mão, lenços e echarpes, pinturas luditas, joias e tinta para cabelo. Mãos se ergueram hesitantes. Ninguém queria gastar dinheiro cedo demais. Não houve muitos lances pelo relógio de Kyrin — o mais comum dos itens furtados. Disfarcei o riso. Kyrin não ganharia muito naquela noite.

A frustração sombreava o semblante de Mackiel, o cenho estava franzido. Ele queria o melhor. Mas era por isso que tinha a mim.

Os clientes se agitaram. Queriam mais. Algo que jamais tivessem visto. Algo de Eonia, o mais singular entre todos os quadrantes. Alternei o peso de um pé para o outro para olhar entre os chapéus. Não tinha dúvidas de que Mackiel deixaria o estojo de comunicação — seu melhor prêmio — para o fim.

A audiência se encrespou como um mar bravio quando Mackiel exibiu a mercadoria seguinte. A manga cortada de um dermotraje. Não muito útil, porém mais interessante que um relógio. A multidão se inclinou para ver melhor antes de erguer as mãos, com determinação. Eu me desviei para o lado quando o homem perto de mim enfiou o sovaco úmido em meu rosto.

Foi quando o vi.

Estava parado, quieto, no meio das pessoas enquanto elas se moviam ao seu redor. Um chapéu velho cobria o cabelo preto, e ele vestia um colete azul sobre uma camisa branca. Mas eu sabia quem era; o dermotraje aparecia sob o colarinho.

O mensageiro.

Viera atrás dos chips.

CAPÍTULO 4

Corra
Rainha de Eonia

Segunda Lei: *Emoções e relacionamentos podem anuviar a razão. Eonitas devem confiar apenas em avanços tecnológicos, na medicina e na comunidade como um todo.*

A notícia da morte de Iris foi sussurrada ao ouvido de Corra no momento que se revirou na cama, e os olhos abriram de súbito. Ela se sentou, atônita, os sonhos desvanecendo no quarto escuro. Havia se recolhido a seus aposentos para uma soneca vespertina assim que as audiências terminaram; a máscara muitas vezes a exauria.

— O quê? — perguntou a rainha, encarando o conselheiro roliço. Ele pairava sobre ela, as mãos rígidas na lateral do corpo. — O que disse, Ketor?

— A rainha Iris está morta, minha senhora — repetiu ele, os olhos se desviando da visão do ombro nu da mulher. Um dos únicos momentos em que os eonitas abriam mão de seus dermotrajes era quando dormiam, e Corra adorava tal liberdade, até mesmo se regozijava. Ela sabia que não era muito eonita de sua parte... deveria ser recatada e conservadora... mas não se importava. Especialmente naquele momento.

— Não — disse ela. — Não é possível.

— Temo que seja verdade, minha rainha. Ela foi encontrada no próprio jardim há algumas horas.

— Os médicos não conseguiram salvá-la? — A voz de Corra tremia.

— Chegaram tarde — respondeu ele, os olhos baixos. — Ela já estava morta.

Nem mesmo os médicos eonitas podiam reverter o caráter definitivo da morte, embora tivessem tentado. Uma vez.

Corra saiu da cama de quatro colunas sem se importar com a própria nudez enquanto alcançava seu dermotraje dourado, jogado em cima da banqueta. Não que o traje fosse menos revelador. Ela enfiou braços e pernas pelo material apertado, o tecido tremulando sobre a pele conforme se ajustava a suas curvas. A rainha se deu conta de que sua aia também estava presente, uma jovem archiana com bochechas rosadas e olhos vidrados, sem dúvida de chorar pela morte de Iris. A maior parte dos funcionários do palácio era de Archia, pois se tratava de um povo prático e trabalhador.

Corra pegou o pequeno relógio de ouro — um presente por sua coroação — da escrivaninha, passou a corrente pelo pescoço e o ajeitou sob o tecido. Então se virou a fim de permitir que a aia penteasse o grosso cabelo negro em um coque e prendesse a coroa pesada com grampos. Enquanto seu rosto estava escondido, ela apertou os olhos, tentando controlar as emoções.

— Como aconteceu? — perguntou Corra, se virando, já serena.

Iris ainda era uma mulher jovem, e sua saúde, tão forte quanto sua vontade. Corra jamais havia visto Iris doente, mesmo com a criação archiana, que a tinha resguardado da maioria dos vírus do continente.

Com certeza é um pesadelo. Apenas um sonho vívido, pensou ela.

Corra queria voltar para a cama. Iris não podia estar morta. Ela era tão perene quanto as paredes douradas que a circundavam, protegendo-a. Ou deveria ter sido.

Ketor ficou em silêncio por um momento, atraindo o olhar da rainha. Suas bochechas coradas não tinham traço de lágrimas.

— Ela foi assassinada, minha rainha — revelou ele.

— Assassinada? — A mão de Corra disparou para a boca.

Nunca uma rainha havia sido assassinada dentro do palácio. Houvera atentados, centenas de anos antes, quando as monarcas de Quadara eram livres para percorrer suas terras e as Guerras dos Quadrantes fustigavam a sociedade, mas aquilo acontecera antes das Leis das Rainhas serem promulgadas. No presente, deixar o palácio era abdicar do trono; uma garantia de que as rainhas seguissem essa lei crucial — não apenas para sua segurança, mas para atestar que não fossem influenciadas pela opinião das pessoas. Pois os insatisfeitos sempre falavam mais alto.

— Lamento, mas é verdade — continuou Ketor, ainda estoico, demonstrando indiferença. Como Corra, ele era de Eonia. As Leis das Rainhas ordenavam que o conselheiro fosse da terra natal da monarca a que servia, protegendo a integridade do quadrante.

— Rainhas do céu! — exclamou Corra, apoiando-se de leve em uma das colunas da cama para se manter de pé. Seu choque era permitido, certo? — Como aconteceu?

Ele pigarreou para expurgar o desconforto em sua garganta.

— É macabro, minha rainha.

— Conte-me — ordenou, quando ele não continuou. Era Iris. Ela precisava saber.

— A garganta dela foi cortada, minha rainha.

Um suspiro sacudiu o corpo de Corra antes que pudesse evitar. Ela fechou os olhos por um instante novamente, na tentativa de se conter e de controlar as emoções. Sentia um aperto no peito.

— Não seja grosseiro, Ketor! — criticou a aia.

Corra balançou a cabeça; entendia que seu conselheiro estava apenas sendo honesto. Eonita.

— Está tudo bem. Eu queria saber. Qual é o protocolo? — Ela precisava manter as aparências até o conselheiro deixá-la sozinha. Então poderia dar vazão às próprias emoções.

Luto. Jamais sentira o peso daquele sentimento. Era raro alguém morrer de forma inesperada em Eonia. Graças aos avanços tecnológicos, suas vidas eram longas, nunca interrompidas por doença ou velhice.

Algumas pessoas tinham uma expectativa de vida mais baixa, graças a anormalidades genéticas, mas nem assim a morte era inesperada. Pouco era inesperado em Eonia. Corra reinaria até a própria morte, aos 90 anos, embora pudesse abdicar, se assim desejasse.

— As rainhas foram convocadas para uma reunião antes do jantar para discutir quem herdará o trono de Archia — explicou Ketor.

Corra não teria tempo para lamentar.

— Ela não tem herdeiras diretas — argumentou a rainha. Iris havia alegado que não conseguia encontrar um pretendente adequado, independentemente da quantidade de homens que tinha desfilado a sua frente.

Ketor assentiu.

— O que acontece na ausência de uma herdeira? — perguntou ela.

— Não sei, minha rainha. — A expressão do conselheiro era de uma calma frustrante. — Devemos reunir a corte imediatamente.

Muito embora o coração de Corra tivesse se partido com a notícia do assassinato de Iris, ela não permitiria que sua máscara de indiferença caísse. Lamentar não era da natureza eonita. Implicava sentimentos mais profundos que uma associação superficial. Os eonitas eram um povo unido, mas reservado Condições perfeitas para o desenvolvimento da lógica e do conhecimento.

— Vamos — disse ela.

MARGUERITE JÁ OCUPAVA o trono quando Corra entrou no salão. Usava um vestido negro, cor tradicional do luto em Toria; preso à coroa, um véu que lhe cobria quase todo o rosto. Corra quis correr até a rainha mais velha, mas controlou os passos. Stessa ainda não havia chegado, sem dúvida assegurando que cada detalhe de sua máscara mortuária, o costume ludista de homenagear os mortos, estivesse pintado com perfeição. A garota estava sempre atrasada para as reuniões, mas, pela primeira vez, isso não incomodou Corra. Dezesseis anos era uma idade muito jovem para lidar com tamanha monstruosidade.

Quando se aproximou do tablado, Marguerite ergueu o véu. Corra se sobressaltou. A pele de alabastro da rainha toriana estava manchada, e as feições angulosas, arredondadas pelo inchaço. Ela parecia mais velha que seus 40 anos.

Marguerite se levantou e a abraçou. Corra não se deu conta do contato até que se viu engolida pelo perfume floral da rainha.

— Você está bem? — perguntou Marguerite. — Você comeu? Mal parece conseguir ficar de pé. — Ela se afastou, estudando o rosto de Corra. A jovem tentou se acalmar, então assentiu. O peso em seu peito havia se deslocado para a garganta. Marguerite apertou-lhe os braços. Corra desejou poder sentir o conforto de seu toque através do dermotraje.

— Devemos cuidar de nós mesmas, e uma das outras, agora mais que nunca — disse Marguerite. — Somos tudo o que temos. — A tristeza contorcia seu cenho e sua boca.

— Sim — concordou Corra, o olhar preso a Marguerite enquanto ignorava o turbilhão de sofrimento em seu interior.

Os conselheiros tinham juntado os três tronos sobre a plataforma, dispostos na mesma direção: o quadrante de Iris. Corra somente vira os tronos circundando o disco quadariano. Ela hesitou, incerta quanto a seu assento. Todos pareciam iguais, no entanto diferentes, naquele momento.

— Perto de mim, querida — explicou Marguerite, indicando a cadeira ao seu lado. Corra a encarou com um olhar vazio. Iris devia ficar entre as duas. Marguerite segurou a mão enluvada de Corra e lhe deu um aperto encorajador. Corra pressionou os lábios; nem bem um sorriso nem uma careta. Ela podia sentir a decepção de Marguerite. A rainha toriana queria alguém com quem partilhar o luto.

Não conseguiria isso de uma eonita. A emoção toldava os pensamentos, comprometendo lógica e intelecto, o que impedia o progresso.

Corra inspirou fundo e se sentou. De imediato, foi atingida pela vista. Todos os dias, Corra se acomodava voltada para o norte e para onde seu quadrante começava. Embora não houvesse paredes na sala do trono para segregar o que era ou não eonita, ela acreditava poder sentir onde seu quadrante começava e terminava. Amava Eonia, e não parecia correto encarar o lado ocidental do cômodo; Archia e a vizinha Toria. Corra podia ver o brasão toriano pintado no piso, retratando um barco na travessia do oceano. Emoldurando o barco havia um enorme anzol e, no lado oposto, uma luneta, símbolos da dedicação do quadrante ao comércio e à exploração. Ao lado, estava o setor ludista da corte, representado por um brasão de fitas, guirlandas e joias, circundado pelo sol e pela lua; o retrato da frivolidade.

Corra pressionou os dedos no escudo bordado no ombro de seu traje — um filamento de DNA, trançado na forma de laço, o símbolo de comunidade — e se obrigou a usar um manto de serenidade.

Adiante dos brasões pintados, estavam os conselheiros; todos falando ao mesmo tempo, o rosto franzido de preocupação. Sempre houvera uma herdeira para assumir o trono antes do falecimento de uma monarca — era uma das Leis das Rainhas. Uma soberana deveria dar à luz uma menina antes de completar 45 anos. Até mesmo a futura filha de Corra seria obrigada a gerar uma criança antes dessa idade, assegurando a linha de sucessão.

Sem uma rainha por quadrante, as fronteiras que protegiam Quadara havia décadas iriam cair e esmaecer. Ninguém desejava ver a nação reviver seu passado de lutas, e era de conhecimento geral que os quadrantes, e suas respectivas rainhas, mantinham a paz. Se Quadara enfraquecesse, o rico continente corria o risco de atrair a atenção de outras nações. O palácio e seus conselheiros não podiam arriscar o futuro de Quadara.

Os conselheiros se calaram quando a rainha Stessa fez sua entrada. O curto cabelo negro estava trançado e enrolado em volta de sua coroa cravejada de pedras preciosas, lembrando a Corra um ninho de pássaro. Linhas de um vermelho-escuro formavam intrincados desenhos em sua pele dourada, descendo até uma fita em seu pescoço, que simbolizava o ferimento que roubara a vida de Iris. O restante do traje era discreto — para uma ludista. Um simples vestido marrom, representando a terra à qual Iris iria retornar, embora metaforicamente naquele caso. As rainhas eram enterradas dentro das Tumbas das Rainhas, escondidas em um labirinto de túneis sob o palácio.

Stessa fez uma reverência a suas irmãs rainhas e, ao fechar os olhos castanhos por um instante, exibiu pálpebras pintadas de vermelho. A máscara mortuária completa. Um arrepio atravessou a espinha de Corra. Estava feliz que eonitas não tivessem costumes tão estranhos e opulentos. Atrair atenção era desrespeitoso; a pessoa deveria se manter serena e pensativa quando confrontada com a morte.

— Desculpem o atraso — pediu Stessa, sentando no trono. Embora seu rosto fosse a imagem da dor, Corra não identificou nenhum vinco marcando seus lábios. A jovem rainha parecia a menos abalada de todas. Talvez porque Stessa conhecesse Iris havia apenas um ano? Ou talvez porque luditas encontrassem satisfação nas coisas mais bizarras? Tudo era um jogo, um motivo para celebrar, ostentar um traje elaborado e comer uma enorme quantidade de comida.

Stessa teria medo da própria morte? Ou a consideraria uma parte do jogo da vida?, perguntou-se Corra. Como eonita, Corra não devia acreditar nas rainhas do céu ou em vida após a morte, e mesmo assim o fazia, na esperança de um dia reencontrar a mãe. E agora Iris.

— Vamos começar — disse Marguerite, em um tom de voz autoritário. Parecia errado começar sem Iris, como se estivessem manchando sua memória. Os conselheiros tomaram seus lugares. Apesar da presença reconfortante de Marguerite, estava claro que ninguém sabia o que fazer ou dizer.

— E então? — perguntou Stessa, após um momento de silêncio. — O que fazemos agora?

A conselheira de Iris, uma mulher alta, com uma mecha de cabelo branco, deu um passo à frente.

— Falarei por minha rainha e por Archia.

As irmãs rainhas se encararam antes de assentir.

— Prossiga, Alissa — permitiu Marguerite, os olhos astutos prontos para analisar tudo.

— Obrigada, rainha Marguerite — agradeceu ela. — Como todos sabem, a rainha Iris não tem uma herdeira. Ela estava tentando engravidar, mas ainda não havia conseguido um encontro fecundo.

Mentira. A verdade era que Iris nem mesmo tentara encontrar um parceiro.

Corra olhou para Marguerite. A rainha toriana também não tinha gerado uma herdeira, depois de anos de tentativas. Ela não fora capaz de levar uma gravidez a cabo, mesmo com a ajuda da medicina eonita. Rumores de que jamais conseguiria se espalhavam pelo palácio.

Nunca houvera menos que quatro rainhas em mais de quatrocentos anos; não desde que o rei de Quadara tomara como esposa uma mulher de cada região de sua nação. *Para provar tudo o que Quadara tem a oferecer*, tinha sido sua famosa declaração. Quando ele morreu de forma inesperada, deixando suas quatro jovens mulheres ainda sem herdeiros, as rainhas decidiram que iriam governar o reino — uma para cada quadrante de origem. Fora a solução mais simples.

Marguerite falou, os ombros voltados para os conselheiros a sua frente, a expressão inquisitiva inalterada:

— Com certeza previmos tal evento! — Ela olhou para seu conselheiro, um homem alto, com um agradável rosto redondo, chamado Jenri.

Jenri assentiu.

— Sim, previmos, minha rainha. As Leis das Rainhas dizem que alguma parente tem permissão de assumir o trono, caso não haja descendentes do sexo feminino.

Corra sabia que, em tais circunstâncias, não importava quem seria a mulher, contanto que elas pudessem continuar o que as quatro consortes do rei — as rainhas originais de Quadara — tinham começado.

Podia sentir a tensão; o palácio precisava de uma herdeira archiana, antes que o povo de Quadara soubesse da morte de Iris. Apenas rainhas podiam fazer cumprir as Leis das Rainhas. Sem as leis, a nação mergulharia no caos, e os que questionavam a relevância das quatro rainhas e dos muros naquela era de paz ganhariam voz. E isso iria atiçar o levante que tomava corpo no distrito de Jetée, em Toria; eles exigiam maior acesso a Ludia e Eonia, insatisfeitos com seu lugar na hierarquia da nação.

Marguerite tentou acalmar os ânimos, permitindo que seu povo continuasse a controlar o comércio em Quadara, mas a rainha sabia que queriam mais.

Alissa assentiu para Jenri.

— Vamos começar a busca por uma substituta para a falecida rainha imediatamente.

— Falecida? — bufou Stessa. — Iris foi assassinada! Sua garganta, cortada! Você fala como se ela tivesse escolhido nos deixar.

— Peço desculpas por minhas palavras — replicou Alissa, baixando os olhos.

Marguerite se virou para a jovem rainha.

— Stessa, são tempos difíceis para todos. Não desconte em nossos conselheiros. Eles sofrem tanto quanto nós.

Stessa se enfureceu.

— Só porque é a mais velha não quer dizer que pode me tratar com superioridade. Você não me governa, nem a Ludia.

Marguerite estendeu o braço sobre o colo de Corra para alcançar Stessa.

— Não foi minha intenção — disse ela.

Stessa apenas olhou para os dedos de Marguerite.

— Bem, então se esforce mais.

Marguerite recolheu a mão, como se tivesse sido picada.

— Com a ausência de uma das rainhas — continuou Stessa —, você já está se aproveitando da situação para seu próprio interesse.

— Meu próprio interesse? — Marguerite se recostou no trono, irritada. — Meus interesses são meu quadrante, minhas irmãs rainhas e Quadara. Somente.

— Improvável! — retrucou Stessa. — Você encara o momento como uma oportunidade para ter mais voz na corte! Você é de Toria. Claro que quer meter o nariz nos negócios de todos. Por que não nos deixa em paz?

— Chega! — Corra se levantou do trono. — Não podemos nos voltar umas contra as outras. — Iris era a mais forte de todas; sem ela, as outras já começavam a desmoronar. — Por que não estamos discutindo o que aconteceu com ela?

Marguerite se afastou de Stessa com um leve aceno de cabeça. As duas tinham sido próximas quando Stessa chegara ao palácio, precisando de uma figura materna, mas agora a jovem rainha parecia se ofender sempre que Marguerite abria a boca.

— Lamento, rainha Corra — começou Alissa. — Achei que soubesse. É terrível, mas a garganta dela foi...

Corra a interrompeu com um aceno de mão.

— Isso não. Ninguém me disse *quem* foi o autor do crime. Por que estamos brigando como crianças quando há um assassino no palácio? Que *ainda* pode estar no palácio? — Somente ela se preocupava com o real problema?

Stessa afundou ainda mais na cadeira, se encolhendo, como um animal ferido.

— Um assassino?

— Uma pessoa não é assassinada sem um assassino — argumentou Corra, sem rodeios. — Não seja tola. — Ela quisera dizer *infantil*, mas era um golpe baixo. E a rainha eonita não era impulsiva. E sim calma. Serena.

Mão firme. Coração firme. Corra se lembrou das famosas palavras de sua mãe.

— É claro que precisamos encontrar uma herdeira para Archia. — Ela se dirigiu aos conselheiros, a mão sobre o pequeno volume onde seu relógio estava escondido pelo dermotraje. — Mas não podemos nos esquecer do que nos trouxe aqui. Temos que descobrir quem matou Iris e por quê.

— Ela não era muito gentil — comentou Stessa em voz baixa, estudando as unhas pintadas de preto.

Talvez ela não o fosse com Stessa, pensou Corra. Iris tinha problemas com a rainha ludista e seu temperamento inconstante. Várias vezes, havia comentado que Stessa era muito jovem para levar sua posição a sério.

— E ela queria muito de tudo isso. — Stessa estudou as palavras gravadas nas paredes ao redor. — Mais do que era permitido.

Corra desviou a atenção para a rainha de Ludia.

— Do que está falando?

Stessa afastou o olhar.

— Você sabe como ela era. — Mas a jovem deixou algo implícito, as sobrancelhas escuras franzidas, a máscara mortuária esfacelando.

Ninguém falou em defesa de Iris. Corra sentiu um peso queimar em seu estômago.

— A rainha Iris era uma boa soberana — disse Marguerite enfim, a voz firme, como se desafiasse qualquer um a desmenti-la. Então se dirigiu a Alissa: — E a rainha Corra tem razão. Precisamos descobrir como alguém entrou despercebido no palácio e matou a rainha Iris. Como essa pessoa não foi vista? E como foi possível que cometesse um ato tão sinistro sem que ninguém notasse?

— Vou investigar, rainha Marguerite — assegurou Alissa.

— Não — discordou Corra. Todos os olhos focaram na rainha eonita. Ela tirou a mão do peito. — Precisamos de alguém de fora do palácio, desvinculado do pessoal da rainha Iris. Alguém livre de influência.

E de suspeita.

As irmãs rainhas assentiram.

— Vou chamar um inspetor imediatamente — decidiu Corra. — Vamos descobrir a verdade.

CAPÍTULO 5

Keralie

Olhei para a parte de trás do chapéu gasto do mensageiro. Qual era seu plano? Pedir o estojo a Mackiel? Roubá-lo de volta? A não ser que arrematasse o estojo de comunicação no leilão...

Não era possível que pudesse pagar por ele. O estojo com certeza ia causar um furor de lances. As pessoas matariam pela chance de usar uma tecnologia exclusiva de Eonia e de *vivenciar* o quadrante. Apesar de jamais ter tido o prazer de experimentar um, eu sabia que os chips de comunicação permitiam aos eonitas compartilhar suas memórias.

O mensageiro era um tolo por ir ao leilão. Os capangas de Mackiel não estavam longe — a mera aparição deles com certeza mandaria aquele garoto de volta a seu quadrante perfeito e civilizado antes mesmo que lhe encostassem um dedo.

Ninguém pareceu notar que o mensageiro não fazia parte do grupo. Mas mesmo que eu não tivesse visto o dermotraje preto sob o colarinho, seus movimentos o denunciavam. Calmo e controlado. Nada inquieto, como os torianos. Não tínhamos tempo para ficar parados. Não podíamos nos dar ao luxo. E ele era muito bem-apessoado. As maçãs do rosto pronunciadas, o queixo definido e a pele perfeita se destacavam na multidão de rostos encardidos; de marinheiros que não tiveram tempo de tomar banho antes do início do leilão, com seus quatrilhos oxidados pelo mar e o fedor de peixe.

Esperei que o mensageiro revelasse suas intenções, enquanto ele esperava que seu estojo de comunicação fosse apresentado.

O timbre musical de Mackiel preencheu o salão.

— E esse, meus leais torianos, é o último item do leilão desta noite. — Todos gemeram em resposta. Ele balançou as mãos na direção da audiência. — Não temam! Não temam! Pois meus larápios vão conseguir uma montanha de artigos de todos os quadrantes para amanhã à noite. — Ele inclinou o chapéu-coco, os lábios franzidos. — Aqui, ninguém perde!

O quê? Desviei os olhos do mensageiro para encarar Mackiel. Onde estava meu estojo? Mackiel jamais guardava um item para a noite seguinte, sempre o vendia assim que caía em suas mãos, para se assegurar de que o dono não o viesse reivindicar.

Como o mensageiro.

O público começou a se arrastar para a porta da frente, de volta a suas vidas. O momento fugaz em que vislumbravam outro quadrante chegou ao fim. Dei um passo para o lado para deixá-los passar. Quando olhei novamente na direção do mensageiro, ele havia desaparecido.

No que Mackiel estava pensando? Teria recebido uma oferta prévia? Clientes de maior importância, aqueles que se julgavam acima de tudo o que o Jetée tinha a oferecer, conseguiam permissão para dar seus lances antes, de modo a não serem identificados na multidão. Alguém como o governador Tyne.

— *Você* — disse uma voz atrás de mim. Senti a respiração em minha nuca.

Então me virei.

Era o mensageiro. Seus cachos escuros estavam escondidos sob o chapéu, os olhos enluarados brilhando como os de um gato no escuro.

Antes que eu tivesse a chance de retrucar, ele me puxou pela manga para um canto do corredor e pressionou o topo de um longo cilindro contra a base da minha nuca. E embora tal dispositivo nunca tenha tocado minha pele antes, eu conhecia o formato. Um desestabilizador eonita.

— Onde está meu estojo de comunicação? — perguntou ele.

Fiquei imóvel, temendo que a corrente faiscasse em minha pele e chegasse ao meu cérebro, me deixando inconsciente... ou pior. Desestabilizadores eram usados pelos guardas de fronteira quando alguém tentava entrar ilegalmente em outro quadrante. Calibrado no mínimo, acarretava perda de consciência e do conteúdo do intestino. No máximo, liquefazia o cérebro e os órgãos internos.

— Não está comigo. — Mal movi os lábios, quanto mais o restante. Queria manter minhas entranhas no lugar de direito.

Onde estavam os capangas de Mackiel quando se precisava deles?

O mensageiro manteve o desestabilizador em meu pescoço.

— Você me fez de idiota. Você me roubou. Me diga onde está o estojo e não serei forçado a apertar este botão.

— Aperte o botão, mas vai dar merda. — Ele se encolheu com a palavra. Xingamentos eram proibidos em Eonia; considerados um sinal de emoção. Mas aquilo seria o menor de seus problemas quando os capangas de Mackiel chegassem. — Você nunca vai descobrir onde o estojo de comunicação está.

Ele pressionou o desestabilizador com mais força em meu pescoço. A corrente elétrica formigava em minha pele exposta.

— Preciso do estojo e dos chips dentro dele — disse ele.

— Estou falando a verdade.

— Você tem dez segundos.

— Já disse. Não está comigo.

Ele me virou para encará-lo.

— Onde está, então? Por que não entrou no leilão?

— Largue o desestabilizador e vou descobrir.

Ele estudou meu rosto por um momento, antes de afrouxar o aperto.

— Ok, certo. — Ele indicou a coxia com o queixo. — Me leve até ele.

— Fique aqui e vou descobrir quando será colocado à venda.

— Não. Não era esse o combinado.

Ah, claro! O senso de moralidade eonita fazia de qualquer declaração um juramento de sangue... um acordo compulsório. Eu poderia usar isso em vantagem própria.

Prendi uma mecha de cabelo atrás da orelha.

— Confie em mim. Você não gostaria de conhecer Mackiel. Ele vai matar você por aparecer aqui. Melhor eu descobrir quando o estojo de comunicação vai a leilão, e então você pode voltar para dar seu lance.

Ele me encarou, o rosto eonita inalterado.

— Você quer que eu dê um lance por um item que me roubou?

Dei de ombros.

— É assim que funciona.

— Não é como funciona em Eonia.

Pestanejei para ele.

— Você não está em Eonia.

— Aquele estojo e os chips dentro dele pertencem a mim. A meu empregador. — Ele mexeu em um pequeno aparelho preso a seu ouvido, um comunicador, que lhe permitia conversar com alguém a distância... tecnologia eonita.

— Agora pertencem a mim. — Sorri, de modo doce.

— Você não está entendendo.

Não. O mensageiro é que não compreendia. Mackiel não tolerava traição. Eu já vira larápios serem expulsos por bem menos. Não iria — nem podia — voltar para casa. Tentaria a sorte com o jovem mensageiro. Entretanto, sob o calmo exterior eonita, havia uma insinuação de desespero.

— Me desculpe — pedi, embora não lamentasse. Não de verdade. — Você era meu alvo, e o estojo pertence a Mackiel agora. A única maneira de conseguir a mercadoria de volta é arrematá-la no leilão.

Ele devia ter se convencido de que eu não estava mentindo, pois logo me soltou.

— Se eu não entregar o estojo — começou ele, observando as tábuas mofadas —, vou perder meu emprego. — Ele ergueu os olhos, contornados por cílios negros; um arrepio percorreu minha espinha com a intensidade de sua expressão. — Sem trabalho, vão adiantar minha data de morte.

Data de morte?

Ele percebeu minha surpresa e explicou.

— Já estou praticamente morto. Por favor, farei qualquer coisa que pedir.

Olhei ao redor da casa de leilões; o piso estava repleto de embalagens de comida e guimbas de cigarro. Vira-latas farejavam em busca de qualquer coisa comestível, mijando e cagando onde bem entendiam. Sem nenhuma mercadoria exposta nem os truques de fumaça e espelhos de Mackiel, o verdadeiro rosto da casa de leilões estava à mostra. E apesar de cheirar a suor, merda de cachorro e podridão, era meu lar.

— Me desculpe. — Daquela vez, fui sincera. — O que tem nos chips de comunicação? — Se vinha da Casa da Concórdia, o único lugar onde eonitas, torianos, luditas e archianos negociavam juntos, a memória tinha que ser da mais alta importância. Talvez viesse do próprio palácio?

— Não faz parte de meu trabalho saber, e não importa — respondeu ele. — Só preciso recuperá-los.

— Ok. — Olhei em volta, procurando outros larápios, mas já haviam partido para escoltar os ganhadores a seus lares e recolher o pagamento. Fui a única deixada para trás. — Ok — repeti. — Espere aqui; vou pegar para você.

— Não, vou com você. — Ele pressionou um botão do lado de seu comunicador. — Vou recuperá-lo em breve — disse para a pessoa no outro lado da linha. Embora eonitas não ficassem zangados, a voz abafada vinda do receptor soava bem irritada. Os olhos do mensageiro dispararam para os meus. — Sim. Vou entregar a encomenda amanhã cedo. — O mensageiro pressionou o botão novamente, e a outra voz silenciou.

Aquilo não iria funcionar. Eu não pretendia roubar *de verdade* o item para devolver a ele; precisava apenas escapar e encontrar Mackiel. Ele saberia o que fazer.

— Já disse, não é uma boa ideia. Você fica aqui e eu vou pegar o estojo. — Abri meu sorriso toriano mais doce. — Prometo.

— Não acredito em você — replicou ele.

Eu não o culpava.

— Se Mackiel vir você comigo, vai desconfiar. — Apontei para suas roupas. — Você pode ter enganado a multidão, mas não vai enganá-lo.

Ele me encarou por um momento antes de dizer:

— Seja rápida.

Eu estava cansada de gente me dizendo o que fazer.

O ESCRITÓRIO DE MACKIEL estava vazio, mas eu sabia que ele não tinha ido longe.

As mercadorias roubadas ficavam trancadas em um cofre escondido atrás de uma paisagem ludista — um labirinto de canais e pontes —, a pintura que o pai dele havia roubado quando era um larápio aprendiz. Todos sabíamos o que havia por trás da tela, embora jamais tivéssemos ousado abrir.

Eu me sentei na cadeira de Mackiel para aguardar seu retorno. O porto parecia diferente dali. Bonito até. Se você ignorasse o cheiro, podia se imaginar debruçado sobre uma constelação, já que as lanternas dos barcos refletidas no mar escuro pareciam estrelas no céu da noite. E Mackiel era o rei daquele reino noturno. Até que a rainha de Toria destruísse o lugar.

— O que está fazendo? — perguntou uma voz atrás de mim. Eu me virei na cadeira, a mão no peito.

O mensageiro estava na soleira.

— Falei para você ficar quieto! — Ofeguei. Não estava acostumada a ser espreitada.

— Pegou o estojo?

— Fiquei cansada. Decidi descansar antes. — Coloquei meus pés sobre a mesa.

Ele avançou em minha direção, o desestabilizador erguido.

— Pare de desperdiçar meu tempo.

Aquilo era exatamente o que eu pretendia fazer até que Mackiel e seus capangas retornassem. Em vez disso, acidentalmente olhei para a pintura.

Ele notou meu erro e se aproximou da parede. Então correu os dedos pelas pinceladas antes de deslocar a paisagem.

— Ah, bem — eu disse, olhando para os tijolos atrás da obra de arte. — Acho que não sei *mesmo* onde está. — Tentei não soar muito presunçosa.

— É um cofre eonita — constatou ele, pressionando a mão contra a parede. Por um instante, os tijolos brilharam, como se guardassem algo reluzente.

Quando Mackiel havia progredido para um cofre eonita? E por quê? Devia ter alguma coisa a ver com o estojo e os chips em seu interior. Que memórias continham para demandar aquele tipo de segurança?

— Abra — ordenou o mensageiro, com um aceno de cabeça.

Pressionei a mão na parede, e o cintilar recomeçou.

— Isso parece algo que eu consiga abrir?

Ele deixou escapar um suspiro exasperado.

— Abra o cofre, e eu não vou machucar você.

Levantei as mãos.

— Não estou mentindo. Não posso abrir.

— Você é uma ladra — argumentou ele, as palavras carregadas de desprezo.

— A melhor — acrescentei com um sorriso.

— Então abra. — Ele avançou, o desestabilizador apontado para minha cabeça.

Recuei um passo.

— Não vamos nos precipitar. Isso é tecnologia de Eonia. — Eu tinha ouvido sobre homens de negócios do Jetée recorrendo à segurança eonita para desencorajar outros torianos. — Nem mesmo sei como funciona.

— O cofre é sincronizado com os pensamentos do dono. Abre apenas quando ele deseja que seja aberto — explicou.

— Mackiel nunca vai abrir isso para você. — Onde *estava* Mackiel?

— O cofre é construído a partir de micro-organismos, assim como a tecnologia usada no tecido de nossos dermotrajes — continuou ele, me ignorando. — Na essência, são sencientes.

— Muito interessante. — Acenei para a parede. — Mas não vai ajudar. Sou uma ladra, como disse, não uma terapeuta. Não tenho como desembaralhar, ou embaralhar, mentes, seja lá qual for o caso. — *Espere um momento*. Pisquei. Não podia codificar uma mente, mas sabia de algo que podia fazer isso. — Me dê seu desestabilizador.

O mensageiro me encarou, como se eu tivesse enlouquecido.

— Não.

Coloquei as mãos no quadril.

— Posso abrir o cofre. — Não que minha intenção fosse essa. Assim que pegasse o desestabilizador, eu o usaria no mensageiro.

O jovem olhou da parede para a arma, então exclamou quando entendeu. Pena que não era tão idiota quanto sua expressão rígida sugeria. Ele tirou o chapéu e passou a mão pelos cachos escuros.

— Por favor, se afaste.

— Só porque pediu com educação.

O mensageiro encostou o desestabilizador na parede e pressionou o pequeno botão na base. Uma intensa luz azul brilhou antes de os tijolos desaparecerem completamente, os micro-organismos então inconscientes.

Embora devesse me preocupar com a possibilidade de Mackiel nos flagrar abrindo seu cofre, não pude evitar a excitação. Eu me esqueci de onde estava, seduzida pelo jogo.

O cofre se abria para a escuridão. Eu semicerrei os olhos. A caixa-forte não parecera tão grande na última vez que estive ali. Mackiel devia tê-la expandido para o interior do cômodo ao lado... seus aposentos. Por que não tinha me contado? E o que mais estava escondendo?

O mensageiro acionou um botão em seu desestabilizador, e um círculo de luz surgiu, iluminando a alcova de súbito. As prateleiras próximas estavam praticamente vazias, fazendo com que o estojo de comunicação se destacasse.

Disparei à frente e deslizei o estojo para minha mão antes que o mensageiro pudesse pegá-lo.

— O que está fazendo? — perguntou ele.

— Garantindo minha segurança. — Saí do cofre, os olhos fixos no desestabilizador. — Vamos fazer uma troca. Você me dá o desestabilizador, e eu entrego o estojo.

Anda, anda.

O mensageiro avançou um passo, mas então parou, o olhar preso na entrada do escritório. Relutante, me virei.

— Olá, querida. — Mackiel bloqueava a saída, uma pistola em punho.

O mensageiro ergueu o desestabilizador, mas a arma era inútil àquela distância. Eu já havia visto versões mais potentes, que disparavam dardos de alta voltagem, mas parecia claro que aquele modelo menor fora criado para o combate corpo a corpo.

— Mackiel! — exclamei, aliviada. — Graças às rainhas do céu você chegou. O mensageiro disse que iria me desestabilizar se eu não devolvesse o estojo de comunicação.

Mackiel se colocou atrás da escrivaninha, a pistola empunhada com firmeza.

— É mesmo?

Franzi o cenho, confusa com a resposta indiferente. Sei o que a situação parecia indicar, mas eu jamais trairia Mackiel.

— Sim. — Não era a hora para joguinhos.

O mensageiro me lançou um olhar furioso, uma expressão que eu nem achava que ele seria capaz de exibir.

— Kera, querida — ponderou Mackiel. — Minha larápia mais ousada, mais talentosa... minha *melhor* larápia. — Ele não disse *amiga*. Fiquei quieta, incerta de onde ele pretendia chegar com aquilo, assustada com o brilho assassino em seu olhar. — *E* minha mentirosa mais convincente. — Ele sorriu. — Eu treinei você bem.

Só então me dei conta de que a pistola estava apontada para mim.

— Do que você está falando? — perguntei. — Você me conhece. Eu nunca...

— Ah, cale a boca! — vociferou ele. — Sei exatamente do que você seria capaz ou não. Me passe o estojo. Agora.

— Qual é o seu problema? Você sabe que eu jamais trairia você.

— Sério? — Ele ergueu uma sobrancelha. — Está dizendo que nunca me abandonaria à própria sorte? — Mackiel coçou o pescoço.

— Isso aconteceu há anos! Você sabe que foi um acidente! E o que isso tem a ver com o estojo? O que tem de tão importante nas memórias contidas nos chips?

— Um acidente? — Ele comprimiu os lábios. — Como o de seu pai? Muita gente parece sofrer *acidentes* a sua volta.

Eu me encolhi como se tivesse levado um tapa. Ele jamais tinha falado comigo daquela maneira. Mackiel se tornara frio, sim, mas nunca cruel. Aquele não era meu amigo. O garoto que eu conhecia *jamais* teria me jogado aquilo na cara. Ele havia me consolado quando meu pai tinha sido gravemente ferido. Ele me oferecera um lugar para morar quando não pude encarar minha mãe. Então por que estava se virando contra mim?

— Me passe o estojo antes que meu dedo escorregue — instruiu Mackiel, com um sorriso sarcástico. — *Acidentalmente.*

Eu estava prestes a me tornar outro corpo jogado no esgoto? Seria mesmo culpa dos capangas, ou Mackiel vinha se "empolgando"?

— Por favor, Mackiel. — Levantei os braços, meu bracelete de larápia tilintando no braço. — Não faça isso!

Ele apontou a pistola para o mensageiro.

— Mexa-se. — Ele apontou para mim com o cano da arma. — Fique ao lado dela.

Mackiel sempre quis provar que era mais corajoso do que parecia. Chegaria a me matar para tanto?

— Rápido! — ordenou.

Mackiel escolhera o mensageiro como alvo; de algum modo, ele tinha descoberto o que havia naqueles chips e como eram vitais. Vitais para a sobrevivência da casa de leilões, tudo o que lhe restara do pai. Talvez fosse uma memória *do* pai? Provavelmente, não. Mas era óbvio que se importava mais com aquele estojo que com nossa amizade. Eu teria que usar isso contra ele.

Abri a janela atrás de mim.

— Se chegar mais perto, jogo o estojo no mar. — Estiquei o braço para o ar gelado. — E aí você vai ter que mergulhar até o fundo do oceano para recuperá-lo. — Ambos podíamos apelar para *aquele* dia. O dia em que ele quase se afogou.

— Você não ousaria. — Mackiel hesitou, a pistola baixando um pouco em sua mão.

— Achei que você soubesse do que sou ou não capaz. — Olhei para o mensageiro. Sua expressão traía um lampejo de medo. Eu teria que ser corajosa por nós dois.

— Calma, calma — disse Mackiel. Seria suor brilhando em sua testa? — Não faça nada idiota. — O mar ia corroer os chips; ele não permitiria que eu mandasse aquelas memórias e o negócio do pai para o leito do oceano.

— Nos deixe ir — sugeri. — E eu entrego o estojo de comunicação, além do desestabilizador como bônus, em nome de nossa amizade. — Arreganhei os dentes, não exatamente num sorriso. — Vai atingir um bom preço amanhã à noite, fazer seus clientes felizes. Ninguém mais precisa saber o que aconteceu aqui. — Esse era o motivo para ele querer se livrar de nós, certo? Sua reputação. Ele iria recuperar o estojo, assim como quaisquer memórias contidas naqueles chips.

Mackiel me deu um sorriso cruel.

— Me dê o estojo, e eu não meto duas balas em você.

Ele não faria isso.

Pelo menos, o velho Mackiel não faria isso. Ele havia passado muitos anos fingindo ser implacável, muitos anos tentando impressionar o pai com atos cada vez mais sombrios, desesperado por sua atenção, seu amor. Mas, desde que contratara os capangas, tinha tomado um caminho sem volta.

O estojo de metal parecia frio contra minha palma, reconfortante. Tudo o que eu tinha agora eram o estojo e seus chips. Mackiel precisava se importar comigo tanto quanto parecia se importar com aqueles chips. Restava apenas uma opção.

Meus olhos encontraram o mensageiro antes que eu pressionasse o botão no topo do estojo. Um silvo ecoou conforme a tampa se abria. Os dois, Mackiel e o mensageiro, ficaram petrificados.

— Cuidado, querida — pediu Mackiel, a voz baixa, o olhar se alternando da janela para a água abaixo. — Vamos nos afastar da janela...

Antes que ele pudesse me alcançar, peguei os quatro chips redondos e translúcidos de dentro do estojo e os enfiei na boca. Quando os chips se dissolveram em minha língua, os links de vídeo gravados no dispositivo viajaram até meu cérebro, mexendo em minhas sinapses e tomando meus sentidos. Eles me transportaram para outro tempo e lugar. Eu não estava mais no escritório de Mackiel.

Estava no palácio.

O corpo coberto de sangue.

PARTE DOIS

CAPÍTULO 6

Keralie

As imagens tremeluziam em minha mente como os Relatórios das Rainhas exibidos em Concórdia. Só que transmitidas em vermelho.

Não. Não era isso. As imagens eram coloridas, mas estavam cobertas de sangue. Parecia que um véu vermelho havia sido colocado sobre meus olhos.

O tremular diminuiu. As cenas permaneceram. As imagens entraram em foco.

Uma coluna de pele pálida impecável. Uma faca prateada fina. Um corte rápido. Uma boca aberta para articular o grito. Sangue brotando de um ferimento profundo. Um abismo em vermelho.

E então...

Líquido dourado se tornava rubro. Primeiro estagnado, depois em movimento. Espirrando, rodando, salpicando os ladrilhos, como se o líquido estivesse vivo. Uma cabeça coberta de cabelos escuros submersa. Uma coroa dourada no fundo. Um último suspiro. Um corpo lânguido, boiando na superfície.

Em seguida...

Uma centelha. Luz. Calor. Pele borbulhando e empolando. A mão pressionada no vidro. Uma boca se abre. Implora. Pele escura coberta com cinzas, como pó sobre um túmulo.

Por fim...

Um corpo se contorce. Treme. Sua. Cabelo escuro e sem vida espalhado sobre um travesseiro. Bile é expelida. Repetidas vezes. Pele amarelada. Lábios exangues se abrem. Um grito derradeiro.

Eu queria berrar, mas não conseguia. Elas estavam presentes. Por toda a parte... as imagens. As coroas. Os rostos. Rostos que eu conhecia bem demais. Rostos que já vira muitas vezes nos Relatórios das Rainhas. Elas estavam ali. Todas elas. As quatro rainhas... mortas. Gravadas em minha retina. Dentro de minha cabeça.

Como você se esconde da própria mente?

Fuja, fuja, fuja!

— O QUE VOCÊ FEZ? — perguntou uma voz.

O rosto agonizante de meu pai se insinuou em minha retina, se juntando às rainhas.

Agonia demais. Sangue demais. *De novo não. De novo não.*

Sequei as mãos no vestido, tentando limpar o sangue. Mas sem sucesso.

— Keralie!

Arfei, me libertando da escuridão e da ruína. O escritório de Mackiel entrou em foco. Eu me virei para a voz, sacudindo a cabeça para desalojar as imagens, como se me libertasse de um atoleiro. Agora que os chips tinham se dissolvido completamente, lavados por minha saliva, meus sentidos voltaram. Mas nem tudo parecia desvanecer.

— Kera. — Mackiel se aproximou, a pistola em um aperto frouxo, os olhos ansiosos. — O que você viu?

Havia me esquecido de que estava ali. Tinha me esquecido de tudo. Tudo, exceto as imagens. Aqueles rostos marcados pela morte. O que *foi* aquilo?

Encarei o mensageiro. Seus olhos estavam arregalados. Chips de comunicação eram a forma perfeita de mensagem unilateral não rastreável. Perfeitos para gravar um assassinato ou mutilação.

— Me mate — provoquei Mackiel, ainda voltando à realidade — e jamais saberá.

Era óbvio que ele planejava vender o estojo de comunicação e aqueles chips pelo lance mais alto.

No que ele havia se envolvido? O pai jamais se metera em intrigas palacianas. Governar o Jetée era tudo com que se importava.

Gostaria de ter engolido um chip por vez, como era apropriado, para que pudesse compreender melhor as memórias; mas uma parte de mim não queria saber de mais nada. Muito sangue. Muita morte.

— Não vamos agir de maneira precipitada — aconselhou Mackiel.

— Precipitada? — Soltei uma gargalhada. — É você que está segurando a pistola.

— Bem lembrado, querida. — Ele pousou a arma na escrivaninha, abrindo os dedos cheios de anéis em rendição. — Melhor assim?

Balancei a cabeça.

— Nos deixe ir. — Indiquei o mensageiro. — Nos deixe viver. E vou cogitar contar a você o que vi naqueles chips.

Os olhos de Mackiel, delineados com kohl, examinaram o mensageiro.

— Ele pode ir. Você — seu olhar reencontrou o meu — fica.

Mas eu não queria nem continuar no mesmo quadrante que ele, quanto mais no mesmo cômodo. Havia algo sinistro em sua expressão — algo ávido e faminto, que fazia minha pele se arrepiar. Aquele não era o garoto que tinha chorado por semanas após enterrar o pai, ou que cuidara de mim depois que quase perdi o meu. Mas não podia permitir que ele visse o quanto a situação me magoava. Mackiel usava a fraqueza de uma pessoa contra ela mesma.

— Sem acordo — decidi.

— Se acalme, querida. — Suas palavras soaram melódicas e tranquilizadoras, mas um tom desesperado arranhou a superfície. — Você sabe que eu nunca machucaria você de verdade. *Prometo*. — Mas aquela era *minha* palavra. Uma que eu sempre usava, mas jamais com intenção de cumprir. — Você sabe que não pode voltar para casa. — Ele não se referia a meus aposentos no andar de baixo.

Eu quis cobrir os ouvidos com as mãos; quis gritar com Mackiel por usar minha família contra mim. Em vez disso, me dirigi ao mensageiro.

— Venha até aqui.

O mensageiro hesitou, intercalando o olhar entre Mackiel e eu. Eu o encarei, aborrecida. Enfim, ele se aproximou.

— Kera. — A voz de Mackiel parecia revestida em aço. — Vamos nos sentar e conversar por um momento. — Ele tirou o chapéu-coco e se sentou na mesa. O suor brilhava em sua fronte. Ele estava nervoso com a situação. *Ótimo.*

— Já conversamos o bastante. Nos deixe ir, sem nos seguir ou mandar que seus capangas façam isso.

Mackiel deu de ombros, duas nítidas protuberâncias pontudas sob o casaco largo.

— Não posso controlar cada passo de meus homens. São homens livres, afinal.

Livres? *Pouco provável.* Cerrei os dentes.

— Sim, você pode. E vai. Não brinque comigo, Mackiel.

— Eu? — Ele apontou para si mesmo e arregalou os olhos. — Nunca. Por que não conversamos? — perguntou, indicando a cadeira de sua mesa. — Vamos nos acalmar um pouco, tornar as coisas mais civilizadas. — Então abriu um sorriso largo. — Que tal um jantar?

A escuridão que por meses vinha borbulhando sob o exterior de Mackiel enfim se revelava. Os olhos se estreitaram. Os movimentos pareciam frenéticos. Ele me observou com a mesma intensidade com que estudava seus alvos. Deliberadamente. *Sim.* Era isso mesmo. Mas agora eu era a presa.

Eu tinha que fugir para onde não houvesse chance alguma de ele me seguir.

— Claro — respondi. — Mas antes — joguei o estojo agora vazio em sua cabeça — se abaixe!

Quando ele se abaixou, pulei pela janela aberta em direção às águas negras junto do mensageiro.

A ÁGUA ESTAVA tão gelada quanto eu havia imaginado.

É claro, eu não tinha planejado todos os detalhes e, nos momentos antes de atingir a água escura, questionei minha decisão. Era inverno. Era noite. A água estaria de um frio cortante.

Pela primeira vez naquela noite, não me desapontei.

A água golpeou meus pulmões. As ondas pareciam agulhas, apunhalando implacavelmente meu rosto, meu pescoço e meus braços nus. O sal queimava minhas narinas e fazia meus olhos arderem. Não tinha certeza se estava ou não de ponta-cabeça naquele túmulo aquoso e flutuante.

E, embora devesse ter lutado para chegar à superfície, pensei em Mackiel e naquele dia, sete anos antes.

Nós nos conhecíamos havia poucos meses quando eu sugeri que pulássemos do Jetée. Era um escaldante dia de verão, e a água refletia o mesmo azul cristalino do céu. Mackiel hesitara; era ainda mais magro naquela época, quase um graveto. Mas eu prometera tomar conta dele, me gabando de ser uma exímia nadadora. Havia passado todos os verões mergulhando do barco de meus pais e podia prender a respiração por longos períodos de tempo.

— Vou tomar conta de você — garantira eu. — Prometo.

Então pulamos.

Quando Mackiel se debatera e afundara, pensei que estava brincando. Mackiel estava sempre brincando. Seu rosto se contorceu, bolhas de ar surgiram na superfície da água ao meu redor enquanto ele abria e fechava a boca como um peixe. Eu ri de suas palhaçadas.

Percebi meu erro quando seu rosto ficou vermelho, então azul.

Mergulhei e consegui trazê-lo à superfície, prendi o corpo flácido sob o braço — ele se encaixava perfeitamente naquela época — e o arrastei até a margem.

Imediatamente, cuspiu a água dos pulmões, mas foi só quando ele sorriu que relaxei. Ele jamais acreditou em minhas promessas de novo, como se tivesse sido minha intenção machucá-lo.

A correnteza puxou minhas roupas, me trazendo de volta ao presente. Ali estava eu, rodeada pela escuridão. Bati os pés de novo e de novo até minha cabeça romper a superfície da água. Olhei em volta, procurando os postes de luz das docas.

Conforme singrava as águas, tive esperança de me acostumar à dor congelante. Mas isso não aconteceu. E minha saia parecia decidida a me arrastar até o fundo do mar, para me juntar aos que já haviam tentado enganar Mackiel. Imaginei braços pálidos se estendendo do leito do oceano, prontos para agarrar minhas botas.

Uma onda estourou em minhas costas, como um cavalo em disparada, me conduzindo até as docas.

Não. Não era uma onda. Era um braço, me envolvendo, pesando sobre mim. Cabelo escuro ondulava sobre a água, olhos pálidos refletiam a luz das estrelas.

O mensageiro.

Por que tentava me afogar? Um corpo se debatendo em um líquido rubro-dourado aflorou em minha mente. Eu não me entregaria tão facilmente.

Chutei, acertando sua barriga.

— Pare! — cuspiu ele. — Estou tentando ajudar você.

Senti ânsia de vômito, a boca cheia de água salgada, que arranhou minha garganta ao ser colocada para fora.

— Seu vestido está pesando muito.

— Obvluo. — *Óbvio*, tentei dizer.

— Precisamos — ofegou ele enquanto cortava a água — livrar você dessa roupa.

Assenti e levei as mãos até os laços em minhas costas. Sem o auxílio dos braços para me manter boiando, minha cabeça afundou.

Duas mãos fortes me trouxeram de volta à superfície.

— Pare! — disse ele. — Deixe que eu faço isso.

Eu quis zombar de sua intenção de me despir desde que nos vimos pela primeira vez, mas minha boca se encheu de mais água salgada.

O mensageiro me virou em seus braços, e tentei ao máximo me manter na superfície enquanto ele afrouxava meu espartilho. Sua valente tentativa de impedir que eu saudasse o leito do oceano com um salgado beijo arenoso já cobrava seu preço. Estávamos afundando.

— Por que isso é tão complicado? — arfou ele.

Pensei em seu dermotraje, com os simples fechos magnéticos.

— Aqui. — Consegui dizer, pegando a gazua afiada presa a meu bracelete de larápia. — Corte os laços com isso.

Ele não perdeu tempo em serrar o corpete do vestido. Minhas roupas flutuaram para longe, e eu tomei impulso, livre. O alívio foi imediato.

Sem o peso do vestido, fui capaz de nadar com desenvoltura. O mensageiro não estava muito atrás. Seguimos na direção das docas.

Eu já estava na metade da escada do cais quando uma voz soou na escuridão, como uma sirene de nevoeiro.

— Encontre os dois! — ordenou Mackiel. — Não podemos perder Keralie de vista!

Estremeci. Ele reservava aquele tom de voz para certas pessoas. Apenas duas, na verdade.

Seus capangas.

Eu me esgueirei de volta à água, colocando o indicador sobre os lábios de modo que o mensageiro ficasse em silêncio.

— Não vejo nenhum dos dois — comentou uma voz baixa como o som de passadas na neve.

Estávamos muito na merda.

— O que foi? — sussurrou o mensageiro.

Tapei sua boca com a mão, mas já era tarde.

— Mas consigo ouvi-los — disse a voz. — Estão na água, abaixo de nós.

— Não me importo com ele — avisou Mackiel. — Pegue a garota. *Agora!*

Uma figura sombria mergulhou na água enquanto botas pesadas ecoavam no cais acima.

— Mexa-se! — Empurrei o mensageiro na direção da margem, para longe das docas. — *Mexa-se!*

Nadei o mais rápido que podia, torcendo para que o mensageiro me imitasse.

Cometi o erro de olhar para trás. O mensageiro estava atrás de mim, assim como um dos capangas de Mackiel. Era careca, com dois olhos completamente negros, pois eram apenas pupilas, o que melhorava sua visão além do limite da normalidade. A pele era amarelada e escamosa e cheirava pior que peixe podre. Ele avançava em nossa direção, como uma fantasmagórica criatura marinha.

— Nade mais rápido — gritei para o mensageiro.

Mackiel riu de algum lugar acima de nós. Não se arriscaria a se aproximar da beirada do cais, e havia mandado os capangas para fazer seu trabalho sujo, como de hábito.

Alguma coisa agarrou meu tornozelo. Gritei.

— Não sei por que sempre fica assim nervosa perto dos capangas — comentou Mackiel. — São uns sujeitos tão charmosos. Não machucariam uma mosca. — Ele riu de novo.

Quem dera aquilo fosse verdade. Podiam ter sido homens bons no passado, que, sob a supervisão de Mackiel, se transformaram em algo deturpado. Ou seria o contrário, e Mackiel era o verdadeiro monstro?

Um dos capangas prendeu minhas pernas e me empurrou até a lateral de um dos pilares do cais. Seus olhos negros refletiam minha expressão aterrorizada.

— Me solte! — gritei.

— Passe ela para cá — ordenou uma voz rude.

Gritei quando o primeiro capanga me levantou.

— Não se preocupe, Keuaui — balbuciou o segundo capanga; o lado direito de seu rosto estava carcomido. — Não vamos machucar você. — Ele se inclinou, revelando o osso amarelado onde metade do músculo e da pele tinha soltado de seu braço esquerdo.

Antes que seus dedos ossudos pudessem se fechar em meu ombro, algo pulou da água e o acertou em cheio.

O mensageiro!

O jovem pressionou o desestabilizador contra o capanga. Ouviu-se um barulho alto, e as veias restantes no braço do monstro ficaram azuis, depois pretas. Os olhos do capanga reviraram, e ele inclinou a cabeça na direção do Jetée, o corpo duro como o cadáver a que cheirava. O mensageiro desapareceu debaixo da superfície do mar.

Eu pensei que o capanga estivesse morto, até que o ouvi gemer. O mensageiro não tivera a coragem de ajustar o desestabilizador no máximo.

— O que está acontecendo? — perguntou Mackiel, a voz parecendo vir de longe. Ele não arriscaria verificar por si mesmo.

O outro capanga estreitou os olhos negros para a água, tentando enxergar na escuridão profunda. Eu jamais vira um capanga com medo de alguma coisa ou de alguém. Esperneei em seus braços, mas ainda assim ele não me soltou.

— Respondam! — rugiu Mackiel.

Mordi a mão amarelada do capanga, que soltou um uivo, como um animal ferido.

Outro barulho.

O capanga estrebuchou na água, e minha pele formigou com a proximidade. Seus braços enrijeceram na lateral do corpo, me libertando.

— Vamos — chamou o mensageiro, aparecendo ao meu lado, o desestabilizador na mão.

Ele não precisou falar duas vezes.

Quando chegamos à margem, rastejei até a areia e cuspi a água. Deitada de costas, observei as estrelas piscando para mim, como se aquela noite fosse alguma piada. Imaginei que era uma diversão para as rainhas mortas assistir à nossa aventura de cima.

O mensageiro pairou sobre mim, escondendo as estrelas. Gotas d'água brilhavam nas bochechas definidas e nos lábios cheios; o cabelo negro estava grudado no rosto, como algas. Os olhos pareciam pérolas leitosas na luz fraca. Enquanto eu me sentia como um rato de esgoto semiafogado, ele parecia o que os marinheiros torianos chamavam de *sereia*, uma criatura mítica sedutora, que atraía navegantes para fora dos barcos, em direção às ondas, e eles nunca mais eram vistos. Meu pai costumava chamar a mim e minha mãe de *sereias costeiras*, tentando-o a viver em terra. Eu queria que tivéssemos conseguido.

— Você está bem? — perguntou o mensageiro.

Rolei de lado e, com cautela, me levantei.

— Acho que sim. — Passei as mãos pelo corpo. — Sim, tudo no lugar.

— O que, em nome das rainhas, *eram* aquelas coisas? — indagou ele.

— Os capangas de Mackiel. — Estremeci. — São do *seu* quadrante. É o lado feio de se tentar criar um mundo perfeito.

Ele grunhiu.

— Eonia está longe de ser um mundo perfeito.

Vindo daqueles lábios perfeitamente esculpidos, eu achava difícil de engolir.

— Cientistas de Eonia estavam tentando criar um substituto para a HIDRA — argumentei. — Achavam que, se pudessem vencer a morte, o fim das doses de HIDRA não seria um problema. Para testar o sérum, eles destruíram certas partes dos capangas, na esperança de conseguir reviver as células. — Estremeci, pensando nos corpos devastados. — Não funcionou.

Seus olhos se iluminaram.

— Você sabe sobre a HIDRA?

— Claro que sim. Todo mundo sabe. — Não era bem verdade. Eu sabia da existência da HIDRA por causa de Mackiel e de meu pai, mas não queria tocar no assunto.

— Mas o que eles fazem aqui? — perguntou o mensageiro. — Em Toria.

— Mackiel conhece os guardas de fronteira entre Eonia e Toria... Ou melhor, conhece todos os segredos dos guardas e os chantageia em troca de informação sobre qualquer tecnologia eonita que possa valer a pena roubar. — *Extorsão é outra forma de negócio,* gostava de falar. — Ele força os guardas a dar salvo-conduto a eonitas desesperados por cruzar a fronteira de Toria ilegalmente para se tornarem seus funcionários. E não tinha ninguém mais desesperado que aqueles dois.

Infelizmente, os capangas não haviam se dado conta de que, ao abandonar Eonia, tinham apenas trocado um pesadelo por outro. Agora Mackiel controlava seus passos. E, apesar de fornecer abrigo, ele não remunerava os dois pelo "serviço de proteção". Uma vida em Toria, ou uma quase vida, era o único pagamento que recebiam. A alternativa era a morte.

— Eles fazem o trabalho sujo e matam de susto qualquer um que tem o desprazer de cruzar com um deles — concluí.

— Que coisa triste.
Soltei uma risada.
— Triste? Você não viu os dois? Eles são nojentos!
— Sim, eu vi. — Uma sombra caiu sobre seu rosto. — Mas com certeza foram homens um dia.
— Sim, mas não são mais. — Eles haviam ambicionado uma melhor posição na sociedade eonita ao se voluntariar para testes genéticos; agora nem tinham permissão de deixar a casa de leilões durante o dia, para o caso de serem vistos pelas autoridades de Toria. Antes de os capangas fugirem de Eonia, os cientistas haviam planejado abortar seus experimentos fracassados. Se Mackiel fosse descoberto escondendo eonitas fugitivos, seria o fim de seu negócio. Ele tinha poder em Toria, mas não tanto.
O mensageiro assentiu.
— Imagino que queira isto de volta — disse ele, após um instante. Então me devolveu a gazua.
— Obrigada. — Eu a prendi outra vez ao bracelete, embora uma parte de mim quisesse jogá-la no mar. Já tinha percebido que havia alguma coisa muito errada com Mackiel, mas jamais imaginara que ele se voltaria contra mim.
Enfiei as mãos geladas nos bolsos. Estava um pouco mais quente ali dentro, ainda que úmido.
— E obrigada por me ajudar.
— Não podia deixar que se afogasse. — Mas, pelo seu tom, parecia querer dizer o contrário. Ainda estava zangado comigo.
Ele começou a tirar as roupas torianas, revelando o dermotraje por baixo. Enquanto eu tremia em minha roupa íntima molhada, o material confortável de seu traje já parecia seco.
— Sinto muito — me desculpei, espremendo a água do cabelo. — Mackiel me mandou roubar de você. — Dei de ombros. — Então obedeci. Não foi nada pessoal.
— Não foi nada pessoal? — resmungou ele. — Por sua causa e de *Mackiel* — o tom de voz endureceu ao pronunciar o nome — perdi minha comissão e... — A mão parou perto do ouvido. — Não — sussurrou.

— O que foi? — Olhei para trás, com medo de ver os capangas se aproximando pelo mar, como monstros quase afogados.

— Meu comunicador. — Ele passou o dedo pela orelha. — Devo ter perdido na água.

— Que pena.

— Você não entende. — Ele olhou para o mar, quase como se esperasse achar o aparelho boiando. — Preciso me reportar a meu chefe. Preciso contar a ele que fracassei.

Levantei um dedo.

— Por experiência própria, sei que chefes não lidam bem com o fracasso. Melhor ele nem saber.

— Tenho que contar *alguma coisa* ou vou perder meu emprego.

— Tarde demais.

Seu nariz enrugou.

— Isso não é piada. É minha vida. O que nós vamos fazer?

— *Nós?* — Bati os pés; água escorreu de minhas botas. — *Nós* não vamos fazer nada.

— Mas você engoliu os chips — argumentou ele. — E testemunhou as memórias.

Quanto menos pensasse naqueles chips e nas imagens, melhor. Eu não tinha tempo a perder com o que vira. Comecei a caminhar em direção à costa e à estrada mais próxima; não podia parar, ou congelaria até a morte.

O mensageiro me alcançou com algumas poucas passadas.

— Você ingeriu os chips para garantir que seu chefe não mataria você.

— Ou você — lembrei a ele. — Agora estamos quites. Eu salvei você, depois você me salvou. Uma troca justa, eu diria. Suponho que prefira estar vivo amanhã a morto hoje. — Esfreguei os olhos; o sal arranhava minha pele. Ainda não conseguia acreditar que Mackiel tinha tentado me matar. Sempre soube que ele era perigoso, mas pensei que nossa amizade me protegia da crescente escuridão em seu íntimo. Depois que engoli os chips, não havia nada de brincalhão no olhar que lançou para mim.

A expressão voraz ia me assombrar por dias. — Mackiel jamais faria um acordo com o qual não lucrasse. Não tive outra escolha senão engolir.

— Aonde você está indo? — perguntou o mensageiro.

— Para longe daqui. — Embora ainda não tivesse certeza de para onde. — Longe de Mackiel.

— Você não pode me deixar.

Sorri.

— Se eu ganhasse um quatrilho toda vez que um garoto me diz isso...

Ele agarrou meu braço, então de repente o soltou, percebendo que tocava minha roupa de baixo.

— *Preciso* daqueles chips. É a única maneira de salvar meu emprego.

— E eu preciso de um banho quente e de algum doce ludista — rebati antes de continuar andando.

Suas sobrancelhas franziram de leve.

— Você não se importa com nada?

Aquilo era engraçado, vindo de um eonita.

— Sim, me importo em sobreviver.

— Que memórias havia nos chips? O que você viu? — Ele me encarou como se quisesse extrair os pensamentos de minha mente.

— Você não vai querer saber. — Não queria mesmo falar sobre aquilo. Ingerir os chips ao mesmo tempo tinha embaralhado a história, mas eu havia visto o bastante para saber que não queria conhecer o pretenso destinatário. Já houvera horror suficiente para uma noite.

— Mas Mackiel era seu amigo. — O mensageiro me rodeava, como moscas em volta de uma carcaça fresca. — Não era?

— Amigos? Inimigos? — Dei de ombros. — Quem sabe a diferença?

— Pelo visto, não eu.

— O que ele quis dizer quando falou que você não pode voltar para casa?

Tropecei na areia. O mensageiro me amparou pelo cotovelo.

— Nada. — Eu me endireitei e me desvencilhei dele. — Eu era inquilina de um dos aposentos de Mackiel, só isso.

— Para onde você vai agora?

Joguei as mãos para o alto.

— Chega de perguntas!

O mensageiro ficou quieto por um instante, então disse:

— Torianos vivem de acordos, certo? Toda a sua economia é baseada em trocas.

Não era exatamente como eu teria descrito Toria. Soava cínico e egoísta.

— Por quê?

— Quero propor uma coisa...

— Pode propor o que bem entender. Nunca vou concordar. — Abri um sorriso irônico.

— Estou falando sério. — E ele parecia sério, o maxilar definido mais tensionado que antes.

Levantei o queixo.

— Vá em frente. Faça sua proposta.

— Você precisa de um lugar para se esconder de Mackiel. E eu preciso daquelas memórias.

Grunhi.

— Já disse, elas se foram. Tente acompanhar.

— Sei disso — apressou-se em dizer. — Mas não se foram completamente.

Diminuí o passo, virando para encará-lo.

— O que você quer dizer?

Ele deu batidinhas com um dedo na própria têmpora.

— Elas estão aí, em sua mente. — Que verdade inconveniente. — O que significa que, se você reviver as memórias, posso regravá-las em novos chips. Eu poderia tentar entregá-los novamente. Poderia salvar meu emprego.

— Reviver as memórias? — Eu não queria fazer aquilo.

— Você fecha os olhos, pensa na hora e lugar de determinada memória, e um gravador extrai as imagens de sua mente. É como gravamos memórias em chips, originalmente.

— Se eu fizer isso, vou me esquecer do que vi?

— Não. — Ele parecia triste, como se desejasse esquecer alguma coisa.

— Não quero você brincando por aqui. — Apontei para minha cabeça. — É meu segundo melhor trunfo, se é que me entende. — Pisquei para ele.

O mensageiro me ignorou, ou talvez pensasse que eu tinha um tique nervoso.

— Que escolha você tem? — Ele gesticulou para meus trajes úmidos. — Você precisa de roupas e de um lugar para ficar. Tenho as duas coisas.

Eu o olhei de cima a baixo.

— Acho que não vestimos o mesmo número.

Ele não riu.

— Prefere congelar aqui enquanto espera que Mackiel encontre você, ou quer sobreviver?

— Posso sobreviver sozinha. — Mas eu não tinha tanta certeza disso. Sempre pude contar com Mackiel; e, antes dele, com meus pais.

— Mas é o que você quer? — perguntou ele. Sua expressão estava pensativa, o cenho franzido. É claro que um eonita iria oferecer assistência; união e civilidade eram o foco de seu quadrante. Ainda assim, a ideia de um lugar onde ficar enquanto estudava o passo seguinte não era tão terrível.

— Certo. Vou reviver as memórias.

Mas ele percebeu minha relutância e perguntou:

— São tão ruins assim?

Naquele momento, eu o invejei por não saber o que eu havia visto. Apesar de a rainha de Toria ter lançado uma nuvem escura sobre o futuro do Jetée — e, por conseguinte, sobre minha existência —, não significava que eu a queria morta. Embora eu tivesse vivenciado a memória da morte das quatro rainhas — da perspectiva do assassino, ainda por cima — até agora não podia aceitar a verdade. Todas as rainhas de Quadara haviam sido assassinadas.

— Pior — respondi. — São mortais.

CAPÍTULO 7

Stessa
Rainha de Ludia

Terceira Lei: *Para estimular o florescimento da arte, da literatura e da música, Ludia não deve ser incomodada com os monótonos detalhes da vida cotidiana.*

Mais tarde, na noite do assassinato de Iris, os conselheiros escolheram uma das mais sóbrias salas de reunião para que o inspetor eonita conduzisse os interrogatórios. Aquele não era o momento de se congregar em um salão com candelabros de ouro, de ser rodeada por retratos dourados de rainhas sorridentes ou de se sentar sob um dossel de afrescos retratando a variedade da paisagem de Quadara. Assassinato era um assunto sério, portanto, a rainha Stessa, de 16 anos, havia escolhido seu traje mais conservador — um terninho de seda branca, justo, e um simples colar de contas entrelaçado a seu cabelo e à coroa. *Simples*, para alguém de Ludia. Ainda assim, a sala parecia banhada em um brilho incandescente, o teto de vidro permitindo a visão do domo acima.

O inspetor Gavin ocupava uma das cabeceiras da maciça mesa de madeira polida enquanto as irmãs rainhas se sentavam a sua frente, os conselheiros nas laterais. Stessa tinha dúvidas de que alguém já havia escolhido usar aquela pequena e tediosa sala.

Ela brincou com seu colar, recebendo um olhar de Corra, sentada a seu lado. A jovem rainha sabia o que Corra pensava, o que *todos* os eonitas pensavam de seu quadrante. Luditas eram ingênuos, frívolos e fúteis. Mas eles não entendiam. Seu povo sabia que o mundo muitas vezes era cruel, que a tristeza muitas vezes ofuscava a alegria e que a escuridão estava a apenas um passo. Mas em vez de chafurdar em tal noção, os luditas abraçavam tudo o que era belo, leve e agradável no mundo.

E Corra não tinha visto como as mãos de Stessa tremeram enquanto se vestia para aquela reunião. Ela não tinha visto como a notícia do assassinato de Iris despedaçara sua visão romântica do mundo. Stessa jamais conhecera sofrimento e escuridão de fato; vivia em um mundo de riso e luz, e ia se aferrar às próprias tradições para suportar aqueles tempos espinhosos.

O inspetor prendeu um grampo em volta da orelha e posicionou um disco translúcido próximo à boca.

— Examinei o corpo da rainha Iris — contou ele ao gravador. Mas Stessa não queria ouvir como Iris tinha morrido, como o assassino havia lhe cortado a garganta, de modo que se esvaiu em sangue quase imediatamente. Em vez disso, estudou o inspetor.

Ele aparentava estar na meia-idade, o que a surpreendeu. Corra dissera que ele era amplamente renomado, que havia solucionado todos os seus mil casos até a presente data, então Stessa o tinha imaginado um velho. Duas rugas profundas se destacavam sobre os penetrantes olhos negros; olhos aos quais, Stessa tinha certeza, nada escapava, nada *escapara* no decorrer da carreira. O cabelo preto estava salpicado de cinza nas têmporas, realçando o ar de autoridade. E de ameaça.

Os dedos de Stessa ansiavam pelo delineador preto. Algo tão desagradável poderia ser facilmente remediado com um pouco de cor. Embora, supunha, combinasse perfeitamente com o dermotraje cinzento.

Apesar de Stessa não poder negar que o inspetor era charmoso — daquele jeito maduro —, quanto mais o observava, mais distinguia algo de estranho em suas feições. As orelhas eram um pouco grandes demais, o nariz, ligeiramente proeminente; fruto de *ajustes* genéticos, sem dúvida.

Mas o pior de tudo, e o motivo pelo qual a jovem rainha se recusou a apertar a mão do homem quando foram apresentados, era a articulação extra em cada dedo. Suas mãos pareciam uma aranha, o comprimento adicional afilando até a ponta, nenhuma unha à vista.

Eonitas eram obcecados em aperfeiçoar a humanidade através de mutações genéticas. A maioria das manipulações acontecia ainda no útero, para atender a vocações específicas, como, por exemplo, a de inspetor.

Com a maior parte de Eonia sob gelo e neve, o povo teve que encontrar uma forma de sobreviver ao ambiente inóspito. Ao longo dos anos, a evolução tecnológica havia mudado seu foco para o estudo da evolução humana, o que levara à manipulação genética. No início, a ideia havia sido se livrar das doenças e enfermidades, resultando em tratamentos como a HIDRA, mas os geneticistas eonitas tinham ido além na busca por explorar os limites do corpo humano.

Stessa ouvira sobre geneticistas adaptando seus pacientes — ou experimentos — em demasia, e até mesmo testando os limites de vida e morte enquanto buscavam pela imortalidade. Os rumores sobre alguns experimentos sinistros tinham chegado ao palácio, mas os cientistas foram rápidos em destruir qualquer evidência de tais abominações antes que as regentes pudessem investigar.

Desde então, a rainha Corra tinha colocado em vigor regras mais severas, certificando-se de que os geneticistas não passassem dos limites.

As mãos do inspetor lembraram a Stessa uma certa história chamada *O homem lapidado*, sussurrada nas escolas luditas para assustar as criancinhas: um arremedo de homem que invadia o quarto das crianças à noite para roubar suas almas, tocando em suas têmporas com dedos longos, procurando pela alma certa para satisfazer seu corpo vazio.

O eco daquela história fez os cabelos na nuca da jovem rainha se arrepiar. Ela decidiu se concentrar nos traços mais agradáveis do inspetor, como a boca em formato de coração. Stessa se perguntou se as linhas ao redor daqueles lábios eram de riso, e se estavam relacionadas a alguém especial na vida do homem. Ela duvidava. Eonitas escolhiam os parceiros pela eficácia reprodutiva; não por amor.

Stessa sentiu um peso no peito ante a ideia de uma vida sem amor. Ela não podia imaginar aquilo, embora muitas vezes se preocupasse com seu destino como rainha.

Havia crescido em um lar caloroso, repleto de amor e de afeição, tão presentes quanto o sol, a lua e os muros entre os quadrantes. Seus pais tinham amado um ao outro profundamente, e incutido na filha adotiva a importância daquela emoção. A mais importante emoção, costumavam dizer.

Deixe o amor guiar seu coração, e tudo seguirá seu curso.

Já se passara um ano desde que a mãe biológica de Stessa havia falecido e a jovem fora obrigada a deixar a família, e a própria vida, para trás. Ainda assim, não se passava um dia sem que se lembrasse da família em Ludia.

Nas primeiras semanas, Stessa chegara a cogitar fugir do palácio para encontrar a família. Sua *verdadeira* família, não a mulher fria, imóvel, que tinha visitado no Mausoléu das Rainhas, localizado nas cavernosas catacumbas do palácio. Ela nem mesmo parecia com a mãe. Os olhos escuros, a pele dourada e o cabelo preto contrastavam com a pálida mulher loura. Só se assemelhavam na pouca altura.

Devia ter herdado os traços do pai, Stessa se dera conta, escolhido entre os numerosos pretendentes, durante um dos bailes anuais de enlace. Ser unido a uma rainha quadariana significava riquezas incontáveis, com uma única condição: o homem jamais poderia reivindicar o trono de Quadara ou quaisquer descendentes.

Stessa sabia que o pai viera do outro lado do mar, de uma nação unida como um único reino. Uma terra de um único soberano. Um rei. Ela não conseguia imaginar tal lugar. Os muros entre os quadrantes mantinham a paz no imenso continente. Sem os muros, Quadara cairia, como havia acontecido no tempo do último rei quadariano, quando batalhas e revoltas eram tão frequentes quanto relâmpagos em um céu de tempestade. Com a fragilidade de Quadara exposta, as nações vizinhas haviam voltado os olhos para a extensa terra além-mar. Algo precisava ser feito.

Então, com a morte do rei de Quadara, tudo mudara.

Embora viver sob o domínio de um rei fosse inconcebível, Stessa havia considerado viajar até Toria para assegurar salvo-conduto através do mar. Ela poderia viver com o pai biológico. Qualquer lugar, exceto aquele palácio.

Mas, em sua quinta semana no trono ludista, Stessa viu uma oportunidade. Uma oportunidade que não podia ignorar. A chance de reivindicar um pedaço de Ludia para si mesma.

Ela sentia saudades do labirinto de ruelas e dos sinuosos canais. Sentia falta do cheiro doce de perfume e de guloseimas que sempre pairava no ar. E tinha saudade dos amigos e das festas intermináveis a que compareciam. Ludia era uma região cosmopolita que jamais dormia. Stessa ainda não se acostumara ao silêncio do palácio depois da meia-noite.

Depois de relatar suas descobertas ao gravador, o inspetor se inclinou para a frente.

— O que me preocupa é a eficiência do assassinato. — Ele pigarreou. — Não tenho dúvidas de que foi premeditado.

Um calafrio percorreu a espinha de Stessa.

Ela olhou para um dos conselheiros — Lyker, conselheiro aprendiz de Ludia —, um rapaz alto e deslumbrante, com maxilar quadrado, tatuagens coloridas que lhe subiam pelo pescoço e queixo, e uma labareda de cabelo ruivo impecavelmente penteada sobre a cabeça. Um penteado que ela arruinara incontáveis vezes ao passar os dedos pelas mechas enquanto estavam deitados na cama. Ele mostrou a língua para ela depressa, antes de adotar uma expressão impassível. Stessa escondeu um sorriso.

Luditas amavam conhecer pessoas, em especial conterrâneos. Bem, foi o que Stessa alegara quando Lyker entrou pela primeira vez no palácio e os braços da rainha o envolveram antes que pudesse se controlar. Se fosse esperta, teria mantido distância. Mas ela puxara aos pais. O coração guiava suas emoções e ações. Ele trouxera o perfume de casa — os doces recheados de creme da mãe e o óleo de hortelã que os luditas usavam para pintar os lábios. Mas o assovio de aviso do rapaz veio em tempo, pois ela estivera prestes a ficar na ponta dos pés e provar seu sabor.

Explicara a suas irmãs rainhas que se deixara levar pela saudade do lar. As outras tinham acreditado; sabiam como os luditas eram apaixonados e calorosos, e desconheciam como as orelhas de Stessa se tingiam de rosa quando ela mentia.

Corra levantou a mão. *Um hábito eonita estúpido*, pensou Stessa. Ela era uma rainha; não precisava pedir permissão para nada, ainda mais naquele momento.

O inspetor se voltou para sua rainha. *Ele devia ter sido bem bonito quando jovem*, pensou Stessa. Seu olhar encontrou o de Lyker, preocupada que ele pudesse ler a admiração em seus olhos, como muitas vezes fazia. Era devotada a Lyker, mas isso não queria dizer que não gostasse de admirar outros homens. Ela era ludista, e todos eles apreciavam a beleza. Lyker não era diferente.

Mas ele parecia mais sensível que ela, e a jovem rainha frequentemente se flagrava observando sua reação. Lyker costumava ser um artista de rua, pintava poesia na lateral dos prédios de Ludia. Cada curva de uma letra era o alicerce de uma cidade de consciência e sentimento. Sem acesso à arte, ele não tinha uma válvula de escape. Um animal ferido, pronto a atacar a qualquer momento. A índole tão brilhante quanto seu cabelo.

Como Stessa, Lyker era muito aberto ao mundo e, como consequência, sentia demais. Ela odiava pensar no que aconteceria quando completasse 18 anos e fosse forçada a comparecer a seu primeiro baile de enlace. A jovem rainha evitava o assunto sempre que ele o trazia à tona, mas não conseguiria fugir para sempre.

— Sim, rainha Corra? — perguntou o inspetor. Stessa se esforçou para concentrar a atenção em sua irmã rainha, e não em Lyker e no estranho homem a sua frente.

— Como sabe que foi premeditado? — indagou Corra.

— Como não poderia ser? — Stessa se flagrou argumentando, sem intenção. Ela havia planejado se manter calada durante a reunião, não querendo chamar atenção para si mesma. Embora o inspetor estivesse ali por causa do assassinato de Iris, a rainha ludista não queria que os olhos do homem se demorassem nos seus. Ela desejava se recolher a seus aposentos e esperar por Lyker, para que ele acalmasse suas mãos trêmulas e contasse piadas bobas, para que a ajudasse a esquecer aquele dia horrível.

— Por que diz isso, rainha Stessa?

Os olhos do inspetor encontraram os da jovem. Era a primeira vez que ele a encarava de fato, e seus olhos eram tão pretos que parecia impossível distinguir pupila e íris. O que lembrou à rainha a noite mais escura, sem estrelas.

— Rainha Stessa? — insistiu ele, quando ela não respondeu.

Ela sabia no que ele estava pensando. O que Stessa havia falado antes sobre Iris fora brusco e insensível.

Suspeito.

Mas ele estava enganado. Ela apenas havia sido honesta. Iris teria apreciado aquilo.

Stessa levantou o queixo. Ela podia não ser *sua* rainha, mas ainda era *uma* rainha e merecia respeito. Respeito era algo que Iris havia dominado com maestria. Stessa era jovem; não seria tão fácil para ela suscitar o mesmo tipo de deferência, mas iria tentar.

— Bem, não é como se Iris tivesse cortado a própria garganta — começou Stessa. — E não se passava um dia sem que ela entrasse em alguma discussão ou elevasse a voz. — Ela deu de ombros, tilintando o cordão enfeitado que lhe envolvia os ombros. — Só isso. — Stessa esperava ter desviado a atenção de si.

— Ninguém iria assassinar Iris por ser questionadora. — Corra hesitou por um momento, então perguntou: — Iria? — Como se não conseguisse conceber um crime movido pela emoção.

Corra era cega aos defeitos de Iris, enxergava apenas o melhor em sua irmã rainha, mas devia ter se dado conta de que muitos a detestavam. Em especial os funcionários que não vinham de Archia. Ela não havia sido uma rainha fácil de servir. Apesar de viver no palácio, com tudo o que Quadara tinha a oferecer, Iris insistira que tudo fosse feito à mão, para perpetuar o estilo de vida archiano. Sua comida, vestuário, até mesmo os utensílios de cozinha. Ela era teimosa e inflexível.

— Você disse que o assassinato foi premeditado, inspetor? — perguntou Marguerite, direcionando a atenção das rainhas de volta ao que interessava. — Como sabe? — O brilho nos olhos da rainha toriana deixava claro que ela não queria se poupar de nenhum detalhe, mas não era seu trabalho solucionar aquele crime.

O inspetor torceu a boca antes de responder:

— A ferida no pescoço — começou ele — era cirúrgica, como eu disse antes. Crimes passionais não são limpos. Houve só um corte, rápido, cuidadoso e preciso. O crime foi planejado. O assassino queria uma morte rápida, com certeza para assegurar de que não seria pego em flagrante.

Limpo, *que palavra estranha para descrever o corte na garganta de alguém*, pensou Stessa, com um tremor. E ela sabia que o assassinato não tinha sido tão cuidadoso quanto o inspetor alegava, pois ouvira os servos conversando nos corredores sobre a descoberta do corpo. Uma aia encontrara Iris em uma poça do próprio sangue.

— O que isso quer dizer? — sondou Marguerite. A expressão de Corra estava impassível, como sempre.

— É provável que estejamos procurando por um profissional, ou alguém que já matou antes — respondeu o inspetor, com cautela, os olhos buscando cada uma das rainhas. Ele coçou o queixo com aqueles horríveis dedos longos. — Um assassino.

Marguerite se remexeu, incomodada.

— Talvez o assassino tenha sido contratado por uma nação vizinha?

Ele assentiu.

— É possível. Não é provável que vocês tenham no quadro de funcionários alguém que saiba matar com tamanha crueldade, tamanha precisão. — Ele olhou para os conselheiros atrás de si, antes de se inclinar sobre a mesa na direção das rainhas.

Os conselheiros o imitaram, também se inclinando.

O inspetor baixou o tom de voz, impedindo que a audiência a suas costas o ouvisse.

— Houve alguma nova contratação? Alguém novo no palácio?

Marguerite balançou a cabeça.

— Não recentemente. Não no último ano ou mais.

A pergunta queimava no peito de Stessa.

— Mas houve algum acréscimo ao pessoal antes disso? — insistiu o inspetor.

Os olhos de Marguerite encontraram os de Stessa, então dispararam para alguém atrás do inspetor.

Lyker.

— Sim — respondeu Marguerite. — Dois novos moradores chegaram ao palácio há cerca de um ano.

A brasa no peito de Stessa entrou em combustão.

— O que está tentando dizer? — Ela se levantou de um pulo, lançando a cadeira contra a parede atrás de si. As contas do cordão tilintaram com estardalhaço perto de seu rosto. — Que *eu* matei Iris? — Uma gargalhada irrompeu de sua boca. — Apesar de não poder afirmar que *gostava* dela, jamais a teria matado. Não sou assassina. — Ela abriu as mãos na lateral do corpo, como se a própria aparência fosse prova suficiente.

O inspetor a estudou outra vez, os lábios comprimidos.

— Temos que investigar todas as possibilidades — argumentou ele. — Imagino que também queira que encontremos o assassino, rainha Stessa.

Stessa ajeitou sua cadeira e se sentou à mesa outra vez, engolindo a raiva e o medo.

— Sim, quero.

Os longos dedos do eonita se juntaram em um campanário.

— Ótimo.

Stessa controlou o tremor.

O inspetor encarou Marguerite e Corra.

— Na verdade, vou precisar conversar com todas vocês. Todo mundo no palácio será interrogado.

Todo mundo. Stessa se obrigou a não encontrar o olhar de Lyker, com certeza atento a ela. Ela se remexeu no assento, agitada.

— Nós entendemos — retrucou Marguerite, a mão apertando o ombro de Stessa com gentileza, a fim de acalmá-la. — Faremos qualquer coisa para assegurar que o assassino seja encontrado, pela rainha Iris e por Archia, antes que o povo seja comunicado de sua morte.

Stessa reparou que Corra se recusava a erguer o olhar do colo, a mão no meio do peito, como se algo estivesse aninhado ali.

— Ótimo — repetiu o inspetor, com um aceno. — Então vamos começar o interrogatório com a rainha Stessa.

Stessa endireitou os ombros e encontrou o olhar do homem.

— Vá em frente, não tenho nada a esconder.

Se ao menos fosse verdade.

CAPÍTULO 8

Keralie

Quando chegamos a uma estrada de paralelepípedos, olhei ao redor no escuro. Havia poucas lâmpadas acesas naquela parte do porto. A estrada que ligava os subúrbios a Toria Central — que os trabalhadores do Jetée chamavam de Passagem, pois os que viviam ali apenas passavam pela vida — parecia cada vez mais brilhante. Literalmente, uma luz no fim do túnel.

O caminho mais rápido para Eonia era através de Toria Central e Concórdia, onde os quadrantes se encontravam.

— Concórdia fica a horas de caminhada — avisei ao mensageiro. Continuar em Toria dava a Mackiel a chance de me encontrar. Não confiava nele, não mais. Nunca confiaria nele outra vez.

— Então vamos precisar de um transporte — argumentou ele.

— Uma carruagem — sugeri.

— Sim, mas onde vamos encontrar...? — começou ele.

— *Ali!* Uma carruagem! — Jamais me sentira tão feliz ao ouvir o som de cascos na pedra.

O mensageiro estreitou os olhos no escuro.

— Onde? Não vejo...

— Ali!

Dois cavalos brancos, visíveis na noite, puxavam uma pequena carruagem. O cocheiro se mesclava à escuridão, como se o veículo fosse conduzido por um espectro.

Melhor esse monstro que os outros atrás de nós.

O mensageiro apontou para minhas roupas de baixo e meu cabelo ensopado.

— Vão deixá-la entrar na carruagem assim?

— Você tem algum dinheiro? — perguntei, e ele assentiu. — Então está tudo certo.

O mensageiro separou alguns quatrilhos; fiquei surpresa ao notar o brilho dourado no cunho das moedas. Talvez ele tivesse condições de dar um lance pelo estojo de comunicação, se a intenção de Mackiel alguma vez houvesse sido se livrar da mercadoria.

Conforme a carruagem se aproximava, deslizei para a estrada, sob a luz do poste mais próximo. Ergui os braços para o cocheiro.

— Pare!

O condutor puxou as rédeas, e os cavalos estacaram, com um relincho.

— Está louca, menina? — perguntou o homem, examinando minha aparência.

— Nos deixe entrar — pedi, escalando o lado da carruagem. Ignorei o frio na barriga quando vi o espaço exíguo da cabine.

— Vocês vão molhar os assentos. — O cocheiro exibiu alguns dentes podres.

— Vê isso? — Puxei a mão do mensageiro, as moedas ainda visíveis em seu punho. O rapaz recuou com meu toque. — São quatrilhos de ouro. Pode ficar com todos.

— Mas eu... — começou o mensageiro.

Eu o fuzilei com o olhar.

— Por favor — implorei ao homem, desejando não ter a aparência de um rato de esgoto afogado. Não estava em meus melhores dias.

O cocheiro olhou por cima do ombro antes de levantar o queixo.

— Tudo bem. Entrem então.

— Precisamos chegar a Concórdia. — Eu me enfiei na cabine antes que o homem tivesse a chance de se arrepender. — E rápido.

O mensageiro me seguiu.

— Aqueles quatrilhos são tudo o que tenho — disse ele.

— Quer escapar dos capangas de Mackiel? — Ele assentiu. — Então pague. — Pousei a mão na maçaneta e inspirei algumas vezes, para me acalmar. Estávamos salvos.

A carruagem avançou, e o mensageiro colocou as mãos na lateral da cabine.

— Primeira vez em uma carruagem? — perguntei. Ele pressionou os lábios em uma linha fina e assentiu outra vez, conforme nos sacudíamos ao longo dos paralelepípedos. Embora Toria fosse mais desenvolvida que Archia, ainda havia algumas tecnologias que não podíamos bancar, como rápidos e suaves transportes elétricos. Mas a rainha Marguerite falava de avanços. Um deles, a derrubada do Jetée para a construção de um porto maior para transações internacionais.

Eu me perguntava se a notícia de sua morte já havia chegado aos proprietários do Jetée e se eles estavam festejando nas ruas, ou se a novidade tinha alcançado minha mãe no Centro Médico de Eonia. Ela sempre falava muito bem da rainha Marguerite e de seus planos para livrar Toria de seu submundo decadente.

A súbita e irresistível saudade de seu abraço me sufocou.

— Ficaremos a salvo em Eonia — assegurei a ele, envolvendo o corpo com os braços. — Mackiel não vai se aventurar fora de seu domínio, e os capangas não vão se arriscar a voltar para lá. — Não podia acreditar que a única pessoa com quem havia contado por anos de repente se transformara em meu pior inimigo.

Inspirei fundo outra vez para me acalmar quando senti as paredes da carruagem se fecharem sobre mim. *Inspirar devagar, expirar devagar*, lembrei a mim mesma. *Existe uma entrada, e sempre há uma saída.* Não estava sendo punida. Não estava presa. Meus sentidos não pareciam sufocados por algas, sangue e peixe. *Hoje não. Hoje não.* Havia bastante espaço na carruagem.

Mas as mortes das rainhas tinham trazido à tona pensamentos e imagens que eu não podia mais reprimir.

Fazia seis meses. Mais uma vez, meu pai tentava me ensinar o modo de vida dos marinheiros torianos, na esperança de me afastar de Mackiel e de seus negócios. Apesar de eu jamais haver explicado meu papel como larápia, meu pai tinha uma boa noção de no que eu me envolvera. Tentei argumentar que o dinheiro que eu ganhava podia ser usado para melhorar nossa vida, comprar uma casa maior, até mesmo um barco melhor. Mas meu pai não aceitava nem mesmo um quatrilho de bronze.

— Trabalho duro está em nosso sangue, Kera — disse ele. — O que você está fazendo é trapaça, e o que é pior... está enganando a si mesma. Você pode ser muito mais que isso.

Ele não entendia. Eu era exatamente quem queria ser e tinha tudo o que sempre desejara. Tudo o que eles nunca puderam me dar. E queria dividir aquilo com eles.

Teria sido uma tarde comum, com meus pais discutindo até o anoitecer. Mas então o barco se aproximou demais da costa, chocando-se contra um rochedo ali perto. Eu havia tentado me segurar no mastro, mas a colisão despedaçou o barco, nos arremessando do convés. Caí sobre meu pai, não sofrendo nenhum ferimento. Ele desabou na base do rochedo.

Eu chegara a pensar que tínhamos nos safado, salvo pela destruição do barco. Mas meu pai não abria os olhos. Então vi o sangue, escorrendo do corte profundo na nuca.

Consegui arrastar o corpo inconsciente de meu pai até a proteção de uma caverna próxima. Estremeci no opressivo espaço apertado, a umidade impedindo minhas roupas de secar, minha respiração trêmula ecoando na câmara, apenas o som como companhia.

No segundo dia, comecei a alucinar por causa da desidratação. As paredes de pedra pareciam trepidar, como se estivessem prestes a desabar sobre mim. No terceiro, desejei que o fizessem.

Quando a guarda-costeira nos encontrou um dia depois, pensaram que tínhamos morrido; ambos estávamos inconscientes e cobertos de sangue. Somente depois de me limparem é que descobriram que o sangue era todo de meu pai. Jamais me esqueci do rosto cheio de lágrimas de minha mãe quando nos viu, as primeiras de muitas que ainda derramaria por meu pai.

E agora ele estava morrendo.

Eu queria poder apagar aquele dia, e muitos outros. Queria nunca ter aceitado a mão que Mackiel me estendera tantos anos antes, do lado de fora da casa de leilões. Mas não podia culpá-lo pelo que eu tinha feito a meu pai. Sempre desejara mais do que meus pais podiam me dar. Ansiava por uma vida diferente. E tinha que viver com as consequências.

— Ei — chamou o mensageiro, notando meu tremor. — Está tudo bem?

Assenti com a cabeça, fingindo tirar uma mecha de cabelo da testa enquanto secava o suor da pele. Meu vestido úmido estava se tornando um caixão de gelo. Eu me concentrei na respiração, em controlar o pânico.

Inspirar devagar, expirar devagar.

A cabine não estava encolhendo. Eu não ficaria presa ali para sempre. Não seria esquecida. Não iria...

— Agora vai me contar o que viu naqueles chips? — perguntou o mensageiro.

Tentei me concentrar no garoto a minha frente.

— Você não iria acreditar em mim. — Mas aquilo não era verdade. Não contei a ele por medo de que me deixasse para trás. Eu não sabia se estava dizendo a verdade sobre ser capaz de regravar os chips. O mensageiro podia estar blefando, me fazendo revelar tudo antes da conclusão do acordo.

— Por que não? — questionou, a cabeça inclinada.

Nunca abra mão de sua vantagem até ter a mercadoria em mãos, aconselhava Mackiel a seus larápios. *A promessa de um acordo não é um acordo.*

Eu precisava me afastar o máximo possível de Mackiel e de seus capangas. E aquele mensageiro era meu tíquete para fora dali.

— Vou contar quando chegarmos a sua casa — respondi, ignorando a escuridão que se insinuava em minha visão periférica, desesperada para se apossar de mim. *Existe uma entrada, e sempre há uma saída.* Segurei a maçaneta com mais força.

— Vamos chegar a Concórdia em breve — garantiu ele. — As autoridades vão permitir que entre em Eonia, já que tenho licença para conduzir negócios entre quadrantes; entretanto — ele me encarou de novo —, apesar de Toria não se importar com suas roupas, não poderá entrar em um trem eonita vestida desse modo.

Ele tinha razão. Eu seria detida antes de chegar perto de seus aposentos, com aquela aparência grosseira e escandalosa.

A escuridão se fechando ao meu redor abrandou, minha mente focada em um novo assunto. Minha mão afrouxou na maçaneta.

— Então preciso arranjar uma roupa nova — argumentei, com um sorriso.

— *Arranjar?* — gemeu ele. — Estou começando a perceber que essa expressão em seu rosto significa problemas.

Dei um tapinha em seu ombro.

— Você aprende rápido.

— Se eu fosse mais rápido, teria evitado toda essa confusão; era só ter largado você no chão hoje de manhã. — Um dos cantos de sua boca subiu. Ele estava fazendo uma piada. Minha nossa. — Mas me poupe dos detalhes — acrescentou ele.

Eu o cutuquei com o cotovelo, bem-humorada.

— Qual é o seu nome, garoto mensageiro?

— Varin Bollt — respondeu ele, depois de hesitar.

— Eu sou Keralie Corrington. — Estendi o braço para um aperto de mãos. — Prazer.

Ele não pegou minha mão. Eu a deixei cair no colo; tinha esquecido que eonitas não se tocavam.

— Que cheiro horrível é esse? — perguntou ele, de repente.

Inspirei fundo e logo me arrependi.

— Bosta de cavalo.

— Nunca vi um cavalo antes. — Como uma criança, ele espiou pela janela, tentando vislumbrar um dos cavalos à frente. A maior parte de Eonia era fria demais para a sobrevivência de animais, e o restante era uma grande paisagem urbana. Pelo menos era o que tinham me dito; eu jamais visitara o quadrante. — São lindos — disse ele. *Lindos*. Aquele adjetivo novamente. Antes que eu pudesse falar, ele acrescentou: — Mas eles fedem demais.

Soltei uma gargalhada.

— São animais, não máquinas. Não dá para controlar tudo o que fazem nem quando fazem.

Varin ergueu as sobrancelhas ligeiramente antes de se virar para a janela. Não saberia dizer se ele tinha se chateado com meu sarcasmo ou se estava sendo reservado. Eu jamais havia passado muito tempo com os nativos do próspero quadrante. Na maior parte do tempo, eles eram discretos. E era do conhecimento geral que consideravam os torianos enxeridos, egoístas e arrogantes.

Varin levou uma das mãos à testa e começou a esfregar a ponte do nariz. Embora eu parecesse mais desgrenhada, era óbvio que a noite também cobrara seu preço do mensageiro.

— Sinto muito — me desculpei, baixinho, parte de mim torcendo para que ele não ouvisse, mas ansiosa por aplacar um pouco da culpa do que havia feito a ele. Mas aquilo era culpa de Mackiel, não minha. Ele tinha escolhido Varin e seu estojo. Mesmo agora que compreendia a importância dos chips, eu ainda não entendia o envolvimento de Mackiel.

— Sente muito pelo quê? — perguntou Varin.

Mordi minha bochecha. Pelo que eu sentia muito mesmo?

— Hmm. Por tudo?

Ele suspirou.

— Não lhe ensinaram a se desculpar na escola?

— Se me ensinaram a me desculpar? — bufei.

— Achei que todos os torianos frequentassem a escola.

— Claro que sim. — E eu estava certa de que minha educação toriana fora mais abrangente do que teria sido em Eonia. Nós não tememos outras culturas. — Mas não aprendemos a pedir desculpas. Não temos o prazer de sermos instruídos em como nos comportar e no que fazer. Temos coisas mais importantes com que nos preocupar, como, por exemplo, aprender a dominar as cordas em um barco e aprender a navegar as marés.

— *Prazer?* — zombou ele. — Pode me dizer o que há de prazeroso em ser preso em um quarto escuro minúsculo toda vez que mostra alguma emoção?

Estremeci com a ideia de ser presa no escuro. Talvez eu tivesse alguma coisa em comum com aquele robô insensível.

— Eu... — Mas como não sabia o que dizer, fechei a boca.

— Somos criados para sentir o mínimo possível — explicou ele, a luz dos postes na estrada refletida em seus olhos pálidos. Ele os fechou com força por um momento, antes de soltar outro suspiro. — É considerada uma forma evoluída de pensamento. Permite que nos concentremos na sociedade como um todo, nas tecnologias e outros avanços.

— Então você *consegue* sentir?

— Quanto mais tempo se evitam os sentimentos, menos você sente. Quando ergui as sobrancelhas, ele emendou depressa:

— Não existem crimes em Eonia, nem revoltas, nem ódio. Cada um tem seu papel na sociedade, e somos bem remunerados. Eonia erradicou a inveja, o ciúme, a violência, a crueldade.

— Nem todas as emoções são negativas — argumentei. — E é preciso emoção para apreciar a beleza. — Esperei, provocando-o, mas sua expressão não se alterou.

— O bem anda sempre acompanhado do mal — disse ele, eventualmente.

Minha vida seria melhor se eu reprimisse minhas emoções? Seria mais fácil? Não podia imaginar a vida sem sentimento — os bons *e* os maus. Teria trabalhado para Mackiel por todos aqueles anos se não houvesse sentido um frenesi ao roubar? Teria tentado com mais afinco agradar meus pais e aprender como velejar? Ou teria sido mais fácil não me importar com minha família? Não teria me incomodado em abrir mão da dor em meu coração sempre que pensava em meus pais por uma boa noite de sono.

— Talvez não devêssemos nos julgar — disse ele, depois de um momento. — Vou ajudar você e, em troca, você me ajuda. Por que não admitimos que nenhum de nós sabe como é a vida no quadrante do outro?

Eu podia concordar com isso.

Apesar de Varin parecer um imbecil insensível, havia algo no fundo de seus olhos e em seus comentários sobre beleza que me fez questionar seu argumento de uma vida sem emoção.

— PRONTO — disse o cocheiro, batendo no teto da carruagem. — Chegamos.

Hora do pagamento.

Varin hesitou com a brusquidão do condutor, mas se inclinou para a frente, para se despedir de seus quatrilhos.

Saí pelo meu lado da cabine. O aperto em meu peito afrouxou como um espartilho aberto. Inclinei a cabeça para trás e inspirei fundo. Eu havia conseguido! Tinha sobrevivido! Uma parte de mim desejou que Mackiel estivesse presente para me ver vencer o medo de lugares fechados.

Uma parte bem pequena.

Olhei para cima, esperando ver TODAS AS RAINHAS ASSASSINADAS estampado nas telas que rodeavam Concórdia. Mas os Relatórios das Rainhas apenas exibiam os anúncios anteriores: *Última remessa de produtos archianos atrasada devido a um acidente de navegação perto do porto de Toria. O quinto milésimo nome foi adicionado à lista de espera da hidra, entretanto as rainhas confirmam que não vão aumentar as doses para mais de uma por ano. Luditas prontos para atravessar os quadrantes com um novo show itinerante aprovado pelas rainhas.*

O palácio devia estar mantendo os assassinatos em segredo, temendo o caos.

— O que você está olhando? — perguntou Varin.

— Nada. — Eu me afastei dele e da carruagem. — Encontro você nas escadas da Casa da Concórdia.

— Aonde você vai?

Apontei para minhas roupas de baixo úmidas.

— Conseguir novas roupas.

Ele olhou em volta, para as vitrines apagadas. Havia muito passara do fim do expediente. O relógio da torre da Casa da Concórdia mostrava que era quase meia-noite.

— Onde?

— Você não quer saber, lembra? — respondi, sorrindo.

Ele apertou a ponte do nariz.

— Não demore.

Fiz uma reverência, então disparei.

Arrombar uma loja era mais fácil que furtar uma pessoa. Com as pessoas, era preciso observação. Observar o modo como caminhavam: elas abraçavam seus pertences, como uma mãe a um filho? Abriam os braços, permitindo que a mão de alguém se esgueirasse por baixo? Seus olhos corriam tudo, procurando nas sombras? Se distraíam facilmente, o palácio dourado chamando sua atenção?

Lojas não tinham consciência ou emoções, conhecimento e motivos. Lojas tinham apenas fechaduras. E fechaduras eram fáceis de arrombar.

Soltei minha gazua do bracelete. O peso da ferramenta na mão dissipou o restante da tensão em meus ombros. Pela primeira vez desde o leilão, eu estava no controle. Isso era algo que eu podia fazer, algo que não daria errado.

Não tinha a mesma certeza quanto ao que estava por vir.

———

VARIN FRANZIU O CENHO quando saltitei em sua direção, ainda intoxicada pela invasão.

— O que você está vestindo? — Soava mais uma acusação que uma pergunta.

Dei uma voltinha, a saia curta de babados se abrindo, espirais iluminando o tecido conforme eu rodopiava.

— Achei que seria útil — expliquei. — Se formos parar em algum lugar escuro.

— Isso é roupa ludita.

Afastei seus braços ao passar.

— Ah, não seja tão eonita. Não há nada de errado em um pouco de cor e brilho.

— Não se estiver em fuga.

Dei de ombros.

— Ninguém disse que eu não podia fugir com estilo.

Ele me examinou de cima a baixo.

— Ninguém disse que *isso* é estiloso.

Não contive o riso.

Subimos os degraus da Casa da Concórdia, a cúpula do palácio brilhando por trás do prédio, como uma gigantesca lâmpada a gás. Abaixei a cabeça, não querendo um lembrete do que havia visto naqueles chips. Não era como se pudesse me aproximar dos guardas do palácio e lhes contar sobre as memórias que ingeri. Eu era uma ladra. Não podia arriscar.

— Luditas são pessoas frívolas — disse Varin. — Se importam apenas com suas posses, sua aparência e a próxima dose de diversão.

Eu não tinha argumentos para refutar. Ludia parecia Toria no Dia do Quadrante — mas em um constante estado de celebração. Luditas não experimentavam a ressaca do dia seguinte, quando precisavam voltar à realidade.

— Nem todo mundo é abençoado com genes superiores. — Passei o braço pelo do mensageiro. — Alguns de nós precisam se esforçar para se destacar.

Seu rosto enrubesceu no escuro.

— Pelo menos é menos chamativo do que o que estava usando antes — disse ele, enfim.

— Menos chamativo, é? — Eu me pressionei contra ele e vi seu rosto ficar mais vermelho.

— Pode se concentrar, por favor?

— Claro. — Pisquei para ele. — No momento, estou concentrada em você. — Ele desvencilhou o braço do meu. — Ah, fala sério — continuei. — Relaxe, não pode mostrar um pouco de senso de humor?

Ele encontrou meu olhar.

— Só se algo tiver graça.

Levei a mão ao peito.

— Você me magoa.

Ele ignorou minha resposta.

— Assim que chegarmos a meu apartamento, você vai me contar tudo o que sabe.

— Não me esqueci do acordo.

— Ótimo — retrucou ele.

O que eu faria depois disso? Quando contasse a Varin o que ele precisava saber, ele me expulsaria de sua casa, de volta às ruas. Mas eu não conhecia as ruas de Eonia.

Pensei em todas as vezes que meus pais me imploraram para que ficasse longe da casa de leilões e de Mackiel, perguntando: *O que você quer da vida, Keralie? Quem você quer ser?*

Sem Mackiel e minha carreira como sua principal larápia, quem eu era?

CAPÍTULO 9

Marguerite
Rainha de Toria

Quarta Lei: *Curiosidade e descoberta são a essência de cada toriano. Ambas devem ser encorajadas a fim de promover o crescimento contínuo da próspera sociedade de Toria.*

M arguerite se recolheu a seus aposentos depois do inquérito inicial do inspetor. Normalmente, as rainhas se reuniam para o jantar, mas Lali tinha deixado uma refeição em cima de sua enorme escrivaninha de madeira. Lali servia como aia de Marguerite desde que ela chegou ao palácio, e a mulher mais velha sempre parecia saber o que a rainha desejava. Marguerite precisava daquela pausa, precisava voltar à única parte do palácio que sempre lhe trouxera conforto.

Todas as paredes do quarto de Marguerite estavam cobertas de mapas — de cada quadrante, do próprio palácio e até mesmo das nações além de Quadara. Seus pais haviam sido cartógrafos, e Marguerite amava mapas desde que era uma criança, delineando as criações do pai com os dedos roliços. Seus pais lhe disseram que era pertinente estender o olhar para além de Quadara e entender as outras nações a fim de ajudar a corroborar seu reinado em Toria.

Marguerite despiu o véu e a coroa, deixando o cabelo avermelhado cair livremente. Apesar de comer sua refeição sentada à escrivaninha, os mapas a chamavam, como janelas para outros mundos. Ela não se sentia sufocada pelo domo do palácio. Não se sentia solitária. Marguerite se lembrava de Toria do lado de fora; seu povo era uma parte de si mesma, e contava com ela. Superaria aqueles tempos difíceis; era preciso.

Conheça todas as coisas, e você compreenderá tudo era o ditado toriano predileto de seu pai. E muito embora ela não tivesse a menor vontade de saber os detalhes da morte de Iris, havia ficado para crivar o inspetor de perguntas. Tentou esquecer que se tratava de uma amiga, e abordar o assunto apenas como um caso de interesse. Obrigou sua curiosa natureza toriana a assumir e expulsar a tristeza de sua mente, mas não sem esforço.

Marguerite e Iris eram próximas em idade e tinham passado os últimos doze anos governando juntas. Marguerite não sabia como aceitar a morte da amiga. Iris tinha sido uma chama, forte e brilhante, agora extinta.

A rainha toriana desejou que pudesse se envolver mais na investigação, mas o investigador não permitiria. Quando ela se oferecera para trabalhar ao lado do homem, ele dissera que era melhor não ser influenciado por suas ideias preconcebidas. Marguerite tinha bufado com a alegação. Passara os últimos vinte anos no palácio. Ninguém conhecia o lugar melhor que ela.

— Esse é o problema — argumentara o inspetor. — Preciso ser imparcial se quiser descobrir o culpado.

A presença do inspetor deixou o palácio em polvorosa. Talvez fossem os dedos longos, ou o modo como seus olhos pareciam penetrar nas pessoas, até encontrar a verdade. Mas sua estada não incomodou Marguerite. Havia algo de fascinante no homem e na maneira como percorria os corredores dourados, com uma determinação quase mecânica. Marguerite tinha enviado seus criados para cuidar do inspetor durante a noite, para ter certeza de que ele ia comer e beber, embora ela duvidasse de que descansaria. Talvez nem precisasse.

Depois da refeição, Marguerite correu os dedos por um de seus mapas prediletos. Era um esboço de Toria, retratando Toria Central, ou a Passagem — como alguns torianos a chamavam —, por todo o caminho até o cais. A ponta de seus dedos se demoraram. Ela inspirou fundo e fechou os olhos. Imaginou o cheiro do mar, o rangido dos grãos de areia debaixo de seus pés e um sorvete melado pingando em sua mão. As docas não foram sempre corrompidas pelo Jetée. Quando era criança, o cais tinha sido uma fuga do burburinho da apinhada Toria Central, um destino de fim de semana. Mas as trevas e a sordidez estavam se espalhando. Marguerite tinha que dar um fim àquilo, ou seu lar acabaria destruído por criminosos, depravados e mentirosos. Os torianos eram melhores que isso.

Um vislumbre da pele pálida de Iris, se esvaindo em sangue, explodiu em sua mente.

A rainha de Toria abriu os olhos e suspirou. Nem mesmo os mapas conseguiriam acalmá-la naquela noite. Ela despiu as roupas de luto depressa e subiu na cama. Embora os lençóis estivessem aprumados e frescos, Marguerite queimava. A imagem do corpo frio e sem vida de Iris mais uma vez se insinuou diante de si.

Ela tinha sido a infeliz pessoa a identificar Iris. Não podia suportar a ideia de Stessa como testemunha de algo tão horrível, e Corra se trancara em seus aposentos pouco depois da primeira reunião com o inspetor.

Um lençol fora puxado até o queixo de Iris para esconder o ferimento, e as pálpebras arroxeadas cobriam os vívidos olhos verdes. Marguerite imaginara que ela estava apenas dormindo e que, a qualquer momento, iria acordar e exigir saber por que estava na enfermaria, coberta somente por um lençol.

A fadiga zombava do corpo e da mente de Marguerite. E embora não quisesse admitir, ela se sentia velha; muito mais velha do que era.

Não podia conceber por que alguém desejaria matar Iris. Sim, a mulher era teimosa, mas era verdadeira, uma amiga leal. Marguerite sempre achara sua presença reconfortante. Sua força, tangível. Inspiradora. A rainha archiana estivera ao seu lado nos momentos difíceis. Tinha uma determinação e uma paixão pela vida que Marguerite jamais vira em ninguém mais.

Muitas das melhores lembranças de Marguerite no palácio foram em companhia de Iris. Elas tomavam o chá da tarde nos aposentos da primeira. Mesmo com sua desconfiança archiana quanto a máquinas e viagens, a amiga amava ouvir como a Marguerite adolescente havia se juntado aos pais em uma excursão pela costa de Quadara para desenhar novos mapas. Em troca, Iris lhe contava sobre sua vida em Archia, sobre como era respirar ar puro, acordar com o canto dos pássaros e montar cavalos em paisagens ondulantes. Marguerite se deleitava com as palavras de Iris, sempre pedindo mais histórias, mais detalhes.

Nos últimos anos, a amizade das duas havia esfriado. Nada óbvio no início, mas Iris começou a perder cada vez mais chás da tarde com Marguerite. Ainda era tão alegre e presente como sempre, mas havia uma distância entre as duas mulheres, uma que Marguerite não conseguia transpor.

Ela cogitara perguntar qual o problema e por que tinham se afastado, mas Iris não era conhecida pelo caráter extrovertido, e Marguerite teve medo de afugentar ainda mais sua amiga.

A rainha archiana vinha escondendo alguma coisa de Marguerite? Algo que levou a sua morte? E se Marguerite tivesse perguntado o que era, Iris ainda poderia estar viva?

Pela primeira vez em sua vida, Marguerite se flagrou nutrindo pensamentos raivosos e torpes; pensamentos nada lógicos e pouco saudáveis.

Queria que o assassino fosse enforcado. Queria ver a vida se esvair de seu corpo até que se transformasse em uma mera casca, como tinha acontecido com Iris. A fúria era um sentimento peculiar e avassalador, mas algo no que se concentrar. Algo além da hedionda morte de Iris.

NO INÍCIO DA MANHÃ SEGUINTE, Marguerite pressionou as palmas da mão na mesa em frente ao inspetor.

— Apesar do que possa ter ouvido da rainha Stessa — começou ela —, a rainha Iris não tinha mais inimigos que o restante de nós. Fiz uma lista. — Ela tirou um caderno do bolso do vestido. — A maioria é de pessoas que questionaram as decisões de Iris, mas ninguém que, acredito, corresponda a sua descrição de um assassino treinado. Archia é um quadrante pacífico.

— Posso ver? — pediu o inspetor.

Marguerite assentiu, deslizando o diário pela mesa. O inspetor folheou as numerosas páginas de nomes que ela reunira durante a noite. Por mais que tentasse, não conseguiu alcançar a profunda inconsciência que desejou ferozmente... uma pausa para seu sofrimento. A mente não parou de ruminar a morte de Iris.

— Obrigado — agradeceu ele. — Vou comparar suas notas aos testemunhos que recolhi até agora. — O inspetor deu alguns tapinhas no estojo prateado preso à cintura de seu dermotraje. Marguerite sabia que a rainha Corra gravava suas memórias em chips de comunicação, caso precisasse consultá-las mais tarde. Ela se perguntou como seria ter acesso fácil às próprias memórias, e se era possível alguém ficar preso no passado.

Obrigou-se a voltar ao presente. Não era a hora para aquele tipo de pensamento.

— Embora seja verdade que a rainha Iris era um tanto brusca, e muitas vezes severa — começou Marguerite —, ela era uma boa rainha para seu povo. Não. — Balançou a cabeça. — Uma ótima rainha. Talvez a melhor de nós.

Ele inclinou a cabeça para o lado.

— Como assim?

Marguerite se perguntou se ele estava chocado por não ter apontado a rainha Corra — *sua* rainha — como a melhor. Tinha suas dúvidas; ficar chocado exigia sentimentos.

— O foco dela era preservar a cultura de Archia. É tentador compartilhar mais entre quadrantes, ajudar uns aos outros. E às vezes fazemos isso... — Ela encolheu um dos ombros. — Mas a cultura e a história de Archia eram o principal objetivo de Iris. Estava sempre se assegurando de que seu povo continuasse a trabalhar sem o auxílio da tecnologia para proteger a fertilidade da terra. Ela nem sempre tomava as decisões mais fáceis, e, sim, as melhores para seu quadrante.

— No entanto, ela desejava mudar as Leis das Rainhas — revelou ele, a boca perto do gravador.

— O quê? — sobressaltou-se Marguerite. — Como assim?

O inspetor pressionou os lábios, como se não quisesse declarar mais nada.

Marguerite afastou o véu negro do rosto para exibir a expressão resoluta.

— Precisamos trabalhar juntos, inspetor. — Ela se inclinou para a frente, as mãos na mesa, invadindo o espaço pessoal do homem. Com certeza, ele a achava uma toriana enxerida, mas falavam de Iris. *Sua* amiga. Marguerite faria qualquer coisa para descobrir a verdade e vingar sua irmã rainha. — Vamos colaborar um com o outro. Temos o mesmo objetivo.

O inspetor se recostou na cadeira, mas assentiu. Ela deixou escapar um suspiro de decepção. Queria uma reação mais intensa do homem; era tão parecido com Corra, sempre mantendo distância.

— Falei com o conselheiro archiano ontem à noite. A rainha Iris havia agendado uma reunião na corte para discutir as Leis das Rainhas. O encontro seria hoje. Todas as rainhas estariam presentes — disse ele.

Marguerite balançou a cabeça.

— Deve haver algum engano. Não existia monarca mais fiel às Leis das Rainhas que Iris. — De fato, Marguerite discutira muitas vezes com a soberana de Archia, sugerindo que seus respectivos quadrantes tivessem uma relação mais simbiótica. Iris rejeitara as propostas de Marguerite com firmeza.

— Acredito que minhas fontes estejam corretas — retrucou o inspetor. — Vocês têm conhecimento de sua agenda na corte com antecedência?

— Não.

Jenri não havia mencionado nada naquela manhã; as mentes dos conselheiros ainda presas à repentina e chocante morte de Iris.

— A agenda muda com frequência. Em geral, somos informadas de nossos compromissos pelos conselheiros na manhã da reunião, quando acordamos e nos preparamos para o dia. — Marguerite repensou a crescente indiferença de Iris. — Não posso acreditar que ela não tenha discutido seus planos comigo.

— Vocês eram próximas — observou o inspetor, segurando o gravador perto dos lábios. — Eram amigas.

Ela riu.

— Parece surpreso, inspetor.

— Contrapondo a intolerância dos archianos ao desejo dos torianos de conquistar o mundo, sim, estou surpreso.

— Os archianos não são intolerantes. — Ela nem se incomodou em corrigir a opinião sobre os torianos. Não havia simpatia entre seu povo e os eonitas desde as Guerras dos Quadrantes, quando Toria se recusou a oferecer acesso a suas terras, forçando Eonia a uma realidade de gelo e neve. — E Iris era incompreendida. — Marguerite riu entre dentes ao imaginar a amiga ouvindo alguém chamá-la assim. Teria ameaçado reagir com violência à tamanha insolência. — Ou talvez não, mas sempre aprecio sua honestidade e sua integridade. — *Apreciava*, corrigiu-se. Ainda precisava se acostumar com a ideia. Iris era tão presente, tão ativa, tão viva; pensar na amiga como qualquer outra coisa abalava o mundo de Marguerite. Ela juntou as mãos. — Integridade é uma qualidade rara em nosso mundo, inspetor.

Por um momento, ele a estudou com seus olhos negros. Um arrepio subiu pela espinha de Marguerite. Talvez ele a afetasse mais do que imaginara.

— Mesmo em Toria? — perguntou ele.

Ela sabia que ele se referia ao Jetée e ao modo como contaminava o senão virtuoso quadrante. Ficou tentada a confessar seus planos de derrubar o lugar a fim de provar que seu quadrante não era corrompido por alguns peixes podres em um barril. Em vez disso, apenas ergueu uma das sobrancelhas. Iris frequentemente aludia à habilidade de Marguerite em dizer muito sem usar palavras.

— Acha que a honestidade da rainha Iris foi o motivo do assassinato? — indagou ele, quando ela continuou em silêncio.

Marguerite pensou no modo como Iris se dirigira ao governador de Archia no dia de sua morte, mas ele não a teria assassinado por aquilo. Não, foi algo mais.

— Não creio — respondeu Marguerite. — Ela era tão boa em manter segredos quanto o restante de nós. Como eu disse, Iris era uma ótima rainha. Ninguém mais parecia tão zelosa de sua função. Ser rainha era a razão de sua vida.

Com frequência, Marguerite tentava imaginar a sensação... o trono como única preocupação. Embora os deveres de rainha fossem sua prioridade, muitas vezes a mente divagava. Além do trono. Além do palácio. E até seu passado.

Iris tinha conhecimento dos segredos de Marguerite e dissera que era natural que pensasse no passado — os "e se" —, mas que não valia a pena remoer o assunto. A rainha de Archia era boa naquilo; ela colocava suas preocupações em uma caixa e as trancava.

Mas e se o passado de Iris tivesse retornado e exigisse atenção? Seria aquele o motivo da reunião? Mudar as Leis das Rainhas para permitir que Iris retornasse a Archia e se reconectasse com seu passado? Sua família?

O inspetor hesitou, o gravador pairando em frente aos lábios.

— Rainha Marguerite — encorajou ele. — A senhora mencionou segredos. Que tipo de segredos?

Ela mencionou? Devia ter lhe escapado, sem que fosse sua intenção. Marguerite não entrou em detalhes.

— Precisa me contar, rainha Marguerite — insistiu ele, os olhos se estreitando. — Você disse que devíamos ajudar um ao outro.

— São segredos do palácio, não seus. — *E alguns nem mesmo meus.* Ela balançou a cabeça, os cachos avermelhados acariciando suas bochechas. — Não posso contar mais do que contaria a meus súditos.

— Então talvez nunca encontremos o assassino da rainha Iris. — Seu tom de voz era condescendente, quase irritante. A raiva aqueceu o sangue de Marguerite.

— Você vai descobrir — ordenou ela. Quando o inspetor não retrucou, ela apontou para o homem. — É seu trabalho. Pode imaginar o caos que a notícia da morte de sua querida rainha vai causar aos archianos se seu assassino ainda estiver vagando por aí, livre?

A fúria lhe queimava o rosto, borbulhando em seus lábios conforme as palavras saíam, rápidas.

— Iris não teve filhos. Sua conselheira está procurando por qualquer parente do sexo feminino para herdar o trono. Mas se Alissa não puder... — Um soluço a trespassou. — Se ela não conseguir encontrar uma parente...

Marguerite se recostou na cadeira, não sabendo como terminar aquela frase. Sempre houvera uma descendente para cada trono. Era uma das Leis das Rainhas. Mas Iris era teimosa. Tinha se recusado a engravidar de qualquer um dos pretendentes que lhe foram apresentados ao longo dos anos.

— Iris alegou ter uma sobrinha — disse o inspetor. Marguerite ainda não havia recuperado a voz. Ela assentiu em resposta. — Até agora os conselheiros ainda não encontraram evidência da tal sobrinha.

— Devemos veicular uma mensagem nos Relatórios das Rainhas, pedindo que qualquer pessoa com alguma informação se apresente. Informação sobre o assassinato ou sobre os parentes da rainha Iris. Precisamos de toda ajuda que conseguirmos.

— Não — retrucou o inspetor, calmamente. — Ninguém fora do palácio deve saber da morte da rainha Iris. Não podemos nos dar ao luxo de provocar o pânico entre os súditos.

— Não podemos nos dar ao luxo de *não* fazer isso! — Marguerite gesticulava com ênfase. — Iris está morta! Uma rainha, assassinada. Devemos achar o culpado, custe o que custar! — A serenidade do inspetor a irritou ainda mais.

— Lamento por sua perda, rainha Marguerite. — E embora ele tenha, claro, percebido a emoção *dela*, o tom e a expressão que usava continuavam eonitas, impassíveis. — Isso deve ser difícil para você. Não só porque precisa digerir a morte da rainha Iris, como também a informação de que ela foi assassinada e o responsável ainda está dentro dessas paredes.

As mãos de Marguerite encontraram a mesa com um estrondo.

— O quê?

A expressão do inspetor continuou inalterada.

Ela ofegou, o cômodo subitamente abafado. Seu espartilho estava muito apertado, as camadas do vestido a oprimiam, a coroa pesava em sua cabeça. Marguerite quis rasgar o véu e atirá-lo pela sala.

— O assassino? — conseguiu dizer. — Acredita que ainda esteja no palácio?

— Sim — respondeu o inspetor. — O palácio foi fechado assim que o corpo... — Ele pigarreou. — Quero dizer, assim que a rainha Iris foi encontrada, os guardas fecharam as entradas e todo mundo acabou detido na sala de triagem. E ela foi descoberta não muito depois de sua morte.

O sangue ainda estava quente. Marguerite se lembrou dos detalhes hediondos revelados pelo inspetor no encontro da véspera.

— Então você sabe quem foi — afirmou Marguerite. — Capturou o assassino?

Por favor, permita que tudo acabe.

— Esperamos que sim. Todos que visitavam o palácio na hora da morte foram presos até que eu possa determinar sua inocência. — Ele fez uma pausa, e mais uma vez Marguerite sentiu aquele estranho pulsar de ódio lhe aquecer o peito.

Por que ele estava protelando aquilo? Um eonita não devia ser tão cruel. Ou talvez fosse apenas insensível; não percebia a aflição que ela sentia, como cada silêncio aguçava a dor em seu coração.

— Ninguém deixou o palácio — continuou ele, enfim. — Vou encontrar o criminoso. Não há escapatória.

Parecia que Marguerite tinha engolido vidro. A pressão em seu peito se deslocou, chegando à garganta.

— Devemos reunir as rainhas. — Ela se levantou da cadeira. — Precisamos nos manter unidas. Tenho que protegê-las. — Com o assassino sob o mesmo teto, compartilhando o mesmo ar... estavam em perigo.

— Não, rainha Marguerite. — O inspetor balançou a cabeça uma vez, incisivo. — Não é uma boa ideia.

— *Não?* — Se Iris estivesse ali, teria tido um ataque. Ninguém lhe dizia não. Ainda mais um homem.

— Temo que não. — Uma expressão, quase de desconforto, lhe cruzou o rosto.

A raiva era como ácido corroendo o peito da rainha.

— E por que não? — ela exigiu saber.

— Como você mesma disse, precisamos proteger as rainhas. Não posso permitir que fiquem na mesma sala até ter certeza de que nenhuma de vocês é responsável pela morte de Iris e um perigo para as outras.

Ela agarrou a mesa à frente.

— Impossível. Nós três continuávamos na corte quando Iris foi assassinada.

O inspetor assentiu.

— Mesmo sem segurar uma adaga, uma rainha ainda pode ser responsável por um assassinato. Até que eu possa provar sua inocência, as rainhas são as principais suspeitas.

Marguerite não era dada a desmaios, mas, naquele momento, oscilou ligeiramente.

CAPÍTULO 10

Keralie

A Casa da Concórdia me tirou o fôlego. Eu jamais tinha visto tanto ouro; meus dedos coçavam por uma amostra. E uma recordação para mais tarde. Dentro da Casa da Concórdia, era possível ver o início do domo dourado do palácio, assim como a estrutura sombreada por trás do vidro cor de âmbar. Eu sabia o que havia ali dentro: um palácio inundado de ouro e morte.

— Vamos — chamou Varin, desviando minha atenção da cúpula. — Não temos tempo para isso.

Balancei a cabeça, tentando afastar as imagens sangrentas.

Com as lojas de Concórdia fechadas, a maioria das pessoas já havia voltado para seus quadrantes. O portão para Eonia era uma plataforma lustrosa ligada a um túnel. Eu nunca atravessara os quadrantes, e a ideia me enchia de entusiasmo.

Um guarda eonita estava parado ao lado da entrada da plataforma, um desestabilizador pendurado no cinto.

— Passe? — perguntou, quando nos aproximamos. Eu me encolhi atrás da silhueta imponente do mensageiro, na esperança de passar despercebida. Talvez Varin tivesse razão quanto a meu traje.

— Estou gravando uma mensagem para meu empregador de Ludia. — Ele gesticulou para mim, então entregou ao guarda um quadrado translúcido do tamanho de uma carta de baralho. Conforme o homem o escaneava, o quadrado ficou sólido, exibindo a foto de Varin, com seu cargo logo abaixo.

O guarda devolveu o cartão, e a foto de Varin desapareceu.

— Podem passar. — Ele inclinou a cabeça quando um apito eletrônico ecoou no túnel.

Foi mais fácil do que pensei. Ele nem mesmo questionou Varin.

— Fique perto de mim e me acompanhe — instruiu Varin ao nos aproximarmos dos trilhos.

— Acompanhar você? — Olhei em volta. Os poucos passageiros àquela hora estavam imóveis, como se fossem parte do prédio; olhavam para a frente, enquanto eu observava o trem surgir da escuridão.

Assim que as portas se abriram, todo mundo avançou. Ao mesmo tempo.

Eu me segurei no braço de Varin para me certificar de que não seria deixada para trás. Ele não se soltou.

CADA OLHAR EONITA estava focado em mim. Ou melhor, em meu traje. Eles pensavam que eu era ludista, e minha mera presença os indignava. Abri um sorriso largo. Que pensassem que eu era ludista. Era mais seguro assim. Mackiel não tinha conexões em Ludia. Com sorte, eu estaria livre dele.

O trem ganhou velocidade no túnel. Em algum lugar acima de nós, meu pai jazia inconsciente no Centro Médico de Eonia, minha mãe a sua cabeceira, esperando que acordasse. O prédio extenso, ligado ao palácio, se espalhava por quilômetros antes de chegar ao setor de pesquisas.

Quando o trem saiu do túnel, vi os arredores da grandiosa capital em expansão de Eonia, estendendo-se até onde a vista alcançava. Os prédios cinzentos, iluminados, passavam em um borrão pela janela, como se eu estivesse nadando em um lago prateado. Eu tinha noção de que parecia deslumbrada, o queixo caído, incapaz de desviar os olhos e as mãos do vidro, mas jamais vira prédios tão altos ou tão estreitos. Àquela distância, as estruturas pareciam agulhas ao sabor do vento. Quis perguntar a Varin como conseguiam se manter de pé com tamanha altura, mas seu rosto estava virado para o outro lado, olhando através da janela oposta. Achei que estivesse começando a gostar de mim, mas talvez o conceito fosse alheio a eonitas. Ainda não havia visto qualquer centelha em seus olhos.

Apesar dos eonitas não aprovarem minha presença, ninguém ousou se aproximar. Nem conversar com seus vizinhos. Era como se viajassem sozinhos, completamente desligados um do outro. Olhavam para a frente, enquanto alguns falavam baixinho em seus comunicadores.

Era assim o cotidiano de Varin? Ele pegava o trem para Concórdia todos os dias, não se relacionando com ninguém além do próprio chefe, através do comunicador? É claro, o Jetée era sujo e fedido, e a moral das pessoas ali estava longe de ser ilibada, mas nos cumprimentávamos ao caminhar na rua. Eu conhecia a maioria das pessoas pelo nome, se não pela reputação.

— Boa noite — disse uma voz suave. Eu me sobressaltei quando uma mulher em um dermotraje marfim se materializou no meio do vagão.
— Quer estejam retornando ao lar ou em visita de outro quadrante — continuou ela, com um sorriso robótico e desarticulado —, nós lhes damos as boas-vindas.

— Boas-vindas? Sim, certo. "E, por favor, partam tão rápido quanto chegaram." — Eu ri baixinho. Eonia era conhecida por conduzir buscas, revistando as casas para se assegurar de que ninguém havia se esgueirado em seu quadrante perfeito com a intenção de transformá-lo em seu novo lar.

O homem sentado ao meu lado me olhou com censura. Sorri, tranquila.

— Eonia é uma comunidade harmoniosa, de realizações maravilhosas e notável desenvolvimento tecnológico — acrescentou a mulher. — Desejamos que aproveitem a estadia. — Para um quadrante que alegava ser uma comunidade harmoniosa, eu havia testemunhado pouca harmonia ali.

— O que é isso? — perguntei a Varin. A mulher continuava olhando para a frente, uma expressão distante no rosto.

— Um holograma — respondeu. — Todo vagão de trem tem um. São para anúncios gerais.

Hmm, ainda nenhuma notícia sobre as rainhas.

Enfiei a mão na boca da mulher e mexi os dedos do outro lado.

— Pare com isso — sibilou Varin.

Examinei as feições suaves, perfeitas.

— Para mim, parece um desperdício de tecnologia.

Varin desviou o olhar, como se tivesse vergonha de mim. Eonitas ficavam constrangidos?

— Vocês estão chegando ao primeiro setor de Eonia — anunciou a mulher holográfica.

Varin se levantou.

— É nossa parada.

Hesitei antes de atravessar o holograma. Seu rosto se distorceu quando meu corpo o trespassou.

— Bizarro — murmurei.

Saltamos do trem. Mesmo sem nevar, a temperatura em Eonia estava, com certeza, vinte graus mais baixa que em Toria. Embora não pudesse ver onde a cidade terminava, eu sabia que, se continuássemos no trem até o fim da linha, chegaríamos apenas ao branco. Neve e gelo.

Estremeci, amaldiçoando minha decisão de roubar o vestido ludista, e enfiei as mãos embaixo dos braços. Olhei de esguelha para Varin, invejando seu dermotraje, mas ele estava concentrado no caminho à frente, os braços e as pernas se movendo de modo uniforme, quase robótico.

Poucas pessoas continuavam na rua àquela hora da noite. Todo mundo no lado direito da via caminhava em uma direção, enquanto todo mundo à esquerda andava para o outro. A calçada estava limpa. Reluzente. Organizada. Um homem deixou cair um doce ludista, que devia ter comprado em Concórdia, mas, antes que pudesse pegá-lo, uma mulher em um dermotraje branco varreu a iguaria para uma lata de lixo.

— Todos têm seu lugar aqui — sussurrou Varin, enquanto eu observava a mulher se apressar até a emergência sanitária seguinte. — Todos fazem sua parte.

— E se não fizerem?

Ele desviou o olhar.

— Vamos, estamos quase lá.

Mas eu já sabia a resposta. Os capangas de Mackiel eram o exemplo perfeito da falta de adequação. Eles estavam mortos para Eonia. Ou, pelo menos, era o que Eonia *desejara* para eles.

O apartamento de Varin ficava no décimo oitavo andar de um dos arranha-céus agulha. Dentro, era pequeno, mas não de um jeito opressivo. Eu tinha imaginado que ele dormia em uma geladeira ou em um caixão, mas fiquei surpresa ao ver uma estreita cama branca em um nicho no canto.

Passei a mão em uma bancada de cozinha em metal liso. Acionei alguns sensores: uma lata de lixo apareceu por baixo, uma pia se ergueu no meio e uma gaveta se abriu em uma das extremidades, revelando um estoque de barras de comida eonita e sachês de suplementos vitamínicos.

Varin suspirou, então passou a própria mão pelo balcão a fim de recolocar as coisas em seus devidos lugares. Eu me dirigi a uma coleção de pinturas penduradas ao longo da parede da esquerda e que se destacavam no inexpressivo cômodo branco. Uma tela mostrava os canais luditas coloridos, outra, o porto de Toria à noite, e também havia uma paisagem das extensas montanhas archianas. Todas as outras pinturas eram da cúpula do palácio. Fui atraída pela moldura do meio, retratando um dia cinzento, o tênue domo do palácio brilhando sob a chuva. Corri os dedos pelas pinceladas douradas, fascinada com a textura.

— Bonito — murmurei.

— Pare de tocar em tudo — reclamou Varin. Ele pressionou outro botão, e as pinturas sumiram atrás de um armário.

— É meu trabalho tocar as coisas. — Abri um sorriso debochado, que ele ignorou por completo.

Além das pinturas, havia um sofá branco encostado em uma das paredes e uma pequena mesa com uma cadeira, também brancas, no meio da sala. Com as telas então escondidas, a coisa mais impressionante no apartamento era a janela de parede inteira. Os arranha-céus pareciam vivos com a iluminação, um vertical céu cinzento. Não existia uma vista assim em Toria; as ruas eram muito estreitas, os prédios, muito baixos.

— Devíamos começar — disse Varin atrás de mim.

Não tinha percebido que havia me aproximado da janela, as mãos pressionadas contra o vidro.

— É tão bonito — elogiei, sem me virar.

— Sim, é. Mas não é por isso que estamos aqui.

Olhei para Varin, imaginando se podia, de fato, perceber a beleza naquilo, mas ele tinha se virado.

Mesmo com aquela vista extraordinária e o aquecimento solar para espantar os ventos de inverno, eu preferia estar de volta ao pequeno chalé de meus pais. Sentia saudades até do ensopado de peixe de minha mãe, de quando ela cozinhava no fogão e enchia a casa com o aroma de tomate e especiarias. Embora odiasse velejar, eu amava o cheiro salgado que acompanhava aquele ofício. Sempre que o odor de salmoura entrava pela porta da frente, eu sabia que meu pai havia voltado, pronto para contar histórias de pescador e de viradas de maré com tamanha habilidade que mais pareciam música.

Eu daria tudo para ouvir sua voz de novo. Mas jamais seria possível agora.

— Ah — disse Varin, me arrancando de minhas memórias. O rosto distorcido pelo constrangimento, os ombros tremendo um pouco. — Preciso me trocar antes de começarmos.

— Obrigada por me avisar — retruquei, brincando.

Um vinco surgiu em sua testa.

— Não tenho outro cômodo.

— Onde fica o banheiro então?

— Keralie. — Ele pronunciou meu nome como se fosse um suspiro. — Preciso que fique de costas.

— Por quê?

— Porque é falta de educação espiar enquanto alguém se veste.

Soltei uma gargalhada.

— Quis dizer, por que precisa se trocar? Pensei que seu supertraje fizesse tudo por você... — Franzi o nariz. — Eca. É por isso que não tem um banheiro? A roupa faz *mesmo* tudo por você?

Ele ergueu a mão para me interromper.

— Não. Existe um compartimento ali. — Ele apontou para uma seção na parede. Com certeza, se abria como as divisões na cozinha. — Mas não tem espaço para me trocar, e o traje precisa de um descanso. — Ele pressionou um painel do lado da cama, e uma prateleira com dois dermotrajes idênticos surgiu. — Os organismos precisam de tempo para se recompor. — Os músculos de seus ombros se contraíram sob o traje negro. — Posso sentir a exaustão.

— Isso é nojento.

— Você pode, *por favor*, se virar?

— Tudo bem — bufei.

Varin já devia saber; assim que os fechos da roupa se abriram, dei uma espiada.

Ele estava de costas. *Bom*. Tinha aprendido que não podia confiar em mim. Então começou a tirar o traje, revelando perfeitos e imaculados ombros bronzeados. Arfei conforme ele abaixava o material até os quadris.

Dê meia-volta, Keralie. Dê meia-volta. Faça a coisa certa. Uma vez na vida.

Mas eu tivera um dia péssimo, no mínimo. Por isso, ignorei aquela vozinha e o que restara da boa Keralie.

Seus ombros eram musculosos, definidos, o oposto da silhueta de espantalho de Mackiel. Mas os ombros de Varin não eram tão retos quanto os de Mackiel; não passavam a mesma confiança, como se seu emprego, sua vida ou *alguma coisa* o tivesse devastado. Afastei o pensamento. Eonitas não questionavam seu papel na vida. Varin havia deixado claro

Eu ainda não conseguia desviar os olhos de seu corpo. Ele era lindo — *ninguém* podia negar —, mas parecia vazio por dentro. Os olhos não possuíam fogo, e aquilo era algo que Mackiel tinha de sobra. Talvez até demais.

Por que eu não conseguia evitar as comparações entre Varin e Mackiel? Mesmo livre de Mackiel — pelo menos por enquanto — meus pensamentos ainda continuavam presos a ele.

— Posso sentir você me observando — avisou Varin, parando de se mover.

— O quê? Não... eu... — gaguejei, virando rapidamente o rosto para a parede de vidro.

Pensei ter ouvido uma risada suave, mas não tinha certeza. Fiquei parada onde estava; o reflexo no vidro fornecia uma visão boa o suficiente.

— Ok — disse ele. — Estou pronto.

Mordi o lábio para esconder o sorriso.

— E agora?

Minhas bochechas quentes e rosadas provavelmente me denunciaram, mas ele não parecia se importar. Então me estendeu uma pequena geringonça.

— É um gravador — explicou ele, diante de minha expressão confusa.

— Ok. Vamos terminar logo com isso. — Só que eu não queria deixar aquele lugar notável, apesar de frio. Ainda não. Mas nenhum eonita iria me contratar; eu não fora concebida para nada. Talvez Ludia me aceitasse? Mesmo sem conhecer ninguém que houvesse sido realocado para outro quadrante, não era impossível. A cada ano, alguns poucos ganhavam permissão através de um esquema de loteria. Mas, para participar do sorteio, era preciso preencher os critérios do quadrante para o qual se desejava imigrar. As exigências de Eonia preenchiam várias páginas, tornando quase impossível cumpri-las. — Como era a intenção eonita.

— Onde quer que eu fique?

Ele indicou a única cadeira na sala.

— E se você receber visitas? — Eu me sentei.

Varin mexeu no aparelho, a silhueta alta se erguendo sobre mim.

— Não recebo visitas.

A máquina soltou alguns bips, depois um suave zumbido.

— Não tem amigos?

— Não.

— Nem família?

Ele apertou alguns botões antes de responder:

— Não.

— Todo mundo tem família. Você não brotou do chão, como um cogumelo. — Inclinei a cabeça. — Ou brotou?

— Sou igual a você — respondeu ele, perdendo completamente a piada. — Por mais que ache difícil de acreditar.

Ignorei a provocação.

— Então sua família...? — instiguei. Falar de família era perigoso. Ele podia sentir vontade de me perguntar o mesmo.

— Múltiplos parceiros para procriação, escolhidos pela excelência genética, são atribuídos a homens e mulheres durante a vida — explicou ele, olhando pela janela. — Assim que a mãe dá à luz, a criança é entregue às escolas para ser criada.

Não consegui retrucar. Aquilo era cruel. Como a rainha de Eonia podia permitir que bebês fossem separados dos pais? Qual seria a vantagem?

Ele me encarou outra vez.

— Acho que posso dizer que as crianças que cresceram junto comigo são o mais próximo de uma família.

Soltei a respiração. Havia esperança para ele, enfim.

— Vocês se veem com muita frequência?

— Não vejo nenhum deles desde que me formei, há um ano.

Ok, talvez não.

— E seu pai e sua mãe? — Quase engasguei com as palavras.

Ele deu de ombros.

— Não sei quem são. Não importa, de qualquer forma. Eram doadores de material genético, nada mais.

— Isso é horrível.

Algo brilhou no fundo de seus olhos... seria dúvida?

— Se você não tem qualquer conexão pessoal, não existe razão para ciúme. Não temos crime nem ódio nem doença. — O modo como ele falou parecia com a mulher holográfica no trem.

— Nem família, nem amigos, nem amor — argumentei.

— Você tem todas essas coisas?

— Tenho lembranças. Tive uma infância feliz. — Engoli em seco. — Tinha uma família que se importava comigo e que me protegia. — E pensava que tinha Mackiel. Alguém que amava. Talvez ele fosse uma parte fugaz de minha vida, como meus pais haviam sido.

Ele piscou.

— *Tinha?*

Não podia conversar com ele sobre meu passado. Como ele poderia entender minha dor se não sentia nada?

— Viver alguma coisa, mesmo que no passado, é melhor que nada.

— E você acredita que apenas memórias são o bastante para nos sustentar? — indagou ele. — Em tempos sombrios?

Eu conhecera tempos sombrios; com frequência, *eu* os havia causado. Memórias felizes seriam o suficiente, mesmo que jamais as vivenciasse outra vez? Eu esperava que sim.

Quando não respondi, ele pegou uma caixa preta e levantou a tampa. Dentro, havia centenas de chips translúcidos, divididos em duas fileiras. Peguei um deles.

— É aqui que gravamos as memórias? — Girei o chip nos dedos. Havia um ponto opaco no centro.

— Esse não. — Ele pegou o chip de minha mão e o devolveu ao lado direito da caixa.

— Por que não?

Varin tirou um dos chips do lado esquerdo e o encaixou no gravador.

— Não está em branco.

— O que tem nele? Uma memória a ser entregue?

— Não. — Ele examinou o gravador, evitando meu olhar. Hmm. Estava escondendo alguma coisa. Embora eonitas não mentissem, podiam *omitir* informações. Peguei outro chip, verificando o ponto opaco.

— Então se eu colocar isso na língua... — Mostrei a língua para Varin.

Ele estendeu o braço e tocou minha mão.

— Por favor, não — implorou.

Segurei o chip sobre os lábios.

— Por que não? O que tem nele?

Varin balançou a cabeça devagar e suspirou, como se estivesse cansado; ou talvez estivesse cansado de mim.

— São fragmentos de memórias.

— Suas memórias? — Isso, *sim*, era interessante. O que Varin havia gravado da própria vida, se sua infância foi desinteressante?

Os lábios do mensageiro estavam comprimidos em uma linha fina.

— Não. Em geral, fazemos cópias no trabalho, para eventuais problemas na entrega. — Antes que eu pudesse perguntar, ele continuou: — Não duplicamos aqueles que você ingeriu. Fomos instruídos a não fazer isso.

O que não me surpreendia, sabendo o que havia nos chips.

— Então você roubou esses aqui? Roubou as lembranças de outra pessoa? — Não tinha certeza se sentia respeito ou nojo.

Suas costas enrijeceram com a acusação.

— Não roubei nada. Eles seriam destruídos. E não tem nada confidencial gravado. — Mas ele não tinha como provar; assim que ingerisse os chips, a evidência estaria perdida.

— Por que guardar então? — perguntei. Se não eram confidenciais, então dificilmente tinham algum valor.

Varin hesitou por um momento.

— Temos pouco tempo para aproveitar o mundo, e há tanto para ser visto. — Ele fechou os olhos. — Jamais conseguirei ver tudo.

O garoto à minha frente sentava-se naquele cômodo austero para assistir às memórias de outras pessoas para ter um gostinho da vida que nunca viveria. Era patético, e também incrivelmente triste.

— Quando terminarmos — falei —, vou gravar uma memória para você assistir.

Seus olhos se abriram.

— Jura?

— Claro. — Eu tinha muitas memórias felizes da infância para compartilhar. Alguém devia se divertir um pouco com elas.

— Obrigado. — Pelo modo como olhou para mim, parecia que eu estava lhe oferecendo quatrilhos de ouro.

— Ok, vamos logo com isso, antes que eu mude de ideia. — Toda aquela conversa sobre memórias me fazia pensar nas imagens encharcadas de sangue que eu vinha tentando suprimir a noite toda.

Varin pegou dois pares de almofadas redondas, colocou um a minha frente e ficou com o outro. Quando o aparelho ganhou vida, minha natureza toriana ficou intrigada, curiosa sobre o funcionamento daquilo. E, claro, imaginando o quanto valeria em um leilão. O mensageiro afastou seu cabelo preto da testa e colocou uma almofada em cada têmpora.

— O que está fazendo? — questionei.

— Vou assistir à gravação — explicou ele. — Para me certificar de que você está me dando a memória certa. — Ele acabaria se arrependendo daquela decisão.

Varin se abaixou ao meu lado e colocou as almofadas nas laterais de minha cabeça, mordendo o lábio em concentração. Eletricidade, que eu não tinha certeza se vinha do gravador, correu por minhas veias. Seus olhos encontraram os meus, e ofeguei. Aqueles belos e estranhos olhos pálidos. Meu olhar foi até seus lábios. Quando o ergui, surpreendi Varin estudando minha boca. Algo lampejou em sua expressão, em geral estoica. Algo parecido com desejo.

Seus olhos voltaram aos meus, e ele se afastou, o momento perdido. Pigarreou.

— Vou começar a gravar agora.

— Ótimo, é o que estou esperando. — Tropecei nas palavras, as bochechas em brasa.

Varin assentiu, breve e seco.

— Comece com a primeira coisa de que se lembra de quando ingeriu os chips, e o gravador vai guiar você para recordar do restante.

Eu não queria lembrar. Foi brutal. Sangrento. Inacreditável.

— Pronta? — perguntou ele.

Não. Mas não tinha escolha. Embora Varin parecesse viver uma existência sem emoção, eu não queria lhe tirar aquilo. Ele precisava da informação. E eu precisava me manter longe de Mackiel.

— Sim.

Fechei os olhos e lembrei.

CAPÍTULO 11

Corra
Rainha de Eonia

Quinta Lei: *Uma rainha deve ser criada dentro do próprio quadrante de modo a aprender os costumes de seu povo e não ser influenciada por questões políticas.*

Uma tempestade fustigava o interior de Corra, como se metade de seu corpo estivesse em chamas, e a outra, tão fria quanto o gelo. E tudo doía. A cabeça. O peito. O coração.
O coração...
Ela não podia lidar com aquilo. Não podia sentir aquilo. Não *devia*. E, no entanto, era o que fazia. Sentia tudo com tamanha e perfeita clareza; sua cabeça martelava como se prestes a se partir em duas para aliviar a pressão. *Sou eonita*, lembrou ela. *Imparcial, lógica, sensata*. Mas com o inspetor interrogando a todos no palácio, sabia que seu segredo acabaria sendo descoberto.
Corra era eonita, mas apenas de sangue.
Diferentemente de suas irmãs rainhas, Corra não havia sido criada no quadrante que um dia governaria. Em vez disso, crescera no palácio; a mãe ficara relutante em se separar da menina no dia de seu nascimento.
Eonitas não eram tão insensíveis como os outros quadrantes acreditavam. Sim, eles aprendiam a controlar as emoções e a suprimir seus desejos desde cedo, mas não eram imunes à emoção, e certamente não à mais forte de todas. O amor.

Corra havia aprendido com a mãe que fora um recém-nascido perfeito: pele escura e sedosa, um chumaço macio de cabelo preto na cabeça e os olhos castanhos mais calorosos e enormes que alguém já vira. Ver Corra era amar Corra.

Então sua mãe decidiu entregar a menina a sua ama de leite, que na mesma época dera à luz um natimorto. A ama iria criar Corra como sua filha, escondendo-a do restante do palácio, para assegurar que, quando fosse a hora de assumir o trono, ninguém a reconheceria. Todos pensariam que Corra havia sido enviada para os parentes, como mandavam as Leis das Rainhas.

A mãe de Corra queria ter alguma influência na vida da filha, mostrar a ela como governava Eonia, na esperança de que algum dia seguiria seus passos.

Ainda pequena, Corra soube que sua mãe biológica era a rainha eonita. A rainha visitava Corra apenas algumas vezes por ano, assegurando que sua presença dentro do palácio continuasse um segredo. Mas ela jamais perdera um aniversário da filha. A mulher argumentava que, embora controlar as emoções fosse fundamental para a paz de Eonia, também era importante abrir os olhos para o modo de vida dos outros quadrantes. E que nem tudo nascido do coração, não da mente, era errado.

A mãe encerrava cada visita com as mesmas palavras.

Tenha paciência, criança. Fique calma. Seja altruísta. Espere pelo momento certo. Espere sua vez. Governe com mão firme. Com coração firme.

Ao longo dos anos, aquilo se tornou um mantra, guiando como Corra devia ou não se comportar. Quando a jovem Corra desejava o mundo fora do palácio, fora dos aposentos que dividia com a mulher que a criara, ela ouvia a voz da mãe.

Corra continuou naqueles dois cômodos por toda a infância; brincava com os brinquedos que ninguém mais queria, lia os digi-tomos que já haviam sido lidos. Devorava tudo o que podia sobre o próprio quadrante através de chips de comunicação. As memórias capturavam Eonia em detalhes tão vívidos que ela conseguia sentir o ar fresco, ver a linha do horizonte em prata brilhante e provar a chuva pura conforme caía do céu.

A voz da mãe uma vez mais ecoara em sua mente após o interrogatório inicial do inspetor.

Tenha paciência, criança. Fique calma. Seja altruísta. Espere pelo momento certo. Espere sua vez. Governe com mão firme. Com coração firme.

Mas Corra não conseguia apagar a visão do corpo sem vida de Iris e do sangue salpicado nas flores que ela tanto amara, sua coroa esquecida, como se não fosse nada. Apesar de não ter visto com os próprios olhos, ouvira a descrição tantas vezes que não era capaz de se livrar da imagem.

Assim que chegou aos aposentos, Corra dispensou seu conselheiro. Precisava de tempo, de espaço. Tempo para o luto. Mas Corra não tinha certeza se haveria tempo o bastante para se conformar com um mundo sem Iris.

Fique calma, criança. Firme.

Mas não podia. Não agora.

Não havia ninguém ali para vê-la sucumbir ou para julgar seu comportamento como nada eonita. Parcial, emotiva, apaixonada.

Paixão...

Corra estremeceu. Jamais sentiria a pele macia de Iris contra a sua. A face pálida ao lado de sua pele acobreada. As bocas nunca mais se encontrariam, os lábios rosados de Iris contra a curva dos seus. Jamais compartilhariam o mesmo fôlego, como se fossem uma só. Nunca mais veria a fachada fria de Iris ruir à mera visão de Corra. Todos aqueles sorrisos preciosos para ela. Só para ela.

Agora tudo se fora. *Ela* se fora. E não havia como trazê-la de volta.

Corra se jogou na cama, enterrando o rosto no travesseiro de modo que nem mesmo ela pudesse sentir as próprias lágrimas enquanto caíam. Lágrimas que não deviam ser derramadas por outra pessoa. Ainda mais por uma archiana.

Ela soltou um gemido, a dor lhe dilacerando a garganta.

Como rainha, não lhe era permitido se apaixonar; era visto como uma simples distração. Pois se uma rainha amasse outra pessoa, poderia colocar tal amor acima do próprio quadrante. Mas por anos Corra e Iris haviam se relacionado em segredo, construíram uma fortaleza, não apenas fortalecendo uma à outra, como também a seus quadrantes. Corra não acreditava que Iris a completava, pois era completa por si só, sempre fora — a mãe cuidara disso. Mas Iris era vital para Corra, permitindo que a eonita governasse com propriedade. Com paz. Corra sentia como se estivesse honrando os desejos da mãe. Governando com coração firme.

Iris foi a primeira rainha que Corra havia encontrado depois da coroação, embora Corra já tivesse ouvido falar da archiana, ou melhor, tivesse ouvido a *voz* possante de Iris pelos corredores do palácio ao longo dos anos. Corra jamais conhecera alguém tão completamente governado pelas próprias emoções. Iris se enfurecia com facilidade, fazia escândalo quando não conseguia o que queria, gritava com qualquer um que ousasse encará-la do modo torto ou por muito tempo. Quando, enfim, se conheceram, Corra se espantara ao ver que aquela voz pertencia a uma mulher tão delicada.

Iris estudara Corra antes de lhe oferecer a mão pálida em cumprimento. Na outra mão, trazia um relógio de ouro.

— Para você — tinha dito ela.

Corra pegou o relógio artesanal archiano, confusa com o ponteiro de hora e minuto mostrando 12h30, enquanto um segundo ponteiro, na horizontal, dividia o mostrador em quatro.

— Está quebrado — avisara Corra, a voz baixa, incerta quanto ao que pensar daquele ardente fiapo de mulher.

Os olhos verdes de Iris se iluminaram.

— É para se lembrar de um tempo antes disso — Iris gesticulou para o espaço ao seu redor —, antes de sua coroação. Por que é o que fará de você uma ótima rainha.

Sem dúvida, Iris se referia aos anos de formação que Corra supostamente tinha passado no próprio quadrante. Mas, em vez disso, a rainha de Eonia pensou na mãe, de quem se despedira apenas algumas horas antes.

Corra devia ter dedicado mais tempo a se recompor. Não podia conversar sobre a mãe, sobre seu passado; Iris não sabia que Corra havia convivido com a falecida rainha de Eonia a vida toda, que não frequentara uma escola para controlar as emoções. Tudo o que Corra tinha eram os conselhos da mãe.

Para conter as lágrimas, ela se flagrou balbuciando as palavras da mulher.

— Fique calma, criança. Governe com mão firme...

— Com coração firme — Iris completou, os olhos verdes arregalados.

— Você conheceu sua mãe?

Corra balançou a cabeça em resposta. Mas era tarde. Iris havia enxergado através da máscara que a eonita aperfeiçoara durante a infância até a maioridade.

A outra rainha apertou o braço de Corra.

— Sua mãe foi uma grande rainha, e uma ótima amiga.

Foi demais para ela. As lágrimas caíram dos olhos de Corra antes que pudesse enxugá-las.

Sentiu-se aterrorizada, mas, em vez de a entregar, Iris jurou manter seu segredo.

— Pois todas temos os nossos — argumentara.

Aquele primeiro encontro havia abalado Corra. Ela sabia que tinha feito uma amiga no palácio, algo com que sonhara desde criança.

Iris fora a única pessoa, além da mãe adotiva, a conhecer o segredo de Corra. A jovem rainha eonita começou a baixar a guarda, se permitindo demonstrar suas emoções, se permitindo ser *alguém* — não apenas a rainha serena que nascera para ser. Ela ria com Iris. Sonhava com as nações além das fronteiras de Quadara. Sonhava com o amor.

A mãe de Corra jamais lhe negaria aquilo, pois fora o amor que a levou a proteger seu bebê e a criá-la dentro do palácio. Nem todas as Leis das Rainhas eram justas. Elas haviam sido promulgadas por quatro rainhas zangadas com o marido morto que quase levara Quadara à ruína. Tinham banido o amor da própria vida e tornado os quadrantes sua única prioridade, mas Corra era incapaz de fazer o mesmo.

E, embora suas emoções não tivessem sido reprimidas pela educação eonita, não havia rainha que soubesse mais sobre o palácio, Eonia e os outros quadrantes. Sua mãe adotiva não era eonita. Como a maioria do quadro de funcionários, ela viera de Archia e compartilhava toda e qualquer informação que conseguia dos outros funcionários.

Corra testemunhara seis tentativas de golpe; ouvira sobre conselheiros tentando sancionar os próprios interesses — se suas rainhas não estivessem atentas.

O palácio tinha sido, e sempre seria, uma parte de Corra. Assim como Iris.

Mão firme. Coração firme.

Mas apenas Iris acalmava seu coração.

NA MANHÃ SEGUINTE à morte de Iris, o conselheiro de Corra avisou à rainha que o inspetor queria lhe falar. Corra conseguiu pular da cama, vestiu o dermotraje dourado, colocou a coroa e prendeu o cabelo trançado no alto da cabeça.

A caminho de seu encontro com o inspetor, ela viu sua aia e Alissa no corredor. A aia afagava o rosto molhado de lágrimas de Alissa, os lábios em seu ouvido. As duas hesitaram quando Corra passou por elas, curvando-se em respeito, mas continuaram de mãos dadas — não havia motivo para esconderem seu relacionamento.

Corra estremeceu com a percepção de que nunca mais abraçaria Iris. E abraçá-la em um lugar público fora um sonho acalentado por ambas. Ser como qualquer casal em Quadara.

Estava tão perdida em pensamentos que quase tropeçou em Marguerite quando entrava na sala designada pelo inspetor.

— Desculpe, Marguerite — pediu Corra, a voz rouca depois de chorar a noite inteira.

Marguerite parecia olhar através dela, uma expressão confusa no rosto. Aos poucos, seus olhos se concentraram em Corra.

— Corra — disse ela, como se apenas então se desse conta de que a rainha eonita estava a sua frente.

Corra jamais vira Marguerite tão abalada. Assim como Iris, ela era uma rainha forte. Quis perguntar se estava bem, mas a pergunta parecia absurda. Claro que não estava.

— Lamento ter perdido o jantar noite passada — desculpou-se Corra. — Eu estava exausta. — Exaustão era permitida; luto, não, lembrou Corra.

Marguerite a encarou por um longo instante. Corra se perguntou se as emoções estavam estampadas em seu rosto. Após um momento, a rainha mais velha sorriu com tristeza.

— Eu também perdi. — Ela apertou o braço de Corra. — Nos vemos à noite?

Embora fosse extenuante manter as aparências, Corra havia acordado com um intenso desejo por companhia.

— Sim — respondeu.

— Tome cuidado ali dentro. — Marguerite acenou para a sala a suas costas.

Antes que Corra pudesse perguntar por quê, a rainha de Toria lhe deu um último aperto no braço, então bateu em retirada, a longa saia preta flutuando atrás de si pelo corredor.

Iris e Marguerite haviam sido próximas. A toriana conhecia seu segredo? Seria por isso que lhe avisou sobre o inspetor?

O homem já trazia o gravador preso à orelha quando ela entrou na sala. Ele se levantou e fez uma profunda reverência. Algo surgia em sua expressão sempre que olhava para ela — o eco de uma emoção — se comparado ao modo como se dirigia às demais rainhas. *Respeito*, percebeu. Como eonita, ela era a única rainha capaz de influenciar seu quadrante e sua vida.

— Minha rainha — cumprimentou ele, se curvando outra vez conforme Corra ocupava o assento à frente.

— Inspetor. — Ela inclinou o queixo. — Como está indo a investigação? Alguma novidade?

Ela queria encontrar o assassino o quanto antes, não apenas para fazer justiça a Iris como também para se livrar das perguntas indiscretas do inspetor. Embora ninguém dentro do palácio conhecesse seu segredo, não seria necessário muita pesquisa para descobrir que seus parentes fora da corte jamais a haviam visto. E Corra sabia que um inspetor eonita seguiria todas as pistas de traição, dentro e fora do domo. Se alguém descobrisse onde tinha sido criada, ela perderia o trono em um piscar de olhos.

Pela primeira vez, Corra estava feliz porque a mulher que a criara, assim como sua mãe biológica, estava morta havia muito.

— Temo que não possa falar sobre minhas descobertas, minha rainha — respondeu ele. — Não enquanto o caso estiver em aberto.

E enquanto formos todas suspeitas, pensou ela. Ser uma rainha não mudaria aquele fato. Afinal, quem tinha mais acesso às rainhas que suas irmãs?

Ela assentiu.

— Como posso ajudá-lo?

— Pode me dizer tudo o que sabe sobre a rainha Iris.

— Não tenho certeza se há mais alguma coisa a acrescentar. Sem dúvida você conversou com as outras rainhas e conselheiros, não é? — Corra se controlou para não levar a mão ao relógio, com medo de que ele lhe perguntasse o que escondia embaixo do dermotraje. Nada escapava aos olhos daquele homem.

— Conversei, minha rainha. Mas quero ouvi-la também.

Ela não sabia se era porque ele valorizava mais sua opinião ou porque queria comparar com os testemunhos das outras rainhas. Provavelmente ambos.

Corra lhe contou o que sabia sobre Iris. Como chegara ao palácio anos antes dela. *Uma mentira.* Como era mais próxima de Marguerite. *Outra mentira.* E como Corra não tinha muito mais a acrescentar sobre sua vida particular do que já tinha sido discutido anteriormente. *A maior mentira de todas.*

— Rainhas não têm vida privada — completou Corra.

— Obrigado, minha rainha. — Ele parecia satisfeito. Jamais lhe passaria pela cabeça que um eonita pudesse mentir, ainda mais a rainha. — E tem alguma teoria sobre quem poderia querer a morte dela?

Corra engoliu em seco.

— Não faço ideia. — Ela esfregou os dedos nas têmporas. — Houve algumas ameaças contra o palácio e as rainhas no passado, mas nada recente.

— Há mais alguma coisa que gostaria de me contar?

Corra hesitou, rechaçando as histórias e mentiras, e de fato considerou a pergunta — um pouco de verdade para ajudá-lo a encontrar o bastardo que havia assassinado seu amor. Apesar de não querer a atenção do inspetor sobre si mesma, havia uma razão para ter requisitado o inspetor Gavin para o caso. Ele era o mais rápido e o melhor. Iris merecia vingança.

— Nos últimos dias — começou Corra —, antes da morte da rainha Iris... — Ela hesitou de novo ao notar que o inspetor apertava algo no gravador em sua orelha. Um sinal, percebeu. Mas o que estava sinalizando? — Ela andava perdendo a paciência com todos, estava mais impaciente que o normal. E faltou alguns jantares. Não a víamos, a não ser em corte.

— As outras rainhas relataram o mesmo — revelou o inspetor. — A rainha Iris queria mudar as Leis das Rainhas. Ela tencionava discutir o assunto no dia seguinte a sua morte.

— Mudar as Leis das Rainhas? — ecoou Corra.

Ele se inclinou para a frente, os olhos penetrantes.

— Sabe alguma coisa sobre o assunto?

— Não, nada — respondeu Corra. Mas era outra mentira. Ela sabia exatamente o que Iris queria mudar nas Leis das Rainhas. *Oitava lei.* Ela queria permissão para perambular pelos corredores do palácio de mãos dadas com Corra. Queria passar as noites com seu amor livremente, sem precisar se esgueirar por aí. Talvez até quisesse se casar com Corra. Agora jamais saberia.

Iris falara diversas vezes sobre mudar tal aspecto das Leis das Rainhas, mas Corra argumentara que aquilo revelaria seu segredo mais devastador — que não tinha sido criada em Eonia. Iris concordara em deixar o assunto de lado. Ou assim Corra havia pensado.

Na noite anterior à morte de Iris, havia uma mudança perceptível em seu humor. Mesmo quando ficaram sozinhas, a frieza de Iris não se dissipou completamente. Corra perguntara o que vinha a incomodando, e Iris explicou como o trono segregava o amor — não o tornava literalmente mais difícil, mas colocava, de fato, uma barreira entre duas pessoas. No início, Corra pensara que ela falava sobre o relacionamento das duas, então abraçara a cintura fina e lhe dissera que seus tronos as tinham unido.

Mas Iris balançou a cabeça.

— Não se trata apenas de nós — dissera ela. — O amor é negado às rainhas.

Corra havia ficado confusa. Não sabia que a lei era um problema para as outras rainhas. Iris não era próxima de Stessa, as diferenças culturais e de idade pareciam muito grandes para transpor, o que deixava somente a rainha mais velha.

— É sobre Marguerite? — questionou Corra.

Iris apenas suspirou e mudou de assunto. No entanto, havia algo em seu olhar que fizera Corra perceber que se enganara.

O que Iris tinha descoberto sobre a mais jovem das rainhas?

— Mais alguma coisa relevante? — pressionou o inspetor, chamando sua atenção de volta para ele.

Antes que pudesse se controlar, sentiu um ardor nos olhos quando se lembrou de sua última noite juntas. A última das noites que jamais voltariam a ter. Seu último toque.

Ela precisava sair daquela sala. Antes que desmoronasse e revelasse seu segredo. Ela tocou o relógio sob seu dermotraje.

De sangue eonita, mas não de coração eonita. Era o que Iris costumava dizer, tarde da noite, quando seus braços e pernas estavam entrelaçados.

A fachada estava ruindo. Corra não era insensível. Não era eonita.

— Não. Não sei de mais nada que possa ajudá-lo. — Corra se levantou, de repente. — Preciso cuidar de meus afazeres reais.

A primeira lágrima caiu assim que fechou a porta atrás de si. Ela a enxugou com as costas da mão. Precisava conversar com Stessa e compreender o que Iris havia descoberto sobre ela.

E se valia a pena matar por aquela informação.

CAPÍTULO 12

Keralie

A primeira coisa de que me lembrei foi da faca.
O punho era pequeno, fácil de esconder em um bolso ou cinto, mas a lâmina em si era longa e fina, como uma agulha. Brilhava ao sol, tal qual uma réstia de luz em uma porta semiaberta — tão estreita que era quase inexistente.

O assassino segurava a arma atrás das costas ao se aproximar da figura recostada em um divã de madeira, a luz do sul banhando os malares marcados. A pele tão pálida, quase transparente.

Suas pálpebras estavam fechadas conforme erguia o rosto para o sol, totalmente inconsciente da pessoa que se acercava. O jardim cheirava a terra e a nectarina; uma variedade de flores exalava um perfume que contrastava com os corredores estéreis do palácio. O som do oceano batendo nos penhascos abaixo havia emudecido a entrada do intruso.

O assassino se movia com leveza, na ponta dos pés. Somente quando deslizou a lâmina pela pele branco-leitosa é que a mulher se deu conta de que tinha companhia.

Seus olhos se abriram: de um verde vívido, combinando com o cenário. *Rainha Iris.* Ela não parecia assustada, apenas aborrecida.

Passou uma das mãos no pescoço. Só quando viu o sangue manchando seus dedos é que a expressão mudou. Ela se virou para o assassino. A raiva iluminou suas feições, tingindo sua face, quase tão vermelha quanto o sangue cascateando de sua garganta cortada.

A boca se abriu, mas os olhos se reviraram. Os braços se abriram, derrubando a coroa da mesa a seu lado, enquanto a rainha caía no chão. O assassino limpou a lâmina em uma folha ali perto.

Alguém arfou. Não era a rainha Iris nem o assassino. O barulho veio de nenhum e de todo lugar ao mesmo tempo, desconectado da terrível cena.

Todo aquele sangue reavivou outra memória, como se tivesse acontecido naquele dia, não seis meses antes. Meu pai estava caído nas rochas, a cabeça para trás, olhos fechados. Sangue por todo lado. Em meu vestido. Em minhas mãos.

— Concentre-se. — Ouvi uma voz dizer. *Varin*, pensei vagamente. — Concentre-se na rainha Iris.

A imagem de seu pescoço aberto entrou em foco. O gravador extraiu o assassinato seguinte de minha mente.

O assassino entrou em uma sala dourada; o perfume de flores dominava o ar. Uma jovem estava sentada na borda de uma piscina, a água tingida de dourado pelos azulejos em volta. A garota balançava as pernas na água, seu cabelo negro trançado em uma série de complicados padrões, o vestido vermelho enfeitado ondeando ao seu redor. *Rainha Stessa*.

O assassino se aproximou; dessa vez, com as mãos vazias.

Só foi preciso um empurrão.

A água tremulou quando o corpo da rainha Stessa atingiu a superfície. O assassino a seguiu.

Mãos empurraram braços, pernas chutaram o corpo para baixo. O assassino subiu em suas costas, afundando a rainha, calcanhares batendo nos ladrilhos. Cabelo escuro em um redemoinho, como água escoando pelo ralo.

Uma perfeita boca rosada se abriu, liberando bolhas para a superfície. O assassino assistiu enquanto os olhos da rainha ficavam vidrados. O último suspiro deixou seu peito.

Então estava feito. Um assassinato mais simples. Mais limpo que o anterior, porém mais penoso. Físico, mais íntimo... dois corpos entrelaçados enquanto mergulhavam fundo. Apenas um emergiu.

Conforme o assassino observava a rainha Stessa afundar até o piso da piscina, outro som incorpóreo ecoou pelo cômodo cavernoso. Suspiros ofegantes cada vez mais altos. Dor... *minha dor. Meus* suspiros.

— Está tudo bem — disse Varin. — Você está bem. — *Bem?* Como alguma coisa podia estar bem? — Não resista ao gravador.

Julguei sentir uma carícia em minha mão, mas devia estar imaginando coisas.

As imagens se moviam mais rápido, o gravador coagindo as memórias de minha mente.

Ótimo. Pegue-as. Pegue-as todas.

O assassino estava em um quarto escuro. Uma pessoa dormia inquieta numa cama, a mão apertando algo em seu peito, por baixo do dermotraje dourado.

Rainha Corra.

Agora, em um cômodo diferente, o assassino acendia um isqueiro. Vida e luz inundaram a noite. Com um leve tremeluzir, a pequena chama pairou através do quarto, pousando em um amontoado de trapos que exalava um cheiro ácido. Álcool.

Segundos mais tarde, o quarto estava em chamas.

A fumaça veio em seguida, tomando o quarto de cinza. Uma voz pediu ajuda em meio a um acesso de tosse.

Outra voz arfou.

Varin. Eu queria segui-lo, sair daquele pesadelo e voltar à luz, mas sua voz era um fio ao qual não conseguia me segurar.

A rainha Corra esmurrava uma janela, desesperada por se libertar. O assassino assistia do outro lado do vidro, esperando que a vida se esvaísse do corpo da soberana.

Sim, o assassinato mais fácil. Sem sangue, sem luta. Apenas morte.

O assassino se afastou conforme os guardas do palácio quebravam o vidro, tarde demais.

Restava apenas uma rainha. Rainha Marguerite.

Em um pequeno cômodo indefinido, o assassino sacudia o pó de um frasco prateado. Aquela seria a mais fácil das mortes até então, sequer precisaria sujar as mãos.

Mas o assassino precisava assistir, certificar-se de que o veneno cumpriria sua função.

Não... Basta. Eu não queria mais reviver aquilo. Mas o gravador não libertava minha mente. Lembrei tudo, mais uma vez. Mais rápido e mais rápido. Cada vez com mais detalhes, incapaz de me dissociar do desespero.

Gritei.

As imagens se fundiram. Sangue. Água. Fogo. Escuridão. Morte. Braços. Pernas. Pescoço. Abdômen. Faca. Mãos. Fogo. Veneno. Culminando em uma tapeçaria de morte.

Então, nada.

CAPÍTULO 13

Stessa
Rainha de Ludia

Sexta Lei: *Quando uma rainha entra no palácio, nunca mais há de visitar a terra natal.*

L yker a aguardava em seus aposentos quando Stessa retornou do interrogatório com o inspetor. Ela não era burra. Sabia do que se tratava. Todas as rainhas estavam sendo interrogadas, com a desculpa de "reunir informação".

— O que está fazendo aqui? — indagou ela, fechando a porta com rapidez atrás de si. — E se o inspetor estivesse comigo? Não pode ficar aqui.

Ele franziu o cenho, mas caminhou em sua direção.

— Estava preocupado com você. Está tudo bem? — Ele arregaçou as mangas da camisa e deixou à mostra as coloridas linhas da tatuagem, que subia dos dedos até seu coração. Ela sabia que ele odiava usar o uniforme de conselheiro, com aquelas mangas compridas.

— É perigoso demais com o inspetor bisbilhotando por aí. — Mas seu corpo, quase involuntariamente, foi de encontro ao de Lyker. Ela se controlou para não traçar as linhas em seus braços, como em geral fazia.

Ele colocou uma mecha de cabelo negro atrás da orelha de Stessa e sorriu.

— Vou arriscar.

— Temos que ser cuidadosos, agora mais do que nunca. Estão nos vigiando. *Ele* está nos vigiando. — Aquele homem com seus dedos nojentos. Mal podia acreditar que, por um instante, o havia achado charmoso. Estremeceu ao pensar nos olhos escuros, ou qualquer outra parte do eonita, presos a ela.

Lyker segurou suas mãos.

— Não se estresse, Stess. — Ele riu com a rima em suas palavras. — Se agirmos de modo estranho, vão suspeitar de que fizemos algo errado.

— O inspetor já acha que eu a matei.

— Como você sabe?

— Fui a última rainha a chegar. E você — ela apontou para o peito de Lyker —, o último conselheiro. Somos alvos fáceis. Não percebe que estamos sendo vigiados?

— Você está sendo paranoica.

— Não estou. Temos que nos manter afastados. Como garantia.

— Sério? — perguntou ele. — De que vale tudo isso, então? Depois de tudo o que fizemos para ficar juntos? Depois de tudo de que abrimos mão?

Stessa odiava tê-lo afastado do mundo que tanto amava. Um quadrante de arte e cor e música. Mas haviam concordado que se bastariam.

— É simples assim, Lyker: se descobrirem o que fizemos, o que *eu* fiz, vou perder o trono. Pior, vou ser presa.

As mãos do rapaz estavam cerradas na lateral do corpo, seu temperamento aflorando.

— Mas...

— Por favor — implorou ela, dedilhando os braços de Lyker para acalmá-lo. — Só até o fim da investigação.

— Estou preocupado com você. Os outros conselheiros acreditam que o assassinato de Iris foi um trabalho interno. Quero ficar ao seu lado até tudo isso ter acabado.

— Você não pode fazer isso. E sou uma rainha, lembra? Não preciso de você me paparicando, como se eu estivesse prestes a desmoronar.

Há guardas patrulhando os corredores. Ficarei bem. — Ele tinha que entender que proteger seu segredo era imperativo. Estariam juntos em breve. Alguns dias não fariam diferença frente a uma vida juntos.

— Está cada vez mais difícil. — Ele passou uma das mãos pelo cabelo ondulado.

— Do que está falando?

— De nós.

Ela grunhiu.

— Eu nunca disse que seria fácil.

— Eu sei, mas já faz quase um ano. Não sei ao certo por quanto tempo mais consigo fingir que me importo.

— Não se importa mais comigo? — questionou ela, com o coração descompassado e lágrimas nos olhos.

Ele lhe tomou as mãos.

— Stess, não seja idiota. Eu estava falando de meu cargo. Olhe para mim. — Ele indicou os braços coloridos. — Não fui feito para a corte, palácios e política. Sinto como se estivesse me perdendo. — Sua voz suavizou. — Não posso perder você também.

— Você não vai. — Ela desejou que pudesse oferecer um futuro diferente a Lyker. Queria fazer dele uma prioridade, como ele fizera com ela, mas que escolha tinha? Ela não possuía herdeiras; não podia abdicar do trono e deixar Ludia sem uma rainha.

Stessa aprendera com a mãe que não havia amor sem liberdade, mas ela não podia enfrentar um futuro sem Lyker.

— Tenha paciência, por favor — implorou ela. — Vamos achar um modo de fazer isso funcionar.

Ele assentiu, mas não parecia convencido.

Ela pressionou o rosto no peito de Lyker, então o abraçou, cantarolando sua canção favorita. As contas em seu cabelo e em seu pescoço tilintaram quando se balançaram.

— Contanto que estejamos juntos — disse ela —, vou me assegurar de que não se esqueça de quem é.

— E você? Ainda se sente como a garota de antes?

Stessa gostava de ser rainha; gostava de garantir que os outros quadrantes não arruinassem o que considerava uma comunidade perfeita. Ela gostava de ser levada a sério. E, precisava admitir, gostava da atenção.

Era a mesma garota que fora em Ludia? *Não.*

— Isso importa? — Ela parou de oscilar e inclinou a cabeça para ver a expressão de Lyker.

— Não se estiver feliz.

Sua mãe sempre lhe dissera que, se tivesse amor no coração, tudo mais entraria nos eixos. Mas o amor de Stessa por Lyker a havia levado a cometer atos sinistros, coisas que a mãe não aprovaria. Luditas não deviam ser sombrios e desleais. Eles eram leves, brincalhões, despreocupados. E Lyker era a epítome do sol e do calor. Mas, dia após dia, ela via aquela luz fraquejar e escurecer, e, dia após dia, um novo peso lhe comprimia os ombros.

— Sou feliz quando estou com você — disse ela, enfim.

— E se deixarmos o palácio antes que o inspetor descubra sobre nós? — Seu tom de voz traía esperança. Ele jamais quisera que ela aceitasse o trono de Ludia, em primeiro lugar, tinha até sugerido que fugissem. Talvez tivesse sido mais fácil. Ele ainda sugeria que fugissem uma vez por semana, mas aquela foi a primeira vez que Stessa cogitou aceitar. Havia levado alguns meses, mas ela abraçara seu papel como rainha, especialmente com Lyker ao seu lado. Queria ser tão respeitada quanto Iris, tão sábia quanto Marguerite e tão equilibrada quanto Corra. Com o assassinato de Iris e a enervante presença do inspetor, Stessa se questionava se aquela era, afinal, a vida que de fato queria.

— Para onde iríamos? — indagou ela. — Todos conhecem meu nome. E meu rosto.

— Você é uma mestra do disfarce. — Ele sorriu e bateu de leve em seu nariz, em uma alusão às festas que frequentavam juntos, quando vestiam roupas elaboradas e se maquiavam de modo a enganar os amigos para somente se revelarem no fim da noite. — Mas teríamos que deixar Quadara.

Stessa sabia que isso magoaria Lyker. Ele sentia falta da família, dos amigos e da liberdade de fazer arte aonde quer que fosse. Havia desistido de tudo para acompanhá-la. Eles costumavam rir e sorrir a cada hora de cada dia. Agora só o que faziam era mentir, maquinar e se preocupar.

Ele a estudava, esperando uma resposta.

Ela suspirou entre dentes.

— Não podemos, mesmo que quiséssemos. Fecharam o palácio. Ninguém entra, ninguém sai. Não até encontrarem o assassino de Iris.

— Mas você está considerando a ideia?

Stessa não queria desistir do trono, do poder ou da responsabilidade. Mas não podia desistir de Lyker. Se o inspetor descobrisse a verdade, seria separada dele para sempre. Ela mordeu o lábio, incerta sobre o rumo a tomar.

— Quero ser feliz — continuou ele. — Com você. Seríamos mais felizes fora do palácio, tenho certeza.

Stessa conseguia imaginar uma vida simples com Lyker. Uma vida em que ele podia pintar palavras de amor nas paredes de sua casa para ilustrar as canções de Stessa. Ela sentiria saudades do palácio, mas não tanto quanto sentia falta de seu lar, em Ludia. E Lyker estava definhando na frente de seus olhos. Precisava fazer uma escolha. O amor por Lyker ou o trono.

Não havia outra escolha. Era Lyker, sempre e para sempre.

— Acho que você tem razão — concordou ela. — Mas temos que esperar até que abram as portas do palácio.

— Então vamos fugir? — Seu belo rosto se iluminou com esperança. Era tudo o que sempre quisera, os dois juntos, ninguém para separá-los. Nada de beijos roubados e encontros à meia-noite. O tempo seria deles. Poderiam começar uma nova vida.

Sem segredo, sem leis, sem assassinatos.

— Sim. — Ela sorriu para ele.

CAPÍTULO 14

Keralie

Keralie.
	A escuridão era gentil. Serena. Livre de dor. Livre de todo aquele sangue.
Keralie.
Uma vez conheci uma menina chamada Keralie. Mas eu não era mais aquela menina.
Keralie.
Sua vida era afável. Cheia de amor. Cheia de felicidade e riso. Então ela a estilhaçou. E não tinha como recuperá-la.
— Keralie!
Meus olhos se abriram. O rosto preocupado de Varin encheu minha visão. Eu estava deitada em uma cama. A cama de Varin. Seus olhos estavam arregalados, o rosto, corado, e o cabelo, espetado em diferentes direções, como se ele tivesse puxado os fios. Mas suas mãos estavam nas minhas agora. Ele as retirou, apressado, quando notou que acordei.
— O que aconteceu? — Meu corpo todo tremia.
— Você estava gritando, depois desmaiou. — Ele tirou as almofadas de minhas têmporas. — Como se sente?
Eu me sentei, com cuidado.
— Como se tivesse matado as rainhas de Quadara.

— Não tem graça. — Varin franziu o cenho. — Aqui. — Ele me ofereceu um copo de água e uma barra de comida. Respirava com dificuldade, as mãos, trêmulas. Estava em choque. Eu conhecia a sensação.

Meu estômago estava revolto demais para comida, mas aceitei o copo com satisfação.

— Por que não me contou o que tinha naqueles chips? — perguntou ele, enquanto eu bebia. — Por que não me avisou?

— Eu avisei. — Pousei o copo vazio no chão e esfreguei a testa. Queria rastejar de volta à escuridão. Estava muito claro ali. — E se eu tivesse contado, você não teria acreditado.

Agora que as memórias haviam sido desemaranhadas, era impossível ignorá-las. Cada uma das rainhas, morta.

Ele pulou da cama e começou a andar de um lado para o outro.

— Você já sabia disso e, no entanto, não disse nada. Elas são nossas rainhas! — Ele passou uma das mãos pelo cabelo já desarrumado. — A própria estrutura de Quadara está em risco.

— Eu precisava ter certeza de que você cumpriria sua parte no acordo. Eu revivo as memórias, e você me ajuda a fugir de Mackiel. Fiz minha parte.

Ele deixou escapar um suspiro atormentado.

— Não quero entregar esses chips.

— A quem você deveria entregar?

— Não sei. Só sei que deveria entregar ontem pela manhã, na fronteira com Ludia. Mas antes de chegar lá, descobri que minha bolsa estava vazia.

Eu lhe lancei um sorriso tímido.

— Você costuma saber o que tem nos chips de comunicação? — Pensei em sua coleção de memórias.

Seus olhos encontraram os meus.

— Não.

— Então por que assistiu à regravação dessa vez?

— Quando terminou de ingerir os chips, havia uma expressão em seu rosto... — Ele soltou outro suspiro. — Eu precisava saber o que você tinha visto.

Curiosidade. Bem, isso era algo que eu entendia. Mordi o interior da bochecha.

— E agora? Você *precisa* fazer a entrega, certo?

Ele assentiu, devagar, mas havia incerteza em seus movimentos.

— Você quer fazer algo sobre o assunto, não quer? — arrisquei, com um gemido. — Você quer levar os chips para as autoridades, no palácio.

— Você não? — Algo brilhou em seus olhos, algo parecido com determinação. Paixão. Emoção. Muito não eonita.

— O que posso fazer? Essas memórias apenas confirmam que o assassino completou o trabalho. As rainhas estão mortas.

— Ainda podemos ajudar! — Ele indicou os novos chips. — Isso é evidência!

— Somente sabemos como as rainhas morreram, não quem as matou.

— Mas conhecemos alguém que deveria receber esses chips e ser avisado das mortes. É um dos envolvidos, pelo menos.

— Dois — lembrei a ele. — Mackiel. Ele quis que eu roubasse os chips de você, depois se recusou a vender. Ele *tem* que estar envolvido.

— Sim.

Balancei a cabeça.

— Não é o bastante.

— Por que não ouvimos nada? — perguntou Varin. — Por que o palácio não se pronunciou?

— Talvez porque temam o pânico que a notícia causaria? Com certeza, vamos escutar alguma coisa quando as novas rainhas subirem ao trono. Talvez nem mesmo revelem que as rainhas anteriores foram assassinadas. É provável que coloquem a culpa em algum acidente. — Eu me recostei em sua cama; por sinal, muito confortável. A fadiga deixava minhas pálpebras pesadas. Um rápido repouso. Era tudo de que precisava.

— Precisamos ir ao palácio — disse ele, que escolheu, claro, aquele momento para ser tagarela. Quando não respondi, ele continuou: — Uma informação como essa, informação *expressiva*, que pode ser usada para levar o culpado à justiça, seria valiosa para o palácio.

Sentei novamente. Agora ele estava falando minha língua.

— Quão valiosa?

— O bastante para assegurar que jamais tivesse que trabalhar para alguém como Mackiel de novo.

Trabalhar para Mackiel não havia sido apenas pelo dinheiro, mas Varin não iria — nem podia — entender aquilo. Ele aceitava seu lugar no mundo, enquanto eu me rebelava contra o meu.

— Sou uma criminosa — admiti, com um dar de ombros. — O palácio não vai me dar nada, mesmo que eu ajude a encontrar o assassino.

— Keralie. — O tom intenso de sua voz me deixou arrepiada. — Você quer ser uma criminosa?

Por que todo mundo julgava que eu não era exatamente o que queria ser?

— Keralie — repetiu ele, quando não respondi. Desta vez, seu tom de voz era suave.

— O quê?

— Tudo bem. Você não precisa me acompanhar.

Eu não queria ir a lugar algum. Queria ficar ali, naquela cama confortável, longe de Mackiel. Mas também queria saber como tudo terminaria. Não sabia ao certo se era mera curiosidade ou se minha havia muito negada consciência estava fazendo uma aparição. Talvez ambas.

Mas e se o palácio *de fato* me recompensasse? Embora não precisasse de dinheiro, havia algo que eu queria desesperadamente. Precisava. Minha família.

Se os médicos estavam certos, então meu pai tinha poucas semanas de vida. Eu não sabia muito sobre o palácio, apenas que continuava a negar acesso à HIDRA, apesar dos esforços de minha mãe. Talvez eu pudesse mudar aquilo? Barganhar... a informação sobre os assassinatos em troca de uma dose. Se meu pai se recuperasse, talvez eu pudesse me perdoar.

— Hipoteticamente — comecei, torcendo uma mecha de cabelo nos dedos. — Se você fosse até o palácio com os chips, o que diria?

Pensei ter visto uma sombra de sorriso em seu rosto, mas então sumiu.

— Que eu tenho evidência da identidade do assassino — respondeu ele.

— Sério? Eu já vi as memórias duas vezes e ainda não faço ideia de quem seja.

— O que sugere então?

Levei uma das mãos ao peito.

— Não creio que estava sugerindo nada. Só estou perguntando sobre seu plano.

— Tudo bem, em tese, então o que *você* faria se fosse ao palácio com isso? — Ele exibiu um estojo de comunicação prateado.

— Eu não iria. — Levantei a mão quando ele fez menção de abrir a boca para protestar. — Reuniria mais informações antes. — Sorri. — Se eu quisesse uma recompensa.

— Ok. — Ele se aproximou. — E como faria isso?

— Nunca roube alguém antes de estudar a situação e a pessoa... ou seja, observando. — Um antigo ensinamento de Mackiel.

— Não vamos roubar ninguém.

Acenei com a mão.

— Tanto faz. Como você mesmo disse, sabemos de um envolvido... a pessoa que deveria receber os chips. — Ele assentiu, me encorajando a continuar. — Se eu fosse fazer isso, *hipoteticamente*, então eu reagendaria a entrega dos chips para encontrar essa pessoa. Assim, eu descobriria quem está dando as cartas. *Isso* seria informação valiosa para o palácio. — Com sorte, valiosa o bastante para garantir uma dose de HIDRA.

Varin assentiu, como se estivesse analisando o plano, mas o brilho em seus olhos me dizia que ele estava impressionado.

Não que fosse minha intenção.

— Ok — concordou ele. — Descubro mais informações sobre o destinatário dos chips de comunicação, depois levo a investigação ao palácio.

— Você precisa marcar o ponto de encontro em um lugar público dessa vez — disse eu. — Seguro. — Algum lugar longe das garras de Mackiel.

— Ok — repetiu ele, colocando o novo estojo, com os chips, em sua bolsa. — Obrigado pela ajuda. — Dirigiu-se à porta.

— Espere! — gritei, pulando da cama.

Ele parou, mas não se virou.

— O que foi?

Achei que estaria livre daquelas lembranças quando as tirasse da cabeça. Achei que esqueceria o que havia testemunhado. Mas não foi isso que aconteceu. Eu não estava livre. Estava ligada àquelas quatro rainhas mortas, gostasse ou não.

Mas agora tinha um plano. Não apenas um plano para ajudar o palácio, como também para ajudar meu pai e recuperar minha família. Fechei os olhos com força, imaginando os braços de minha mãe me envolvendo, me acolhendo de volta ao lar.

Meu coração estremeceu dentro do peito quando decidi.

— Vou com você.

CAPÍTULO 15

Marguerite
Rainha de Toria

Sétima Lei: *Antes de completar 45 anos, a rainha deve gerar uma herdeira para garantir a linhagem real.*

Marguerite inspirou fundo, esperando Iris passar por ela. *O corpo de Iris.*
Sua amiga tinha partido.

O cortejo fúnebre dela seria no quarto a que Marguerite compareceria desde que havia chegado ao palácio. Em geral, a corte esperava que a nova rainha assumisse o trono, mas com a intenção do inspetor de destrinchar Iris atrás de provas, decidiram se adiantar e marcar a cerimônia para apenas 24 horas após terem encontrado o corpo.

Iris devia ser enterrada nas catacumbas do palácio. Em vez disso, voltaria às mãos do inspetor, para que ele a cutucasse e sondasse com seus instrumentos, naquela fria e estéril enfermaria eonita.

— Ela não pode descansar — dissera ele. — *Nós* não podemos descansar. Não até que o assassino seja encontrado.

E embora Marguerite compreendesse a necessidade de encontrar respostas, ela desejava que aquilo não custasse a Iris sua derradeira dignidade.

A procissão não era complexa. O corpo da rainha seria colocado em um caixão de vidro, adornado com o que ela mais amava, então carregado pelo palácio por sua conselheira, aias e servos mais próximos. Primeiro ela seria levada pelos corredores archianos, depois pelos corredores torianos, e assim sucessivamente, por diferentes seções do palácio. Então voltaria à enfermaria, como prometido ao inspetor.

Marguerite estremeceu, os punhos cerrados ao lado do corpo.

O palácio estava um caos. Toda conversa incluía o nome de Iris, cada sussurro citava sua morte. E havia o inspetor, aparentemente em todos os lugares ao mesmo tempo. Sempre com suas perguntas, no entanto, sem respostas para Marguerite.

Marguerite passara a manhã revivendo tudo o que podia das últimas semanas, para que o inspetor gravasse em chips de comunicação. A rainha estremeceu com a ideia de o homem assistir àquelas memórias através dos olhos dela. Mas faria o que fosse necessário para encontrar o culpado.

Independentemente de as rainhas terem lhe contado a mesma história — a última vez que haviam visto Iris fora em corte, quando ela recusara o pedido do governador archiano por eletricidade —, o foco do inspetor continuava nas monarcas. Seus olhos negros se estreitaram quando elas entraram no salão, os longos dedos brincando com o gravador sempre que elas abriam a boca. Ainda assim, Marguerite sabia que não eram culpadas. Não conseguia imaginar uma rainha perpetrando um ato tão nefasto contra a própria irmã.

O som de passos no piso de mármore trouxe a atenção de Marguerite de volta ao cortejo. A conselheira archiana apareceu primeiro. Atrás dela, seguiam duas aias de Iris. Usavam vestidos negros iguais, saias até o chão, uma cauda de tecido negro se entrelaçando atrás de ambas. Elas carregavam o caixão como se não pesasse nada, no entanto suas expressões exibiam tanta dor que Marguerite temeu que desfalecessem. Quando se aproximaram, seus olhos encontraram os da rainha toriana e elas inclinaram a cabeça em sinal de respeito.

Como na enfermaria, Iris parecia apenas dormir. Vestia um traje de renda branca, as mãos sobre a barriga, as bochechas empoadas de rosa. Seu longo cabelo fora trançado e enrolado no pescoço para esconder o horrível corte.

Iris teria odiado que a conselheira decidisse suas roupas e aparência. *Completamente indigno*, teria protestado. *Sou uma rainha. Eu decido o que vestir e aonde ir!*

Marguerite levou um lenço aos olhos. Sentiria falta do turbilhão que era a amiga.

Flores e heras circundavam Iris, seu amado jardim seria uma parte de seu repouso eterno. Na tampa de vidro, centenas de velas ardiam; a cera quente selaria o caixão, embora o inspetor logo fosse reabri-lo.

Enquanto o corpo de Iris passava, sua voz soou na mente de Marguerite. As últimas palavras que a irmã rainha lhe falara.

— Estou cansada da corte — dissera ela. Os límpidos olhos verdes cintilando.

— Você está sempre cansada da corte — replicara Marguerite, com um sorriso. — E, ainda assim, persiste.

— Uma perda de tempo idiota. — Sua fúria não se apaziguou com o comentário de Marguerite. — Tenho coisas mais importantes a fazer.

— Tais como? — Marguerite tinha ficado intrigada. Até onde sabia, não havia grandes conflitos em Archia.

Iris balançou a cabeça.

— Você não entenderia.

Marguerite sabia que não era sua intenção ser cruel. Obviamente, alguma coisa vinha incomodando Iris nas últimas horas, embora duvidasse de que o governador archiano fosse a razão. Devia ter algo a ver com seu desejo de mudar as Leis das Rainhas. Alguma coisa que calava mais fundo. Pessoal.

E, no entanto, as Leis das Rainhas determinavam que às rainhas não era permitida uma vida pessoal, por medo de que as desviasse dos deveres para com os respectivos quadrantes. As quatro rainhas originais de Quadara haviam julgado a atenção do rei muito dividida; não apenas entre quadrantes, mas entre as próprias esposas. E a insatisfação das rainhas com o marido consumia seus pensamentos, desviando-as de seus afazeres. Impedir que as futuras rainhas sofressem do mesmo mal era a chave para garantir a paz em Quadara.

Anos antes, Marguerite tinha imaginado que uma vida pessoal era possível dentro do palácio. Durante um dos bailes de enlace, havia encontrado um pretendente e logo se apaixonado pelo homem de cabelo claro cacheado e gentis olhos azuis. Ele foi o primeiro — e único — homem que lhe mostrara afeição. E tinha sido intoxicante.

Quando garota, Marguerite era mais alta do que devia, as feições, angulosas. *Espantalho*, zombavam as crianças. *Cabide*.

Quando foi levada ao palácio como uma jovem mulher, tudo mudou. Os servos eram só elogios para sua beleza estonteante. As pernas compridas, a silhueta mignon, porém alongada, as maçãs do rosto angulosas e o perfil proeminente. Que linda rainha ela seria. Mas os anos de humilhação, acreditando ser mais insignificante que os ratos do Jetée, não podiam ser apagados. O passado de Marguerite a transformara em quem era. Cada vez que os criados a chamavam de deslumbrante, ela ouvia *austera*, ciente de que suas feições eram duras e afiadas, não a clássica beleza toriana.

Então quando Elias, filho de um rico banqueiro de Toria, comparecera ao baile de enlace, ela não teve qualquer condição de rejeitar seus avanços. Ele era doce e atencioso, e não falava de nada senão sua beleza. Pela primeira vez, ela acreditou nas palavras, pois nenhum homem jamais havia proferido tantos elogios.

Mas casamento era proibido pelas Leis das Rainhas.

Marguerite tentara argumentar com seu conselheiro; desejava de Elias mais que uma união para produzir herdeiras. Ela queria dividir a vida com ele. Queria acordar fitando seu belo rosto e dormir ao som de sua respiração. Queria vê-lo embalar seus filhos e ajudá-lo a criá-los.

Mas o conselheiro não se deu por vencido.

— Se uma das leis cair — Jenri lhe dissera —, então todas as outras serão questionadas. Se derrubarmos as Leis das Rainhas, vamos derrubar a estabilidade de Quadara.

Marguerite ficara arrasada. Até que suas regras não desceram naquele mês. Nem no seguinte. Nem no seguinte. Ela estava grávida. E nada se colocaria no caminho de sua nova, crescente família. Encontraria um modo de manter Elias no palácio, mesmo que não pudesse chamá-lo de marido.

Um quarto tinha sido designado para Elias até o nascimento da criança. Um herdeiro homem seria criado fora do palácio, por parentes ou pelo pai, sem qualquer direito ao trono. Mas o médico da corte logo informou a Marguerite de que ela estava grávida de uma menina.

O dia em que correu até os aposentos de Elias para contar as boas-novas, ela parecia voar; o sorriso tão largo que quase doía. Mas jamais tinha conhecido dor real, mesmo vivendo longe da parte rica de Toria, com seus pais adotivos.

Até aquele dia.

Quando chegou ao quarto de Elias, abriu a porta sem bater, incapaz de conter a empolgação. E lá estava ele, o peito dourado nu, os cílios escuros sombreando as maçãs marcadas. O coração de Marguerite transbordou, até que viu a jovem nua. Ela não a reconheceu — o rosto estava pressionado contra a lateral do corpo de Elias. Não importava. Os corpos entrelaçados diziam tudo o que precisava saber.

Ele jamais a amara. Tinha ido ao palácio pelo status e pelo pagamento de se unir à rainha.

Ela não podia deixá-lo ver suas lágrimas, então saiu antes que ele percebesse que sequer estivera ali. Não importava mais. A parte de Elias na união estava completa.

Daquele dia em diante, Marguerite jurou manter a filha a salvo daquele lugar traiçoeiro, assegurando que a menina nunca seria seduzida pelo palácio nem pelo fascínio do trono. As verdadeiras intenções de todos se tornavam nebulosas quando se era rainha. A filha seria criada sem qualquer conhecimento de sua herança, possibilitando uma vida mais simples e, com sorte, mais feliz.

Ela disse ao médico da corte que tinha perdido o bebê e escondeu a verdade de suas irmãs rainhas atrás de ondulantes saias amplas. Embora

Iris não vivesse no palácio quando Marguerite dera à luz sua filha, conforme se tornaram mais próximas ao longo dos anos, a rainha mais velha lhe havia confiado seu segredo.

Marguerite tinha imaginado que a austera irmã rainha iria recriminá-la por quebrar uma lei tão vital, mas Iris apenas disse:

— Você seguiu seu coração, como nós, archianos. Fez o que julgava melhor para sua filha.

— E o que é melhor para meu quadrante? — argumentou Marguerite.

Iris pousou a mão pálida sobre a de Marguerite.

— Você vai compensá-los.

E foi o que Marguerite fez. Cada dia desde então, ela se devotou ao próprio quadrante. Não apenas a Toria, mas à nação como um todo. Ela aprendeu tudo o que podia, absorveu tanta informação quanto possível. Passou a maioria das noites estudando, não apenas a história de Quadara, mas do mundo.

Ao ver o corpo sem vida de Iris passar, Marguerite ficou feliz porque sua filha jamais conheceria a dor de perder uma irmã rainha.

No dia seguinte ao nascimento da filha, Marguerite tinha tirado o bebê do palácio com a ajuda de uma aia leal, Lali. Seguindo as instruções da rainha, a menina havia sido entregue a uma amiga de infância, em Toria — alguém que fora gentil quando as outras crianças caçoavam dela. A amiga tinha jurado encontrar uma família sem conexões com Marguerite, que nunca revelaria seu real parentesco.

O palácio estava fora do alcance da menina. E ela seria livre.

Marguerite passava a maior parte dos dias tentando não pensar na filha. Ela faria 17 naquele ano. *Dezessete* — quase a mesma idade de Stessa. Não podia evitar a comparação entre sua filha e a jovem rainha, e se perguntou como ela era e onde vivia agora. E Iris não estava mais ali para lhe dizer que não valia a pena remoer o passado.

Marguerite lançou um último olhar para a amiga, torcendo para que fosse feliz no pós-vida. E com a certeza de que, um dia, se encontrariam outra vez.

Foi esse pensamento que impedira Marguerite de procurar a filha ao longo dos anos. Na próxima vida, elas se encontrariam, e a mãe explicaria por que lhe negara o palácio e o trono. Ela o fizera por amor. E o amor era algo poderoso.

Mas, como Marguerite bem sabia, também podia ser terrivelmente doloroso.

CAPÍTULO 16

Keralie

Deixamos o apartamento de Varin sob uma cortina de sombras. Eu queria que pudéssemos ter dormido, mas já era quase manhã e o novo prazo de entrega de Varin se aproximava. Quando o sol nasceu por trás dos arranha-céus prateados, a luz se dividiu em feixes. Eu me perguntei se voltaria a ver aquela cidade deslumbrante de novo.

Assim que ocupamos nossos assentos no trem, Varin usou o comunicador reserva de seu apartamento para falar com o chefe. Apesar de sua expressão continuar impassível, ele piscava com rapidez.

— O que ele disse? — perguntei, assim que desligou.

— O comprador vai estar lá. — Ele desviou os olhos e observou os prédios passarem pela janela.

— Só isso?

— Ele já descontou o dia de ontem de meu pagamento e está considerando me demitir.

— Talvez ajudasse conversar pessoalmente quando tudo isso terminar? Explicar o que aconteceu. Pode até colocar a culpa em mim. — Eu o cutuquei de brincadeira.

— Não ajudaria — ele me deu uma olhada — já que nunca nos encontramos pessoalmente.

— Hã? — Como você trabalha para alguém que nunca viu?

— Fomos designados para essas funções assim que nos graduamos. — Seus ombros largos se curvaram um pouco, como se a lembrança do passado pesasse sobre ele. — A mim foi atribuído o trabalho de mensageiro. Falo com meu chefe toda manhã. — Ele deu uma batidinha na orelha. — E ele me diz onde coletar o estojo de comunicação e onde entregar. Depois de uma entrega bem-sucedida, o pagamento é transferido para minha conta.

— Sem colegas de trabalho então? — Eu iria amar não trabalhar com larápios como Kyrin.

— Trabalho sozinho.

Não era apenas isso... Varin fazia tudo sozinho. Para um quadrante tão focado em comunidade, era de se imaginar que encorajassem relacionamentos.

— Já quis fazer outra coisa? — indaguei. — Ser outra coisa que não um mensageiro?

— Quando eu era mais novo... — Ele passou uma das mãos pelo cabelo. — Não importa. Nossos empregos são escolhidos com base em nosso mapeamento genético. Sempre seria um mensageiro.

— Mas e quando era mais novo? — insisti. Com certeza ele tinha permissão de sonhar com algo mais?

A sombra de um sorriso surgiu em seus lábios.

— Queria ser um artista.

Eu jamais ouvira de qualquer eonita trabalhando em algo remotamente criativo.

— Que tipo de arte?

— Paisagens, retratos, natureza-morta. — Ele deu de ombros, de leve. — Qualquer coisa, na verdade. Quero capturar tudo enquanto posso.

— As pinturas em seu apartamento. — De repente me dei conta. — Foi *você* que pintou. — Ele assentiu. Eu tinha presumido que ele as comprara de um artista de Ludia. — São incríveis, Varin. Sério.

— Obrigado — agradeceu ele, seco e direto. Mas notei que queria dizer mais, então, pelo menos uma vez na vida, fiquei quieta. — Gosto de como a arte captura não apenas o exterior, mas também a emoção e o humor do artista. Como uma memória. — O sorriso em seus lábios parecia mais óbvio.

— Você pinta o que vê naqueles chips roubados — deduzi.

— Sim. — Seu rosto enrubesceu. — Para que ninguém esqueça.

— E, no entanto, o palácio é seu modelo preferido. — Eu me lembrei das pinceladas acuradas e do cuidado que ele dispensara ao tema.

Seus olhos perolados se prenderam aos meus.

— É a coisa mais linda que já vi. Não quero esquecer.

Eu ri.

— Como mensageiro, você vê o palácio todos os dias quando trabalha em Concórdia.

— Existe uma diferença entre estar em um lugar e enxergá-lo *de fato*. Minha arte me ajuda a ver além das aparências.

Pinturas eram feitas de aparência, e, ainda assim, entendia o que ele queria dizer. Sua arte parecia transcender a mera decoração de paredes. Era uma parte de Varin, exposta na tela. Agora eu queria poder voltar e estudar as telas de novo para compreendê-lo melhor.

— Mas nada disso importa — disse ele, o belo rosto se anuviando.

— Não importa o quanto é talentoso?

— Eonia não valoriza a arte. — Ele examinou suas mãos. — Eu sou, e sempre serei, um mensageiro.

Eu não sabia o que dizer. Ele parecia derrotado. Então me lembrei do compartimento secreto que escondia as pinturas. Ele tinha vergonha do que havia criado? Ou temia ser considerado diferente dos outros eonitas? Eonia não valorizava a diversidade.

— O que você queria ser quando criança? — perguntou ele, ainda observando as mãos.

— Uma ladra.

Ele soltou um suspiro.

— Por que você sempre mente?

— Não estou mentindo. — E não estava. — Tentei ser outras coisas. Fracassei. — De maneira espetacular.

Meus pais nunca haviam entendido por que eu odiava velejar. E eu jamais tinha entendido por que amavam aquilo. Seu negócio de navegação trazia tanta dor e consumia tanto tempo e dinheiro, mas eles não desistiam, mesmo quando estavam sendo arrastados para o fundo. Mesmo quando eu voltava para casa com a mão cheia de quatrilhos de uma noite na casa de leilões. Era como se o barco fosse uma parte de meu avô da qual meu pai se recusava a abrir mão enquanto existisse.

— Tentaria novamente? — perguntou Varin, me desviando de meus pensamentos.

— Não. — E já estava cansada daquela conversa. — Às vezes fracassamos porque não estamos destinados ao sucesso.

— Às vezes o fracasso é o início do sucesso.

— De onde tirou isso?

— Rainha Corra, durante a transmissão de um de seus discursos.

Engoli em seco, incapaz de afastar o rosto empolado de Corra, gritando, de minha mente.

— Ela era uma boa rainha. — Eu não prestava atenção à política de Quadara, mas Corra parecia ser genuinamente amada por seu povo. Pelo menos, não estavam se rebelando contra ela. Diferentemente da rainha Marguerite. Os trabalhadores do Jetée estavam fartos de sua intromissão de suas tentativas de erradicá-los. Estariam envolvidos em sua morte?

— Não acredito que ela esteja morta — disse Varin. — Não acredito que estejam todas mortas. — As imagens o assombravam como faziam comigo? Quando enfim desapareceriam?

Balancei a cabeça. Nenhum de nós teve tempo para assimilar a realidade. Eu nem mesmo havia considerado como aquilo afetaria Quadara.

— Não vamos fracassar, Varin. Vamos encontrar quem fez isso.

Saltamos do trem na plataforma eonita. Àquela hora da manhã, a Casa da Concórdia estava silenciosa e quieta. Apenas alguns guardas quadarianos a postos, prontos para verificar vistos nos portões dos quadrantes.

Em breve a Casa da Concórdia ficaria lotada de pessoas. Perceberiam que algo considerável havia se alterado em Quadara?

Na luz fraca, a cúpula do palácio parecia brilhar como uma suave lâmpada a gás. O coração iluminado de Quadara; extingui-lo seria o fenecer da nação.

— Estamos atrasados — constatou Varin, com um olhar acusador para meus elaborados sapatos luditas, como se fossem a causa.

Eu os descalcei para conseguir acompanhá-lo.

— Seu chefe vai mesmo matar você se não entregar o estojo?

Ele manteve o olhar à frente, os passos, decididos.

— Ele não vai me matar, mas vai me demitir, e, se eu não tiver um emprego, minha data de morte será atualizada.

— Data de morte? — Ele havia mencionado algo assim na casa de leilões. — O que é isso exatamente?

— Todo eonita tem uma. É definida quando nascemos.

— Quando vocês nascem?

Ele parou, e estaquei ao seu lado.

— Eonia se preocupa com o excesso demográfico. Mais que com qualquer outra coisa. Mais que com doença. Mais que com progresso.

— O que isso tem a ver com morte?

Ele passou uma das mãos pelo cabelo, afastando uma mecha negra do rosto.

— Assim que nascemos, geneticistas testam nossa saúde, determinando nossa predisposição a algumas doenças e síndromes. Os resultados são comparados aos das crianças da mesma geração. A partir daí, nossa data de morte é estipulada.

— Certo — falei, embora não entendesse qual a relação daquilo com seu trabalho.

A conversa sobre a data de morte havia transformado sua expressão — quase como se sentisse alguma coisa. Mas ele recomeçou a andar antes que eu conseguisse determinar o quê.

— Não entendo. — Torci para que ele andasse mais devagar. — Como podem prever como e quando você vai morrer?

Daquela vez, quando parou, quase trombei com ele. Varin levou a mão ao meu cotovelo para impedir que eu tropeçasse.

— Não. — Seus lábios se curvaram ligeiramente. — Eles não preveem quando vamos morrer, e, sim, nos *dizem* quando vamos morrer. Não é uma previsão, é uma ordem. O teste determina por quanto tempo ficaremos saudáveis, e então eles definem nossa data de validade.

Um arquejo ficou preso em meu peito.

—Vão matar você?

Ele assentiu uma vez, curto e seco, depois continuou a andar, como se jamais tivéssemos conversado.

Eu me arrastei pelo piso de mármore, digerindo a verdade.

— Vão matar você quando chegar a hora que pensam ser certa? — Minha respiração estava ofegante, não devido ao cansaço ou à falta de sono, mas ao choque. — Como podem fazer isso? Como podem determinar quando é a hora certa? Quando sequer é a hora certa?

— Já disse. É assim que mantêm a população sob controle, para assegurar o futuro do quadrante. É como florescemos.

Bufei. Não havia *florescer* nos eonitas. Controle. Perfeição, talvez. Mas reprimida. Sufocada. Não era de se admirar que Varin assistisse a vislumbres de outras vidas e pintasse o que jamais veria.

Eu não havia testemunhado qualquer alegria em Eonia durante minha curta estada. O quadrante, sem dúvida, era deslumbrante, mas a população seguia arranhando a superfície da vida, nunca se conectando ao meio de fato nem, certamente, um ao outro.

Qual era o objetivo daquilo tudo? Onde estava o arrepio de antecipação que eu vivenciava toda noite na casa de leilões de Mackiel? Onde estava a ânsia e o desejo de saber como tudo funcionava e qual seu valor? Claro, o Jetée era sombrio e sujo, mas todos sentíamos. Nós nos importávamos. *Vivíamos.*

— Pensei que tínhamos concordado em não julgar um ao outro — rebateu ele.

— Quando é sua data de morte? — perguntei, incapaz de me conter.

— Vou viver até os 30 anos.

Tropecei.

— Trinta?

— É menor que a expectativa de vida da maioria dos eonitas, sim.

Segurei seu braço e o virei para ver seu rosto, mas parecia vazio, os olhos se recusando a encontrar os meus. Não era possível que falasse de modo tão insensível da própria morte. Não era possível que qualquer um o fizesse.

— Não, Varin. — Balancei a cabeça. — É menor que a média de vida em meu quadrante. Menor que em todos os quadrantes.

Ele esfregou a ponte do nariz.

— Tenho uma doença. Não é terminal, mas é um peso para a sociedade, então...

— Vão matar você por ser um estorvo? — Cuspi as palavras. Qual era meu problema? Eu devia ser mais agradável com alguém que havia acabado de me confessar que tinha pouco mais de uma década de vida. Mas estava furiosa, e sua passividade me irritava ainda mais. — Isso é ridículo! — Queria sacudi-lo para que visse a verdade, não o que o forçaram a acreditar com aquela lavagem cerebral.

— Não temos tempo para discutir minha data de morte.

Dei uma gargalhada cruel.

— Sim, você tem. Mais ou menos doze anos. Por que não tocar no assunto agora?

— Você não entende.

— Não mesmo. Isso não é normal, Varin. — E sua reação, menos ainda. — Por que não fugir? Escapar de Eonia? — Como mensageiro, ele tinha acesso a outros quadrantes. Não precisava arriscar a sorte com os guardas da fronteira.

— Para onde eu iria? O que eu faria? — Algo implícito em sua pergunta me fez acreditar que, pelo menos, ele havia considerado a possibilidade. — Eonia é tudo o que sou e tudo que serei. — Mas ele queria mais; como provava a coleção de chips e telas.

— Até que matem você.

— Vamos. — Ele tocou a bolsa. — Preciso descobrir quem está por trás disso.

— As rainhas já se foram — argumentei. — Não podemos salvá-las.

— Eu sei.

— Mas você quer ajudar o palácio a encontrar o assassino. Com que propósito? Justiça? Vingança? — Abri os braços. — Por que se importa tanto com sua rainha?

— Por que se importa tão pouco com a sua?

Não era como se eu odiasse a rainha Marguerite, mas ela estava tentando destruir o Jetée, meu lar... meu *antigo* lar.

— Você parece se importar mais com a morte da rainha Corra do que com a sua própria. Elas já estão mortas; *você*, não.

Varin examinava o chão.

— Varin. Varin, olhe para mim.

Ele hesitou, mas, enfim. levantou a cabeça. Eu queria estender a mão e tocá-lo, mas não fiz isso. Seu cenho estava franzido; os lábios cheios, virados para baixo. Até mesmo os olhos de lua pareciam obscuros.

— Por quê? — perguntei.

— Por que o quê? — Sua voz estava carregada de exaustão. Apesar da altura, ele parecia insignificante. Claro, ele não tinha dormido aquela noite, mas havia algo mais... anos de esgotamento. Quando conversamos sobre sua arte, eu vislumbrara o menino que queria mais da vida. Mas sem esperança, ele desbotou, qualquer resistência erradicada. Ensinado a não se importar, ensinado a não querer. Muito embora conhecesse a sensação de cansaço e revolta por conta dos caprichos do destino, eu a usara como combustível, enquanto Varin tinha se deixado consumir até não sobrar nada. Mas ele sonhara um dia; tivera esperança um dia... aquilo ainda estava dentro dele. Em algum lugar.

— Por que não se importa com sua própria vida? — perguntei. — Por que não luta por si mesmo?

— Eu luto. — Mas havia pouco ardor nas palavras.

Eu o empurrei.

— Então prove!

— Por quê? — Ele voltou minhas palavras contra mim. — Por que se importa?

Boa pergunta.

— Torianos são criaturas curiosas. "Por quê?" é nossa expressão preferida. — Mas eu sabia que esse não era o verdadeiro motivo. Queria que Varin se libertasse da prisão em que se trancara, porque eu não podia me libertar da minha.

— Quero ajudar o palácio a encontrar o assassino porque é a coisa certa a fazer — respondeu ele, enfim.

— A coisa certa a fazer — resmunguei entre dentes. Decepcionante...

— E — continuou ele, a expressão resoluta — se eu ajudar o palácio, talvez eles me ajudem.

— O quê? — Ele tinha acabado de dizer que queria fazer algo por si mesmo? Eu esfreguei o ouvido. — Por favor, pode repetir? De repente, fiquei meio surda.

Um sorriso brincou em seus lábios.

— O palácio pode me ajudar com meus — ele engoliu em seco — problemas de saúde. Se ajudarmos o palácio a encontrar o assassino, talvez eles mudem meu status na lista.

Senti um aperto no peito.

— Na lista?

— Da HIDRA. Nunca cheguei perto de ser avaliado.

Apenas assenti, minha cabeça parecendo desconectada do corpo.

— Certo — concordei, débil. — A HIDRA.

Eu queria perguntar mais sobre a lista e como agilizar o atendimento, mas não podia deixá-lo descobrir que meu objetivo também era a HIDRA. A única recompensa que não poderíamos dividir.

— VOCÊ NÃO PODE entrar comigo — avisou Varin quando chegamos a uma das salas de reunião dentro da Casa da Concórdia. Então pressionou a palma contra o painel, que apitou e exibiu seu nome, ocupação e quadrante em uma tela sobre a porta.

— Tente me impedir. — Eu lhe dei um encontrão antes que pudesse bloquear a entrada com seu corpo.

— Pelo amor das rainhas, Keralie, estou falando sério. Acham que vou entregar os chips sozinho. Vão suspeitar que algo está errado.

Balancei a cabeça.

— Não vou embora. Você já está um dia atrasado; já sabem que alguma coisa deu errado. E você precisa de meus olhos.

Varin se sobressaltou.

— O quê?

— É meu trabalho analisar as pessoas e descobrir suas fraquezas.

Ele balançou a cabeça, pousando a bolsa a tiracolo na longa mesa de metal no meio da sala.

— Meu chefe disse ao comprador que houve uma confusão e que os chips errados quase foram entregues. Não preciso de você aqui.

Bem, isso doeu.

— Certo. Não vou interferir, mas também não vou sair.

— O que está sugerindo?

— Você não é lá muito criativo, é? — Não esperei uma resposta. Olhei em volta à procura de um lugar para me esconder.

Além da mesa comprida e das respectivas cadeiras, a sala estava bem vazia. Havia prateleiras em uma das paredes, cheias de livros sobre negociações entre os quadrantes e leis. Além das prateleiras, arquivos de metal estavam dispostos no meio da parede.

Puxei o trinco e abri um dos arquivos para examinar seu interior. Senti um aperto no peito e na garganta ante a visão do espaço confinado. Minha respiração ficou ofegante. Fechei os olhos, desejando que houvesse outra maneira. Ou eu entrava ou abandonava Varin com os mentores do assassinato das rainhas.

Coloquei uma perna ali dentro. Não iria deixá-lo sozinho... como sempre esteve em tudo em sua vida. Estávamos naquilo juntos.

— Isso é um incinerador. — O choque era evidente na voz de Varin. — Você ficou louca?

— Já me acusaram disso uma ou duas vezes. — Espremi o restante do corpo dentro do espaço exíguo. As cinzas irritaram meu nariz. Meu peito e estômago se contraíram; meu rosto enrubesceu. Pressionei as mãos nas laterais do incinerador para provar a mim mesma que havia espaço o bastante. Qualquer movimento em minha visão periférica era fruto da imaginação.

Inspirar devagar.

— É usado para destruir documentos confidenciais logo após uma reunião — explicou ele, a voz cada vez mais aguda.

Expirar devagar.

Quando não respondi, ele acrescentou:

— Chega a mais de mil graus aí dentro.

Existe uma entrada...

— Vou ficar bem — garanti, fechando a porta e, com isso, minha saída. — Apenas não o ligue.

CAPÍTULO 17

Corra
Rainha de Eonia

Oitava Lei: *Uma rainha não pode desperdiçar tempo ou emoções com o amor. O casamento lhe é proibido, pois a desvia de seus deveres.*

Corra sabia que sua máscara estava caindo. Não era preciso mais que um simples olhar para perceber que vivia de pura emoção... emoção que devia ter sido extinta com anos de estudo. Ela se sentia cansada, um cansaço profundo; dor e raiva eram seu único combustível.

Mas ela não se deu o trabalho de esconder seus sentimentos. Tinha que desvendar o que aconteceu a Iris. E Stessa era sua única pista. Iris havia descoberto alguma coisa sobre a jovem rainha. Stessa a teria silenciado?

Corra mal percebeu que não havia guardas, nem o conselheiro, à porta dos aposentos de Stessa. Não se preocupou em bater, em vez disso, empurrou a madeira com tanta força que esta quicou e quase a acertou de volta.

Stessa soltou um grito agudo. Por um momento, o som distraiu Corra do fato de que Stessa estava nos braços de um homem. Lyker... o aprendiz de conselheiro ludista. Ele estava sem camisa, o intrincado desenho tatuado em sua pele à mostra.

— Eu estava... eu... — Corra não sabia o que dizer. As palavras girando em sua mente quando atravessou o corredor até o quarto de Stessa haviam sumido. Corra piscou, incapaz de compreender a cena a sua frente. Ela sabia que os luditas eram impulsivos e passionais, mas jamais tinha imaginado *aquilo*.

— O trono segrega o amor — dissera Iris em sua última noite. Aquele tinha que ser o segredo que ela descobrira sobre Stessa. Um segredo pelo qual valia a pena matar.

Stessa se desvencilhou de Lyker com tamanha ferocidade que ele cambaleou.

— Não é o que você pensa! — gritou ela para a rainha de Eonia.

Corra balançou a cabeça, incrédula.

— Então me conte — falou, finalmente encontrando suas palavras — o que seu *conselheiro* está fazendo em seu quarto, sem camisa e com a *língua* enfiada em sua goela.

Antes de responder, Stessa cometeu o erro de olhar para Lyker.

— Stessa — insistiu Corra —, como pôde? Você conhece as Leis das Rainhas.

Stessa soltou um suspiro resignado.

— Lyker era meu namorado em Ludia.

Corra recuou um passo, se lembrando do dia em que Lyker tinha chegado ao palácio e do abraço caloroso de Stessa, sua alegação de que era assim que luditas se cumprimentavam.

— Você mentiu para nós?

Com rapidez, Lyker abotoou sua camisa.

— Lamento, rainha Corra. Tentamos nos manter afastados, mas não conseguimos. Amor jovem, sabe como é — disse ele com um sorriso, tentando desanuviar o ambiente.

— Não. — Corra ergueu uma das mãos antes de se dirigir a Stessa. — Você sabe que é ilegal manter um relacionamento, ainda mais com seu conselheiro. Vocês passam muito tempo juntos, tempo que seria mais bem aproveitado se focassem em seu quadrante, não *nisso*... — Ela gesticulou para os dois. Estava zangada. E isso a fez sentir-se bem, o peso da dor se transformando em algo útil. Mas, ainda assim, precisava ser cuidadosa e não demonstrar sua ira.

— Por favor, Corra — implorou Stessa, o lábio inferior trêmulo. — Por favor, tente entender. O amor é poderoso. Não é fácil ignorá-lo depois que se abre o coração para ele.

— Como isso aconteceu? — perguntou Corra. — Como *ele* chegou aqui? — Quanto menos olhasse para Lyker, melhor. O que aquela rainha garota estava planejando?

Os olhos de Stessa não encontraram os de Corra quando respondeu:

— Havia uma vaga para conselheiro ludista. Lyker se candidatou. Isso é tudo. — Mas o modo como ela falou "Isso é tudo"... era como se tentasse encobrir algo.

— Demitrus... Ele ficou doente, do nada — lembrou Corra, falando do conselheiro ludista anterior. A quem Lyker havia substituído logo que Stessa chegara ao palácio. — Rainhas do céu! Me diga que você não tem nada a ver com isso!

— Não tenho! Quero dizer, nunca quis machucá-lo — retrucou Stessa, mexendo em uma das contas trançadas em seu cabelo.

Corra não tinha certeza se estava mais atônita com a confissão ou com o fato de que a ludista não tentava esconder suas transgressões.

— Você o envenenou.

Stessa assentiu, embora não houvesse sido uma pergunta.

— Não sabia que ele ficaria tão mal. Eu queria apenas que caísse doente e partisse. Isso é tudo.

Isso é tudo.

— Ele nunca se recuperou — disse Corra, com um forte suspiro. — Ainda não consegue se levantar da cama. — O velho conselheiro era um homem gentil, um ludista cansado do clima festivo e da futilidade de seu quadrante. Ele queria mais para sua nação. E Stessa se livrara do homem. — Como pôde? — Antes que Stessa pudesse responder, Corra disparou: — Você matou Iris? — A visão de Stessa nos braços de Lyker e a confissão sobre Demitrus a fizeram crer que tinha descoberto a verdade. — Você queria se livrar dela. Não pode negar.

— Não seja ridícula — disse Lyker.

Os olhos de Corra se voltaram para ele. Ela quase tinha se esquecido de sua presença, mas Stessa se pronunciou primeiro:

— Não fale assim com a rainha Corra.

Uma pequena parte de Corra abrandou com a defesa de Stessa. Mas era somente aquilo. Defesa.

Iris também saberia sobre Demitrus? Stessa a teria matado para defender aquele segredo?

— Não matei Iris. — A expressão de Stessa mudou. — E não foi minha intenção deixar Demitrus tão doente.

— Você odiava Iris — argumentou Corra. — E ela descobriu seu segredo, não foi?

Stessa sempre deixara claro que não era fã de Iris. *O que não a torna culpada,* pensou Corra. E ela não tinha qualquer evidência. Embora houvesse um motivo, não queria dizer que descobrira algo para apresentar ao inspetor. Afinal, ele dissera ser experiente a mão que cortara a garganta de Iris. O envenenamento de Demitrus fora descuidado; *um ato passional*, julgaria o inspetor. Stessa não era uma assassina treinada, nem Lyker. A menos que tivessem conseguido enganar a todos.

Era possível, supôs.

Stessa endireitou os ombros; Lyker, uma presença determinada a suas costas.

— Eu sei *seu* segredo. Me mataria por isso?

A respiração de Corra titubeou. Mas que segredo? A mão foi para o relógio pendurado em seu pescoço.

Um sorriso cruel partiu os lábios de Stessa.

— Conte a alguém sobre Lyker, e eu serei forçada a também revelar seus segredos.

— Não estou brincando! — exclamou Corra. Tudo era negociável para os luditas; claro que um ludista não respeitaria a lei, mesmo as Leis das Rainhas. Stessa era muito jovem para descartar sua criação frívola e priorizar o trono, como exigido.

— Não, não está. — Os olhos de Stessa a estudaram com frieza. — Mas você quebrou as Leis das Rainhas primeiro.

Um tremor tomou conta do corpo de Corra. *Não.* Stessa não podia saber. Não podia saber que Corra tinha crescido dentro do palácio. Que ela sentia e se angustiava. Seria seu fim. A deposição. E pior, o legado de sua mãe acabaria corrompido.

— Você amava Iris — disse Stessa, erguendo uma das sobrancelhas.

Corra se controlou para não deixar o alívio transparecer. Era melhor que Stessa soubesse daquele segredo que do outro, mais devastador.

— A seu modo — continuou Stessa —, tanto quanto um eonita pode, de fato, amar alguém. — Ela encarou Lyker novamente. Uma significativa troca de olhares enquanto entrelaçavam os dedos.

Corra mordeu o interior da bochecha. *Tudo bem.* Que ela pensasse aquilo.

Não de coração eonita.

— Que provas você tem? — perguntou Corra. — É minha palavra contra a sua.

— Não precisamos de provas — respondeu ela. — *Você* é toda prova de que precisamos.

— Do que está falando?

— Você grava suas memórias em chips todas as noites, não grava? — Stessa inclinou a cabeça. — Aposto que Iris aparece em muitas dessas gravações. — Ela sorriu, sabendo ter encurralado Corra.

Mesmo com a morte de Iris, a revelação daquele relacionamento significaria o fim do reinado de Corra. Além da proibição de envolvimentos românticos, laços com outros quadrantes eram imperdoáveis. Apesar de ter sempre mantido o relacionamento com Iris à parte do trono... Quem acreditaria em Corra, agora que Iris não estava mais ali para apoiar suas alegações?

Ela estava sozinha.

— O que você quer? — Corra odiou como soava derrotada. Ela havia ido ali para descobrir o assassino de Iris, mas agora estava à mercê daquela garota e de seu jovem conselheiro. A garota que quase matara Demitrus para ter o namorado ao seu lado. Quanta imprudência.

Stessa olhou para Lyker uma vez mais, e, embora estivesse furiosa, Corra sentiu uma pontada bem no fundo ao se dar conta de que nunca mais trocaria aquele olhar com outra pessoa. Eles se amavam; estava claro em cada gesto.

— Não revele nosso segredo — respondeu Lyker por Stessa, um sorriso irônico nos lábios. — E não revelaremos o seu.

A raiva queimou dentro de Corra. Como Stessa ousava deixar Lyker falar por si!

Quem, de fato, governava Ludia?

Mas ela não podia arriscar o trono para denunciar a garota e seu conselheiro. Tinha que proteger o legado da mãe.

Corra estremeceu, se odiando pelo que estava prestes a fazer. Ela olhou para o domo dourado acima, na esperança de que Iris não a estivesse vendo naquele momento. Havia falhado com a amante, repetidas vezes.

— Certo — concordou Corra. — Não vou contar nada ao inspetor, ou a ninguém, sobre você e Lyker e sobre o que fizeram. Mas isso precisa acabar, entenderam? Lyker deve renunciar e voltar para Ludia.

Lyker balançou a cabeça.

— Não.

Desta vez, Stessa não controlou o tom.

— Nunca — assegurou ela, enlaçando o braço no de Lyker. — Nada pode nos separar.

— É proibido. — Corra conseguiu manter a voz firme.

— Pelo menos, somos do mesmo quadrante — argumentou Stessa. — Temos os mesmos objetivos. Ao contrário de você e Iris.

Na verdade, Corra não pertencia a lugar algum. O palácio era um espaço intermediário, e, à exceção de Iris, ninguém a entendia. Às vezes, Corra se perguntava se sequer se conhecia. Tudo que sabia era que, quando estava com Iris, era feliz. E aquela não era uma emoção que queria expurgar.

Doía olhar para Stessa e Lyker. Ela não podia continuar no mesmo cômodo que os dois por mais tempo.

— Continuem com esse romance, e alguém vai descobrir. Primeiro Iris... — disse Corra, antes de partir.

— Depois *você*. — Havia um brilho sinistro nos olhos de Stessa. — Não se esqueça do que acontece com aqueles que descobrem a verdade.

Corra bateu a porta atrás de si, o corpo trêmulo. Stessa e Lyker podiam não ser os assassinos de Iris, mas não eram menos perigosos.

CAPÍTULO 18

Keralie

O interior do incinerador pulsava em minha visão periférica, como um ser vivo. Eu não podia... não podia pensar em outra coisa que não nas paredes encolhendo, meus pulmões respondendo em compasso. O medo rastejava em minha pele; um suor frio estremeceu meus ombros. Logo meu vestido estava úmido e pegajoso.

Sem saída. Sem saída.

E Varin não parava de andar de um lado para o outro, os passos em sincronia com meu batimento cardíaco acelerado. Espiei por uma fresta na porta, mas não pude discernir nada além de uma mancha escura.

— Pare com isso — sussurrei pela fresta. — Posso sentir seu nervosismo daqui. Você precisa agir normalmente.

— Normalmente? — murmurou em resposta. — Estamos prestes a encontrar a pessoa que pode ter orquestrado o assassinato das rainhas, e talvez eu tenha a única evidência capaz de condená-la. E você está em um incinerador. Como posso agir normalmente?

A sensação de confinamento me parecia muito familiar. O espaço, a escuridão... aquilo assombrava meus sonhos. A bile subiu à garganta conforme as memórias da caverna me invadiam. O cheiro de sangue salgado e de maresia. O ar úmido, meus pulmões falhando enquanto chorava. Meu pai desamparado em meus braços.

Minhas mãos começaram a tremer, chacoalhando a porta de metal.

— Keralie — chamou ele. — Está tudo bem aí dentro?

— Você quase parece preocupado — respondi, a respiração ofegante. Pressionei os dedos contra a fresta para sentir o ar e me lembrar do mundo lá fora. Um mundo para o qual voltaria em breve. — Apenas canalize seu eonita interior e logo vai virar um robô.

Queria poder desligar minhas emoções. Minhas lembranças.

O som da porta se abrindo silenciou a resposta de Varin.

— Bom dia — cumprimentou quem quer que tivesse entrado.

Mordi o lábio, ouvindo qualquer coisa que pudesse nos ajudar. Qualquer outra coisa que pudéssemos levar ao palácio.

Concentre-se, Keralie. Concentre-se. Não pense no caixão prateado em que se meteu.

— Sente-se, mensageiro — disse a voz. Feminina. Nitidamente zangada. Definitivamente não eonita.

— Sim, senhora — respondeu Varin.

Duas cadeiras arranharam o piso frio quando tomaram seus lugares. Somente uma mulher? Surpreendente. Eu havia imaginado um exército para proteger o estojo e os segredos que guardava. Entretanto... dois contra um... Preferia esses números.

— Desculpe pelo atraso. Houve uma confusão na entrega. — De algum modo, ele conseguiu manter a voz firme.

— Está com a encomenda?

— Claro. Aqui. — Ouvi o estojo deslizar sobre a mesa de metal. Queria poder ver o que estava acontecendo.

O estojo se abriu, e prendi o fôlego. Tudo acabaria rápido. E eu não tinha dúvidas de que a mulher estava armada. Aquele era um segredo pelo qual valia a pena matar. Dedos ardentes dedilhavam meu peito como um músico ludista às cordas de uma guitarra. Talvez aquele plano fosse loucura, afinal.

— Quatro chips — enumerou a mulher. *Um para cada rainha.* — Interessante...

Silêncio. *Vamos, Varin. Faça alguma coisa. Seja corajoso. Seja* qualquer *coisa!* Varin não deixaria aquele momento passar, certo? Afinal, aquele era *seu* plano.

— Está tudo certo? — perguntou Varin, enfim. *Você pode fazer isso. Seja corajoso.* — Se me disser mais sobre sua fonte, posso checar com meu empregador. Mas tudo parece ok.

— Dizer mais sobre minha fonte? — ecoou a mulher.

— Sim. A pessoa que lhe mandou a mensagem. Se não for o que esperava...

— É, sim — respondeu a mulher. — Mas você, não.

— Como assim?

— Por que está me perguntando sobre os chips? — indagou a mulher. — Você não é pago para pensar. É pago para entregar. Por que se importa com o conteúdo?

Merda.

A sala ficou em silêncio, como se submersa em água. Estava muito quente dentro do incinerador. Suor empapava meus ombros curvados.

— Não me importo — respondeu Varin, mas o nervosismo fazia coisas estranhas com sua voz.

— Eonitas não mentem — disse a mulher, o tom inflexível. — E, no entanto, é óbvio que está mentindo para mim agora.

— Não. — Varin soou na defensiva. — Quero dizer, estou um pouco curioso, mas...

Ela riu.

— *Curioso?* — Pelo modo como pronunciou a palavra, eu soube que a mulher estava bem familiarizada com o conceito. O que significava que era de Toria. Para o bem de todos, torci para que não conhecesse Mackiel.

A porta se abriu, então arquejei, pensando que a mulher tinha saído. Apesar de não termos descoberto muito, pelo menos Varin dera uma boa olhada nela. Com sorte, isso seria o bastante para levar às autoridades no palácio. Quase abri a porta do incinerador quando uma outra voz cortou o ar. Uma voz melódica. Uma que eu conhecia muito bem.

— Precisa de ajuda por aqui? — perguntou a voz.

Merda. Montanhas de merda de cavalo.

— Mackiel. — A mulher parecia surpresa em vê-lo. — Eu avisei que cuidaria disso. — Mackiel estava no topo da lista de procurados da rainha toriana. Era perigoso se aproximar tanto do palácio.

— Mas não quis perder toda a diversão — argumentou ele. Parecia calmo, no controle, como sempre.

O que diabos ele tinha a ver com a morte das rainhas? Fora ele o mentor do assassinato? Então por que havia pedido que eu roubasse o estojo de comunicação de Varin em primeiro lugar? Eu sabia que ele odiava a rainha Marguerite por causa de seus planos para o Jetée, mas por que matar as outras rainhas? Seria porque lhe negaram acesso à HIDRA, necessária para salvar os pais?

— Olá, mensageiro — cumprimentou ele. — É um enorme prazer vê-lo novamente. — Ele não parecia surpreso em encontrar Varin.

Estremeci dentro do incinerador. Precisava ficar quieta. Em silêncio absoluto. Não podia salvar Varin, mas ainda podia me salvar.

— Olá, Mackiel — disse Varin, com suavidade. Imaginei o que se passava em sua cabeça. Ele temia por sua vida? Ou o medo era uma emoção também erradicada? Como conseguia manter a voz impassível?

— Onde está Keralie? — perguntou Mackiel.

— Quem é... — começou Varin.

— Não se faça de idiota — interrompeu Mackiel. — Você é bonito o bastante para se passar por um. Mas também é eonita, e eonitas não são idiotas.

— Não sei do que está falando — retrucou Varin. Soou convincente para mim, mas não era fácil enganar Mackiel.

— Ela não está aqui — disse a mulher. — Mas o garoto sabe de algo.

— Keralie contou a você o que viu? — perguntou Mackiel. Parecia desconfiado.

— Não, ela não quis me contar.

— Ah! — exclamou Mackiel. — Isso, sim, parece coisa de minha doce Kera.

— Mas ele estava perguntando sobre os chips — comentou a mulher, parecendo confusa. — Ele *sabe*.

— Sim — concordou Mackiel. — Ele deve ter regravado os chips a partir das memórias de Keralie, não é?

Eu conhecia aquela expressão... a expressão que eu via todos os dias, quando ele extraía a verdade de quem não queria confessar. E ainda havia aquele sorriso, aquele sorriso charmoso, que assegurava que tudo ficaria bem se você o obedecesse. Se dissesse a verdade. Se confiasse.

Não diga nada, Varin, implorei. Nada de bom nunca surgiu pelo fato de se ter dito a verdade a Mackiel. *Ele vai usar isso contra você.*

— Sim — confessou Varin. Uma parte de meu peito ruiu. Por que ele não podia ser mais forte? — Eu regravei a partir das memórias dela. Assim sendo, os chips são o que sempre foram. A transação está completa.

— Hmm. — Mackiel soltou um muxoxo. Eu podia ouvir o retinir de seus anéis quando entrelaçou os dedos. — Tolo e belo eonita. Você acha que se for educado e prestativo, tudo será perdoado. É como seu mundo funciona, não é? — Eu conseguia visualizar o sorriso de Mackiel se alargando a cada palavra. Ele estava adorando aquilo. Distorcer a verdade era seu jogo favorito. — Mas você não está lidando com eonitas. Está lidando com um toriano. Está lidando comigo.

— Não entendo.

— Você atrasou meu cronograma. E não gosto de esperar.

— Não tenho mais nada de seu interesse — disse Varin, a voz vacilando.

— Tem certeza?

— Eu... eu... — gaguejou Varin.

— Que tal fazermos um novo acordo? — sugeriu Mackiel. — Me diga onde está Keralie, e eu o deixo viver.

Levei a mão trêmula até a boca para acalmar minha respiração aterrorizada. A escuridão se esgueirava dos cantos, ameaçando engolir minha visão.

Torci para que Varin se lembrasse do que eu lhe dissera sobre Mackiel. Ele não podia vencê-lo. Varin estaria morto, quer entregasse minha localização ou não.

— Já disse, não gosto de esperar — disse Mackiel, tamborilando com os dedos na mesa. — Então, antes que eu perca a paciência, o que nunca acaba bem, me diga onde Keralie está.

— Não sei. Gravei as memórias, e ela se foi. Não queria nada comigo. Ou com você. — Parecia algo que eu faria.

Mas Mackiel me conhecia bem demais.

— O que deu a ela em troca? — perguntou ele.

Droga. Droga! Ele tinha me inventado e sabia exatamente como me destruir. *Imbecil. Imbecil.* Mackiel era cria da ganância e da trapaça; como pude esperar lealdade de alguém nascido de tamanha escuridão?

— Como assim? — A voz de Varin falhou quando respondeu.

Mackiel gargalhou, e eu pude imaginá-lo colocando as mãos atrás da cabeça e os pés sobre a cadeira. O retrato do autocontrole.

— O. Que. Deu. A. Ela. Em. Troca — rebateu ele, cuspindo cada palavra. — Keralie não faz nada de graça. Sempre foi assim, desde que a conheci. Então, o que foi?

Varin não respondeu.

Mackiel inspirou fundo.

— Sei mais sobre meus larápios que eles mesmos. E sei mais sobre Keralie do que sobre qualquer outro. Quando a conheci, Keralie era uma garota magricela de apenas 10 anos. Você não olharia duas vezes para ela. Mas hoje? Ela é uma estrela. A lua em uma noite límpida. O sol em um dia de verão. Você não consegue encará-la. Até mesmo um eonita pode ver isso. Além de seu rosto, sua beleza, há mais uma coisa que a faz ser quem é. A família. — Ele riu. — Ah, eu queria levar o crédito por tudo, mas não há como negar que somos produto de nossa criação. Ainda mais Keralie. Talvez você não a defendesse se soubesse a verdade..

Desejei que Varin o mandasse calar a boca, mas ele não disse nada. *Covarde.*

— Keralie é a cara do pai — continuou Mackiel. — É óbvio que ela não percebe, mas todo mundo vê... ou via. Os dois são incrivelmente teimosos. — Sua voz endureceu. — Ela lhe contou o que houve com ele?

Não. Mordi o lábio. *Não conte a ele. Pare!*

As paredes do incinerador brilharam. Minha cabeça ficou quente, febril. Pontos negros toldaram minha visão. Eu estava prestes a desmaiar.

— Não — respondeu Varin. — Ela me disse que teve uma infância feliz.

— *Teve?* Sim, teve. Até que estragou tudo. — Mackiel fez uma pausa dramática. *Maldito.* Ele estava amando a atenção. — Keralie é como o pai: inteligente, determinada, ambiciosa. Mas ela nunca quis trabalhar no negócio da família. O mar enfeitiçou o pai, mas o Jetée enfeitiçou Keralie. — Consegui ouvir a insinuação de um sorriso em sua voz. — Mas o pai se recusou a desistir, obrigando Keralie a acompanhá-lo em suas viagens para Archia, na esperança de que ela se acostumasse com o oceano. Uma tarde, enquanto estavam na água, Keralie decidiu forçar o pai a deixá-la em paz e a permitir que fosse quem queria ser.

O que você quer fazer, Keralie? Quem você quer ser?

Tapei os ouvidos com as mãos. Não queria escutar aquilo. Não queria lembrar. Mas não podia bloquear as palavras de Mackiel, nem as lembranças do rosto aterrorizado de meu pai, o sangue e o medo.

— Mas como se convence os pais, as pessoas que amaram, criaram e abrigaram você por toda a vida, a desistir de um filho? — perguntou ele.

Varin não respondeu.

— Você apela para a escuridão — explicou Mackiel. — Você mostra a eles que está além do alcance. Além da salvação.

Não. Não conseguia respirar, não havia nada além de poeira e detritos nos pulmões.

— Keralie estava navegando o barco dos pais — continuou Mackiel. Quando iria parar? — Sem dúvida, o pai achava que já a havia guiado para céus menos turbulentos. Então se deu conta de que estavam velejando muito próximo dos rochedos.

Fechei os olhos com força, mas foi pior; as imagens ganharam vida conforme Mackiel revelava meu segredo.

Meu pai alcançando o timão, eu o empurrando para longe e jogando o barco na direção do rochedo. O mar golpeando as rochas, borrifando nosso rosto com sal. Determinação correndo em minhas veias, me compelindo a agir. Meus dentes cravados no lábio inferior. Pensando: vou destruir este barco. Essa coisa estúpida com que meus pais tanto se importam, que consome tempo e dinheiro, enquanto continuamos a nos esforçar ano a ano. Eles jamais vão desistir. Jamais vão ver a verdade. Mas vou mostrar a eles. Tem jeitos mais fáceis de se fazer dinheiro. Vou destruir este barco, então ficaremos livres.

Minha intenção era apenas resvalar no rochedo, danificando o barco além de qualquer possibilidade de reparo. Mas eu não conhecia a força da água; como podia conhecer? Tinha passado todo o tempo bloqueando as lições sobre o oceano que meus pais tentaram me ensinar.

Quando acertei o penhasco, parecia uma explosão.

Nunca me esqueceria da expressão de meu pai quando fomos atirados do barco despedaçado. Ele estava apavorado. Por mim.

Mackiel terminou de contar a história.

— Ela queria que os pais vissem que estava disposta a tudo para destruir o futuro que imaginavam para ela... um futuro do qual tentava, desesperadamente, escapar. E o pai estava no caminho.

Ele fez parecer como se eu quisesse machucar meu pai. Mas não foi assim. Só quis neutralizar a única fonte de incerteza em suas vidas. Sem aquilo, entenderiam que eu podia ajudá-los, bancar uma vida melhor. Se ao menos permitissem.

Em vez disso, eu havia causado mais dor e mágoa do que jamais poderia imaginar.

— O que aconteceu com o pai de Keralie? — perguntou Varin.

— Está em coma, com poucas semanas de vida. Apenas a HIDRA pode salvá-lo agora, mas o palácio não vai ajudar o pai de uma criminosa. — Sua voz ficou gélida.

Aflita, quis ver a expressão de Varin. Aquela história tinha mudado sua opinião sobre mim? Iria revelar meu esconderijo, agora que descobriu que eu havia destruído, de propósito, o negócio da família e ferido meu pai de modo crítico? Ele me abandonaria e iria sozinho até o palácio atrás da HIDRA?

— Por que está me contando isso? — A voz de Varin soava tensa.

— Um eonita não tem nada em comum com uma garota como ela. — Mackiel parecia quase conciliador, compreensivo.

— Diga onde ela está — exigiu a mulher — e vamos deixar você em paz.

Prendi o fôlego, à espera da traição de Varin. Não o culparia por fazer isso.

— Já disse — retrucou Varin, entre dentes. — Ela foi embora depois que gravei os chips.

Não ousei soltar um suspiro de alívio. Ainda não.

— Mackiel? — A mulher soluçou, frustrada. — Estamos perdendo nosso tempo.

Mas Mackiel disse:

— Não precisamos que ele nos diga onde ela está.

— Não? — indagou ela, claramente confusa.

Ele riu.

— Como disse, conheço os truques de Keralie, porque eu os ensinei a ela. Eu a criei. Minha boneca de porcelana.

Um bolo se formou em minha garganta. Cinzas grudaram em meus cílios, em meu nariz e em minha boca. Engoli em seco, desesperada para controlar a ânsia de tossir e espirrar.

— Onde ela está, então? — perguntou a mulher.

Alguém começou a circular o cômodo.

— Keralie é esperta demais para deixar o alvo sem supervisão — respondeu Mackiel, a voz no modo melódico mais uma vez. Ele estava brincando comigo.

O suor se tornou gelo em meu confinamento.

— Chega de joguinhos — disparou a mulher. — Onde ela está, Mackiel?

— Antes que eu responda, quero me certificar de que não haja nenhuma evidência de nosso encontro. Mensageiro — conseguia ouvir o sorriso em sua voz —, coloque o estojo vazio no incinerador e ligue.

Minha garganta começou a queimar.

— Mensageiro — repetiu Mackiel. — Não ouviu o que eu disse?

Varin tinha duas opções: revelar meu esconderijo ou ser fiel a sua versão da história e me deixar queimar. Me perguntei se ele ficaria feliz em se ver livre de mim, agora que sabia que eu merecia. Mas eu também tinha noção de que, enquanto eonita, ele jamais seria capaz de machucar ou matar outro ser humano.

Abri o compartimento.

— Olá, Mackiel — cumprimentei. — Sentiu minha falta?

CAPÍTULO 19

Stessa
Rainha de Ludia

Nona Lei: *A cada rainha caberá um conselheiro de seu próprio quadrante. E este será seu único mentor.*

Venha até os banhos.

Um arrepio atravessou Stessa enquanto ela lia as palavras no pedaço de papel que havia sido deixado debaixo de seu travesseiro, a caligrafia nitidamente de Lyker. Fazia semanas desde que ele tinha lhe enviado uma mensagem secreta.

O hábito de passar bilhetinhos começara na escola. As regras eram: nunca deixe a mensagem no mesmo lugar e nunca permita que outra pessoa a encontre. Às vezes fracassavam e os recados acabavam sendo descobertos, mas jamais incluíam nomes, para assegurar que não seriam incriminados. Na época, as mensagens tinham sido um salva-vidas para Stessa. Seu segredo em uma vida secreta.

Stessa contara a Lyker sobre sua linhagem real no dia que descobriu que teria que abandonar seu lar para reivindicar o trono de Ludia. Tinha 9 anos, e a ideia de deixar sua família havia liberado uma torrente de lágrimas quentes em suas bochechas, lágrimas que se recusavam a parar, até mesmo quando ela se sentara em sua carteira na escola. Lyker era seu colega de classe.

Naquele dia, quando ela soltou suas tranças depois da aula, um pedaço de papel caiu.

Por que você está triste?, era a pergunta feita em uma escrita desenhada.

No dia seguinte, Lyker encontrou um pedaço de papel amassado dentro de seu sapato esquerdo. Como ela havia conseguido colocá-lo lá, ele nunca descobriu. Mas jamais esqueceria de suas palavras.

Sou a próxima rainha de Ludia.

Ele a procurou fora da escola, enxugando suas lágrimas com a manga da camisa.

— Se anime, Stess — consolou ele. — Você ainda é você. Ainda é minha melhor amiga. — Ela chorou com mais vontade então, abraçando o corpo esguio do menino.

Então contou a ele sobre as Leis das Rainhas e sobre como seria obrigada a deixar sua antiga vida de lado e jamais olhar para trás.

Ele fechou os olhos com força.

— Vou com você — decidiu, não compreendendo o quanto seria difícil. — Você não vai se livrar de mim.

Ela sorriu, exibindo a falha nos dentes.

E nos anos seguintes, em que a amizade tinha se transformado em amor, aquelas mensagens foram essenciais.

Os pais de Stessa haviam lhe aconselhado a não formar vínculos, pois apenas tornariam a despedida mais dura. Mas eles não entendiam; toda vez que pensava em deixar seu lar, seus amigos, sua família, ela desmoronava. E apenas Lyker sabia como juntar seus pedaços com seus sorrisos e piadas bobas.

Todo mundo a tratava como a futura rainha que um dia seria, mas Lyker sempre a tratou como a garota que ela sempre havia sido. A garota que queria sentar na margem dos canais e compor sua música. A garota que queria ir a todas as festas. A maquiagem aplicada à perfeição, vestida com os trajes mais sofisticados. A garota que queria aproveitar tudo o que seu quadrante tinha a oferecer. Uma vida de cor, riso e amor.

E ela queria compartilhar aquela vida com Lyker. Um garoto que via o mundo como ela: algo em que se deleitar. Ele era a alma de qualquer festa, o contador de histórias e a paixão por trás de cada toque caloroso. Sua arte adornava muitas ruas em Ludia; mesmo quando caminhava sozinha, Stessa estava cercada por sua presença.

Quando a mãe biológica, a rainha de Ludia, morreu, uma relutante Stessa de 15 anos viajou para o palácio, deixando um Lyker de coração partido para trás. Ela jurou que a separação seria temporária; acharia um meio de levá-lo até o palácio.

Nas cinco semanas que ficaram separados, Stessa escreveu cartas para si mesma, escondendo-as pelo palácio, fingindo que eram de seu amor perdido. Os bilhetes a alegravam, até que se deu conta de que poderia nunca mais ver a caligrafia fluida de Lyker, nunca mais ouvir sua risada rouca ou sentir aquelas mãos nas suas.

Stessa não era uma pessoa violenta. Nem cruel. Mas tinha que ser impiedosa, ao menos uma vez, se quisesse reencontrar seu amado.

Ela logo compreendeu que eram os conselheiros que mais tinham contato com as rainhas, que estavam sempre ao seu lado. Seu conselheiro, Demitrus, era um homem velho, na casa dos 70 anos, e, aos olhos de Stessa, pronto para se aposentar. Naquela idade, adoecer não pareceria suspeito. Ela verificou todos os perfumes e artigos luditas que tivera permissão de levar ao palácio. A maioria era inofensiva, apenas raízes corantes e minerais naturais. Mas havia um cuja ingestão era contraindicada: a pintura de cabelo de Stessa. Não sabia o quanto colocar na bebida do homem. Por segurança, esvaziou metade do frasco.

Stessa quisera apenas deixá-lo doente; jamais imaginou que houvesse beladona na tintura, em geral usada em alguns alvejantes.

Demitrus foi enviado para o Centro Médico de Eonia para observação. Os médicos acharam que ele iria morrer, o que talvez tivesse sido melhor. Em vez disso, ele passava os dias cuspindo sangue enquanto a família apresentava argumentos para que seu caso furasse a lista de espera pela HIDRA. Mas havia casos mais graves que o dele, então precisavam aguardar a dose do ano à frente, ou talvez do seguinte.

Stessa foi consumida pela culpa, relutante em sair do quarto por dias. Todos pensaram que ela apenas chorava pelo homem que tinha sido gentil com ela em suas primeiras semanas no palácio. Quando as rainhas lhe disseram que havia chegado a hora de escolher um novo conselheiro, Stessa requisitara alguém mais próximo da própria idade a fim de assegurar que o que acontecera com Demitrus não se repetisse. As monarcas foram compreensivas, especialmente Marguerite, que logo se afeiçoara à jovem rainha.

Stessa gravou uma mensagem para ser veiculada nos Relatórios das Rainhas, solicitando que qualquer ludista com aspirações políticas se apresentasse ao palácio. Sabia que Lyker estaria atento a seu sinal. Em alguns dias, os candidatos chegaram para avaliações detalhadas. Lyker foi o primeiro a se destacar. Ela ficou atônita, à primeira vista não o reconhecera, suas tatuagens cobertas por compridas mangas pretas. Parecia uma sombra de si mesmo, despido de toda cor. Ainda assim, lá estava ele. E, quando seus olhos se encontraram, o sorriso de Lyker estava ofuscante.

Depois de uma semana fingindo avaliar os outros aspirantes, Stessa declarou que Lyker seria o próximo aprendiz de conselheiro ludista. Assim que se mudou para o palácio, ele compensou o tempo perdido; a primeira carta foi enfiada no trono, entre o braço acolchoado e a estrutura de madeira.

E, embora passassem quase todos os momentos juntos como conselheiro e rainha, Lyker continuava a esconder mensagens, a fim de lembrar a ela que sempre estaria ao seu lado. E para lembrar a ela que ainda era Stessa. A garota que amava.

Depois de alguns meses, as cartas pararam, e Stessa se preocupou que Lyker tivesse perdido o interesse, talvez deslumbrado com o poder de sua posição como conselheiro aprendiz. Quando lhe perguntou o motivo, a resposta foi simples: ele havia descoberto que os guardas do palácio examinavam o lixo. Então à noite, Lyker desenhava as palavras de amor na pele de Stessa com os dedos, e assim ninguém desconfiava dos dois.

Agora, Stessa se perguntava por que Lyker havia requisitado sua presença. Ela não ouvira nenhuma novidade sobre o assassino; era muito cedo para o palácio ter sido reaberto.

Os banhos ficavam no setor mais distante do palácio, longe de seus aposentos. Era o lugar perfeito para um encontro. Ninguém se lembraria de procurá-la ali, pois nem Stessa nem Lyker sabiam nadar. Nenhum ludista sabia. Os canais que serpenteavam por Ludia eram rasos, permitindo que o povo se refrescasse no calor do alto verão, mas sem a necessidade de um mergulho completo. A água era inimiga; achatava penteados, arruinava a maquiagem, obrigava a pessoa a tirar a roupa e as joias. Simplificava tudo. E aquele não era o modo ludista.

Os banhos ocupavam um salão cavernoso com um teto de mosaicos dourados. Algumas piscinas menores circundavam uma maior, no centro do cômodo. Cada tanque era revestido de azulejos dourados, que tingiam a água de ouro. O centro da piscina mais funda era de um profundo tom de âmbar.

Lindo, pensou Stessa. Os mosaicos refletidos na água lembravam a Stessa dos canais e de como espelhavam os prédios coloridos ao longo das margens. Ela entendia por que Lyker quis encontrá-la ali.

A única vez que Stessa visitara os banhos foi em seu primeiro dia no palácio. Demitrus lhe mostrara todas as instalações reais, tentando dourar ainda mais a gaiola dourada que seria então seu lar. Ela mal havia olhado o cômodo na ocasião, não se importando com o quão maravilhoso todos julgavam o palácio. Sentia saudade dos pais. Sentia saudade de Lyker. Não tinha certeza se queria viver em um mundo sem eles.

Agora Stessa estudava as diversas piscinas cintilantes, imaginando se as outras rainhas frequentavam o lugar. O salão estava quente, como se Stessa tivesse se enrolado em um cobertor grosso. O calor irradiava dos ladrilhos, atraindo-a para a margem da piscina principal. Suor escorria entre suas omoplatas, por baixo do vestido vermelho-rubi.

Ela tirou os sapatos e meias, e sentou à beira da piscina, lentamente mergulhando os pés na água fresca. Soltou um suspiro de felicidade. Assim que seus pés estavam submersos, ela desejou que mais água a lavasse. A transpiração deixou sua pele pegajosa e o vestido apertado. As camadas de maquiagem começaram a escorrer de seu rosto, como uma segunda pele.

Onde ele está?, perguntou-se ela. Lyker não costumava se atrasar.

Fora difícil fugir com a segurança reforçada, mas Stessa estava acostumada a explorar o palácio sem o conhecimento das rainhas.

Exceto por Iris — ela havia descoberto seu segredo. E o guardara até o último suspiro.

Certa tarde, Iris tinha roubado um pãozinho do prato de Stessa, seu apetite muito maior do que sugeria a silhueta mignon. Quando mordeu a massa branca macia, ficou surpresa em encontrar um pedaço de papel amassado. As instruções a informaram de um encontro no salão de bailes real, à meia-noite.

Iris se aventurara até o salão, incerta do que encontraria. Quando Lyker dera meia-volta, o nome de Stessa nos lábios, o segredo foi descoberto.

A princípio, Iris ficara furiosa com a irmã rainha, bem mais nova que ela. Gritou e xingou e ameaçou. Stessa tentara argumentar, explicar que conhecia Lyker muito antes de sua chegada ao palácio e que não era um simples flerte com o novo conselheiro.

— É contra as Leis das Rainhas — dissera Iris. — Você é jovem; ainda não entende sua importância. Não pode infringir uma lei quando bem entende.

Stessa cogitara dizer a Iris que não era tão jovem a ponto de ignorar o próprio coração. Mas ficou quieta. Iris já a considerava impulsiva e irresponsável. Ela tinha que provar que seu amor por Lyker era mais que uma fantasia passageira.

— Venha comigo, Iris — convidara Stessa. Lyker as seguiu, permanecendo em silêncio.

Assim que chegaram a seus aposentos, Stessa se aproximou de sua penteadeira abarrotada.

— Agora não é hora de brincar com sua maquiagem — reclamou Iris.

Stessa a ignorou, abrindo um de seus estojos de maquiagem. Em seu interior, havia milhares de pedaços de papel.

— Aqui — disse a jovem rainha, jogando os papéis no chão, como confete.

— Você guardou todos? — perguntou Lyker. Fora imprudente levar as cartas para o palácio, mas Stessa precisara de um pedaço de Lyker consigo; aquilo a fazia se sentir menos solitária. E a caligrafia era linda, poética, como a poesia à qual ele não tinha permissão de dedicar seu tempo no palácio.

Iris se abaixou e pegou um dos bilhetes.

— O que são?

— Cartas. — Stessa sorriu para as tiras de papel, um poema de amor fragmentado. — De Lyker. Começou quando éramos crianças.

Iris não retrucou, a ponta dos dedos acariciando o papel enquanto lia. Alguns eram privados, mas Iris precisava descobrir a verdade.

Depois de um tempo, Iris se sentou sobre os tornozelos.

— Lamento, Stessa.

O coração de Stessa vacilou. Não havia funcionado. Iris não se importava com seu relacionamento com Lyker. Ela a entregaria às autoridades, e com certeza Lyker seria banido do palácio.

— Lamento que tenha sido tão duro para você. — Algo brilhou nas feições delicadas de Iris. — É difícil ficar longe daqueles que amamos. Mas por que devemos nos manter isoladas? Somos rainhas, afinal. — Então segurou a mão de Stessa. — Prometo não revelar seu segredo.

Stessa imaginara que Iris tinha se referido à família quando dissera "aqueles que amamos", mas, no jantar seguinte, observara Iris interagir com Corra. Embora fosse quase imperceptível, notou uma diferença, uma leveza que coloria as feições de Iris e acendia seus olhos verde-claros. Quando Iris se virou para falar com sua conselheira, a luz se apagou. Aquilo podia ter passado por mera afeição entre irmãs rainhas, mas Stessa suspeitara de algo mais, pois se tratava de um brilho que muitas vezes flagrara nos olhos de Lyker. Uma expressão de amor e desejo.

Naquela noite, Stessa seguiu Iris até os aposentos da rainha archiana. Precisava saber. Queria acreditar que Iris não contaria a ninguém sobre Lyker, mas, de todas as rainhas, ela parecia a mais devotada às Leis das Rainhas. Stessa não precisou esperar muito. Corra chegou meia hora mais tarde. A princípio, Stessa ficara chocada que as duas tivessem desrespeitado as Leis das Rainhas, mas aquilo era vantajoso para ela. Ela confrontaria Iris na manhã seguinte.

Duas semanas mais tarde, Iris foi assassinada.

Stessa passou uma das mãos pela testa suada e fez uma careta para o creme branco manchando sua palma. Ela teria que retocar a maquiagem quando retornasse aos aposentos. Fez redemoinhos na água com os dedos e assistiu ao creme se dissolver.

A porta para os banhos se abriu. Stessa se endireitou, mas não se virou. Ainda não.

— Você está atrasado — reclamou ela. — Sabe que não gosto de esperar. — Mas sua voz soava leve. Brincalhona.

Ela se virou depois de um momento de silêncio, contrariada por ele não ter respondido.

— Ah! — exclamou, quando viu que não era Lyker. — Pensei que fosse outra pessoa. — Ela se levantou com dificuldade. — O que está fazendo aqui? E... — Antes que pudesse continuar, foi empurrada. Caiu para trás e atingiu a água com um doloroso baque.

A indignação de Stessa ao ser empurrada na água completamente vestida foi logo substituída pelo medo. Havia caído no meio, onde a piscina era profunda. Esticou as mãos para a beirada, braços e pernas se debatendo.

— Socorro! — gritou ela, tentando se manter na superfície. — Não sei nadar!

Após um instante, alguém se juntou a ela na água. Stessa esticou o braço para ser salva, mas, em vez de ser puxada para a beirada, foi pega pela cintura e puxada para baixo.

Stessa soltou um grito, mas a água da piscina, que tinha sabor de produtos químicos, abafou o som. Ela pensou no pobre Demitrus e tentou cuspir a água, mas logo outra golfada lhe invadiu a boca. Seus braços e pernas descontrolados colidiram com quem a atacava enquanto tentava se endireitar. Os braços que a prendiam afrouxaram. Momentaneamente livre, Stessa buscou a margem. As unhas negras seguraram os ladrilhos dourados.

Stessa abriu a boca para chamar qualquer guarda que estivesse por perto, mas, vinda de trás, a mão tapou seus lábios. Outra mão a puxou para o fundo. Os braços pareciam sólidos, musculosos. Stessa não era páreo para aquilo.

Ela se debateu, mas com a carga às costas e o vestido molhado, pesado, começou a cansar. A cabeça submergiu, deslocando sua coroa. Stessa tentou pegá-la enquanto a coroa afundava até o piso da piscina. Quando ergueu o olhar, não conseguiu discernir onde estava a superfície. Tudo o que via era ouro. E aqueles dois olhos assistindo de cima, a expressão vazia.

Uma língua de fogo lhe tomou o peito, garganta e nariz; seus braços e pernas pareciam chumbo.

Não! Não! Isso não pode estar acontecendo. Ela era tão jovem. Tão linda. Tão amada. Tinha uma vida pela frente. Por que alguém faria isso com ela?

Conforme os tornozelos de Stessa tocaram o fundo da piscina, ela olhou para a superfície da água e estendeu uma das mãos. A morte prendia seus ombros e a forçava para baixo. Ela se sacudiu, mais uma vez tentando deslocar aquele peso. Mas estava fraca, as pernas falhando sob seu corpo.

O último suspiro queimou seus pulmões, mandando bolhas para a superfície. Enfim estava livre, mas era tarde demais.

Stessa desejou poder enviar uma última mensagem a Lyker.

CAPÍTULO 20

Keralie

Mackiel inclinou seu chapéu-coco enquanto eu saía do incinerador.

— Olá, querida Kera. Que ótimo que conseguiu se juntar a nós.

Reconheci a mulher ao lado de Mackiel: era uma informante que trabalhava na fronteira de Toria. O que ela fazia ali?

— Você sabia que eu estava dentro do incinerador o tempo todo — acusei Mackiel, mantendo a mesa entre nós, como medida de segurança.

— Isso é verdade? — perguntou a mulher.

— É o que eu teria feito. — Mackiel deu de ombros. — E achei que seria mais divertido atraí-la para fora. *Foi* mais divertido, não foi? — Ele sorriu.

Sua intenção ao conversar sobre meu acidente jamais tinha sido forçar Varin a me trair. Mackiel queria me lembrar de meu pai. Ele queria me lembrar como eu magoara as pessoas que mais amava. Mas por quê? Se ele planejava matar nós dois, por que perder seu tempo?

— E agora, Mackiel? — Abri os braços. — Vai atirar em nós, depois nos jogar no incinerador para se certificar de que ninguém descubra nossos corpos?

Mackiel deu batidinhas no lábio com o dedo.

— Obrigado pela sugestão, mas não estou planejando me livrar de você. — *Ainda*, a palavra ficou no ar.

— Não é assim que fazemos negócio, Mackiel — comentei.

Ele tirou um cisco invisível do casaco que eu roubara para ele havia mais de um ano. Ele possuía algo verdadeiramente seu? Olhei para meu traje ludista espalhafatoso. Eu possuía algo de meu?

— *Meu* negócio é qualquer e *toda* coisa lucrativa. Você conhece nosso mundo, querida. Sabe como apenas o mais esperto sobrevive. E em tempos como esses, temos que ser mais impiedosos que nunca.

Ele estava certo. Tínhamos que ser impiedosos para sobreviver. *Eu* tinha que ser impiedosa.

— Não nos envolvemos com as políticas dos quadrantes e as leis palacianas — argumentei para ganhar tempo.

— As rainhas se envolveram conosco primeiro — retrucou ele. Então aquilo tinha a ver com o Jetée? Ainda não conseguia imaginar Mackiel, o garoto com quem cresci, como a mente criminosa por trás dos assassinatos das quatro rainhas.

— Por que me fez roubar os chips de comunicação em primeiro lugar? — indaguei. — Se já eram destinados a você?

A mulher ao seu lado enrijeceu.

— Quem disse que os chips eram destinados a mim? — rebateu Mackiel.

— Se não eram, então para quem seriam?

— Eu odiaria falar em nome de outra pessoa, mas temo que o real destinatário não possa mais responder por si mesmo.

A mulher ao seu lado riu com um quê de loucura.

— Você o matou — acusou Varin.

— Não fiz nada disso — retrucou Mackiel. — Mas meus capangas podem ter se deixado levar. Você sabe como eles são.

Mais uma vez, ele responsabilizava os capangas. Nem sequer percebia a escuridão que deixara entrar em sua vida... Apesar de seu pai ter sido traiçoeiro, arquitetar um plano para assassinar as rainhas era demais. Algo irrevogável.

— Por que está fazendo isso? — Tínhamos ido até ali para descobrir mais sobre quem estava por trás de tudo aquilo, mas agora eu só queria saber por que Mackiel se envolvera e por que me enredara em seu plano. — O que prometeram a você em troca dos chips?

— O mesmo de sempre. — Ele esfregou o polegar e o indicador. — E cansei de roubos insignificantes. — *Superar o trabalho do pai*... ele não precisava dizer. — Não se martirize por não entender. — O lado direito de sua boca se ergueu. — Ainda.

— Você continua tentando ofuscar seu pai — pensei em voz alta, ignorando sua última provocação. — Ainda está tentando fazer algo que ele não tinha o poder de fazer.

Os olhos delineados de Mackiel se estreitaram.

— *Não* fale de meu pai.

— Uma de suas inúmeras regras — eu cantarolei. — Não sigo mais sua cartilha. Não preciso respeitar suas leis. — Hesitei, então sussurrei: — Não pode fazer seu pai amar você, Mackiel. Ele está morto.

Mackiel avançou contra mim por cima da mesa. A mulher puxou-o de volta peĺo braço.

— Chega — disse ela, a mão perto do bolso interno do casaco. — Precisamos partir, Mackiel. Estamos aqui há muito tempo. — Ela me encarou.

Seu jeito sério desvaneceu, e ele assentiu.

— Ok, então. — Ele gesticulou para a porta. — Hora de encontrar seus capangas favoritos.

Ele não planejava nos matar ali, ou talvez não conseguisse suportar a ideia de eliminar sua melhor amiga, afinal. Mas eu não podia confiar nele, não de novo. Mas que alternativa nós tínhamos? Havíamos entregado o desestabilizador de Varin no posto de controle; as salas de reunião eram muito próximas do palácio para que armas fossem permitidas.

A mulher tocou o casaco outra vez, onde poderia estar o coldre de uma arma. Mas, como nós, ela também deve ter sido revistada.

É isso! Ela não estava tocando o casaco para nos avisar que trazia uma arma, mas por conta do hábito. Estava desarmada, como nós.

Rapidamente, reavaliei a situação. Varin era alto e musculoso; e eu, rápida, ágil e imprevisível. A mulher parecia mais pesada... um pouco mais mole, mais lenta que eu. E Mackiel tinha a força de um cabide.

Dei um pequeno aceno de cabeça para Varin. *Não vamos a lugar algum.*

— Acho que não, Mackiel — neguei, me apoiando na mesa de metal. — Alugamos a sala por uma hora, e quero fazer valer meu dinheiro.

Um vinco se formou entre as sobrancelhas de Varin, mas ele continuou em silêncio. Eonita bonzinho.

Mackiel ficou me encarando.

— Sinto muito, mas não estou aqui para isso, querida. Mas se partirmos agora, quem sabe mais tarde?

Estreitei os olhos para ele e sua insinuação.

— Não vou a lugar algum com você. Os dias de desfrutar da companhia um do outro chegaram ao fim. *Nós* chegamos ao fim. — Ele teria que me arrastar daquela sala, e eu sabia que não tinha força para tanto.

Um músculo se contraiu em seu pescoço, o único sinal de dúvida.

— Não dificulte as coisas, querida. Sabe que odeio quando banca a difícil.

Coloquei a mão no quadril.

— Ah, mas o que você disse mesmo? Você me criou, então só tem a si mesmo para culpar.

Mackiel exibiu os dentes, como um animal selvagem.

— Vamos. Embora. Agora.

— Ou? Você não tem nada que eu queira. E sempre preciso de algo em troca, não é assim?

Varin se aproximou de mim, mas recuei até o incinerador. Não queria proteção. Queria ferir. Queria ferir Mackiel. Pelo que dissera sobre meu pai, e por me trair.

— Vamos lá, Mackiel — provoquei. — Está com medo de lidar comigo sem seus capangas? A doce e inocente euzinha? Sua boneca de porcelana?

— Vou machucar você — ameaçou Mackiel, entre dentes. — Se for preciso.

A mulher se moveu em minha direção, mas Mackiel a dispensou. Ele estava zangado. E, quando estava zangado, Mackiel não pensava direito. *Perfeito*.

Franzi os lábios.

— Acho que você não se importa que eu tenha ingerido os chips — eu disse. Mackiel continuou a se aproximar de mim. — Só se importa que eu tenha desobedecido você.

— Eu esperava muito pelo dia que faria isso, querida. Mas hoje não é esse dia.

— Hoje, amanhã, o próximo... que diferença faz? Você *nunca* me criou. — Sorri com desdém. — Eu queria ser um de seus larápios. Eu me tornei um. Eu precisava de um lugar para ficar. Você me deu um quarto. Tudo o que eu quis, você me deu. Rápido assim. — Estalei os dedos. — Eu nunca fui *sua*. E aquele dia nas docas? — Eu me inclinei sobre a mesa em sua direção. — Eu queria que você se afogasse.

Ele disparou em volta da mesa e investiu contra mim.

Em sua fúria, não tinha me visto ligar o incinerador. Quando me alcançou, eu o empurrei, mandando-o para a parede e para o compartimento.

Eu havia mentido. É claro que Mackiel tinha me criado. Ele me ensinara a estudar meus alvos; a aprender o que os irritava; a aprender os movimentos. Gravidade. Alterações sutis no peso para conseguir o que queria. E o que eu queria era que ele se lançasse sobre mim.

Mackiel ergueu as mãos a fim de impedir que se chocasse contra a parede, mas, em vez disso, encontrou a boca faminta do incinerador.

Ele estava certo. Eu era sua. E, por muitos anos, julgara que ele havia sido meu.

Mas não mais.

Fechei o incinerador e passei o trinco, prendendo suas mãos no calor arrebatador.

Ele berrou conforme sua carne queimava.

A mulher correu para libertar Mackiel do incinerador.

— Vamos! — Empurrei um Varin boquiaberto. — Vamos, seu eonita burro!

Nós dois disparamos para fora da sala.

— Pegue-a! — gritou Mackiel.

Mas já tínhamos fugido.

CAPÍTULO 21

Marguerite
Rainha de Toria

Décima Lei: O conselheiro de cada quadrante deve comparecer a todas as reuniões e participar de todas as decisões para assegurar a imparcialidade da rainha.

Logo pela manhã, o inspetor convocou as rainhas à sala de interrogatório. Marguerite esperava boas notícias. Ele vinha bisbilhotando pelo palácio havia dois dias; com certeza devia ter alguma pista a essa altura.

Corra já estava sentada à frente do inspetor, as mãos entrelaçadas perto da garganta. O olhar preso à braçadeira negra de Marguerite. A tristeza enevoava mesmo seus olhos castanhos? A rainha de Toria sabia que Corra estava sofrendo, independentemente dos sentimentos que seu quadrante tentara aniquilar. Até mesmo eonitas tinham direito ao luto. A sua própria maneira.

Ela lançou um sorriso contrito a Corra quando sentou ao seu lado.

— Como está se sentindo? — perguntou.

Corra ficou em silêncio por um momento, como se estivesse ponderando sua resposta. O coração de Marguerite ficou apertado, desejando que a rainha eonita se abrisse, pelo menos daquela vez. As rainhas tinham que se manter fortes. Unidas.

— Só quero que o assassino seja encontrado — respondeu Corra, eventualmente. Era uma resposta honesta, eonita, mas Marguerite ainda achou que se reprimia.

— Eu também — concordou Marguerite, a fúria em seu peito se transformando em fogo à menção do assassino. Ela cogitou se a raiva podia incinerar seus órgãos.

O inspetor escoltou os conselheiros para fora da sala, então fechou a porta.

— Os conselheiros devem ficar, inspetor — argumentou Marguerite, se levantando. — Qualquer assunto relacionado às rainhas deve ser ouvido por todos. É o que dizem as Leis das Rainhas. Não há segredos no palácio.

O inspetor a encarou de modo astuto antes de responder:

— Lamento, rainha Marguerite, mas preciso falar com as rainhas a sós.

O coração de Marguerite acelerou, e ela agarrou o grosso material de sua saia para se acalmar.

— Mas a rainha Stessa ainda não está presente.

— Já vou falar sobre isso — avisou ele.

Marguerite olhou para Corra. O que ele quis dizer? Com relutância, ela se sentou, mas o corpo estava rígido, como se preparado para uma agressão física.

— Encontrou o assassino? — perguntou Corra, a mão ainda na base da garganta, algo que Marguerite percebeu ser um novo hábito da rainha eonita. — Por favor, nos dê uma boa notícia.

— Lamento, minha rainha. — Ele ocupou o assento à frente de Corra e ajustou o gravador ao redor da orelha. — Temo que tenha apenas más notícias.

— O que foi? — Marguerite se preparou para o golpe.

— Há pouco tempo — começou ele —, o corpo da rainha Stessa foi encontrado...

Ele nem precisou terminar. Marguerite novamente se levantou de um salto, a mão cobrindo a boca.

— Não. Não. Não. Não. Não.

— Por favor, sente-se, rainha Marguerite — pediu o inspetor, os lábios franzidos.

— Morta? — Marguerite odiava a palavra. Queimava seus lábios ao ser pronunciada.

O inspetor assentiu.

— O que aconteceu? — questionou Corra.

— Ela foi afogada — respondeu o inspetor, os olhos atentos a reação das rainhas. Sondando.

— Ela se afogou? — perguntou Corra. — Como? Onde?

O inspetor balançou a cabeça.

— Eu disse que ela *foi* afogada, não que se afogou. Ela foi encontrada nos banhos.

— *Rainhas do céu!* — exclamou Marguerite, inclinando a cabeça na direção da abertura no teto. — O que está acontecendo aqui?

— É o que estou tentando descobrir — respondeu ele. — Alguma de vocês tinha noção de que a rainha Stessa não sabia nadar?

— Não. — Marguerite voltou a se sentar. A dor a pressionava contra a cadeira. *A Stessa não. Pobre Stessa. Ela era tão jovem. Quase da idade de minha filha. Como podia estar morta?* — Eu não sabia disso, inspetor.

Mas Corra disse:

— Sim, eu sabia. — O inspetor, assim como Marguerite, encarou a rainha eonita. — Ela era de Ludia. Luditas não nadam. Não sabem como.

— Ah! — exclamou Marguerite, com um aceno. — É claro. Suponho que eu também soubesse então...

O inspetor gesticulou para ela com a mão alongada.

— Não suspeito de nenhuma de vocês, e é por isso que estou aqui. Queria informar a ambas o que aconteceu com a rainha Stessa, antes do restante do palácio ser colocado a par de seu falecimento.

Marguerite ergueu as sobrancelhas.

— Você não suspeita de nós? — Da última vez que tinha checado, elas eram as únicas suspeitas.

— Não — respondeu ele, com um leve suspiro. — Com a morte da rainha Stessa ficou claro o que está acontecendo.

As duas rainhas se inclinaram para a frente, agarradas a cada palavra do inspetor, como se sua vida dependesse delas.

— Essa não é uma vingança contra a rainha Iris. — O eonita pigarreou. — Creio que seja um plano para livrar Quadara de suas rainhas.

Marguerite se encolheu. Isso não fazia sentido.

— Por que alguém iria querer se livrar de nós? — Seria uma ameaça aos alicerces de Quadara.

O inspetor estalou dois longos dedos em sua direção.

— Estou aqui para descobrir.

Corra se levantou de um pulo, sobressaltando Marguerite.

— Isso é um absurdo! — exclamou ela. — Primeiro Iris, agora Stessa. Você não impediu o assassino. Quem garante que ele não vai nos pegar? Será o sangue de mais duas rainhas mortas em suas mãos!

Marguerite não pode evitar, mas ficou de boca aberta com sua irmã rainha. Jamais ouvira Corra levantar a voz, quanto mais demonstrar angústia ou frustração.

O inspetor não pareceu abalado.

— Entendo que esteja preocupada...

— *Preocupada?* — bufou Corra. — Iris foi assassinada! E agora você está nos dizendo que Stessa foi intencionalmente afogada e agora... e agora... — Mas ela não terminou a frase. — Lamento. — Voltou a se sentar, a mão na garganta. — Foram dias difíceis, e dormi muito pouco. Não sei o que me deu.

Mas Marguerite acreditava que tinha visto a verdadeira Corra, a garota por trás da máscara inflexível. E aquela garota estava profundamente magoada. Ela segurou a mão de Corra.

— Não precisa se desculpar, Corra — disse ela. — O sofrimento nos é permitido.

Corra lhe deu um leve aceno, mas não soltou a mão de Marguerite.

— Quando isso aconteceu, inspetor? — perguntou a rainha de Toria. — O que descobriu até agora?

— O corpo foi encontrado há trinta minutos. — Marguerite sentiu Corra estremecer sob seu toque, então apertou seus dedos com a intenção de reconfortá-la. — Todos pensavam que estava em seus aposentos, repousando. O jovem conselheiro foi quem a encontrou. Quando chegou aos banhos, ela já estava morta.

— Lyker. — Corra suspirou.

— Poderia ter sido ele quem afogou a Stessa? — questionou Marguerite ao inspetor.

— Suas roupas estavam molhadas quando a trouxe a mim, mas ele havia tirado a rainha Stessa da piscina. É difícil determinar sem maiores investigações.

— Não. — Corra se intrometeu. — Não acho que tenha sido ele.

O inspetor se virou para ela.

— E por que diz isso, minha rainha?

— Porque eles estavam apaixonados — respondeu ela, os olhos quase reluzentes.

Quem era aquela garota que falava de amor? Não era um conceito eonita, pensou Marguerite.

— Como sabe disso, minha rainha? — indagou o inspetor.

Corra o encarou com os penetrantes olhos escuros.

— Porque entrei em seus aposentos ontem, e os flagrei juntos.

Marguerite arquejou. Outra lei das rainhas quebrada. Foi por isso que Stessa se afastara de Marguerite quando Lyker se mudou para o palácio, a fim de proteger seu segredo?

— Talvez tenham brigado? — sugeriu ele. — Na maioria das vezes, a vítima conhece seu assassino.

— Não, não estavam brigando. — Ela pigarreou. — Não tenho certeza, mas não creio que ele tenha a matado.

— Ainda assim, ele mentiu para mim, o que significa... — começou o inspetor.

— Luditas não são assassinos, inspetor — argumentou Marguerite. — Se Corra diz que estavam apaixonados, então não acredito que ele a teria machucado.

— Verdade. Mas crimes passionais não são incomuns em Ludia — retrucou o inspetor. — No entanto, com o assassinato da rainha Iris, fica difícil estabelecer uma ligação entre os dois crimes e esse rapaz; o que ele ganharia? A não ser que Iris soubesse do romance?

Marguerite trocou um olhar com Corra, que balançou a cabeça.

— Não acredito que soubesse.

Ele assentiu.

— Mesmo assim, vou conversar com ele mais uma vez, embora duvide de seu envolvimento.

— O que sabemos de concreto? — Marguerite olhou para Corra. — É óbvio que o assassino está vagando livremente pelo palácio. Corremos perigo se ficarmos aqui. — Ela nunca, nem mesmo uma vez, se imaginou deixando o palácio desde o dia em que colocara seus pés ali, mesmo quando Elias se revelara uma fraude e um trapaceiro, e o mundo caíra sobre sua cabeça. O palácio era onde Marguerite devia estar, e uma rainha era o que tinha nascido para ser.

— Nunca devemos sair daqui — retrucou Corra, erguendo os olhos para o domo de vidro. — Se fizermos isso, estaremos abdicando do trono e maculando nosso reinado. Não podemos permitir que forças externas influenciem nossos deveres.

— Talvez seja esse o plano do assassino? — O inspetor pressionou uma insígnia em seu gravador. — Ele não precisa matar todas vocês, apenas expulsá-las do palácio. Sim, poderia ser isso — disse ele, mais para si mesmo que para as rainhas.

— Stessa também não tem herdeiros — murmurou Marguerite. — Ela era muito jovem.

— Nenhuma de nós tem — lembrou Corra. Marguerite não conseguia encará-la, temendo que visse a verdade em seu rosto. A mãe de Corra era rainha quando Marguerite engravidara e, supostamente, perdera a criança. A atual rainha eonita não sabia nada sobre a filha de Marguerite, escondida em Toria.

Mantê-la em segurança. Mantê-la escondida. É tudo o que importa. O trono é sua responsabilidade, não dela.

— Reforçamos a segurança — garantiu o inspetor. — Vamos nos certificar de que o assassino não tenha tempo nem oportunidade de atacar de novo.

— Você disse isso antes. — Marguerite balançou a cabeça. — E agora Stessa está morta.

— Pensamos que tínhamos prendido o assassino na sala de triagem — argumentou ele.

— Por que não expulsa todo mundo? — perguntou Corra. — A essa altura, nossa proteção é mais importante que encontrar o assassino, certo?

Marguerite não pode deixar de concordar.

— Temos que proteger Quadara e as Leis das Rainhas a qualquer custo. — E, no entanto, ela não confessou a existência da filha. Não importava o que aconteceria a Marguerite. A filha não tinha sido preparada para a vida na corte; não sabia como ser rainha. Nem mesmo sabia de sua verdadeira ascendência. Marguerite não fraquejaria agora. A filha teria uma vida normal. Mais importante, a filha teria uma *vida*.

O inspetor encarou as rainhas com os olhos negros penetrantes.

— E se o assassino tivesse sempre sido parte da corte? E se estivesse esperando o momento para atacar?

A língua de Marguerite parecia seca e pesada em sua boca quando respondeu:

— Então estamos condenadas.

CAPÍTULO 22

Keralie

— O que acabou de acontecer? — indagou Varin, enquanto descíamos as escadas correndo, fugindo da Casa da Concórdia; dos gritos de Mackiel.

Não olhei para trás.

Eu tinha passado dos limites? Finalmente Mackiel cansara de mim? Estava surpresa que ele tivesse aguentado tanto tempo.

Concórdia ganhava vida em preparação para o horário comercial. As pessoas paravam e nos olhavam conforme fugíamos. Eu sabia que éramos uma visão e tanto.

Assim que chegamos ao centro de Concórdia, estaquei e olhei para cima. Os Relatórios das Rainhas repetiam as mesmas notícias do dia anterior. Nada sobre o assassinato das monarcas.

O que estava acontecendo? Por que não tínhamos escutado nada? Eu entendia a necessidade de conter o pânico, mas com certeza alguma coisa já teria vazado àquela altura, não? Por que todos agiam como se nada tivesse mudado?

Ofeguei algumas vezes. Todos tinham que saber o que havia acontecido. Eu não queria apenas nós dois envolvidos.

— Você está bem? — Varin parou ao meu lado, mas ainda mantendo distância.

Balancei a cabeça. Não podia encará-lo. Mal conseguia respirar. O que eu tinha feito?

— O que vamos fazer agora? Não descobrimos nada — continuou ele. E tinha razão. Não sabíamos muito mais do que já suspeitávamos antes. Ele soltou um suspiro. — Você podia ter me avisado de seu plano.

— Como? — perguntei, recuperando a voz. — Mackiel estava bem ali. Eu precisava do elemento surpresa.

— Com certeza você foi bem-sucedida.

— Você pode ir embora agora — disse eu. — Acabou.

— Do que está falando? — Ele balançou a cabeça.

— Estou cansada, Varin. Quero... — Eu ia dizer *Quero ir para casa*, mas não sabia mais onde ficava. Certamente, não na casa de leilões.

Varin se aproximou um pouco mais.

— Você está com medo. Respire fundo.

Soltei uma risada.

— Com medo? Não viu o que eu fiz lá atrás? — No máximo, *Varin* devia ter ficado com medo de mim. Era como se eu estivesse de volta ao barco de meu pai, navegando em direção aos rochedos. Eu tinha me sentido furiosa. Queria destruição. Então ataquei.

Havia uma fúria dentro de mim que eu não conseguia controlar. Uma escuridão intrínseca, como uma sombra. E eu não tinha certeza se Mackiel a criara ou se sempre fora parte de mim.

De repente, o beco girou. Estrelas brilharam; as rainhas do céu zombavam de mim.

Caí no chão sujo.

Um braço envolveu minha cintura no último minuto.

— Keralie? — chamou Varin, me segurando a centímetros do chão. — Você está bem?

O mundo girou de novo quando ele me colocou de pé, mantendo a mão em meu braço. Baixei os olhos para seus dedos cobertos pelo dermotraje, surpresa com sua segurança e força. Nenhum de nós havia se esquivado do contato.

— Estou bem — respondi.

— Não, você está em choque. Espere um instante.

Embora não tivesse exatamente testemunhado aquilo, imaginei a carne de Mackiel se separando do osso. Como pude fazer isso a alguém? Alguém que um dia chamei de amigo? Eu ousara, enfim, admitir a verdade sobre aquele dia nas docas, depois de todos aqueles anos?

Quando mergulhamos na água, eu havia torcido para que Mackiel enfrentasse dificuldades. *Sabia* que ele enfrentaria. Queria provar que eu pertencia a seu mundo, que também podia ser cruel. Eu o escutara conversando com o pai sobre sua nova recruta, alguns dias antes. Ele dissera que eu era molenga, mas podia ser moldada. Aquilo havia me deixado louca.

Então o desafiei a pular, para ver Mackiel se debater e ter um gostinho do fracasso. Mas o salvei no último minuto.

Eu sempre havia acreditado que não pretendia machucá-lo. Que era um jogo, e Mackiel gostava de jogos. Mas hoje não foi um jogo. Eu quis machucar Mackiel, talvez mais do que fugir.

Vida ou morte, disse uma voz profunda dentro de mim. Uma voz que soou, de forma suspeita, como a de Mackiel. *Maldito!*, não conseguia tirá-lo da cabeça. De minha vida. De mim.

Empurrei Varin.

— Preciso me sentar. — Então me abaixei, pressionando a testa contra os joelhos.

Varin se agachou ao meu lado.

— Você fez o que tinha que fazer. Você nos salvou.

— Sim, sem nenhuma ajuda sua.

Ele me surpreendeu ao dar uma risada baixa, ressonante.

— Não funciono bem sob pressão. — Sua expressão era suave. Pela primeira vez, não parecia me julgar, e aquele era o único momento em que eu o perdoaria se o fizesse. E Varin não estava me encarando como se eu fosse frágil. Uma boneca de porcelana. Ele me olhava como se me achasse destemida.

— Palavras mais verdadeiras jamais foram ditas — concordei, com um leve sorriso.

— Quer mesmo desistir agora? — Seu cenho estava franzido.

— Perdemos nossa evidência — expliquei, me referindo aos chips regravados. — E ainda não sabemos se Mackiel está envolvido.

— Temos bastante informação. Posso ir ao palácio sozinho, se quiser. — Ele estava me testando. Eu queria ajudar as rainhas ou não? Queria fazer a coisa certa? Era mais que uma ladra?

Quem você quer ser?

— Estou nisso até o pescoço. Mas Mackiel ainda vai querer sua parte. — Passei um dedo pela garganta. — A não ser que você queira pular fora?

Varin podia desaparecer em Eonia; Mackiel e os capangas não o encontrariam naquele quadrante.

— Já disse, vou até o fim. — Ele passou uma das mãos pelo cabelo escuro. — Você não é a única que quer algo.

— A HIDRA — falei. Não era uma pergunta.

Ele assentiu, e havia algo em sua expressão... esperança, talvez?

Pena que queríamos a mesma coisa. Eu podia deixá-lo ali e me aventurar sozinha até o palácio em busca da HIDRA, mas ele era capaz de me entregar às autoridades palacianas. Afinal, em quem os guardas acreditariam: numa ladra ou num mensageiro eonita?

Precisava de Varin ao meu lado. Até conseguir o que queria. Eu me preocuparia em traí-lo depois.

— Estamos nisso juntos — disse ele. — Mas chega de mentiras. Nada de truques.

Estendi a mão para ele.

— Juntos — ecoei quando nossas palmas se tocaram. — Prometo.

Ele já deveria saber que não devia confiar em uma ladra.

Havia apenas um lugar aonde ir. E era como se tivéssemos sido atraídos para ele desde o início, pois havia sido onde tudo começara. Meus passos se tornaram mais determinados conforme subíamos as escadas da Casa da Concórdia até o palácio.

— Precisamos de um plano — disse ele.

— *Nós* somos o plano. — Sorri. — Ninguém vai suspeitar de uma tola garota toriana e de um jovem e ingênuo eonita. — Gesticulei para ele. — Temos tudo sob controle. Eu e você. Vamos até as autoridades palacianas, confessar que temos informações para trocar sobre o assassinato das rainhas. Vamos contar tudo sobre Mackiel e os chips de comunicação.

— Como pretende invadir o palácio? — perguntou ele, observando a cúpula dourada. — Há oficiais eonitas guardando a entrada, e muitos outros lá dentro.

Eu lhe lancei um olhar irritado.

— Não vamos invadir.

— Não vamos? — Ele franziu o cenho.

— Pensa tão mal assim de mim? — Enlacei o braço ao dele, sentindo seus músculos enrijecerem com o contato, mas ele não se afastou. — Tolinho. Fomos convidados. Todos são.

Suas sobrancelhas se ergueram.

— Teremos uma audiência na corte?

— Teremos uma audiência na corte — confirmei. — E é melhor nos vestirmos à altura.

Ele balançou a cabeça, deixando escapar um suspiro exasperado.

— Então não vamos invadir o palácio, mas vamos roubar mais roupas?

Estalei os dedos para ele.

— Agora você está começando a entender.

CAPÍTULO 23

Corra
Rainha de Eonia

Décima Primeira Lei: *O poder da rainha somente pode ser passado para a filha na ocasião de sua morte ou abdicação.*

Corra retornou a seus aposentos depois da reunião com o inspetor. Não podia acreditar que Stessa também se fora. Ela precisava recuperar seu equilíbrio. Havia permitido que as emoções a controlassem, e percebeu tarde demais. Em apenas outra ocasião Corra se deixara dominar por suas emoções — o dia da morte da mãe.

Corra não tinha esperado subir ao trono antes dos 55 anos, pois a data de morte da mãe estava programada para quando a rainha completasse 90 anos, dando a Corra tempo suficiente para refrear suas emoções. Quando chegasse a hora, tinha esperado nem mesmo senti-las. Uma verdadeira eonita, pronta para governar.

Mas a mãe começara a recusar as doses mensais do medicamento para o coração. Em um de seus raros encontros, a mãe lhe dissera que havia chegado a hora de deixar esse mundo de modo que Corra pudesse brilhar.

Corra tentara argumentar com a mãe, mas a rainha era teimosa. Um ano depois, sua mãe foi enviada à enfermaria do palácio, onde deu o último suspiro.

Com a iminente morte da rainha, Corra saiu do palácio pela primeira vez na vida. Era importante que o conselheiro eonita a encontrasse dentro de Eonia, a fim de assegurar que a infância dentro do palácio fosse mantida em segredo. Nos poucos dias que passara em Eonia, Corra soube que a mãe tinha feito a coisa certa. Ela sentia uma afinidade pelo quadrante do qual tinha apenas ouvido falar, e não conseguia se imaginar mais próxima de Eonia, mesmo se tivesse crescido ali.

Quando o conselheiro eonita chegou ao apartamento cujo endereço a mãe dera como sendo de Corra, ela já estava pronta para retornar ao único lar que conhecia. E, ao voltar ao palácio, visitou a rainha na enfermaria. Corra então lhe segurou a mão flácida, sussurrando as palavras que tanto ouvira da mãe.

— Prometo ter paciência. Manter a calma. Ser altruísta. Governar com mão firme. Com coração firme. — Lágrimas escorriam dos olhos de Corra. — Eu amo você, mãe. — Então enterrou o rosto na lateral do corpo da velha rainha para esconder as lágrimas.

Assim que saiu da enfermaria do palácio, ela prometeu deixar a tristeza para trás.

Mas não era tão fácil com Iris. E agora com Stessa.

Corra queria sumir. Mais que isso, queria ser capaz de sofrer, lamentar... *sentir*, como qualquer pessoa. Odiava como desonrou Iris com cada resposta débil.

Por quanto tempo conseguiria manter as aparências? E para quê? Sua vida estava em risco, assim como a de Marguerite.

Corra havia notado os dois guardas posicionados do lado de fora de seus aposentos antes de se recolher. Ao se sentar na cama, deixou escapar um suspiro cansado.

Um estranho gemido, como de um animal ferido, ecoou pelo corredor. Corra pensou em Lyker, despedaçado em sua dor. Ele jamais seria capaz de apagar da memória a imagem do corpo flácido e sem vida de Stessa. Corra sentiu-se grata por não ter visto Iris daquele modo; havia desviado o olhar quando o corpo passou durante o cortejo fúnebre. Aquilo lhe permitiu guardar na lembrança a última imagem de seu amor, viva e vibrante, fazendo o que fazia melhor: governar.

Corra não desejava a agonia de perder um amor a ninguém, nem mesmo a um inimigo. Não que a jovem rainha eonita tivesse inimigos, mas quem mais estaria eliminando as rainhas, que não algum adversário secreto e vil?

Talvez o assassino tivesse sido enviado de além-mar? Contratado por uma nação rival interessada na queda de Quadara. Mas que nação? Jamais houvera nenhuma rivalidade internacional, apenas as Guerras dos Quadrantes.

— O que você faria? — sussurrou Corra no silêncio, na esperança de que Iris a estivesse observando do céu. — O que você faria se ainda estivesse aqui? Fugiria do palácio para salvar sua vida? — Ela sorriu na escuridão. — Não, claro que não. Você ficaria. Lutaria.

Um soluço se alojou em sua garganta.

— Por que não lutou? Por que se deixou apagar como se não fosse nada? Uma chama na escuridão. Nada mais que o restante de nós. — Ela sacudiu a cabeça. — Mas você era *tudo*. Não entendo.

Seu coração partido formigou. Ela se virou de costas, permitindo que as lágrimas corressem livremente.

— Se partir, perco meu trono. Se ficar, posso perder a vida. — Ela esfregou a mão no rosto. — O que você gostaria que eu fizesse? — Eram duas coisas diferentes, o que Iris faria e o que gostaria que *ela* fizesse. — Você disse que estávamos nisso juntas. — Ela enterrou o rosto no travesseiro e chorou, o hábito de esconder suas emoções profundamente arraigado. — Eu verei você de novo? — sussurrou. — O quadrante sem fronteiras existe para as rainhas mortas? É lá onde ficaremos juntas? Juntas de um modo que nunca nos foi permitido em vida?

As perguntas de Corra continuariam sem resposta, embora ela desejasse que não tivessem sido ignoradas pelas rainhas do céu.

Uma batida na porta a fez se sentar de um pulo.

— Quem está aí? — gritou.

— Não se preocupe, rainha Corra — berrou um dos guardas através da porta. — Temos tudo sob controle.

— Me deixe entrar! — exigiu uma voz zangada. — Foi ela... sei que foi! *Lyker*.

— Para trás — avisaram os guardas.

Houve um ruído surdo, então um gemido.

— Parem! — gritou Corra, abrindo a porta do quarto. — Não o machuquem!

Lyker estava no chão, o nariz sangrando no piso de mármore polido. Um dos guardas tinha prendido as mãos do jovem conselheiro às costas. O outro estava massageando os nós dos dedos, roxos.

— Por favor — pediu a eles. — Ele está sofrendo com a morte da rainha Stessa.

Lyker e os guardas olharam para ela, surpresos. Os olhos de Lyker estavam vermelhos; Corra tinha certeza de que os seus também.

— Deixem-no entrar — concedeu ela, dando um passo para o lado.

— Tem certeza, rainha Corra? — perguntou um dos guardas, não dando nenhum sinal de que soltaria Lyker.

Ela assentiu.

— Vocês podem ir — disse ela aos guardas depois que levantaram Lyker e o empurraram para dentro do quarto. Eles olhavam para a rainha como se ela tivesse duas cabeças. — Agora — ordenou.

— Sim, rainha Corra. — Eles fizeram uma reverência e deixaram o aposento, mas não sem antes lançar um olhar demorado a Lyker.

— Me desculpe — pediu ela assim que se viram sozinhos. — Você deve estar sofrendo muito.

Mas Lyker não a encarou. Estava olhando para a cama e para os lenços espalhados sobre o cobertor. Corra havia se esquecido de jogá-los no incinerador.

— Lyker? — chamou, após uma longa pausa.

Enfim ele ergueu o olhar, o rosto distorcido pela dor.

— Você fez isso. — Sua voz soou baixa, mas determinada, diferente da do garoto que ela havia visto mais cedo com Stessa. A luz se apagara de seus olhos; em seu lugar, havia um brilho sinistro e selvagem.

O conselheiro trancou a porta. Antes que ela pudesse perguntar o que estava fazendo, ele atravessou o quarto, então a pressionou contra a parede, as mãos em seu pescoço. A cabeça de Corra bateu na madeira, e novas lágrimas lhe caíram dos olhos.

— Pare!

Mas ele era forte demais; sua raiva, feroz demais.

— Você a matou! Você a matou! Você a matou!

— Rainha Corra! — Os guardas esmurraram a porta. — Você está bem?

Não, tentou responder, mas não havia ar suficiente em seus pulmões. Seu peito subia e descia. Pontos negros lhe toldavam a visão.

— Por quê? — gritou ele, esmurrando a parede ao lado do rosto da rainha. Ele era muito maior que ela, os bíceps a mantinham engaiolada. — Por quê?

— Nos deixe entrar! — Os guardas continuaram a socar a porta.

Corra esperneou, mas a falta de oxigênio tornava suas pernas lentas, como se submersas em água. Foi assim que Stessa se sentiu quando morreu? O peito queimando, a garganta arranhando, o corpo impotente, a cabeça leve?

Ela desejou que sim, pois não era muito doloroso.

Lyker aproximou o rosto do de Corra. Pontos vermelhos coloriam suas bochechas e o pescoço, combinando com o cabelo.

— Você não vai encontrá-la — disse ele. Corra piscou, sem entender do que ele estava falando. Os olhos inchados de Lyker pareciam cheios de lágrimas. — Você não merece estar com ela. — Seu peito estremeceu. — Não vou permitir.

Ele se afastou, e Corra caiu no chão.

A rainha inspirou profundamente, a garganta dormente e ardendo ao mesmo tempo.

Lyker assomava sobre ela, as mãos no cabelo. Então soltou um lamento angustiante.

— Rainha Corra — chamou um guarda do outro lado da porta. — O que está acontecendo?

— Estou bem — grunhiu ela. — Estamos bem. Derrubei um abajur. Só isso.

Ela rastejou até a cama e se agarrou à colcha para conseguir se levantar. Assim que se sentou, encarou Lyker. Ele encarava o vazio.

— Não matei Stessa — garantiu ela, a mão na garganta em brasa. — Jamais mataria uma irmã rainha.

Ele lhe lançou um rápido olhar.

— Nós ameaçamos você.

Corra assentiu.

— Vocês estavam assustados. Queriam proteger... — Ela tossiu com dificuldade. — Queriam proteger seu amor. Eu entendo.

Ele soltou uma risada, quase um latido.

— Uma eonita que entende o amor. Certo.

— Eu amava Iris. — Corra soluçou, então sorriu em meio às lágrimas. Era a primeira vez que confessava em voz alta. — Eu a amava. — Ela queria repetir sem parar, mas aquilo não traria Iris de volta. Ainda assim, pronunciar as palavras trouxe um pouco de luz para a escuridão daqueles dias.

— Eu mataria por Stessa. — Os punhos de Lyker estavam fechados ao lado do corpo. — Você achou que tínhamos matado Iris. Você não mataria por amor?

Corra o estudou. Era óbvio que o jovem estava arrasado, tão arrasado quanto seu próprio coração. Ela teria matado por Iris? Não tinha certeza. Tudo o que sabia era que Iris havia sido seu coração, e agora seu coração se fora.

Matar por vingança era um ato nascido do coração. Não, ela não iria — nem podia — matar por amor.

— Venha aqui — pediu ela, indicando o espaço ao seu lado. Lyker parecia ter sido atingido por um desestabilizador. Ela balançou a cabeça. — Não vou machucar você.

Com cautela, ele se aproximou. Quando chegou à cama, ela estendeu as mãos. Estavam trêmulas.

— Sinto muito por sua perda — consolou ela. — Lamento por ter pensado que você ou Stessa fossem capazes de tamanha maldade. Lamento de verdade. — Ela levou a mão até o relógio escondido sob a roupa. — Mas eu nunca machucaria Stessa, ou qualquer pessoa que ela amasse. O palácio sempre foi minha casa, e todos sob esse teto, uma família. — Jamais pronunciara palavras mais sinceras. Ela desejou que Iris pudesse ver sua coragem.

— Você não é como os outros eonitas, é? — Ele estreitou os olhos para ela.

Corra tentou rir, mas sua garganta não ajudou.

— Na verdade, acho que ficaria surpreso com o quanto os eonitas sentem.

— Eu queria não sentir — confessou ele. — Queria não ter me apaixonado por ela.

— Amar alguém é sempre correr o risco de ter o coração partido — argumentou Corra. — Mas os momentos na companhia um do outro compensam qualquer dificuldade.

Lyker sentou ao seu lado.

— Não sei se acredito nisso. Não agora.

Corra entendia como ele se sentia; a dor era quase demais para suportar. Mas então ela pensou na mãe.

— Com o tempo, vai acreditar.

Ele deixou a cabeça cair, o cabelo penteado pendendo para a frente.

— Não sei o que fazer sem ela. Stessa era a razão para minha presença aqui. Era a razão para tudo.

— O que você queria fazer antes disso? — Corra gesticulou para o quarto adornado em ouro ao seu redor. — O que queria da vida? — Ela estava se arriscando, já que eonitas não deviam questionar seu futuro ou querer mais da vida. Mas não se importava. Ela precisava conversar com alguém sobre o luto.

— Não me lembro de querer nada além de Stessa — respondeu ele, as lágrimas ainda caindo dos olhos.

— Mas você tinha outras paixões? — Luditas eram famosos por seus desejos e quereres; com certeza havia algo mais.

Lyker estudou as mãos tatuadas.

— Eu queria ser um poeta renomado.

— Ah — disse Corra. — E você desistiu de seu sonho por Stessa.

— E desistiria de novo — retrucou ele, inflexível. — Se tivesse outra chance.

— Eu escolheria Iris, de novo e de novo.

Eles sorriram um para o outro.

— Você pode ir embora — declarou ela. — Voltar para sua vida ludista.

Lyker balançou a cabeça.

— Não posso, não agora. Stessa queria ser rainha, mas estava disposta a desistir do trono por mim, por minha felicidade. Agora que ela se foi... — Ele engoliu em seco. — Agora que ela se foi, tenho que fazer o que é certo, por ela. Tenho que ficar aqui, me assegurar de que tudo o que ela sonhava para seu quadrante, como rainha, não seja esquecido.

Corra engoliu o choro, pensando em como julgara mal a jovem rainha. Stessa tinha esperanças e sonhos para seu reinado, e estes foram ceifados muito cedo.

— Stessa ficaria orgulhosa de você — disse ela.

— Obrigado, rainha Corra.

— Você me faria um favor? — perguntou ela.

— Qualquer coisa.

— Gostaria de um pouco de água para minha garganta.

— Me desculpe, eu...

— Você já se desculpou. — Ela o interrompeu com um aceno. — Preciso de água, não de desculpas.

Os olhos de Lyker encontraram os seus.

— Você falou como a rainha Iris.

Corra abriu um sorriso.

— Falei, não foi?

UMA HORA DEPOIS da partida de Lyker, Corra acordou com uma excruciante dor de garganta, como se alguém lhe tivesse enfiado uma adaga na carne repetidas vezes. Seus olhos estavam selados com lágrimas e dor. Havia adormecido no dermotraje dourado. Sua coroa parecia incandescente.

Ela se sentou de um pulo, mas Lyker se fora.

O quarto estava imerso em uma cortina de fumaça.

Ela sentiu ânsia de vômito, rolou da cama e caiu no chão. Ao seu lado, viu o copo de água que Lyker tinha lhe dado antes de ela se enfiar nas cobertas. Corra havia pedido que o rapaz ficasse até que caísse no sono.

— Lyker! — chamou ela, então tossiu. — Você está aí?

Silêncio e um estranho estalo foram sua única resposta.

Fogo.

— Guardas! — gritou, mas a voz não saía. O dano a sua garganta, cortesia de Lyker, somado à fumaça que congestionava sua traqueia, cobrou seu preço; a voz era um sussurro. Ela não conseguia ver onde o fogo havia começado, mas podia senti-lo. Seu dermotraje começou a franzir e empolar sob o intenso calor. Vinha do banheiro.

— Guardas! — De novo, nenhuma resposta.

Ela arrancou um pedaço de seu cobertor e o encharcou na água derramada ao lado da cama. Então colocou o pano molhado sobre a boca e rastejou pelo chão, o caminho guardado na memória. Seus sentidos estavam cheios de fumaça: seus olhos, seu nariz, sua boca. O chão de mosaicos estava quente. O estalar ficou mais alto.

Mas ela lutaria. Como Iris teria feito. Como *deveria* ter feito. Não seria a próxima na lista de rainhas mortas.

Uma pequena nesga de luz chamou sua atenção. O vão debaixo da porta! Ela engoliu algumas vezes para molhar a garganta — era como beber ácido —, então pressionou a boca no espaço e gritou:

— Socorro! Fogo!

Sombras se moveram do outro lado da porta. Seus guardas. Graças às rainhas do céu! Eles a ouviram.

A maçaneta chacoalhou em algum lugar acima de sua cabeça. Corra se afastou, permitindo que abrissem a porta. O fogo bramia atrás dela. Algo explodiu e cobriu seu cabelo de estilhaços. A cabeceira. O quarto estava desmoronando ao seu redor.

— Rainha Corra! Não estamos conseguindo abrir a porta — gritou um guarda por cima do rugido. — Tem alguma coisa bloqueando a porta?

Corra inspirou fundo e se levantou, tateando à procura do entrave. Ela se apoiou de novo na porta.

— Não tem nada aqui.

Os guardas começaram a se jogar contra a madeira.

— Está trancada! — gritou alguém.

Mas ela não se lembrava de tê-la trancado. E, embora não fosse sua intenção, pensou em Lyker. Ele havia mudado de ideia e trancado a porta novamente? Mas então como saiu?

— Pode destrancar pelo lado de dentro, rainha Corra? — perguntou um dos guardas.

Ela se levantou mais uma vez e tateou em busca da fechadura. No passado, ela apenas a havia trancado quando Iris a visitava.

Seus dedos enluvados encontraram algo áspero. Não havia fechadura; a maçaneta fora arrancada.

— Não posso abrir — gritou ela, indo até a janela para esmurrar o vidro. Podia ver as silhuetas do outro lado através da cortina de fumaça. — Quebrem a janela!

— Se afaste, rainha Corra — avisaram os guardas.

Corra se jogou no chão.

— Depressa! — A fumaça fez moradia em seu peito, tomando cada buraco, cada célula, até que seu corpo parecesse feito de fumaça e cinza. — Depressa! — O dermotraje tentava ajustar sua temperatura corporal, mas não podia combater o fogo.

Ela se abrigou no canto mais afastado do aposento, o pano sobre a boca. Não estava mais molhado, e seu dermotraje começava a derreter. Ela cobriu o rosto com as mãos.

É o fim. Ela se reuniria com Iris mais cedo do que imaginara. Veria a mãe outra vez. *Lamento, mãe.*

E agora entendia o que Lyker quisera dizer quando falou "Você não vai encontrá-la". Ele não queria matar Corra, pois não queria vê-la reencontrar seu amor perdido enquanto ele ainda vagava entre os vivos. Então quem havia ateado o fogo?

Um objeto colidiu contra a janela do quarto quando os guardas tentaram quebrá-la. O vidro estalou, logo se quebraria, mas Corra não conseguia erguer a cabeça. O calor consumia corpo e alma, e a lembrava do abraço de Iris.

Estou indo, pensou ela, a mão no relógio pendurado no pescoço, sobre o dermotraje arruinado. Mas não sentia medo.

Logo estariam juntas, não mais separadas.

CAPÍTULO 24

Keralie

Por que continuavam com a farsa? Quando o palácio admitiria que as rainhas estavam mortas e que ninguém governava? Eu não entendia. Já tinham localizado os herdeiros reais? A quem, exatamente, eu deveria me dirigir?

— Pare de se remexer — censurei, minha mão na manga de Varin. — Você parece estar tramando alguma coisa.

— Nós *estamos* tramando alguma coisa — retrucou ele, as mãos entrando e saindo dos bolsos do casaco. Seu traje roubado era muito pequeno, mas eu não me opunha ao modo como a blusa justa delineava o peito amplo. Inconscientemente, meus olhos e mãos se demoravam ali. Ele se afastou de mim, as angulosas maçãs do rosto enrubescendo. Ainda não tinha se acostumado ao toque.

O processo de conseguir acesso à rainha Marguerite tomara toda a manhã. Primeiro, havíamos nos apresentado na sala de triagem de visitantes, onde nos revistaram em busca de armas e outros itens perigosos. Depois, fomos conduzidos até o teatro, em companhia de mais de uma centena de quadarianos que tinham viajado até o palácio. Então nos forçaram a assistir a todos os Relatórios das Rainhas daquele ano para nos certificarmos de que nossa petição já não havia sido rejeitada anteriormente. Mais tarde, os guardas separaram o grupo de acordo com os respectivos quadrantes.

Nós nos deslocamos pelo corredor arqueado acompanhados de outros visitantes de Toria. Varin manteve a cabeça baixa, na esperança de que ninguém percebesse que ele era bonito demais para ser outra coisa que não um eonita perfeitamente construído. Ele tinha escondido seu comunicador em um lugar seguro, fora do palácio, para manter a ilusão. Também penteara o cabelo em estilo toriano clássico, e a barba de dois dias deixava o conjunto mais grosseiro. Nem mesmo eu o teria reconhecido como um impostor. Ainda assim, meus dedos coçavam, querendo bagunçar seu cabelo — algo que eu o vira fazer inúmeras vezes — e libertar os longos cachos.

Vários lustres de cristal pendiam do teto, como gelo das árvores após uma tempestade de inverno. Todo o restante parecia revestido em ouro. Lutei contra o desejo de tocar aquela riqueza exorbitante, mantendo as mãos presas embaixo dos braços. Eu tinha que ser boa. Melhor. Como Varin. Talvez então eles me recompensassem com a HIDRA.

Retratos de antigas rainhas torianas nos vigiavam com seus olhos pintados.

— Parecem tão reais — murmurou Varin, os braços se estendendo na direção das pinturas.

— Para de tocar nas coisas — disse eu, repetindo as palavras que ele me dissera em seu apartamento.

O lado esquerdo de sua boca se levantou, mas ele não disse nada.

A multidão nos impulsionava para a frente, todos desesperados para ver a rainha Marguerite. Eles teriam uma surpresa. Varin disparava olhares para os torianos ao nosso redor, como se estivesse atônito com tamanha desorganização.

Eu precisava admitir, uma parte de mim se empolgou com minha entrada no palácio. Quando tinha 10 anos, eu fingia ser rainha de Toria, meu trono feito de almofadas esfarrapadas, enquanto Mackiel bancava o conselheiro da rainha. Uma de nossas brincadeiras prediletas. Em geral, acabávamos discutindo sobre quem governaria que parte de Toria. Eu sempre lhe relegava o Jetée e seus negócios sórdidos, e me apoderava das casas sofisticadas e dos escritórios de advocacia da Passagem. Mackiel tinha me chamado de egoísta. Eu nunca o desmentira.

Nós brincávamos por dias, até eu me cansar do enredo.

— Governar Toria é um tédio — dizia eu, chutando o trono de almofadas.

Não me lembro de ouvir Mackiel concordar.

Rolei o pingente de estojo de comunicação entre os dedos. A brincadeira de criança tinha significado mais para ele que um passatempo? Ele sempre quisera se enredar nas intrigas da corte, provar que era mais poderoso que o pai, *melhor* que o pai, enquanto eu aproveitava as delícias de ser uma larápia, com acesso a toda e qualquer coisa que sempre quis?

Deixei o pingente bater contra meu pulso.

Guiada pelos guardas, a multidão se afunilava na direção de uma grande abertura, nos carregando junto.

Entramos em uma sala circular cujo teto alto de vidro era o ápice do domo dourado do palácio. O sol incidia no disco de Quadara, dividindo a luz em raios e destacando as palavras gravadas nas lajotas de mármore ao redor da sala.

A sala do trono.

Mas não podíamos ver as rainhas em seus tronos — ou quem quer que lhes tivesse tomado o lugar. Elas estavam escondidas por um biombo de madeira trabalhada, que circundava o disco. Havia quatro portas na divisória, uma para cada rainha, cada qual protegida por um guarda.

O grupo ofegou audivelmente atrás de nós. Alguns torianos se adiantaram, ansiosos para ver além da divisória. Senti a nuca formigar, desesperada por saber que desculpa a corte tinha inventado para a ausência das rainhas.

— A Luz de Quadara — sussurrou Varin, os olhos grudados na luz filtrada pela cúpula. — É magnífica. — Seus dedos tremeram, como se desejassem pintá-la.

Assenti, sem palavras. Os antigos quadarianos acreditavam que a nação nascera naquele exato ponto, desenvolvendo-se em sentido horário. A princípio, a terra havia sido fértil e exuberante graças a abundantes riquezas naturais. A primeira região se tornou Archia, outrora ligada ao continente. A terra então cresceu para o sul; os recursos eram menos fecundos, mas incluíam um litoral acessível e mares fartos. *Toria*. Daí em diante, a terra mudava. Para compensar a falta de recursos naturais, os luditas criaram paisagens e canais, e preencheram o tempo ocioso com entretenimento. Enfim, vinha Eonia. Conforme as terras se aproximavam do norte, com suas temperaturas baixíssimas, plantações e gado eram incapazes de sobreviver. Eonia não tinha outra escolha a não ser construir sua imensa cidade e se concentrar na tecnologia para prosperar naquela terra quase congelada.

Não havia como negar que o salão emanava poder.

— Uau! — sussurrei, esquecendo nosso propósito. O peso do cômodo caía sobre mim... seu significado e sua história. Nós nos aproximamos do ponto exato onde, outrora, os quadrantes se encontraram. Pela expressão de assombro da multidão, eu podia dizer que compartilhávamos o mesmo sentimento.

Caminhamos até o guarda quando chegou nossa vez.

— Um de cada vez — avisou o guarda, levantando a mão.

Troquei um olhar com Varin.

— Você consegue — me encorajou. — Está fazendo a coisa certa. Só não vá ser presa.

— Está preocupado comigo?

Ele comprimiu os lábios antes de responder:

— Apenas tome cuidado.

Assenti com a cabeça, entorpecida. Senti o estômago revirar. Dei um passo à frente, deixando Varin para trás, com o restante dos torianos.

Eu estava prestes a encontrar o conselheiro da rainha Marguerite? Não ficaria óbvio que algo tinha acontecido a ela? Por que não adiaram as audiências na corte enquanto aguardavam que as novas rainhas assumissem os respectivos tronos?

Antes que tivesse tempo de ensaiar mais uma vez o que iria dizer, o guarda abriu a porta do biombo e me conduziu para dentro. Pigarreei.

Lá vamos nós.

CAPÍTULO 25

Marguerite
Rainha de Toria

Décima Segunda Lei: *Assim que uma rainha morre, sua filha, ou a parente mais próxima, deve ser imediatamente levada ao palácio para ascender ao trono.*

A respiração de Marguerite estava ficando mais ofegante, a cor manchava suas bochechas, a luz sumia de seus olhos.

— Estamos ficando sem tempo. — As pessoas a rodeavam, as mãos em seus braços, rosto e cabelo. — Fale, rainha Marguerite. Por favor. Antes que seja tarde demais!

Já é tarde demais, pensou Marguerite. Ela se recostou contra os travesseiros, incapaz de manter a cabeça erguida. *Não. Prometi a mim mesma que não faria isso. Não posso envolvê-la nisso. Não agora.*

O médico da corte vestia um dermotraje e uma máscara prateados, e seu cenho estava franzido. Ao seu lado, o inspetor observava cada movimento com um interesse impessoal. Eles cochichavam entre si.

Ela está morrendo.

Não precisava que ele pronunciasse em voz alta. E, no entanto, eles não a deixavam morrer em paz.

Veneno.

As palavras foram sussurradas entre aqueles reunidos na enfermaria. Ela estivera estudando os mapas do palácio — tentando entender como o assassino tinha matado Iris, evitado ser preso na sala de triagem quando o palácio foi fechado, e então assassinado Stessa um dia depois — quando seu conselheiro, Jenri, entrou apressado no aposento. Ele estava coberto em cinzas, um grande corte no braço.

Marguerite se levantou de um pulo, a cadeira caindo para trás.

— O que aconteceu?

— Minha rainha — sussurrou Jenri. — Houve um incêndio... A rainha Corra não sobrev... — Mas ela não o ouviu terminar. Marguerite desmaiou, as saias volumosas amortecendo sua queda.

A princípio, Jenri havia pensado que fora o choque. Ele a levou até a enfermaria para observação. Então começaram as convulsões.

Veneno... Salpicado sobre o pergaminho de seus mapas e absorvido pelos dedos, atingindo a corrente sanguínea.

Primeiro Iris, depois Stessa e Corra. O assassino...

Marguerite não podia acreditar que aquilo estava acontecendo. Havia se passado menos de dois dias da morte de Iris, e todas as rainhas tinham sido assassinadas. Agora era sua vez de morrer. Esperava não ser separada de suas irmãs rainhas no além-vida.

Pelo menos tivera mais tempo. Stessa, Corra e Iris... Elas eram tão jovens. *Tão* jovens. Como...

Não! Ela não diria uma palavra. Sua filha tinha que continuar a salvo da influência do palácio. Especialmente agora. Era perigoso demais envolvê-la naquela bagunça.

— Preciso sedar a rainha — avisou o médico, tentando chegar à cabeceira da cama. Havia muita gente na enfermaria. — Talvez retarde o veneno.

— Não — discordou Jenri. — Precisamos mantê-la lúcida. Precisamos descobrir onde está sua filha!

O médico olhou para o inspetor e balançou a cabeça.

— Então ela está condenada.

A expressão preocupada de Jenri pairava acima de Marguerite.

— Você é a última rainha — disse ele. — Sem sua filha, Quadara não terá uma governante... não terá nada. Por favor, minha rainha.

— Isso é o que eles querem. — Ela conseguiu dizer, a voz a sobressaltando. Soava como metal contra metal.

— Quem? — perguntou Jenri, afastando o cabelo molhado de suor da testa pegajosa de sua rainha.

Ela desviou o rosto.

— Quem quer que tenha feito isso.

— Então não o deixe vencer — retrucou Lali, sua aia. Ela desenhava círculos nas costas da mão de Marguerite, a fim de acalmá-la.

Seus parentes vivos eram todos homens, então Marguerite temera a chegada daquele dia. Sabia que tinha que gerar uma herdeira; era a Lei das Rainha, afinal. Por sorte — ou talvez por falta dela, dependendo do ponto de vista — todos os enlaces depois de Elias não resultaram em uma gravidez. Marguerite não podia suportar a ideia de ter que escolher entre sua filha e o trono outra vez. E, no entanto, lá estava ela, enfrentando o mesmo dilema, dezessete anos depois.

Marguerite se lançou para a frente. Uma comadre foi colocada embaixo de seu queixo antes que ela expelisse o pouco que ainda lhe restava no estômago. O médico tinha lhe dado um eflúvio para encorajar o vômito, na esperança de que expulsasse a toxina, mas aquilo apenas deixara Marguerite ainda mais fraca.

Ela se deitou, o corpo leve e a cabeça enevoada.

Outro espasmo a sacudiu internamente. Ela se encolheu em uma bola e urrou de agonia. *Não mais!*, implorou às rainhas que observavam do céu, em silêncio. *Por favor. Façam parar!*

— Lamento, minha rainha — disse Lali, a cabeça baixa. — Tive que contar aos conselheiros sobre sua filha. Por Quadara.

Marguerite quis se desvencilhar de Lali, mas não tinha forças. Havia confiado na aia. Confiado que nunca pronunciaria aquelas palavras de novo. *Sua filha.* Mas Lali a traíra, e agora Jenri pedia o impossível. Ele tinha decidido que Toria era mais importante que seus desejos, mais importante que o bem-estar de sua filha.

Mas aquela não era uma decisão de Jenri nem da aia.

— *Por favor* — implorou Jenri. — Precisa me dizer onde ela está. Precisa me dizer para salvar seu quadrante, para salvar a nação.

— Não posso — retrucou Marguerite. — Ela não está preparada. — Mas era pior que aquilo. Muito pior, pois como sua filha poderia assumir o trono de Toria quando sequer sabia que tinha sangue real? Ela não jogaria a filha naquela vida sem aviso. E o palácio não era mais o lugar seguro que Marguerite julgara ser.

Mas o que isso significaria para sua amada Toria e o restante de Quadara? Marguerite era uma rainha extraordinária; quando chegara ao palácio, decidiu que não queria se concentrar apenas no próprio quadrante, mas participar de todas as decisões. Ela queria fortalecer Quadara, não somente Toria. Agora a nação estava despedaçada, e a única solução era confessar o paradeiro de sua filha.

— Não há mais ninguém — argumentou o conselheiro. Ele parecia lamentar verdadeiramente a situação em que se encontravam. — Sabe que eu jamais lhe pediria isso se tivesse outra opção.

— Qualquer outra pessoa — disse com a voz rouca, o olhar correndo, descontrolado, pela sala. — Por favor, Jenri. Se isso aconteceu comigo, então com certeza vai acontecer com ela também.

Tão jovem. Jovem demais.

Lali sabia o quanto o segredo custara a Marguerite ao longo dos anos. Sabia que significava tudo para a rainha... assegurar que a filha fosse mantida afastada daquele mundo.

Como pode?

Alguém segurou seu queixo, e seus olhos se reviraram. A dor em seu peito era muito forte, e a fadiga, muito agressiva. Marguerite ansiava por paz.

A máquina ligada a ela começou a apitar furiosamente.

— Nós estamos perdendo a rainha — disse o doutor. — Temos poucos minutos.

— Conte-nos, rainha Marguerite — implorou alguém. A visão de Marguerite começou a escurecer. — Conte-nos, para salvar Quadara!

— Não há outros parentes do sexo feminino — disse outra pessoa. — Não conseguimos achar ninguém para ocupar os tronos. Toria é nossa única esperança. *Você* é nossa única esperança!

Marguerite estremeceu, a respiração lhe saía em arquejos. Ela não podia entregar sua filha àquele perverso palácio de escuridão e morte. Ela era uma mãe, e embora não tivesse visto a filha desde o nascimento, *precisava* proteger a menina.

Mas também era uma rainha.

Que havia jurado proteger Toria, jurado manter a paz entre os quadrantes. Sem rainhas, Quadara cairia no caos. As nações além-mar voltariam seus olhos para a nação mais rica. Quadara precisava continuar forte.

Marguerite podia continuar a proteger o futuro da filha em vez do da nação?

— Rainha Marguerite — começou o inspetor —, precisamos...

— Não! — gritou ela. — Me deixem em paz!

Mas alguém segurou seus ombros. Jenri.

— Vamos protegê-la. *Eu* vou protegê-la. Não permitirei que essa tragédia se repita, mas precisamos cumprir as Leis das Rainhas. Precisamos salvar Quadara.

Marguerite queria rir. Jenri não havia impedido que o veneno fosse borrifado sobre seus preciosos mapas; o inspetor não havia impedido que o assassino matasse suas irmãs rainhas. Como podiam impedir uma sombra sem nome?

Ela fechou os olhos e mordeu o lábio quando outro espasmo a sacudiu. Era sua imaginação ou parecia menos agressivo? Seu corpo ficou dormente, como se flutuasse na direção das rainhas que a aguardavam. Suas amadas irmãs rainhas.

— Rainha Marguerite — chamou uma voz, ancorando-a àquele mundo. — Foi para isso que trabalhou a vida inteira. Não deixe que tudo seja em vão. Não deixe o assassino vencer! — Era Lali. — Não os deixe destruir Toria!

Você vai compensá-los, dissera Iris anos antes, quando Marguerite tinha se afligido com o que fizera a Toria ao esconder sua filha. Foi uma decisão que a assombrara desde então.

Fora aquele momento que Iris tinha previsto? Uma chance de se redimir? Mas e sua filha? A segurança dela? Com um assassino à solta no palácio, como em sã consciência poderia envolvê-la?

Marguerite virou a cabeça.

— Você jura, Jenri? — perguntou, os olhos tentando encontrar o conselheiro. — Jura que ela ficará em segurança?

— Sim, minha rainha — respondeu ele de algum lugar ao seu lado. — Ela ficará em segurança aqui, comigo. Eu mesmo vou buscá-la. Não a deixarei sozinha até que o assassino seja capturado. Prometo a você. Toria e sua filha ficarão livres do perigo.

Se Jenri prometia cuidar de sua filha, assegurando que nada aconteceria à garota, então ainda poderiam salvar Quadara.

Dezessete anos antes, ela havia colocado o bem-estar da filha acima do da nação. Ela quebrou as Leis das Rainhas. Agora teria a chance de consertar as coisas. E não iria apenas compensar seu povo; iria compensar Quadara. Ela *tinha* que fazer isso. Com a morte de todas as rainhas, era a única opção. Jenri levaria sua filha ao palácio e a ensinaria os costumes das rainhas falecidas.

Ela soltou um suspiro exausto, mal sendo capaz de focalizar o conselheiro.

— O mapa sobre minha mesa... — O mapa pelo qual, todas as noites, corria os dedos antes de se recolher. Seu corpo estremeceu, o peito pressionando os pulmões. — No verso. — Em um último esforço, ela encontrou o olhar de Jenri, na esperança de expressar cada emoção e pensamento pulsando em seu coração. — Está o paradeiro de minha filha.

PARTE TRÊS

CAPÍTULO 26

Keralie

*P*osso *fazer isso. Posso fazer a coisa certa. Ninguém aqui sabe quem eu sou. Ou o que fiz.*

Varin me deu um tímido sorriso de encorajamento antes que o guarda fechasse a porta da divisória atrás de mim, bloqueando-o de minha visão. Tomei fôlego, me acalmando.

— Como posso ajudá-la, Srta. Corrington? — perguntou uma mulher.

Aquela voz... A voz que eu ouvira em muitos dos pronunciamentos torianos. No Ano-Novo. No Dia do Quadrante. A voz declarando o fim do Jetée. A voz que pensei jamais ouvir de novo.

Eu me virei para encarar o trono. Ali sentava uma mulher de pele pálida, olhos castanhos e uma coroa enfeitada sobre o cabelo ruivo.

Tropecei, atônita, o joelho acertando o piso de mármore.

— Rainha Marguerite! — exclamei, me endireitando. — É você! *Viva! Como?*

— É o conceito básico de uma audiência na corte. Você fala com sua rainha. — Preocupação brilhava em seus olhos castanhos. — Você está bem?

— Sim, claro. — Eu me levantei.

Balancei a cabeça devagar. Como assim ela não estava morta?

A rainha franziu o cenho.

— Está pálida. Devo chamar um médico?

Agora no tablado, eu podia ver os outros tronos. Ao lado da rainha Marguerite se sentava uma mulher de pele escura, vestida com um dermotraje dourado, o cabelo negro em um trançado alto sobre a cabeça.

Rainha Corra.

Do outro lado, estava uma garota mais jovem, próxima a mim em idade. Ela vestia um espalhafatoso vestido rosa-shocking e laranja, que me fazia lembrar de meu traje ludista roubado. Seu cabelo negro era curto, espetado ao redor de sua coroa cravejada de pedras preciosas.

Rainha Stessa.

E ao seu lado, uma delicada mulher pálida, com o cabelo mais claro que eu já vira. A carranca em seu rosto contrastava com suas feições de fada. Ela me lançou um olhar breve, como se pressentisse meu exame. Seus olhos eram verde-claros.

Rainha Iris.

Meu queixo caiu. Quase fui ao chão novamente.

Vivas. Todas elas.

A rainha Marguerite parecia assustada.

— Devo mandar buscar uma cadeira?

Impossível. Impossível.

Eu tinha visto a rainha Marguerite morrer. Tinha visto todas elas morrerem. Assistira à vida se esvair de seus olhos como se a tivesse ceifado com minhas próprias mãos. E, no entanto, tinha certeza de que aquelas mulheres não eram farsantes. Eram as legítimas rainhas de seus quadrantes.

O que isso significava? Eu havia sido enganada? Os chips eram uma mentira? Outro truque de Mackiel?

Não. Varin também assistira às memórias. O que só poderia significar que... que o que eu vira não tinha sido uma gravação de seus assassinatos.

Era o *plano* para assassinar as rainhas.

EU PARECIA FLUTUAR no trajeto de volta à sala de triagem do palácio, como se meus pés não tocassem o chão. Vivas. As rainhas estavam vivas.

— Está tudo bem? — perguntou Varin, vindo a meu encontro assim que entrei na sala. — Você demorou quase meia hora. Achei que tinha acontecido alguma coisa. Acreditaram em você? Tinham que acreditar, com todas as rainhas mortas e seu conhecimento preciso de como morreram... mas eu não conseguia ver nada. Não conseguia ver a reação das pessoas. O que disseram? Vão nos dar uma recompensa? Quem estava no trono?

Jamais o ouvira falar tanto desde que nos conhecemos. Os olhos estavam arregalados, as bochechas, coradas, as sobrancelhas, franzidas, e o liso cabelo preto, espetado em diferentes direções, como se ele tivesse corrido a mão pelas mechas diversas vezes. E apesar de sentir como se tivesse acabado de conversar com Marguerite, o relógio da sala de triagem confirmava que já havia passado meia hora. O choque devia ter alterado minha percepção de tempo.

— Elas estão vivas — sussurrei.

Ele se inclinou para a frente, como se não tivesse me entendido.

— As rainhas?

Revirei os olhos.

— Sim, as rainhas. A rainha Marguerite estava no trono; foi com ela que falei.

— Como? Você viu os chips duas vezes, e *eu* vi a regravação. — Um músculo pulsou em seu pescoço. — Sei o que vi.

Não entendi por que ele ficou na defensiva.

— Chips de comunicação gravam memórias, certo?

— Sim, o gravador pinça as imagens de sua mente enquanto você as relembra.

— Mas e se a pessoa tivesse pensado sobre os detalhes dos crimes repetidas vezes, até que se tornassem uma parte de si mesma, *como* uma memória?

Ele assentiu, devagar.

— É possível que isso possa ser gravado nos chips.

— Você não percebe? — Eu me agarrei a seu colete toriano. — Os chips não estavam gravando as mortes delas, mas o *plano* de assassinar as rainhas. Nada disso aconteceu.

Algo parecido com alívio o invadiu; seus ombros se endireitaram um pouco.

— Você contou à rainha Marguerite o que viu?

Balancei a cabeça.

— Por que eu faria isso? Ela está viva. Todas estão. Contei apenas sobre Mackiel e sobre como ele comanda o mercado clandestino.

— Mas... — Varin me observou como se não tivesse entendido minha reação, ou talvez ele houvesse aprendido a esperar o pior de mim. — Você *pretende* contar o que viu? Contar a alguém?

— Contar que eu vi as rainhas serem assassinadas, com todos os detalhes macabros? — Balancei a cabeça outra vez. — É mais provável que a corte mande me prender por traição do que acredite em mim... eu *roubei* a evidência, lembra? — Abri os braços. — Nossa prova era a morte das rainhas, mas elas estão vivas. E sem os chips como evidência, sou uma criminosa falando sobre eliminar as rainhas.

— Mas isso significa que o assassino ainda vai levar seu plano adiante. — Ele franziu os lábios.

A promessa de um acordo não é um acordo. Embora quisesse me ver livre de Mackiel, suas lições tinham me levado até ali.

— Precisamos de mais informação antes de fechar um acordo com o palácio — argumentei. — Dificilmente vão nos recompensar pela evidência de crimes que nem aconteceram. Se voltarmos para confessar e então o assassino atacar, vamos ser nós os suspeitos. Temos apenas nossa palavra de que não estamos envolvidos. E que razão eles têm para acreditar em nós? — Brinquei com meu bracelete de larápia. — Não vou contar nada até ter certeza de que não vou ser presa por isso.

— Vou contar a eles — decidiu ele. — Não sou um criminoso.

Então eu perderia meu poder de barganha.

— Você não pode fazer isso.

— Por que não? Não vou deixar que as rainhas morram.

Aquela não era a hora para Varin criar coragem.

Soltei um suspiro de frustração e esfreguei a nuca.

— Por favor. Me dê um tempo para reunir mais informações.

— Não precisa fazer isso sozinha — disse ele, baixinho. — Você não está mais sozinha. Podemos confiar na corte. Podemos confiar nos guardas. Se contarmos a eles o que sabemos, podemos ajudar a encontrar o assassino e podemos usar nossa informação para mostrar que estamos do lado certo. — Ele comprimiu os lábios. — Ninguém é culpado até que se prove o contrário, Keralie. Viemos aqui para ajudar, lembra?

Exceto que eu era uma criminosa.

— Vou me certificar de que nada aconteça a você — continuou ele. — Vou corroborar sua versão.

Senti um calor no peito. Até mesmo com a proteção de Mackiel, nunca me sentira segura. Estudei a expressão sincera de Varin, mas estava claro que aquilo não era uma brincadeira para ele.

— É a coisa certa a fazer — insistiu.

Ele parecia acreditar que ainda havia algo de bom em mim, que eu não estava além da redenção. Mas sempre estivera disposta a tomar o que eu queria dos outros, independentemente das consequências, e sem remorso. E ali estava Varin, a expressão aberta, a voz carregada de esperança. Ele me encarava como se eu fosse outra pessoa. Alguém que eu queria ser. Alguém que merecia o amor de meus pais.

— Tudo bem — concordei. — Vamos contar às autoridades. E torcer para que não me joguem na cadeia.

Ele me deu um sorriso tímido.

— Não vão.

Eu teria que decidir o que fazer sobre a HIDRA mais tarde.

— Vamos — disse ele, e nos juntamos à fila de pessoas deixando a sala de triagem.

Eu estava remoendo o que diria aos guardas sobre como havia conseguido os chips de comunicação em primeiro lugar quando os olhos de Varin se estreitaram, observando minha saia.

— Você está sangrando. O que houve?

Havia sangue manchando meu vestido roubado.

— Merda. — Levantei a saia. Sangue fresco pingava de meu joelho machucado. — Caí sobre ele. Devo ter reaberto a ferida de ontem. — Como haviam se passado apenas 24 horas desde que tudo aquilo começara? Desde que encontrara Varin?

— Você precisa de um dermotraje. — Ele começou a mexer no material escuro embaixo da manga de sua camisa.

— Você está se oferecendo para fazer um strip-tease? — perguntei, com um sorriso.

Ele gemeu, embora houvesse uma insinuação de riso em sua respiração.

— Não. Estou dizendo que, se tivesse um dermotraje, ele cicatrizaria sua ferida.

— Então você quer que eu personifique um eonita? Varin, você é cheio de surpresas.

Ele não retrucou, os olhos fixos em algo atrás de mim.

— Alguma coisa errada? — perguntei.

— Não estamos andando.

Olhei para a multidão; um amontoado de pessoas de diferentes quadrantes. Algumas estavam irradiando alegria, felizes com suas interações com as respectivas rainhas. Outras conversavam animadamente, gesticulando. Eonitas, como de costume, eram os mais fáceis de identificar. Seus dermotrajes monocromáticos contrastavam com as conversas animadas e as roupas coloridas. Mas Varin tinha razão; não tínhamos avançado na fila.

— Qual o problema? — perguntei ao toriano a minha frente.

O homem deu de ombros.

— Os guardas não estão mais deixando as pessoas saírem.

Senti um peso no peito. Recuei aos tropeços.

— Merda! — praguejei.

Um guarda apertou um botão perto da saída. Uma parede de metal desceu do teto, bloqueando a porta com um estrondo.

— O palácio pede desculpas pelo atraso. — Um guarda trazia um comunicador preso ao ouvido; então pressionou um botão, e sua voz amplificada tomou o recinto. Soava como se viesse de todo e nenhum lugar ao mesmo tempo. — Mas não podemos permitir que ninguém deixe a sala de triagem nesse momento.

Todo mundo começou a falar ao mesmo tempo. Perguntas eram gritadas para os guardas.

— Por quê?

— O que aconteceu?

— Quando poderemos sair?

— Tenho planos para hoje à tarde!

— Não podem fazer isso!

Mas os guardas eram de Eonia; as questões não os abalaram. Eles olhavam para a multidão, desafiadores.

— Tenho que dar o fora daqui — murmurei.

— Está tudo bem — assegurou Varin. — Eles só precisam de mais um tempo.

— Não, algo está errado. — Examinei o grupo. — Talvez Mackiel tenha nos encontrado.

— Você mesma disse que Mackiel é um criminoso procurado. Não se arriscaria em uma visita ao palácio.

— Mas e se ele for o assassino?

As paredes me oprimiam, e minha cabeça rodou. A sala ficou muito pequena. Muito cheia. Não havia ar suficiente.

Existe uma entrada, mas não uma saída.

Varin estendeu os braços para mim, as mãos enluvadas se demorando em meu braço.

— Está tudo bem. Ele não está aqui.

— Você não sabe.

Ele assentiu.

— Espere aqui. Vou descobrir o que está acontecendo.

Ele abriu caminho pela multidão em direção aos guardas. Tentei me concentrar na respiração, em me lembrar de como aquele salão era diferente da caverna. Muito maior. Muito mais cheio. E eu não seria deixada para trás ali, meu pai agonizando em meus braços.

O rosto de Varin estava pálido quando voltou.

— Ouvi os guardas conversando. A rainha Iris está morta.

— Mas eu a vi na sala do trono.

— Deve ser por isso que trancaram o palácio; na esperança de prender o assassino aqui dentro.

Olhei ao redor do cômodo, a respiração ofegante.

— Mackiel. — *Ele está aqui. Eu sei. Posso sentir, sua presença pulsa nas paredes.*

— Respire fundo. Estamos a salvo aqui — disse Varin.

A rainha Iris não estava a salvo em seu próprio palácio.

— Não vou esperar parada que ele me encontre engaiolada aqui.

— Não temos escolha. Não podemos agir de forma suspeita agora. Você tinha razão. Precisamos de provas.

Eu estava muito nervosa para ficar feliz por ele ter admitido que tenho razão.

— Vou sair por ali. — Indiquei a sala do trono com a cabeça. — Vou encontrar o assassino antes que ataque de novo. Vou impedi-lo.

— Se os guardas encontrarem você vagando pelos corredores do palácio, vão desconfiar de suas intenções. Afinal, você trabalhava para Mackiel.

— Não vão me encontrar — assegurei, serpenteando pela multidão. Varin tentou me seguir, mas ele era muito grande, muito chamativo.

Agora que eu tinha um plano, meus pulmões relaxaram. Estava novamente no controle. Podia respirar outra vez. Eu vasculharia os corredores do palácio à procura de Mackiel. Assim que o encontrasse, eu o arrastaria até os guardas e o forçaria a confessar. Não só entregaria o cabeça do mercado clandestino, como um assassino a sangue-frio. Eu seria recompensada com uma dose de HIDRA. Veria minha família de novo.

— Fique aqui — articulei para Varin às minhas costas. — Volto logo.

Eu me colei à parede, me esgueirando até o corredor mais próximo. Um guarda escoltava uma mulher irritada do corredor adjacente. Estiquei o pé conforme ela atravessava a soleira. Enquanto os guardas se distraíam ajudando a mulher a se levantar, escapuli de volta ao palácio.

Ninguém era melhor em encontrar e abater um alvo do que eu. E Mackiel era o próximo em minha lista.

CAPÍTULO 27

Keralie

Os corredores de mármore estavam silenciosos e tranquilos. Rastejei por eles, os passos tão calmos quanto as sombras douradas projetadas da cúpula. Ninguém me encontraria, a não ser que eu quisesse ser encontrada. Havia sido treinada para isso. Suponho que devesse agradecer Mackiel por essa habilidade. Não podia deixar de pressentir sua presença, como se estivesse me espionando. Ele estava sempre espionando.

O burburinho da sala de triagem vazava para os corredores adjacentes, no entanto, o restante do prédio parecia abandonado. Eu me embrenhei ainda mais no palácio, os pelos da nuca arrepiados.

Vozes tamborilavam no corredor, como chuva contra o vidro. Se quisesse descobrir mais sobre o assassino, precisava me aproximar da fonte do som.

As vozes se tornaram mais altas e mais angustiadas. Um lamento vibrou pelas paredes de mármore, me atraindo.

Comecei a correr, mantendo os passos leves.

Virando a esquina, estaquei de repente para me esconder de um grupo de pessoas reunidas em um jardim murado.

O jardim era verde e exuberante, repleto de flores. O vermelho dominava, botões cor de rubi salpicavam a folhagem esmeralda. Uma nesga de céu azul espiava de cima. A visão de liberdade parecia sedutora.

As mulheres lamentavam, cada qual vestindo um amplo e estruturado vestido archiano; criadas do palácio. Os rostos escondidos nas mãos, os ombros sacudidos por soluços. Silhuetas em dermotrajes aguardavam ao lado, as mãos em seus desestabilizadores. Guardas.

Eles se inclinaram para a frente para observar algo...

E embora uma voz em minha mente me dissesse que eu já sabia para onde estavam olhando, precisava ver por mim mesma. Avancei mais um passo, prendendo o fôlego durante todo o tempo.

Como se as rainhas do céu tivessem escutado meus pensamentos, um guarda deu um passo para o lado, permitindo uma visão clara do jardim.

A princípio parecia que ela estava dormindo, o corpo lânguido jogado no divã de madeira, o rosto virado para o céu azul, o cabelo louro-claro caindo em ondas pelas costas da cadeira. Mas não havia como ignorar o corte na pele pálida, tão profundo que se via o osso.

A coluna.

Apertei a barriga e me virei de volta para a parede. Antes que pudesse me controlar, inclinei o corpo e vomitei. Mas não havia nada em meu estômago. Minha última refeição fora na véspera.

Pior que ver seu corpo executado daquele modo foi o modo como os chips me lembraram dos detalhes que não pude ver com os próprios olhos: a faca estreita na mão do assassino, a sensação da faca cortando a carne como se fosse manteiga, a cortina de sangue que escorria do pescoço e das mãos da rainha Iris quando ela as estendeu para a garganta ensanguentada, então para o assassino, salpicando a folhagem ao redor.

Não havia nenhuma flor vermelha. O vermelho era sangue.

Vomitei de novo. E de novo.

Meu corpo convulsionou mais algumas vezes até que o tremor diminuísse.

O assassinato da rainha Iris — exatamente como eu havia visto nos chips — confirmou minhas suspeitas. Os chips eram instruções para matar as rainhas, enviadas para o assassino pela pessoa que orquestrara os crimes. O que significava que Mackiel tinha entregado os chips regravados ao assassino, ou *ele* era o assassino.

Eu precisava contar a Varin. As rainhas estavam sendo mortas rigorosamente como eu testemunhei. A única pergunta era: quem seria a próxima?

DESDE QUE EU DEIXARA a sala de triagem, dois guardas tinham sido posicionados do lado de fora da porta.

Ninguém entrava, ninguém saía.

Sem ser vista, procurei em volta por alguma coisa, qualquer coisa, pela qual eu pudesse me esgueirar para dentro do salão. Tinha que existir um meio...

Ali. Uma saída de ventilação na parede, perto do chão. Devia haver outra levando à sala de triagem, permitindo que o ar entrasse na prisão improvisada.

Rastejei pelo piso de mármore, xingando quando meu joelho arranhado fez contato com o chão. Varin tinha razão, eu precisava cuidar daquilo ou deixaria rastros de sangue por todos os lugares. Peguei meu berloque de gazua do bracelete e comecei a afrouxar os parafusos, um de cada vez. Assim que removi o quarto, ergui a grade e me esgueirei para dentro.

O duto de ventilação se bifurcava em direções opostas. Peguei o caminho da esquerda.

De forma surpreendente, o medo paralisante de lugares fechados era reconfortante, bloqueando, momentaneamente, a imagem do sangue escorrendo de um talho aberto em um pescoço pálido e da mão manchada de vermelho que segurava a lâmina. Se continuasse a avançar, concentrada em alguma coisa — até mesmo na pressão em meu peito —, então eu não desmoronaria.

Não via tanto sangue desde o acidente de meu pai. A culpa rasgava meu flanco com suas garras vorazes.

Foco, Keralie. Foco.

As vozes na sala de triagem haviam diminuído até quase um murmúrio conforme as pessoas ali confinadas se resignavam com o fato de que ficariam detidas indefinidamente. Por mais que eu quisesse acreditar que o assassino fora preso naquela sala, tinha minhas dúvidas.

Estremeci, sentindo que a sombra do assassino estava presa a mim, vagando pelos corredores do palácio e agora correndo o duto de ventilação a um mero sussurro atrás de mim.

A saída de ventilação se abria rente ao piso da sala de triagem. Eu não conseguia ver muito do chão, apenas calças, bainhas de vestido e sapatos. Algumas pessoas tinham se sentado, indignadas com sua condição. Outras, a maioria eonitas, recusaram-se a sentar, permanecendo de pé. Destacadas.

Varin.

Ele não estava distante da saída de ventilação, mas muito longe para que eu o chamasse sem atrair a atenção dos guardas. Eu precisava encontrar um caminho de volta à sala, e só havia um modo de entrar despercebida em um lugar.

Criando uma distração.

Aquilo pedia um truque mais sofisticado que fazer alguém tropeçar. Precisava ser algo maior. Mais barulhento.

Os amplificadores dos guardas. *Sim.* Isso iria funcionar.

Rapidamente, rastejei pelo duto de ventilação, ignorando o aperto em meu peito, e saí de volta no corredor. Embora ainda estivesse vazio, a vida retornava ao palácio; saltos ecoavam pelo piso, e vozes eram carregadas pelo corredor.

Entre rápido. Saia ligeiro.

Apenas dois guardas vigiavam a entrada da sala de triagem; eles facilitavam demais.

Estudei meu bracelete antes de retirar um pendente em forma de bola. Mackiel havia me dado aquele depois de meu primeiro trabalho.

— Vai ser como tirar doce de criança — dissera ele. O que, claro, fora exatamente o que tinha me pedido para fazer. Algo que ele já havia aperfeiçoado desde os 6 anos. — Mas precisa tirar o doce sem que o bebê perceba.

Aquilo me parecera simples na época. Um bebê tinha uma capacidade de concentração limitada. Um bebê não revidava. Um bebê não poderia me prender.

Só que eu não tinha percebido que, quando um bebê tem algo que quer a seu alcance, algo que ama, não era fácil distraí-lo. No fim, precisei me oferecer para comprar outro doce e trocá-lo com a criança. Não sabia, então, que Mackiel estava sempre observando. Pensei que não havia descoberto meu truque. Anos mais tarde, me dei conta de que ele apreciava minha engenhosidade.

Naquele dia, ele tinha me recompensado com o pequeno berloque circular. O primeiro de muitos.

Joguei o pingente no corredor à frente. Ele se despedaçou em pequenos fragmentos de vidro.

— Maldito — murmurei entre dentes. Ele havia me dito que o berloque era uma pedra preciosa.

Os guardas logo se colocaram em ação; um gesticulou para que o outro verificasse o barulho. Assim que ele se foi, eu estava atrás do guarda restante, a mão em seu bolso, removendo o amplificador.

— Foi só um pedaço de vidro. Deve ter caído de algum candelabro — berrou o outro guarda.

Antes que tivesse a chance de retomar seu posto, eu já estava dentro do tubo de ventilação, o amplificador na mão.

CAPÍTULO 28

Keralie

Ninguém se movera dentro da sala de triagem, mas alguém tinha distribuído cilindros de água, barras de comida eonitas e cobertores. Não iriam sair daquela sala tão cedo.

Os guardas continuaram a vigiar a multidão, a expressão impassível. Eu não sabia quando o assassino atacaria de novo; então tinha que agir. *Agora*.

Levei o amplificador até a boca.

— A rainha Iris está morta — anunciei em um tom baixo, autoritário. — Todos vocês devem ficar na sala de triagem até pegarmos o assassino. — Fiz uma pausa para que assimilassem a informação. — Acreditamos que ele possa estar nesta sala. Não vamos deixá-lo escapar. — Fiz outra pausa, agora dramática. — Não entrem em pânico.

Isso foi o suficiente. Quem estava sentado se levantou, rostos ficaram vermelhos, queixos caíram. Outros avançaram na direção dos guardas, exigindo respostas. Todo mundo gritava ou berrava ou desmaiava.

As pessoas pressionavam os guardas, as vozes e os punhos erguidos em raiva e ultraje.

— É verdade? — perguntou uma pessoa.

— A rainha Iris, morta. Como? — gritou outra.

— Um assassino? Nesta sala? Nos deixe sair!

— Eu não quero morrer!

— Fiquem calmos. — Os guardas usaram os próprios amplificadores e avançaram contra a turba com seus bastões. Alguns ergueram os desestabilizadores como ameaça. — Para trás! — Mas a multidão parecia não ouvir. Eram como o lume e a estopa, não havia como conter as chamas.

A distração perfeita.

Rastejei para fora do duto.

— A rainha Iris foi morta do jeito que vimos. — Eu me coloquei do lado de Varin, a voz baixa em seu ouvido. — *Exatamente* do mesmo jeito.

Seus olhos encontraram os meus.

— Foi você que fez aquilo? — Seus ombros se curvaram, e ele parecia aliviado em me ver.

Ergui o amplificador.

— As pessoas merecem saber a verdade.

Ele comprimiu os lábios cheios, como se não acreditasse muito em meu raciocínio.

Estudei a multidão amargurada e enraivecida. Quase me senti mal por ter criado aquele caos.

— O que eu perdi?

— Estavam libertando as pessoas uma a uma. — Varin acenou com a cabeça para a saída fortemente vigiada no lado direito do cômodo.

Ergui as sobrancelhas.

— Eles estão interrogando as pessoas, não liberando. É por isso que estamos aqui. Os guardas acham que pegaram o assassino.

— Mas você não — disse ele, sem questionar.

— Não. Ele é muito esperto para se deixar pegar.

— Acha mesmo que o assassino é Mackiel? E as mãos queimadas?

Engoli em seco.

— Então os capangas estão fazendo seu trabalho sujo, como sempre. Ele está por trás de tudo, tenho certeza. — Ele faria qualquer coisa para salvar o Jetée e os negócios do pai. Matar as outras rainhas era uma forma de distração? Assim ninguém suspeitaria de um toriano?

Varin suspirou e passou uma das mãos pelo cabelo.

— O que você planeja fazer agora?

— Quem disse que estou planejando alguma coisa? — Parti um pedaço de sua barra de comida e tomei um gole de água de seu cilindro. Meu estômago roncou em resposta, contrariado por eu não ter comido nada no último dia. Tomei um grande gole. Varin observou meus lábios cobrirem o bocal.

— Conheço essa expressão em seu rosto — disse Varin.

Engoli.

— Ok, você tem razão. Vou voltar para encontrar nosso amigo assassino.

— Vai me deixar para trás de novo?

Dei um tapinha em seu ombro.

— Descubra tudo o que puder aqui. Os guardas do palácio são *seu* povo. Com certeza é uma vantagem para você, não?

— E tenho alguma escolha?

O que precisava ser feito exigia uma ladra, não um mensageiro.

— Você usa suas habilidades, e eu uso as minhas.

Sem esperar resposta, me embrenhei na multidão.

SILÊNCIO CAIU SOBRE o palácio enquanto a escuridão se infiltrava no curto dia de inverno. As aberturas no domo acima escureceram até um tom profundo de âmbar; as rainhas logo se recolheriam aos seus aposentos. Se os capangas estavam por trás daquela matança, então eu precisava de um disfarce melhor. E, embora eu fosse boa em espreitar sem ser notada, seria melhor se não estivesse usando um vestido manchado pelo sangue de meu joelho arranhado. No caso de alguém me descobrir.

Varin tinha razão; eu precisava de um dermotraje. E sabia de um lugar onde definitivamente encontraria um. Os aposentos da rainha Corra.

Após uma hora deslizando pelos corredores, percebi um padrão; o prédio era dividido em quatro, como a própria Quadara. Enquanto seguia para o leste, a mobília se tornou escassa; mais prática, menos confortável e frívola. Menos candelabros pendiam do teto dourado, substituídos por tarjas de luz azul embutidas nas paredes. Era como caminhar em uma caverna iluminada pelo luar. Aquelas eram luzes eonitas — extraíam energia de fibras que absorviam os raios solares, colocadas na superfície da cúpula dourada.

Quando virei a esquina, vi dois guardas parados frente a frente em uma entrada. Era a primeira porta com alguma segurança que eu havia encontrado. Tinha que ser a entrada para os aposentos da rainha Corra. Eu me esgueirei até o corredor adjacente e encontrei o que estava procurando. Uma saída de ventilação. Soltei minha gazua do bracelete e cuidei dos parafusos rapidamente.

Assim que abri o duto, entrei no quarto, silenciosa como uma sombra.

A entrada estreita se abria para o que parecia uma sala de estar, embora a mobília não parecesse nada confortável. Como o apartamento de Varin, tudo ali era simples: pisos polidos, mesas de metal lustroso e cadeiras brancas e básicas. Nem mesmo a rainha de Eonia vivia no luxo — imaginei que seria uma contradição para um quadrante determinado em conquistar e manter a igualdade.

Ao menos que você tivesse um problema, como o de Varin.

Senti uma dor no peito com a ideia de Varin ser sacrificado aos 30 anos, como se fosse uma espécie de animal ferido. Isso não era certo. Varin era uma boa pessoa, e mal começara a viver. Com certeza devia haver um meio de ambos conseguirmos uma dose de HIDRA.

Deslizei os dedos sob uma porta de armário quando ouvi uma pancada. Eu virei, me agachando, preparada para encarar o assassino impiedoso, uma faca prateada brilhando em suas mãos ensanguentadas. Mas nada se movia. Nenhum tremeluzir de sombras na escuridão. Inspirei, rápido e discretamente, e esperei.

Nada.

Procurei a fonte do barulho no cômodo ao lado, os punhos cerrados. Mas o quarto estava vazio. O barulho devia ter vindo dos guardas, do lado de fora.

Reconheci um pequeno painel perto da cama. Passei a mão pela superfície. Uma arara de roupas deslizou para fora, quatro dermotrajes em diferentes tons de dourado pendurados na barra de metal. Com os dedos, toquei o tecido, um arrepio percorreu minha coluna. Eu poderia vesti-lo, mesmo sabendo que o material continha microorganismos sencientes?

Se controle, Keralie. Isso é pela dose de hidra. E pelas rainhas. Faça a coisa certa.

Depressa, me livrei das roupas torianas, me encolhendo quando a saia áspera raspou meu joelho machucado. A ferida tinha parado de sangrar, mas ainda estava lesionada e sensível, já que eu não lhe dera o alívio necessário para cicatrizar. O dermotraje não seria apenas um bom disfarce, mas também uma garantia de que o machucado não se reabriria. Joguei meu vestido toriano no incinerador perto da mesa da rainha Corra, então vesti o dermotraje dourado-claro pela cabeça.

Um sentimento peculiar atravessou minha pele quando o material se encolheu para se ajustar a mim. Uma sensação de calmaria, refrescante como o toque de flocos de neve na pele nua. As gotas de suor, que fizeram o velho vestido aderir a minhas costas, foram absorvidas imediatamente, e a dor em meu joelho logo começou a diminuir. Alonguei pernas e braços, sentindo os músculos pulsarem com energia. Prendi as luvas para completar o visual. Era como vestir uma pele diferente.

Agora seria capaz de vagar pelo palácio sem deixar um rastro de sangue... afinal, vai saber quem podia estar me seguindo?

CAPÍTULO 29

Keralie

Continuei a varrer o palácio em busca do assassino. Ou assassinos. Quanto mais pensava no assunto, mais fazia sentido que os capangas de Mackiel estivessem por trás de tudo. E eu não teria ficado surpresa se Mackiel houvesse permitido que eles levassem a culpa pelos assassinatos, lavando as mãos.

Depois de cerca de uma hora, ainda não descobrira nenhum sinal dos capangas. Talvez tivessem se escondido, agora que os guardas estavam em alerta. Resolvi voltar para Varin a fim de ver se ele tinha apurado alguma coisa.

A tempestade que eu criara na sala de triagem tinha escalonado, me permitindo sair com facilidade do duto de ventilação. As pessoas arremessavam a comida e a água que haviam recebido contra os guardas. O barulho era ensurdecedor, e o cômodo cheirava a suor e mijo. Não estavam deixando as pessoas saírem para fazer as necessidades? Não faltava muito para um motim tomar conta do local.

Será que abririam as portas então? Para manter a paz?

Varin estava parado na frente da sala, em companhia dos guardas do palácio. Havia despido seu disfarce toriano e relevado o dermotraje. Ele não podia ignorar a própria natureza prestativa.

Eu me espremi entre as pessoas até alcançá-lo.

— Ei! — sussurrei para ele, parando ao seu lado.

Varin se assustou, os olhos disparando por meu corpo.

— Keralie? — Ele estava olhando para mim como nunca olhara antes.

— O quê? — perguntei, antes de me lembrar que estava vestida com um dos dermotrajes da rainha Corra. Ele olhava para mim daquele jeito porque agora eu parecia eonita... como ele? Seus olhos percorreram meu corpo. Sua reação devia ter me feito corar, mesmo assim, mantive as aparências, graças a meus amigos micro-organismos.

— Você voltou — disse ele, pigarreando.

Eu me assegurei que minha voz parecesse firme antes de responder:

— O que está acontecendo aqui? O que eu perdi?

— Os guardas se recusam a dar qualquer informação. — Sua expressão era de cautela. — Parece que o pronunciamento foi o suficiente para começar uma guerra.

— Ops — soltei, com um sorriso tímido. — Só queria causar uma distração. É cansativo ser tão eficiente.

— Se os guardas não falarem alguma coisa logo, não sei o que pode acontecer. Faz horas desde que reportaram alguma novidade.

Estudei o relógio da sala de triagem; estava quase anoitecendo.

— E quando o alistaram na guarda do palácio? — Indiquei com a cabeça os guardas com seus desestabilizadores em punho, prontos para derrubar o próximo a se manifestar.

— Não me alistei. Precisavam de ajuda para conter a multidão. E eu sou...

— Eonita — completei.

— Eu ia dizer forte.

Mordi o lábio, reprimindo minha resposta. Ele não precisava facilitar tanto.

— Descobriu algo sobre o assassino? — continuou ele.

— Ainda não. Mas consegui obter este adorável traje com a rainha Corra. — Inclinei o quadril e acenei com as mãos. — Fica mais fácil me deslocar pelo palácio assim.

— Você roubou da rainha? — sibilou ele.

— A ideia foi sua.

— Não foi, não!

— Você disse que eu precisava de um dermotraje.

— Keralie. — Meu nome parecia um suspiro em seus lábios.

Sorri.

— Não se preocupe, não vou contar a ninguém sobre Varin, o gênio do crime.

Varin me ignorou e acenou com o queixo para os guardas que reprimiam a linha de frente dos manifestantes.

— Eles permitiram que eu olhasse a lista de todas as pessoas que visitaram o palácio antes do assassinato da rainha Iris.

— Mackiel? — arrisquei.

— Não.

Por que parte de mim estava decepcionada?

— Quem mais poderia ter sido?

Ele estreitou os olhos.

— Não sei. Mas nós não vamos achar respostas aqui.

— Nós? — perguntei. — Na-na-ni-na-não. Você fica aqui.

Ele se aproximou.

— Não vou permitir que saia por aí com um assassino à solta.

— *Permitir*? — Cruzei os braços. — Não preciso da *permissão* de ninguém. Faço o que quero, quando quero.

— Keralie. Eu me preocupo com você. — Não pude negar o arrepio que senti quando ele disse meu nome com aquela expressão intensa no rosto. — E quero ajudar. Essa missão é tão minha quanto sua.

— *Varin* — disse eu, colocando a mesma resolução em minha voz. — Você é muito alto e muito forte para passar pelo duto de ventilação. Vai nos denunciar *e* seremos presos.

— Sou um mensageiro — argumentou ele. — É meu trabalho me mover de maneira rápida e silenciosa. E posso nos tirar daqui sem ter que passar por um duto estreito.

— Claro — bufei. — Qual é o plano genial, então?

— Pedir para sermos liberados.

— Está falando sério? — Examinei seu rosto. — A quem quero enganar? Você sempre fala sério.

Ele ergueu uma mão enluvada.

— Fique quieta, ta bom?

— Por quê?

— Porque embora você possa parecer eonita, *isso* — ele apontou para minha boca — está longe de ser.

Abri a boca para argumentar, mas dei de ombros. Ele tinha razão.

— Venha comigo — pediu ele. Gesticulei que manteria a boca calada. Desta vez.

Varin abordou um guarda do palácio, que sussurrava em um comunicador. Eu queria ouvir a voz do outro lado da linha. Estavam perto de capturar o assassino? E se estivessem, o que isso significaria para mim? Para nós?

— Christon — chamou Varin. — Esta é minha colega, Keralie. — Christon me observou; senti uma mudança de expressão, mas ele me deu um aceno formal. — Ela tem experiência em lidar com criminosos.

Tossi para disfarçar uma risada. Varin me lançou um olhar de aviso, antes de continuar:

— Acreditamos que possamos ajudar na investigação. Mas vamos precisar de acesso ao palácio.

Christon me estudou com seus olhos castanhos — nada pálidos, ao contrário dos de Varin —, e prendi o fôlego. *Seja eonita, Keralie. Sem emoção. Insensível.*

— Como um mensageiro pode ajudar? — Embora o tom de Christon fosse neutro, parecia uma coisa cruel de se dizer.

— Christon e eu crescemos juntos — explicou Varin, como se aquilo explicasse a rudeza do guarda.

— Na verdade, Varin não é mais um mensageiro — argumentei. Ficar quieta para quê? Não iria permitir que Varin fosse desprezado. — Está chefiando a investigação para derrubar o notório distrito criminal de Toria. O Jetée, já ouviu falar?

Christon olhou para Varin, confuso.

— Mas ele foi treinado como mensageiro.

— Verdade. Mas suas habilidades vão além de entregar estojos ou simplesmente montar guarda, como uma estátua. — *Cuidado, Keralie; muito pessoal.* — O chefe reconheceu seu valor e lhe foi dada uma rara oportunidade de promoção. Ele trabalha para a rainha Marguerite agora.

Varin se remexeu ao meu lado, mas eu não permitiria que estragasse tudo com a verdade.

— Varin lidera o time — continuei. — Eu sigo. — Tentei não rir.

— Isso é verdade? — perguntou Christon a Varin.

Varin podia arruinar minha história; podia continuar a ser eonita e contar a verdade. Ou podia ambicionar mais. Para si mesmo.

— É — respondeu Varin, endireitando os ombros.

Eu queria dar um tapinha nas costas de Varin e abraçá-lo. Em vez disso, assenti com a cabeça.

— Tudo bem — concordou Christon. visivelmente surpreso. — Acho que o inspetor precisa mesmo de ajuda.

— O inspetor? — perguntou Varin.

— Inspetor Garvin — elucidou Christon.

— Claro. — Algo brilhava na expressão estoica de Varin. — Vamos reportar tudo o que descobrirmos.

Christon nos escoltou até a saída da sala de triagem e acenou para que o guarda na porta nos liberasse. Assim que estávamos sozinhos nos corredores do palácio, eu me virei para Varin.

— Você conseguiu!

— *Nós* conseguimos — corrigiu ele, parecendo empolgado com a farsa, embora eu duvidasse de que ele admitiria.

— O que foi aquela coisa com o inspetor?

— Verifiquei a lista de todas as pessoas que entraram no palácio antes da morte da rainha Iris. — Ele coçou o queixo, que exibia um belo princípio de barba. — O inspetor Garvin não estava naquela lista.

— Ah.

— O que significa que ele já estava no palácio antes do assassinato da rainha Iris.

— Por que um inspetor estaria no palácio *antes* de qualquer assassinato?

Ele olhou para o corredor à frente.

— Não sei.

— Ele pode estar envolvido?

Seus olhos encontraram os meus.

— Já ouvi falar do inspetor Garvin. Ele é... — Ele esfregou a nuca. — Diferente.

Preenchi as lacunas.

— *Lapidado*.

— Sim, mas isso não quer dizer que seja mau. Não quer dizer que seja um assassino. — Aço temperava suas palavras.

Ergui as mãos.

— Você disse mau, não eu. Mas quem estaria controlando o inspetor? Se ele for o assassino?

— Alguém que tem alguma coisa a ganhar com a morte de todas as rainhas.

Não estávamos mais perto de descobrir quem era aquela pessoa.

— Venha — chamou ele, depois de um momento. — Vamos achar o inspetor. Ele é a única pista que temos.

— E se encontrarmos mais guardas?

— Daremos a eles a versão que você contou a Christon.

— Concorda em contar mais mentiras? — perguntei.

Ele me encarou por um longo instante.

— Talvez ficar perto de você esteja sendo uma má influência.

Pressionei o corpo contra o dele. Infelizmente, nossos dermotrajes nos impediam de trocar calor.

— Posso ser boazinha, é só pedir.

— Pare com isso, Keralie. — Mas ele sorriu, ou, pelo menos, julguei ser um sorriso. Era difícil dizer, jamais o vira fazer aquilo antes. Então uma covinha surgiu de cada lado de seus lábios, e seus dentes brancos fizeram uma aparição. Por um momento, esqueci onde estava e o que fazia. Havia apenas Varin e aquele sorriso.

CAPÍTULO 30

Keralie

Varin e eu tomamos os corredores, evitando os funcionários enquanto o palácio se ajustava à nova realidade, sangrenta. Exploramos cada corredor sombrio e cada esquina obscura. Deslizei através de múltiplos dutos de ventilação, e Varin bisbilhotou as conversas entre os guardas. Procuramos e escutamos e esperamos até o inspetor aparecer. Checamos cada cômodo, abrimos toda porta destrancada e toda porta trancada. E, ainda assim, o inspetor nos escapava.

Eu estava trancando uma das portas que havia arrombado mais cedo quando dois guardas entraram no corredor. Com rapidez, suas mãos encontraram os desestabilizadores.

— O que está fazendo? — perguntou um dos guardas, os olhos na gazua em minha mão.

— Eu estava... — comecei, antes de Varin me interromper.

— Estávamos checando as portas — respondeu ele, com tamanha firmeza que até mesmo eu teria acreditado. — Tentamos entender como um assassino pode ter passado despercebido por tantas portas fechadas até chegar ao jardim da rainha Iris.

— Exatamente. — Apontei para eles com minha gazua. — Estávamos testando as portas.

Varin me lançou um olhar que com certeza significava *cale a boca*.

— E quem são vocês? — perguntou o guarda.

Fiquei de boca fechada desta vez.

— Estamos ajudando Christon — respondeu Varin. — Pode confirmar com ele se achar necessário.

O segundo guarda assentiu e fez exatamente isto, a mão em seu comunicador. Tentei não sorrir quando Christon confirmou nossa história.

— Então o que descobriram? — perguntou o guarda, prendendo o desestabilizador de volta ao cinto, decidindo que não mais representávamos uma ameaça.

— Qualquer criminoso comum conseguiria destrancar estas portas — respondeu Varin. *Comum?* Me controlei para não encará-lo. — Mas se locomover despercebido pelo palácio é um desafio. — Ele gesticulou para os dois guardas a nossa frente. — A segurança é sem precedentes.

Isso era verdade, tínhamos encontrado vários guardas. Alguns apenas assentiram para nós; nossos dermotrajes, o disfarce perfeito. Outros nos perguntaram se pertencíamos à guarda palaciana e o que estávamos fazendo. Varin tocou no nome de Christon sempre que precisou afastar qualquer suspeita.

— E agora? — perguntou o outro guarda.

Varin me encarou antes de responder:

— Estamos procurando o inspetor. Precisamos de mais detalhes da morte da rainha Iris.

Assenti, solene, embora mais detalhes fossem a última coisa de que precisávamos. Tínhamos todos os detalhes do evento, mas nenhum do executor. Poderia o assassino ser o inspetor modificado geneticamente do qual tanto ouvimos falar, mas ainda não havíamos visto?

— O inspetor Garvin está acomodado na enfermaria. — O guarda indicou o corredor à frente com a cabeça. — Fica do outro lado do palácio. Vamos escoltá-los até lá.

Balancei a cabeça de leve, na esperança de que Varin entendesse minha deixa. Era pouco provável que nossas mentiras deslavadas enganassem o inspetor.

— Está tudo bem — assegurou Varin. — Estou familiarizado com a localização. Vamos terminar aqui, então nos encaminharemos para a enfermaria.

Chacoalhei a maçaneta como se estivesse finalizando algo.

— Muito bem — concordou o guarda. — Boa sorte para os dois.

— Está pegando o jeito — elogiei, assim que os guardas dobraram o corredor.

— Não gosto da sensação da mentira — comentou ele, com uma careta.

Inclinei o rosto.

— *Sensação?*

— Você sabe o que quero dizer.

— Fica mais fácil com o tempo. Em breve, você não vai conseguir discernir mentira de verdade.

Um vinco surgiu entre suas sobrancelhas.

— Você fala isso como se fosse uma coisa boa.

Sorri, apesar da queimação em meu peito, como se eu tivesse engolido algo amargo. Não queria transformar Varin em uma versão de mim mesma.

Nós nos dirigimos depressa ao outro lado do palácio à procura do inspetor. Estaquei quando, ao dobrar uma esquina, nos deparamos com um grupo numeroso de pessoas reunidas em um corredor amplo.

Eu queria fugir. Me esconder. Havia muita gente. Muitos olhos. Fatalmente, alguém descobriria que não devíamos estar ali. Talvez o assassino.

Os criados pareciam tristes, as mãos unidas, os rostos marcados pela dor.

— O que eles estão fazendo aqui? — sussurrei para Varin.

— Não tenho certeza.

O grupo se moveu, flanqueando o corredor, e nos encarou. Tentei entrar em uma sala destrancada, mas as pessoas bloqueavam as portas.

Eles sabiam. Christon tinha descoberto nossas mentiras. Qual era a punição por enganar os guardas e xeretar pelo palácio?

— Precisamos sair daqui — eu disse, procurando, desesperada, por uma saída.

— Se acalme. — A mão de Varin tocou meu cotovelo. — Não estão olhando para nós.

Ele tinha razão. O olhar das pessoas seguia alguma coisa que se movia pelo corredor. Algo dentro de uma caixa de vidro.

Um caixão.

— Rainha Iris — murmurou Varin.

Rainhas do céu. Não queria ver aquele corpo destroçado de novo.

O caixão, coberto por velas derretidas, era carregado pelos servos. E vinha em nossa direção.

— Precisamos sair daqui — insisti.

— É o cortejo fúnebre. — Ele balançou a cabeça. — Seria suspeito sair agora. E desrespeitoso.

A última vez que eu assistira a um funeral foi o dos pais de Mackiel. Ele havia segurado minha mão com força durante toda a cerimônia. Como tudo tinha mudado tanto em três anos?

Eu só havia comparecido a um outro enterro; o de meu avô, quando eu tinha 6 anos. Não me lembrava de muita coisa, a não ser que todos falavam de meu avô como se ainda estivesse vivo. Quando voltamos do funeral, perguntei a meus pais quando o veríamos novamente. Meu pai desabou. Eu jamais o vira em tamanho sofrimento. Até o dia que despedacei seu barco, seu negócio e sua vida.

— Vamos — chamou Varin, me puxando para o lado, junto ao restante dos funcionários do palácio. — Fique parada e não faça barulho.

— Não posso prometer nada. — Apelei para o humor, mas as palavras pareciam pegajosas em minha boca. Não queria ver a rainha Iris outra vez. Não queria ser lembrada de como falhara com ela.

Mas era tarde demais.

Seu rosto parecia sereno na morte, mais sereno do que a carranca que eu havia visto horas antes, na corte. Apesar de não ver a ferida em seu pescoço, aquela memória estava vívida. Por conta dos chips e de nosso reencontro no jardim.

Eu odiava que minha última e derradeira lembrança da rainha seria de seu macabro assassinato. Seria isso o que nos esperava na morte? Um corpo quebrado? E tudo vivido antes? Meras memórias que um dia se apagariam?

E embora tentasse evitar, pensei em meu pai. Falharia com ele novamente? Sem a HIDRA, ele passaria para o quadrante sem fronteiras antes que o verão banhasse o litoral de Toria. Ele estaria perdido para mim. Eu duvidava de que minha mãe me aceitaria de volta depois que ele morresse.

Em alguns anos, o que lembraria de meu pai? Eu me esqueceria do som de sua voz? Me esqueceria de ouvi-lo me chamar de marinheira de água-doce, pouco familiarizada com os caprichos do oceano, enquanto brincava com meu cabelo? Aquelas malditas memórias do interior da horrível caverna seriam tudo o que restaria de papai?

Minhas mãos começaram a tremer.

— Está tudo bem — sussurrou Varin. Ele deve ter imaginado que eu estava pensando na pobre rainha Iris, mas, como sempre, estava pensando em mim mesma.

Algo tocou meus dedos, e eu me sobressaltei. Mas era Varin. Ele apertava minha mão.

Mas a cena parecia demais com o funeral dos pais de Mackiel, agora com Varin no papel de consolador. Eu me afastei. Não me sentia pronta para confiar em Varin.

Depois da traição de Mackiel, não tinha certeza se podia confiar em alguém.

SABÍAMOS QUE ESTÁVAMOS nos dirigindo para a enfermaria quando um burburinho nos atraiu. Um grupo de guardas e funcionários bloqueava a entrada de uma sala. Então vislumbramos alguém atravessando a soleira, vestido com um dermotraje cinzento.

— O inspetor — murmurou Varin.

— Como sabe? — murmurei em resposta.

— Dermotrajes cinzentos somente são usados por inspetores.

Puxei Varin de lado.

— Não podemos entrar agora.

— Por que não?

— Está cheio de gente. Precisamos observar o inspetor sem que ele perceba. Só assim ele vai deixar cair a máscara.

— *Nunca roube alguém antes de estudar a situação e a pessoa.* — Ele me devolveu as palavras que lhe dissera mais cedo.

Assenti com a cabeça.

— Temos que esperar até que esteja sozinho.

— Não podemos ficar parados aqui. É suspeito demais.

Ele tinha razão. Havíamos tido sorte até agora, mas se continuássemos a bisbilhotar pelo palácio, alguém podia se dar conta de que não estávamos em nenhuma missão oficial.

Estudei os arredores. Eu poderia me esgueirar pelos dutos de ventilação e continuar a vagar pelo palácio despercebida, mas Varin era muito grande.

— Venha. — Eu o puxei pelo corredor.

Comecei a girar as maçanetas em todas as portas dos dois lados do corredor.

— O que está fazendo? — perguntou ele.

— Apenas portas trancadas guardam coisas importantes. Estou procurando por... — Uma porta se abriu com facilidade. — A-há!

Varin enfiou a cabeça pela fresta escura.

— Um armário?

Por sorte, o armário era bem grande; nem senti um peso no peito com aquela visão.

— Entre. — Empurrei Varin pela soleira. — Vamos ter que esperar a enfermaria esvaziar.

O armário estava repleto de esfregões e vários produtos de limpeza. O odor de alvejante queimava meus olhos e nariz. Eu me abaixei, aproximando os joelhos do peito. Não senti dor — meu joelho tinha quase cicatrizado com a ajuda do dermotraje. Encostei a cabeça em uma prateleira.

Varin fechou a porta e se sentou ao meu lado.

— Você está exausta — comentou ele. — Devia descansar.

Balancei a cabeça. A fadiga agora parecia um cobertor pesado sobre meus ombros, mas eu precisava ficar acordada. Precisava pegar o assassino, ou assassinos, e ser digna da dose de HIDRA. Precisava salvar as rainhas.

— E se não conseguirmos descobrir nada sobre o assassino? — perguntei, estudando seu rosto geneticamente perfeito sob a luz difusa. — E se você não conseguir uma dose da HIDRA? — E se não adiantar nada, se sairmos do palácio de mãos vazias? E aquele nem era o pior cenário.

Podíamos ser acusados de traição, fingindo ser guardas da rainha Marguerite. Ou Mackiel e seus capangas podiam nos pegar, somando mais duas mortes ao cômputo geral. Ou talvez o inspetor nos encontrasse e nos torturasse com seus aparelhos eonitas.

— Vamos achar alguma evidência do assassino, Keralie — assegurou Varin, a voz resoluta. — Tenho certeza disso.

— Porque você tem esperança? — Gesticulei com as mãos. — Isso não significa nada. Não temos nada!

— Eu sei. — Ele baixou os olhos para os próprios pés.

Rainhas do céu. Por que sempre tenho que ser tão grossa?

— Ei. — Passei meu braço pelo seu. Ele não se encolheu. — Não foi isso que eu quis dizer.

— Sim, foi. — Ele ergueu o rosto para me encarar. — Você sempre fala o que quer.

Ruminei aquilo por um instante, analisando minhas últimas alfinetadas. Foram mesmo intencionais? Uma parte de mim acreditava que sim... a parte que queria manter Varin afastado para que não tivesse a chance de me magoar. Ou para que eu não pudesse magoá-lo. Não podia magoar Varin como fizera com meu pai... e com Mackiel. Não queria perdê-lo também.

Eu tinha que controlar meus sentimentos perto de Varin, ser mais eonita. Mas quanto mais olhava em seus olhos pálidos, mais perdia o controle.

— Lamento ser uma pessoa tão horrível — eu disse, com um meio sorriso. Então brinquei com meu bracelete de larápia, os berloques de prata tilintando.

Varin franziu o cenho.

— Você não é horrível, Keralie. Você é... — Um milhão de palavras me passaram pela mente quando ele hesitou. Nenhuma delas boa. — Protetora.

— Protetora? — ecoei.

— De si mesma. — Seus olhos reservados se desviaram dos meus. Não soltei seu braço, como normalmente faria. Ele me encarou de novo após um instante. — Eu entendo. Você trabalhou com Mackiel por sete anos, mas, na verdade, ficou sozinha todo esse tempo. Ele não se importava com você. E você acha que é culpada do terrível acidente com seu pai, mas...

— Eu *sou* culpada.

— Você pode não ser uma pessoa horrível — disse ele. — Mas gosta mesmo do som da própria voz.

Acenei com a mão enluvada.

— Continue então. O palco é seu.

— Isso não é uma piada. — Ele se virou para me encarar. — Você precisa se perdoar. Todos cometemos erros. Devemos seguir em frente.

— Não — discordei. — Não até consertar as coisas. — Consertar tudo.

— Como você poderia consertar o que aconteceu?

Mordi o interior da bochecha. Agora era a hora de contar a ele que eu queria a HIDRA para meu pai.

— Não sei — respondi, em vez disso. — Mas preciso consertar as coisas. Corrigir meus erros. Começar uma nova vida. — Uma bem longe de Mackiel e da garota que eu costumava ser.

Ele tomou minha mão, e meu fôlego, com um único aperto gentil. Desta vez, não me desvencilhei. Tremi com seu toque, atônita... aquilo era diferente do modo como Mackiel me tocava. *Ele* era diferente. Varin não estava me usando, não estava jogando, me transformando em outra coisa. E muito embora não houvesse calor, por causa de nossos dermotrajes, seu toque me aqueceu mais que qualquer coisa que vivenciara nos últimos sete anos.

Meus olhos arderam; engoli as lágrimas.

— Você vai conseguir, Keralie — disse ele, suavemente.

Inspirei, trêmula.

— E você? — perguntei. — O que vai fazer se falharmos?

Ele inclinou a cabeça e olhou para cima.

— Vou aproveitar ao máximo o tempo que me resta.

Independentemente do resultado, eu me certificaria de que Varin não passasse aquele tempo sozinho.

CAPÍTULO 31

Keralie

Acordei com a cabeça no ombro de Varin, seu braço ao redor da cintura. Não queria me mover, a não ser para me aconchegar, buscando seu toque. Pela primeira vez em muito tempo, me sentia feliz.

Até me lembrar de onde estava.

Algo havia sido derrubado em mim enquanto eu dormia um sono inquieto — não consegui escapar do palácio, nem mesmo em sonho. O líquido tinha espirrado em minhas roupas e no cabelo. O armário agora cheirava a perfume, ou a produtos químicos, ou a ambos.

— Varin — chamei, sacudindo seu ombro. — Acorde.

Suas pálpebras se agitaram antes que ele as abrisse. As pupilas se dilataram e contraíram. Meu coração disparou no peito enquanto ele me focalizava.

— O que aconteceu? — perguntou.

Eu me desvencilhei de seu abraço.

— Pegamos no sono.

Ele observou o armário; o teto de vidro mostrava o domo do palácio mais acima. Ainda estava escuro.

— Precisávamos descansar — argumentou ele.

Soltei um suspiro. Não discordava, mas parecia descuidado e insensível cair no sono enquanto um assassino planejava eliminar as rainhas, uma a uma.

Varin se espreguiçou, os músculos despertando junto aos meus.

— O que devemos fazer agora?

— Devemos... — Minha resposta foi interrompida por um som, um assovio melódico, algo que contrastava com a melancolia reinante no palácio.

Abri a porta, espiando pela fresta conforme os passos se aproximavam. O assovio se tornou mais alto, quase ensurdecedor, quando uma figura vestida de cinza passou.

— O inspetor — articulou Varin.

Nós nos esgueiramos para fora do armário, mantendo uma distância segura, enquanto seguíamos o inspetor de volta à enfermaria. O corredor estava em um silêncio mortal. O inspetor pressionou a palma contra a porta, os dedos alongados como as pernas de uma aranha. Então era *aquela* sua alteração genética.

O inspetor entrou, deixando a porta atrás de si aberta.

— Me siga e fique abaixado — sussurrei, acenando para Varin.

Rastejamos pelo canto até a sala, nos abaixando atrás de um armário, nossos dermotrajes escondendo nossa posição. Eu devia ter roubado um ano antes.

O inspetor continuou assoviando enquanto separava instrumentos afiados, um mais mortal que o outro, e os colocava em cima da mesa. Perto dela, estava uma maca forrada com lençol branco; a rainha Iris estava deitada ali, seu ferimento exposto ao frio e ao travo medicinal da sala.

Já havia sido ruim o bastante ver o sangue da rainha Iris cobrir o jardim, mas ver seu corpo sem vida descartado como um objeto fez meu estômago se contrair. Seu sangue parecia ter sido drenado: os lábios estavam enxagues, a pele exibia um tom azul e o talho sangrento era agora um pedaço de pele solta; como se ela usasse uma máscara e a qualquer momento fosse arrancá-la do rosto.

Levei o punho à boca e me forcei a não fugir.

O inspetor parou de assoviar e prendeu um comunicador à orelha, apontando o microfone para a boca.

— Uma lâmina estreita matou a rainha Iris — disse ele. Eu me sobressaltei, pensando que estava falando conosco, mas ele continuou sem hesitar. Estremeci quando puxou a pele da garganta da rainha Iris com suas mãos enluvadas. — Uma lâmina muito afiada. — Agora entendia sua alteração genética. Os dedos longos eram perfeitos para aquele trabalho.

Pressionei a mão com mais força contra a boca, querendo voltar à sala de triagem. O cheiro de mijo e suor parecia maravilhoso em comparação com aquele lugar estranho. Varin apertou meu ombro, embora seu rosto também estivesse pálido. Ele assentiu uma vez. Precisávamos descobrir mais sobre o misterioso inspetor e sobre o porquê de sua chegada antes do assassinato da rainha Iris.

— Duvido que seja qualquer uma das outras rainhas — prosseguiu o inspetor. — Investiguei seus antecedentes, e nenhuma delas tem qualquer histórico de violência ou treino com armas. A única curiosidade é a rainha Corra. — Mas os chips mostravam que a rainha Corra fazia parte da lista do assassino. Não podia estar envolvida. — Não consigo descobrir nada sobre seus pais adotivos, somente um nome. Isso pode significar que ela tem algo a esconder... talvez tenha sido criada por uma família que se opunha às Leis das Rainhas? — Ele separou uma serra prateada. — E ela é insensível, o que alguns argumentariam ser a qualidade de um assassino bem-sucedido.

Era estranho ouvir um eonita falar da própria rainha com um similar tom insensível. Olhei para Varin, mas seus olhos estavam atentos ao homem esquisito a nossa frente.

— Mas — continuou ele —, segundo minha experiência, uma pessoa mata por paixão ou para obter lucro, e o que a rainha Corra teria a lucrar com a morte de sua irmã rainha? — Ele gesticulou para o corpo sobre a maca, como se tivesse uma plateia. — E, no entanto, as minúcias dessa morte não combinam com nenhum crime passional com o qual tenha me deparado ao investigar outros assassinatos. Foi algo profissional.

O que ele queria dizer?

Ele pressionou um painel na parede e outra maca rolou para fora. O inspetor puxou o lençol, e um estranho aroma tomou o recinto.

— O segundo corpo também não revela digitais, embora seja claro que houve força envolvida. Seu afogamento não foi acidental.

A rainha Stessa, morta? Não! E quando?

Os olhos de Varin, arregalados, espelhavam os meus. Tínhamos passado quase o dia todo em busca do assassino, e ainda assim ele não havia hesitado, matando as rainhas conforme planejado.

O inspetor usou os dedos para tirar algo do vestido da rainha Stessa.

— Um fio de cabelo — observou ele. — Pela cor, não parece pertencer à rainha; pode ser do assassino. Vou fazer alguns testes. — Ele colocou seus instrumentos sobre a mesa.

Depois disso, deixou a sala, passando bem ao lado de nosso esconderijo. Aguardamos alguns minutos antes de nos levantar.

Observei o corpo azulado da rainha Stessa.

— Quando isso aconteceu?

Varin ficou parado, balançando a cabeça.

— Ela deve ter sido morta enquanto dormíamos.

— Falhamos, Varin.

Ele tocou minha mão com a sua, antes de entrar na enfermaria, a fim de estudar as ferramentas do inspetor.

— Não acho que o inspetor esteja envolvido.

— Ele não está mais perto da verdade que nós.

— Não. Parece que somente o assassino sabe a verdade. E ele... — Varin hesitou, sua atenção nos aparelhos e instrumentos pendurados na parede.

— O que é isso? — Ousava ter esperança de que ele havia encontrado a HIDRA? E se existisse somente uma dose? Estava disposta a condenar Varin em troca da saúde de meu pai? Poderia tomá-la de suas mãos e fugir? Como sairia do palácio?

E como viveria com minha consciência?

Ele pegou um pequeno tubo prateado, uma ponta afiada saindo do meio.

— Nada importante — respondeu, mas sua voz era quase um sussurro.

Corri para perto de Varin para ver o que o havia abalado tanto.

— Varin?

— É um teste genético. O teste que determina sua data de morte. — Varin olhou para o tubo por um longo tempo, os olhos se fechando por um instante. Ele o cobriu com as mãos, como se desejasse que pudesse desaparecer. Como algo tão pequeno e insignificante poderia causar tanta dor? — Ele define tudo. — Quando abriu os olhos, estavam desfocados. — Queria ser algo diferente de um mensageiro. Queria que fosse tão simples quanto ser bom em meu emprego, como você disse a Christon.

— Lamento, Varin. — Eu me aproximei. — O teste devia estar aqui para quando as rainhas dessem à luz.

— E se não pudermos impedir o assassino? — perguntou ele, olhando seu punho cerrado. — E se não acharmos nada para barganhar?

— Mas antes você disse...

— E se eu estiver errado? — Aquela expressão de desespero rearranjara suas feições. Eu queria apagá-la de seu rosto, de sua vida. Mas não sabia como.

Minha mão pairou sobre seu ombro.

— Varin, o que...

— Devemos nos separar — ele me interrompeu.

— *O quê?*

Varin deu meia-volta, ainda segurando o teste genético, o rosto rígido.

— Vou atrás do inspetor, ver o que mais posso descobrir. Você deve avisar às rainhas Corra e Marguerite.

— *Agora* você quer se separar? O que aconteceu com o "estamos nessa juntos"? Não deveríamos cuidar um do outro?

— Nosso tempo está acabando. — Era óbvio que não estava se referindo às rainhas restantes. Ele colocou o teste genético onde o encontrara. — Não sabemos que rainha será a próxima vítima. Dividir para conquistar. Você estava certa antes. — Sua expressão se suavizou.

— Pode gravar isso em um chip?

Ele sorriu.

— Vai, Keralie. Eu encontro você mais tarde.

— Vamos conseguir. — Eu não estava me referindo apenas a encontrar o assassino. — Vamos consertar as coisas. Tem que haver um modo.

Seu sorriso esmoreceu um pouco.

— Obrigado.

Eu lhe dei um aperto no braço, antes de sair da sala.

Eu iria parar aquilo.

PARTE QUATRO

CAPÍTULO 32

Não deveria haver qualquer comunicação até a tarefa ser cumprida. Até todas estarem mortas.
Todas elas.

Ainda assim, isso não a impediu de andar pela sala, suspirando e desejando e aguardando ouvir alguma coisa — qualquer coisa. Queria estar no palácio quando acontecesse. Como se pudesse *testemunhar* a transferência de poder... para si.

Ela sintonizou o velho rádio da casa no último Relatório das Rainhas, preparando-se para o anúncio. *Todas as rainhas estão mortas.*

Então viriam buscá-la. Ou aquele era o plano. Mas somente se a mãe cedesse e revelasse seu paradeiro. Mas ela faria isso, não é? Se fosse pressionada até o limite. Todos se rendiam naquele momento crítico, o momento antes do fim.

Ela mal podia esperar. Já estava cansada de brincar de plebeia. Bastava de esconderijos. Bastava de fingimento. Bastava de tramoias. Bastava de sonhos. Logo ela iria ser chamada para reivindicar seu trono de direito. Não apenas substituiria a mãe, Marguerite, como também todas as outras rainhas.

Rainha de Quadara.

Como soava bem.

A JOVEM AREBELLA CARLONA, de 17 anos, havia descoberto que era a próxima na linha de sucessão ao trono toriano quando tinha 10 anos. Para a maioria das crianças, aquela notícia traria empolgação. Sonhos com festas, vestidos vaporosos, joias cintilantes e belos pretendentes. Mas Arebella também tinha descoberto outro, se não o mais importante, detalhe. Ela nunca herdaria a coroa.

Em uma cruel reviravolta do destino, tal dádiva lhe foi oferecida, apenas para ser retirada antes que pudesse tocá-la. E tudo por causa de sua mãe biológica, a rainha Marguerite.

Arebella sempre soubera que era adotada, mas tinham lhe dito que a mãe partira para o quadrante sem fronteiras no parto. A menina foi criada por uma professora que sempre quisera filhos, mas jamais encontrou a hora ou o homem certos. Arebella não tinha nada em comum com a velha mãe adotiva, mas apreciava a liberdade de que desfrutava e a falta de curiosidade da mãe. Quando a senhora morreu de ataque cardíaco, Arebella, então com 14 anos, usara o véu negro por um mês — o período de luto padrão em Toria. Mas agora raramente se lembrava da mãe adotiva. E duvidava de que até mesmo ela soubesse sobre sua verdadeira origem.

Por sorte, havia um menino que sabia. Um jovem astuto e oportunista.

Quando Arebella descobrira a verdade por conta do garoto, lamentou o poder que devia ter herdado. Enquanto fazia beicinho e chorava, ele começou a tramar. Era bom naquilo. Com o tempo, ajudou Arebella a perceber que seu destino estava nas próprias mãos. Ela poderia conquistar o trono, se desejasse.

E foi o que ela fez. Queria Toria para si.

Arebella era obcecada por controle. Embora nem sempre pudesse regular os próprios pensamentos, podia regular Toria. Ela queria fazer as regras. Mudar as leis. E queria o trono que era seu direito inato. Não iria permitir que sua mãe biológica, que a mandara embora ditasse sua vida.

Mas seu plano não começou com a ideia do assassinato das rainhas. A Arebella de 10 anos não era assim tão diabólica. Em vez disso, usou a curiosidade, como qualquer bom toriano, para coletar informações. Enviou o garoto em busca de qualquer um que pudesse dar as respostas certas. Era imperativo que ninguém desconfiasse ser ela a fonte das perguntas. Então todos seriam surpreendidos.

Tudo o que Arebella precisava fazer era estar no meio da mudança. No olho do furacão.

Ela era uma garota brilhante. *Muito* brilhante, segundo seu tutor. Arebella tinha uma curiosidade insaciável, maior que de qualquer criança toriana. Assim que a menina começava a fazer perguntas e a obter respostas, não conseguia parar. *Conheça todas as coisas, e você compreenderá tudo* — um ditado popular em Toria. E Arebella queria conhecer tudo.

Como as rainhas herdam o trono?
Quanto controle as rainhas têm sobre os próprios quadrantes?
O que as rainhas podem mudar?
O que as rainhas não podem mudar?
Que influências as rainhas têm sobre o quadrante umas das outras?

Ela não sabia como parar de indagar. Uma pergunta invadia sua mente assim que a última era proferida.

Por quatro anos, Arebella apenas processou informações. Quando sua mãe adotiva morreu e ela herdou o pouco dinheiro que a velha senhora havia economizado, Arebella começou sua ascensão ao trono. Sabia que apenas sua presença não provocaria uma revolução. Em vez disso, precisava atrair aliados poderosos. O menino a ajudou a se associar com outros que desejavam a queda da rainha de Toria. Os proprietários do Jetée.

Arebella compareceu a cada reunião mensal, as palavras zangadas dos rebeldes jogando combustível na fogueira ardendo dentro de si. Ela se sentia indignada com a miséria em que viviam, enquanto as rainhas desfrutavam de tamanho luxo. Quando a rainha Marguerite anunciou nos Relatórios das Rainhas que planejava demolir o Jetée, Arebella soube que tinha que intervir. Aqueles eram torianos, afinal — *seu* povo. Povo que *ela* devia estar governando.

Logo, a voz de Arebella era a mais alta entre os revoltados.

Arebella aprendeu que as Leis das Rainhas ditavam o que podia e o que não podia ser compartilhado entre os quadrantes, e aqueles que viviam e trabalhavam no Jetée queriam compartilhar tudo. Queriam a tecnologia eonita; queriam os mais frescos produtos archianos e a última moda ludista, assim como as suas bugigangas luditas. Mas as rainhas não permitiam.

Durante aquelas reuniões mensais no Jetée, o foco de Arebella se expandiu das fronteiras de Toria até os outros quadrantes. Ela percebeu que não seria suficiente governar apenas um quadrante.

Mas a informação que ela havia angariado no Jetée era limitada e tendenciosa. Arebella usou o que restava de sua herança para contratar uma antiga aia do palácio como tutora. A mulher não sabia da verdadeira linhagem de Arebella. Ninguém mais sabia.

Depois de algumas lições, Arebella fez a pergunta cuja resposta mais desejava.

— Já houve apenas uma rainha em Quadara? — Estava cansada de ouvir sobre as Guerras dos Quadrantes de outrora.

Sua tutora hesitou e a encarou.

— Não, Arebella. Só tivemos, e sempre só teremos, quatro soberanas. Uma para cada quadrante. Você sabe disso.

Inquieta, Arebella havia se remexido na cadeira.

— Sim — retrucou ela, as sobrancelhas escuras franzidas sobre os olhos cor de mel. — Mas já houve uma época em que não havia nenhuma herdeira do trono?

Sua tutora soltou uma gargalhada, irritando Arebella ainda mais.

— Não. Desde a implantação das Leis das Rainhas, sempre tivemos quatro monarcas. Assegurar a linhagem real é de extrema importância para as rainhas.

Arebella fez beicinho.

— *Poderia* haver uma época em que existisse menos de quatro rainhas?

A tutora não parou para pensar em por que Arebella perguntaria algo assim, pois estava acostumada às incessantes perguntas, então respondeu com sinceridade:

— Imagino que, se alguma coisa acontecer a uma das rainhas antes que tenha uma filha *e* se todas as suas parentes tiverem passado para o quadrante sem fronteiras, então aquele quadrante ficaria sem rainha.

Arebella se inclinou para a frente na cadeira. *Isso está ficando interessante*, pensou.

— E então?

Sua tutora a encarou por um instante, como se não tivesse certeza da resposta, pois jamais acontecera algo tão terrível.

— As outras rainhas iriam substituí-la, creio, até que uma rainha adequada fosse encontrada.

— As rainhas herdariam o poder da rainha morta? Assumiriam seu quadrante?

— Sim. — A expressão da tutora vacilou então. — Mas não se preocupe, é muito improvável que isso aconteça.

Arebella tinha permanecido quieta pelo restante da aula, não prestando atenção a nenhuma outra palavra que sua tutora dissera. O único pensamento ocupando sua mente, em geral atribulada, era que, se as rainhas morressem, a soberana restante herdaria seu poder e governaria todos os quadrantes. Aquela rainha poderia mudar não apenas Toria, mas toda a nação, e para melhor. A rainha poderia derrubar os muros que separavam os quadrantes e impediam que os quadarianos viajassem e compartilhassem seus recursos como bem quisessem. Então os torianos teriam acesso a todas as tecnologias e remédios eonitas para desenvolver suas cidades e assegurar que um novo surto da praga não eclodisse. Poderiam visitar Ludia nas férias e gozar da ilimitada oferta de entretenimento. Poderiam viajar para Archia e colher frutas frescas no pé — não maçãs importadas da exuberante ilha havia semanas.

Quadara seria uma nação unida de fato. Se houvesse apenas uma rainha.

E aquela rainha poderia ser ela.

CAPÍTULO 33

Keralie

Senti o cheiro da fumaça antes de vê-la.
Mackiel sempre elogiara meu senso de oportunidade. Eu sabia quando me aproximar do alvo, quando começar a agir, quando pegar a mercadoria e quando sair. *Um dom*, dissera ele, *não algo que possa ser ensinado*.

Claro, você podia treinar alguém para ser mais observador. Mais rápido. Mais silencioso. Mas você não podia transmitir o senso de oportunidade. Desde que eu havia roubado o estojo de Varin, essa minha habilidade não poderia estar mais dessincronizada.

A fumaça pairando me lembrou da época da morte dos pais de Mackiel, quando ele não deixou o quarto por semanas e a energia foi cortada por falta de pagamento. Para nos mantermos aquecidos, arrancávamos as tábuas mofadas e as queimávamos no centro do salão de leilões. Eventualmente, Mackiel assumiu os negócios do pai, mas a fumaça ficou entranhada nas paredes por quase um ano, como um lembrete indesejável.

O odor pesado de fumaça no palácio estava todo errado. Até onde eu podia ver, nenhuma janela se abria para o lado de fora, além do jardim da rainha Iris. Decerto não havia chaminés.

O palácio era coberto por um domo de vidro, e alguém havia riscado um fósforo dentro dele. Não haveria escapatória. Eu jamais devia ter deixado Varin.

Imaginei que algum tipo de sirene soaria, um aviso, mas nada aconteceu. Segui o cheiro pelo corredor, o tempo todo sabendo exatamente aonde iria chegar.

Aos aposentos da rainha Corra.

As chamas lambiam as cortinas da janela interna do quarto. O rosto aterrorizado da rainha de Eonia estava pressionado contra o vidro, a mão enluvada esmurrando a superfície.

Uma silhueta cercada por labaredas vermelhas.

Os guardas e os criados do palácio tinham cercado a entrada do quarto da rainha Corra, tentando acudir a infeliz soberana.

— Para trás! — gritou um guarda do palácio para a audiência reunida ao redor. Ele jogou uma cadeira contra o vidro, e ela quicou, deixando a superfície ilesa.

Eu me abaixei até o chão, até o duto de ventilação na parede pelo qual havia entrado antes, e rapidamente desparafusei a grade, não me importando se alguém me visse. Mas o metal estava muito quente ao toque, e meu dermotraje se desintegrou quando coloquei as palmas na superfície. Uma coluna de fumaça espiralou pelo tubo em minha direção, uma tempestade mal contida.

Senti ânsia de vômito e fiquei de pé, meus pulmões lutando contra mim. Não conseguiria entrar ali.

Muito tarde. Sempre muito tarde.

Alguém passou por mim, não notando — ou se importando — que eu não era um deles, concentrado apenas em salvar sua rainha. Eles carregavam baldes de água, mas hesitavam, incapazes de combater as chamas através do vidro.

Vislumbrei o rosto ensanguentado de meu pai. Eu não podia fazer nada. Não, não daquela vez.

— Me dê aqui! — exigi, agarrando o balde de metal de uma serva atônita. Ela guinchou em protesto conforme eu jogava a água no corredor. Eu lhe lancei um olhar. — A água não tem utilidade se não pudermos quebrar o vidro.

E embora não quisesse... não quisesse ver... me aproximei da janela. As lágrimas escorriam dos olhos avermelhados da rainha Corra, se por causa da fumaça ou do pânico, eu não sabia dizer.

Balancei o balde o mais forte que pude, então acertei o vidro, sentindo o choque reverberar através do vidro, até meus braços e peito.

Um arranhão, nada mais. O vidro devia ter sido reforçado.

Fiz outra tentativa.

Outros funcionários me imitaram, jogando a água fora e batendo com os baldes no vidro. De novo e de novo.

A mão da rainha Corra apertava algo na altura da garganta. Os olhos presos aos meus. Um momento se passou entre nós. Ela sabia que era o fim. Seu tempo tinha acabado.

O próximo golpe quase quebrou meu pulso. O balde caiu no chão. A mão da rainha Corra tocava o vidro aquecido, em busca de conforto. Eu me forcei a não desviar o olhar, mas não pude evitar que as imagens dos chips me invadissem, fornecendo detalhes dos quais não queria me lembrar.

Uma centelha. Luz. Chamas. Tosse. Gritos. Lágrimas. Pele borbulhando e empolando. Choro. Súplicas. Pele escura coberta com cinzas, como pó sobre um túmulo.

O assassino assistindo enquanto a rainha Corra vira cinzas.

Só que isso não estava nos chips de comunicação; estava acontecendo naquele momento.

Alucinada, olhei em volta. O assassino estava ali, se certificando de que a vida da rainha Corra se extinguia. Mas onde?

Havia muitas pessoas em variados estilos de roupas, dos diferentes quadrantes. Não importava que a rainha Corra fosse eonita; todos os rostos espelhavam o mesmo horror de ver uma rainha morrendo bem a sua frente.

Ninguém se destacava. Ninguém assistia com satisfação.

Mas o inspetor observava, os longos dedos no comunicador. Quem quer que estivesse notificando chegaria tarde.

Tropecei, me afastando do vidro, meu dermotraje subitamente muito apertado.

Eu era uma impostora.

Havia roubado de uma rainha condenada. Estivera em seu quarto no dia anterior. Podia ter deixado um bilhete, alertando-a sobre a morte iminente. Podia ter feito a coisa certa.

Varin e eu fomos egoístas. Devíamos ter contado aos guardas sobre o conteúdo dos chips de comunicação assim que entramos no palácio, independente de nossa falta de provas. Como Varin tinha sugerido.

Não. Eu fui a egoísta. Somente me importava com a HIDRA. Com meu pai. Comigo mesma. Com minha redenção.

— Me deixe sair. Me deixe sair — gritava a rainha Corra, os punhos esmurrando o vidro. Mas eu não podia encará-la. Não podia assistir nem mais um segundo.

Não podia assisti-la morrer. Não de novo.

CAPÍTULO 34

Arebella

*E**le* estava ali.

O pensamento mandou um arrepio de excitação pelas veias de Arebella, muito embora ela soubesse que aquele não era *o* momento pelo qual vinha esperando — pois não seria ele a lhe dar as boas-novas.

Os criados de Arebella a avisaram que ele a aguardava no salão principal. Enquanto descia as escadas, sua mente inquisitiva começou a imaginar por que ele estava ali e o que tinha a dizer.

Havia muitas opções... muitos caminhos alternativos que seu plano poderia tomar. E ele fazia parte daquele plano — uma parte integrante. Ela compreendia que a maioria das pessoas se concentrava no que estava a sua frente, mas Arebella pensava no passado, presente e futuro, simultaneamente. O que era, muitas vezes, exaustivo.

Ela o vira pela primeira vez quando ele acompanhou a mãe em uma visita. A mãe dele costumava visitar Arebella de anos em anos. A menina pensava que a senhora fosse simplesmente uma amiga da própria mãe. Apreciava a companhia da mulher, pois ela lhe contava histórias de sua gentil e inteligente mãe que, supostamente, havia morrido no parto. Em uma visita em especial, ela arrastara o filho. A princípio, ele fora taciturno e rude, se recusando a brincar com a Arebella de 10 anos.

Quando Arebella o chamou de rato ignorante do Jetée, um insulto que havia escutado a mãe adotiva usar uma vez, ele estourou.

— Pelo menos sei de onde vim — retrucou ele.

Arebella ficou em silêncio, a mente ziguezagueando pelas possibilidades do que ele quisera dizer. Então mudou de tática, decidindo ser sua amiga em vez de antagonizá-lo. Levou alguns meses, mas, eventualmente, ele lhe contou.

Arebella era a filha da rainha Marguerite.

Ele havia descoberto a verdade quando praticava a arte de xeretar os pertences alheios e encontrou uma carta de próprio punho da rainha, escondida em uma das gavetas trancadas da mãe. A carta tratava da filha da monarca, Arebella, que precisava de um lar fora do palácio e de pais adotivos que nunca soubessem de sua ligação com o trono.

Arebella deu um ataque, furiosa com a mãe por ter lhe escondido a verdade, mas ele sugeriu que ela fizesse algo a respeito.

— Sonhe alto — aconselhou ele. — Queira mais. Não peça. *Tome.*

Naquela época, ele era só pernas e braços, e um olhar de falcão. Observava tudo, em especial Arebella. Desde então, tinha se tornado um jovem charmoso, bem vestido e de presença impecável. Arebella se flagrou ansiando por suas visitas, não apenas a fim de discutir os planos para destruir o reinado da rainha Marguerite, mas para ver seu rosto e ouvir aquela voz melódica. Mas a reputação o precedia. Prometeu a si mesma proteger seu coração, no entanto, os dois ficaram próximos, e a amizade mudou para algo mais físico, então ela esqueceu o que havia jurado. O coração não mais lhe pertencia.

Antes de cada encontro, ela imaginava o que iria vestir, o que ele iria vestir, o que diriam. Quase sempre adivinhava a reação das pessoas, porque analisava incontáveis possibilidades e uma tinha que ser a correta. Mas com ele não. Ele sempre a deixava em suspense. E aquilo a intrigava.

Com frequência, ela se perguntava se ele sentia o mesmo por ela. Achava que sim, afinal... por que ele iria se manter ao seu lado e arriscar a vida para colocar seus planos em prática se não se importasse profundamente? Se seus afetos fossem um jogo?

Agora, conforme se aproximava do salão principal, ela se perguntou se este seria o dia em que ele confessaria seu amor. Foi por isso que não conseguiu esperar que todas as rainhas estivessem mortas antes de vê-la novamente?

Quando entrou no cômodo, ela colocou as mãos nas dobras da saia para esconder o tremor. A maioria das pessoas via o estremecimento como um sinal de fraqueza, mas Arebella tremia de antecipação.

Não mais lhe importava o motivo de sua presença. Queria notícias. Qualquer notícia.

Ele estava de costas, mas não encarava o fogo. O corpo estava em um ângulo afastado das chamas. Havia algo de diferente. Ele sempre a aguardava com o rosto aberto e receptivo. As coisas já estavam mais interessantes do que havia previsto.

— Me diga — ordenou ela, incapaz de não soar estridente. — Está feito?

— Ainda não. — Ele não se virou. — Mas creio que será chamada ao palácio a qualquer momento.

Ela esfregou a mão na boca.

— Excelente, então tudo está correndo de acordo com o plano. — Por que ele estava ali? Haviam concordado em não se verem até que ela entrasse no palácio.

— Não tudo, querida — disse ele, enfim se virando para encará-la.

Arebella ofegou.

— O que aconteceu com suas mãos? — Estavam empoladas e enegrecidas. Queimadas. Agora ela entendia o motivo de sua distância das chamas, embora ele ainda precisasse se aquecer no salão frio. Desde que a mãe adotiva de Arebella havia morrido, deixando pouco dinheiro, ela precisava economizar. Em breve aquelas preocupações ficariam no passado e ela poderia desfrutar do sistema de aquecimento do palácio, alimentado pelos raios de sol que banhavam a cúpula dourada. Poderia usar seu vestido favorito no meio do inverno, o de mangas curtas e decote profundo...

— O plano continua seguindo seu curso — assegurou Mackiel, trazendo-a de volta ao salão. — Mas preciso de sua ajuda.

Ela deslizou até ele, de braços abertos.

— Quem fez isso com você? — perguntou ela.

— Keralie. Mas não se preocupe. Ela terá o que merece. No fim.

— Está sentindo muita dor? — Arebella passou os dedos por seu maxilar suavemente. Aquele ferimento mudaria suas intenções? Ele ainda iria querer se deitar com ela? Arebella havia vestido a melhor lingerie para a ocasião, como sempre.

Ele balançou a cabeça.

— Tomei alguns analgésicos eonitas fortes. Mas você podia me dar uma — ele riu, irônico — mão. — E tirou um rolo de ataduras do bolso, os dedos trêmulos.

Arebella assentiu e começou a fazer o curativo em seus dedos, com cuidado.

De perto, pareciam muito pior, carbonizados e quebrados. Não cicatrizariam. *Impossível.* O que restou da pele cheirava a carvão. Ela queria franzir o nariz e desviar o olhar, mas se forçou a não fazer isso.

— Não se preocupe. Quando eu for rainha, vou providenciar uma dose de HIDRA — disse ela quando terminou de lhe enfaixar as mãos. Arebella não precisaria discutir suas decisões com ninguém. Ela faria as regras conforme bem entendesse. — Vou curar você.

Ela suspirou enquanto lhe corria as mãos pela pele macia do peito. O contato acalmava sua mente, permitindo que ela se concentrasse em um pensamento de cada vez; um efeito poderoso e um dos motivos pelos quais o amava.

Ela iria ajudá-lo, distraindo-o da dor, e ele podia ajudá-la.

Mackiel gemeu em resposta.

— Nenhuma palavra saiu do palácio. Devem estar mantendo os assassinatos em segredo até acharem qualquer parente de sangue do sexo feminino.

Ela desceu as mãos, e Mackiel apoiou a cabeça em seu ombro, o hálito quente contra o pescoço.

— Mas não vão encontrar nenhuma parente.

— Não... — suspirou ele. — Não há ninguém. Ninguém exceto você..

— E nosso assassino?

— Perfeito! — Ele conseguiu responder. — Rápido, silencioso e mortal.

Ouvir que seus planos se realizaram era um alívio abençoado, como chuva depois de um escaldante dia de verão. Sua mente estava fria, calma. Ela faria qualquer coisa para prolongar aquela sensação. O plano que havia colocado em ação aos 14 anos finalmente estava se cumprindo. Seu plano para salvar o Jetée. Seu plano para derrubar os muros e dividir as riquezas entre os quadrantes. E seu plano para ser a única, e una, rainha de Quadara. Ela estremeceu com a certeza de quão boa seria a sensação.

Talvez isso pudesse acalmar sua mente para sempre.

— Estará terminado antes... — A voz de Mackiel falhou quando ela pressionou o corpo contra o dele, com cuidado para não lhe tocar as mãos. — Antes que a semana termine. Tem sido difícil, com tanta gente no palácio. Pode ser que acabe mais rápido, se o assassino tiver a oportunidade de matar seus alvos.

— Como planejamos.

— Sim.

— Bom. — Ela puxou a boca de Mackiel em direção a sua.

O restante se perdeu entre sussurros e hálito quente.

CAPÍTULO 35

Keralie

Meu corpo assumiu o controle enquanto minha mente divagava. Fugi do fogo, das imagens queimando em minha retina. Não tinha certeza do destino, mas precisava me afastar dos olhos aterrorizados da rainha Corra, caso apontasse um dedo para mim.

Tarde demais. Tarde demais.

As pessoas enchiam as passagens conforme a fumaça se infiltrava pelo corredor. Ainda assim, ninguém me parou enquanto eu corria. Elas se espalhavam, olhos arregalados, em pânico, como se jamais tivessem visto os passadiços do palácio...

A sala de triagem! Elas estavam fugindo da sala de triagem! Como haviam escapado?

Livres, gritavam e empurravam umas às outras enquanto escapavam. Mas estavam indo para o lado errado. Não havia nada dentro do palácio, a não ser morte. Não era de admirar que não estivessem interessadas em mim; eu era apenas outra alma perdida, vagando pelos corredores.

Eu me desviei dos corpos desvairados enquanto abria caminho pela multidão. Não havia esperança atrás de mim.

Entre rápido. Saia ligeiro.

Ficara ali por tempo demais.

Um braço envolveu minha cintura, me puxando para uma sala vizinha, e fechou a porta atrás de nós.

— Varin! — exclamei ao vê-lo, a respiração ofegante.

Seus olhos examinaram meu rosto, suas bochechas rosadas.

— Perdi o inspetor de vista na multidão, mas esbarrei em Christon. Ele disse que os visitantes dominaram os guardas, só que não conseguiram fugir pela saída vigiada; em vez disso, invadiram o palácio, na esperança de encontrar outra saída.

— Não existe outra saída — falei. Eu havia criado aquele caos. Nunca devia ter lhes contado sobre o assassinato da rainha Iris. Se mais alguém se machucasse, seria minha culpa.

Tanto sangue em minhas mãos.

— Encontrou a rainha Corra a tempo? — perguntou ele.

Balancei a cabeça, sem precisar dizer mais nada.

— Não é culpa sua — garantiu ele.

Dei meia-volta.

— É sempre minha culpa.

Antes que eu percebesse o que estava acontecendo, Varin me envolveu em seus braços. Na mesma hora, meu corpo ficou rígido, mas o abraço parecia familiar, como uma memória distante.

E era uma memória distante. Minha mãe costumava me dar o melhor dos abraços. De pé, com os braços ao meu redor, a cabeça sobre a minha, por minutos sem fim, as duas caladas. Ela tinha o dom de se comunicar sem palavras. Jamais me sentira mais amada do que quando estava em seus braços. Com meu pai era diferente. Mesmo quando discutíamos, ele sempre terminava a conversa com um *Amo você mais que meu barco ama um vento de doze nós e um mar tépido*. Naquela época, eu alegava não ter ideia do que ele queria dizer, mas estava mentindo. Independentemente de minhas escolhas, meus pais me amavam. Até o acidente.

Pressionei o rosto contra o peito de Varin. Ele cheirava a pinho e sabão — o perfume de seu dermotraje. Meus olhos ardiam, e o apertei com mais força.

Jamais pensei que seria tocada daquela maneira outra vez.

— Não temos tempo para isso. — Relutante, me afastei. — A rainha Marguerite é a única rainha que sobrou, e de cuja morte sabemos menos.

Ele assentiu com a cabeça, devagar.

— Só sabemos que vai ser envenenada.

— Certo. Não sabemos mais sobre o assassino do que quando chegamos ao palácio. Já faz dois dias. — Varin estivera certo o tempo todo; devíamos ter procurado logo as autoridades com o que havíamos descoberto, sem medo das consequências. Não tínhamos provas, mas ainda podíamos salvar a rainha Marguerite. — *Temos* que impedir isso.

— Não é nosso trabalho salvar as rainhas — argumentou ele. — Não é nosso trabalho salvar ninguém.

Eu sabia a *quem* estava se referindo. Então me afastei.

— Você não sabe de nada. — Estreitei os olhos para ele. — Nunca amou ninguém. Como pode entender o que é magoar alguém que se ama? Não me diga como devo me sentir!

Seus olhos brilharam.

— Eu sei o que é ser magoado.

— Por causa de sua data de morte? — alfinetei. — Você acha que sua própria morte é dolorosa? Imagine como é se sentir responsável pela de outra pessoa. — Balancei a cabeça. — É pior, muito, muito pior. Se eu não conseguir uma dose da HIDRA para meu pai, então ele vai...

— O quê? — interrompeu Varin. — Você nunca disse nada sobre a HIDRA. Pensei que quisesse dinheiro!

Joguei as mãos para o alto.

— Eu menti, ok? Por que está tão surpreso? Tudo o que faço é mentir, enganar e roubar. Não sou tão diferente assim de Mackiel. Ele me criou, lembra?

— Keralie. — Meu nome era um grunhido em seus lábios. — Você devia ter me contado a verdade.

— Não queria que soubesse que estávamos atrás da mesma coisa. Talvez você me entregasse para conseguir o que queria. — Aquilo soou ridículo em voz alta. Varin era leal, havia provado repetidas vezes, mesmo quando eu o havia roubado, insultado e arrastado para aquela bagunça.

— Eu nunca denunciaria você — disse ele. — Teria permitido que ficasse com a dose da HIDRA para seu pai. Ele precisa dela.

Bem, isso me fez sentir pior.

Sorri, com tristeza.

— Não quero que sacrifique seu futuro pelo meu... ou o de meu pai.

— Mackiel disse que seu pai estava em coma, não é? — perguntou ele, e eu assenti. — Então a situação dele é mais grave que a minha. É a coisa certa a se fazer.

— Qual é sua doença? — Era uma pergunta que eu devia ter feito assim que ele a mencionara. A pergunta que ele ignorou na enfermaria. — Por que sua data de morte está ajustada para os 30 anos? Por que precisa da HIDRA?

Ele me surpreendeu.

— Estou ficando cego.

Arfei, a mão de encontro ao peito.

— Tenho uma rara doença genética — respondeu ele. — É degenerativa. Já sinto dificuldade em enxergar na luz intensa do sol ou à noite, e minha visão periférica não é lá essas coisas. — Ele engoliu em seco, com dificuldade. — Ficarei completamente cego quando chegar aos 30.

— Mas seus olhos são lindos. — *Que burrice, Keralie. Que coisa mais estúpida para se dizer.*

Ele sorriu.

— Um sintoma da doença.

— Mas a HIDRA pode curar você? — perguntei.

— Minha doença jamais foi urgente o bastante para que eu furasse a fila e fosse examinado. Não é como se estivesse morrendo. Pelo menos, não no momento. — Ele ergueu um dos cantos da boca.

De algum modo, o fato de que ele tentava fazer piada com o assunto doeu ainda mais.

— Desculpe — lamentei. — Devia ter dito a verdade desde o início. Mas não sou boa em confiar nos outros. Veja Mackiel. — Soltei uma risada oca. — Era meu melhor amigo e quis me matar. Duas vezes.

Ele me encarou por um longo instante.

— Você pode confiar em mim.

— Sim. Porque você é eonita. É bom, leal, compreensivo, altruísta, honesto.

— Não. — Ele balançou a cabeça. — Pode confiar em mim porque sou seu amigo, Keralie. E amigos *de verdade*, amigos que se importam uns com os outros, não mentem.

Eu queria acreditar naquilo, mas gato escaldado... Talvez Mackiel *tivesse* roubado minha habilidade de me importar. Talvez eu fosse me tornar a garota que ele me treinara para ser. E não havia volta.

— Você acha que as pessoas podem mudar? — perguntei. — Ou acha que estamos fadados a seguir determinado caminho?

Varin inspirou antes de soltar um suspiro. Jamais o vira tão abalado, tão angustiado. Não queria magoá-lo com minhas palavras, mas foi o que fiz.

— Tenho que acreditar que podemos mudar. *Preciso* acreditar que posso ser mais que um mensageiro, mais do que meu quadrante exige de mim, mais do que minha data de morte. E você — disse ele, erguendo uma sobrancelha — me fez acreditar que meus sonhos não são em vão. Que posso ir atrás do que quero. Mesmo que por um curto período de tempo.

A arte dele. *Rainhas do céu*. Agora fazia sentido que ele nunca tivesse tentado seguir seus sonhos, pois aquilo lhe seria tirado de forma cruel. Jamais pintaria de novo. Quando perdesse a visão, a coisa que trazia alegria a sua vida se tornaria impossível.

Senti um aperto no peito, e lágrimas inundaram meus olhos.

— Quero acreditar que existem mais coisas boas reservadas para você — afirmei. — Para nós dois.

— Obrigado. — Uma sombra de covinha surgiu em cada uma de suas bochechas.

— Vamos lá — encorajei, enxugando as lágrimas. — Você pode fazer melhor que isso. Me mostre os dentes.

Ele fez uma careta, os dentes brancos brilhando na sala escura.

Eu ri.

— Melhor, mas ainda precisa de treino.

Ele se aproximou de mim, hesitante.

— Mackiel não roubou nada de você — disse ele, baixinho.

Não retruquei.

— Keralie? — sussurrou. — Se tenho certeza de alguma coisa é de que você é autêntica. Ninguém pode obrigar você a fazer nada que não queira. Veja só o modo como se esgueirou pelo palácio, despercebida.

Olhei para o chão.

— Não tenho certeza se sei quem sou sem ele. Não tenho certeza se consigo me virar sozinha.

— Já conseguiu. — Gentilmente, Varin colocou as mãos em meus ombros. — Isso é tudo obra sua, não dele. Você quer ajudar as rainhas. Você quer ajudar seu pai. É tudo você.

Encontrei seu olhar e perdi o fôlego. Sua expressão parecia intensa, como se seus olhos pudessem me rachar em duas e revelar a verdadeira Keralie.

Quem você quer ser?

Seus olhos, como luas prateadas, examinaram meu rosto. Meu coração acelerou no peito. Naquele momento, não me senti como a melhor larápia de Mackiel. Não me senti como a garota que tinha destruído a própria família. Uma garota em que não se podia confiar.

Não me senti sozinha.

Foi quando me dei conta de que não queria ser outra garota que não a parada na frente de Varin. A garota que ele estudava com tanto desejo no olhar.

Agarrei sua blusa e o puxei.

Seus lábios eram mais macios do que imaginei. Mais quentes também. Durante todo aquele tempo, julguei que ele fosse feito do mesmo metal brilhante que os eonitas pareciam amar. Insensível e frio.

Mas ele não era. Nem um pouco.

Sua boca se movia de encontro a minha, tomando meus lábios nos seus. Sua pele cheirava a sal e um pouco de pimenta. Aquele era o verdadeiro Varin, não o que o dermotraje projetava.

Arranquei as luvas e segurei sua nuca, enfiando os dedos em seus cachos. Seu cabelo era sedoso... tudo nele era suave.

Meu coração acelerou, se é que aquilo era possível, e o calor florescia no roçar de nossa pele.

Então ele me soltou. Naquele breve instante de liberdade, sorrimos um para o outro, surpresos e atônitos. Puxei seu pescoço, mas ele ergueu as mãos para me impedir.

— Também quero sentir você — explicou, o rosto enrubescendo. Meu coração se agitou. Ele soltou o traje dos pulsos e tirou as luvas. Com as mãos livres, afastou uma mecha de cabelo de meu rosto, os dedos trêmulos. Então deixou uma trilha em brasa de minhas bochechas até os lábios. Fiquei preocupada, imaginando se nosso momento tinha se perdido, mas então sua boca reencontrou a minha.

Ofeguei, já me esquecendo da gentileza de seus lábios... da gentileza dele. Não mais limitadas pelo dermotraje, suas mãos mergulharam em meus cabelos, me guiando mais para perto. Agora eu podia sentir o *verdadeiro* Varin. Ver o verdadeiro Varin. E todo o seu calor. E mãos. E lábios.

Frio e calor me invadiram, lutando por supremacia enquanto o dermotraje tentava regular minha temperatura abrasadora. O palpitar em meu estômago parecia medo, e, no entanto, eu queria aceitar a sensação, me envolver nela e jamais abandoná-la.

Varin continuava a me beijar, e eu não tinha certeza de quando parar. *Por que* parar? Ainda tínhamos muito a fazer... coisa demais. Mesmo assim, não queria me afastar. Era óbvio que ele sentia o mesmo; suas mãos acariciavam meu corpo, seu toque quase tão íntimo quanto o beijo. Estremeci ao imaginar como seria tocar Varin sem os dermotrajes.

Seus olhos brilharam de desejo, e achei que eu entraria em combustão com aquele olhar. Naquele momento, não podia me imaginar beijando qualquer outro.

Como as pessoas beijavam desconhecidos com tamanho abandono? Beijos sem significado? Como podiam fazer algo tão íntimo, tão revelador, com alguém que não desejavam? Outros larápios recorriam à sedução como se não significasse nada.

Mackiel havia tentado me ensinar o poder de um beijo para fazer os homens se esquecerem de tudo, para então roubá-los. Agora eu entendia, era o plano perfeito... a distração perfeita. Mas eu não conseguia. Tinha tentado, e quase consegui em algumas ocasiões. Mas na hora da verdade, não fui capaz. E agora sabia o motivo.

Meu primeiro beijo tinha que ser com Varin.

CAPÍTULO 36

Arebella

As oito mais perfeitas palavras tiraram Arebella da cama no meio da noite.

— Sua presença foi requisitada no palácio, Srta. Arebella.

Ela se levantou depressa, sem precisar que lhe dissessem por que ou por quem. *Aquele* era o momento pelo qual estivera esperando... o momento que estivera planejando incessantemente até que os planos se tornaram um emaranhado em sua mente. Ela olhou pela janela; ainda estava escuro.

Não havia tempo a perder.

— Prepare meu melhor traje — ordenou Arebella a sua criada, pulando da cama. Não precisou esfregar os olhos para afastar o sono, pois não estivera, *de fato*, dormindo. Arebella não estava familiarizada com o estado de inconsciência profunda do qual outros pareciam desfrutar. Algumas breves horas de quietude aqui e ali eram tudo o que obtinha. Seu cérebro era ativo demais. — E rápido — acrescentou.

As mãos da criada tremiam enquanto amarravam o espartilho de Arebella e prendiam a crinolina à cintura estreita.

— Agora não é a hora de ser desleixada. Faça direito ou não faça nada — bufou Arebella.

A mulher tímida assentiu, as mãos se firmando, embora agora o lábio estivesse tremendo. Arebella amaldiçoou a fraqueza da mulher. A criada tinha servido a sua mãe adotiva e jamais gostara da menina. Arebella ficaria feliz de dispensar qualquer ajuda, mas não conseguia alcançar os muitos botões em suas costas.

Ela segurou as mãos da serva nas suas. A frágil mulher se encolheu, esperando o pior. Arebella nunca fora cruel com ela, mas também jamais fora gentil.

— Obrigada por sua ajuda — agradeceu Arebella, com um sorriso forçado. Por que não praticar a cordialidade agora, antes de chegar ao palácio?

Assim que estava vestida com o cintilante traje dourado, ela desceu as escadas até o vestíbulo, uma lanterna na mão para iluminar o caminho. Velas haviam sido acesas a fim de economizar energia. Não era uma casa grande, já que era tudo o que sua pouca renda podia pagar, mas tinha três quartos e uma sala de estar, onde a comitiva do palácio aguardava por ela.

Seu sangue cantava nas veias, e o coração trinava. Este era o dia — o primeiro dia de sua nova vida; a vida que devia ter sempre vivido. Ela havia recitado as palavras repetidas vezes em sua mente, em preparação para aquele momento. Tinha ensaiado as expressões no espelho. Espanto. Tristeza. Reverência. Descrença. Ela as aperfeiçoara.

Quando entrou na sala de estar e encontrou apenas um homem, quase deu meia-volta. Não era assim que havia imaginado. Onde estava o restante da comitiva real?

Quando uma rainha morria, uma escolta de membros da corte e guardas devia percorrer as principais ruas de Toria até chegar ao palácio. Um anúncio deveria ter sido veiculado nos últimos Relatórios das Rainhas, informando o quadrante de quando e onde poderiam vislumbrar a futura rainha toriana. Era tradição. E ela se vestira para a ocasião, sabendo que Mackiel estaria esperando sua carruagem passar... para sinalizar o estágio seguinte em seu plano. Em vez disso, ela teria que lhe enviar uma mensagem.

O homem a sua frente era mais jovem do que tinha antecipado. Ela imaginara como seria seu conselheiro. Talvez fosse uma mulher maternal, e Arebella logo faria amizade, tomando sua mão em um gentil, mas firme, aperto. Ou talvez fosse um homem estoico, uma figura paterna a quem ela encantaria com sua ambição e inteligência.

Arebella piscou, mas a cena não desvaneceu. Ela não podia controlar esta cena. Ela era real.

— Lady Arebella — disse o homem alto e magro, então fez uma reverência quando ela o encarou.

Lady? Embora não fosse *rainha* Arebella, ainda não, ela gostou bastante do som.

— Peço desculpas por visitá-la a essa hora — continuou o homem. — Meu nome é Jenri.

Ele ainda desempenharia o papel de conselheiro estoico? Arebella hesitou por um momento, a mente tentando reimaginar seu futuro.

— Bom dia — cumprimentou ela. — Como posso ajudá-lo?

Aquela seria a parte mais difícil; fingir que não sabia quem era. De seu ponto de vista, uma visita do palácio seria uma ocasião imponente e agradável... a qualquer hora. Então Arebella abriu um largo sorriso.

Jenri engoliu em seco de forma audível, antes de avançar.

— Sou o conselheiro de Toria.

— Ah! — Arebella levou a mão enluvada ao peito; o coração batia com violência sob seus dedos. — Que fascinante! O que o traz a minha casa?

O desconforto de Jenri deixou Arebella extasiada; estava conseguindo enganá-lo. Ela tivera dúvidas de que conseguiria ludibriar alguém da corte — alguém treinado para detectar mentiras — até aquele instante. Desejou que Mackiel estivesse ali para testemunhar seu sucesso.

— Temo que traga más notícias — explicou Jenri, o rosto contraído. — Talvez seja melhor sentar, Lady Arebella.

Ela trincou os dentes em resposta. Ninguém lhe dizia o que fazer. Logo ela estaria *lhe* dando ordens.

— Estou bem de pé. — Ela não podia negar que a impetuosidade de Mackiel era contagiosa. — Obrigada — acrescentou, no último minuto.

Jenri assentiu.

— Me disseram que você tem conhecimento de que foi adotada. É verdade?

— Sim. — *Chegou a hora*, pensou ela. *Mas não sorria. Pareça um pouco preocupada. Confusa.* — Mas minha mãe adotiva morreu há alguns anos. Herdei esta casa quando ela faleceu.

— Sinto muito ouvir isso.

Arebella assentiu, melancólica.

— Mas o que isso tem a ver com o palácio?

— Muita coisa. — Jenri pigarreou. — Queria que houvesse um modo mais fácil de contar. Entretanto...

— Pode me contar. — Arebella avançou, as palmas erguidas. — Não sou tão frágil quanto pareço.

As palavras sairiam fácil de sua boca, ou ele teria que cuspi-las? E como iria recitá-las precisamente? Arebella mordeu a parte interna da bochecha. *Concentre-se. Fique no momento. Lembre-se de tudo. Cada palavra.*

Ele sorriu para ela.

— Não, suponho que não seja. A força está em seu sangue.

— Meu sangue? — Arebella tinha certeza de que ele podia ouvir sua pulsação.

— Sim. — Ele baixou o olhar por um momento, antes de continuar: — Veja bem, sua mãe biológica, bem, era a rainha de Toria.

Arebella deixou escapar um arquejo ensaiado.

— A rainha Marguerite? — Um sorriso se abriu em seu rosto. — É mesmo?

Ele deu um aceno curto.

— Temo que a mulher que a levou do palácio não a tenha informado de sua verdadeira linhagem graças às próprias crenças contra a realeza.

Arebella engoliu a raiva. Ele iria culpar a Sra. Delore por não informá-la e fingir que Marguerite desejara que ela herdasse o trono? Não tinha certeza se a mentira a fazia gostar mais — ou menos — de Jenri. O que seria melhor para seus interesses? Desconfiar do homem? Ou confiar nele? Ela precisaria analisar a situação naquela noite, enquanto todos os outros dormiam. Sua primeira noite no palácio, que emocionante!

Concentre-se, censurou a si mesma.

— Que notícia surpreendente — comentou Arebella, depois de um dissimulado momento de reflexão. — Não fazia ideia de que descendia de uma linhagem real. Que excitante! Ah! — Ela franziu o cenho em uma carranca. — Mas se veio até aqui... Não quer dizer que... que ela... — Sua voz tremeu de emoção, embora isso pudesse ser facilmente confundido com medo. — Você disse "era".

— Sim. Temo que a rainha Marguerite tenha falecido — revelou ele, baixando a cabeça. — Vim assim que pude.

Ela havia imaginado aquelas palavras incontáveis vezes. Chegou a pensar se ainda as estaria imaginando, pois ele não dera a notícia da forma correta. Não como ela tinha desejado que fizesse. Arebella julgara que haveria mais drama, mais charme. Mais choro. E mais pessoas. Mas era apenas aquele único conselheiro. Que decepcionante.

Ele aguardava sua resposta.

Ela cravou as unhas bem-feitas nas palmas para impedir que se perdesse em pensamentos. Uma técnica que Mackiel havia lhe ensinado. *Dor é realidade*, ele gostava de dizer.

— Isso é terrível — disse ela, enfim. Ela escolheu *terrível* em vez de *horrível*, porque *horrível* soava muito impessoal e *terrível* lembrava *término*; a poesia a agradava.

— Lamento informá-la disso — desculpou-se ele, a expressão carregada de emoção e fadiga. — Em geral, as rainhas são criadas com o conhecimento de sua ascendência e estão preparadas para esse dia difícil.

Sentimentos conflitantes a dominavam. Devia chorar? Ou seria exagero? Ela nunca havia encontrado a mulher e, supostamente, acabara de descobrir seu parentesco. Qual era a reação apropriada para a morte de um parente que jamais tinha encontrado? Uma pessoa que você somente encontraria pessoalmente quando ela já estivesse morta?

Ainda assim, a mulher havia lhe dado à luz, o que merecia algum reconhecimento. Ela fungou, então perguntou:

— O que aconteceu?

Sim, isso soava melhor. Muito melhor que *Ah, rainhas do céu! Não minha pobre mãe!*, sua predileta nos últimos meses. Às vezes a simplicidade é o melhor caminho.

— Ela foi envenenada — respondeu Jenri, com lábios trêmulos. — Os médicos fizeram o que podiam para salvá-la, mas já era tarde. Lamento, minha senhora. — *Interessante*. Ela não tinha conhecimento de como as rainhas seriam assassinadas, somente que tudo seria resolvido e que a morte da mãe levaria tempo o bastante para que ela revelasse sua existência. Era mais seguro não saber. Deste modo, as reações de Arebella pareceriam mais genuínas.

Jenri deu um passo à frente e pousou a mão em seu braço, as rugas visíveis ao redor dos olhos enquanto a observava. Ele era emotivo. Afetuoso. Suave.

Fácil.

— Tenho certeza de que fizeram o possível — murmurou ela, decidindo imitar a suavidade do conselheiro, na esperança de que isso criasse uma ligação entre ambos. *Ache algo que queiram*, dizia Mackiel, *então dê a eles, e eles serão seus.*

— Infelizmente, isso não é tudo — avisou ele.

— Não? — Mal podia disfarçar a empolgação. Ele estava prestes a nomeá-la rainha de toda Quadara.

— As outras rainhas também estão mortas. — Ele pigarreou. — Assassinadas.

Arebella mexeu os ombros para cima e para baixo, fingindo que ofegava.

— Como isso é possível?

— Ainda não sabemos ao certo, mas posso garantir que estará segura comigo.

Arebella quase riu. Claro que estaria segura. Aquilo tudo fora obra sua.

A mãe não podia mais controlar sua vida dos bastidores. Arebella enfim conseguiria tudo o que sempre quis, tudo o que lhe era devido. E Quadara ganharia sua melhor rainha.

— Posso ver minha mãe? — perguntou ela. — Pelo menos uma vez? — Parecia a coisa certa a pedir, permissão para se despedir. Que curiosa tradição quadariana... o dia marcado para conhecer sua mãe biológica era o dia da despedida. Talvez aquela fosse uma das Leis das Rainhas que deveria mudar? Ela não queria que sua filha só a visse no leito de morte.

Será que vou ter filhos um dia?, se perguntou Arebella. *Quero ter filhos?* Supunha que poderia mudar aquela lei também, se quisesse. Quando fosse rainha.

— Sim, minha senhora — respondeu Jenri, tirando-a daqueles pensamentos desconexos. — Ela está apresentável.

Arebella franziu os lábios ante a descrição do cadáver da mãe como apresentável. Pelo que conhecia da morte, era feia, e damas como ela deviam lhe virar o rosto. Não que planejasse fazer isso, mas era sempre bom saber o que damas como ela *deviam* fazer.

— Preciso que me acompanhe ao palácio imediatamente — continuou ele. — Podemos mandar buscar seus pertences quando estiver instalada.

— Vou viver no palácio? — Sua voz soava exultante.

— Será a próxima rainha de Toria. — Ele lhe deu um pequeno sorriso. — Tenho certeza de que será uma rainha maravilhosa, e estarei ao seu lado a cada passo do caminho, como prometi a sua mãe. — Ele baixou o tom de voz. — Como fiz *por* sua mãe.

Com sorte, não a cada passo, pensou ela.

— Obrigada. — E o encarou, os olhos brilhando com lágrimas de felicidade. *Deixe que pense que são de pesar.* — Me leve até lá. Estou pronta.

E estava mesmo.

CAPÍTULO 37

Keralie

Algumas horas mais tarde, acordei com o derradeiro brilho das estrelas atravessando o domo de vidro. Outro dia começava, meu terceiro no palácio, o quarto desde que roubara o estojo de Varin, e não estava mais perto de pegar o assassino. *Nós* não estávamos mais perto.

Eu me virei e vi que estava encolhida em um tapete empoeirado. Prendi um espirro, para não acordar Varin, e me sentei. Finalmente, dei uma olhada em nosso esconderijo: as paredes estavam cobertas por tecidos, e em duas mesas longas no meio do cômodo se viam várias máquinas de costura e vestidos inacabados.

A sala de costura do palácio.

Parecia que as costureiras haviam partido com pressa, as agulhas de suas máquinas ainda presas aos tecidos. Sem dúvida tinham fugido da horda de visitantes zangados e confusos que inundaram os corredores do palácio, ou então haviam sentido o cheiro da fumaça. Ninguém se importava com vestidos quando rainhas eram assassinadas nos corredores.

Eu precisava achar a rainha Marguerite antes que o assassino a encontrasse. Àquela altura, pouco me importava se fosse presa. Contanto que a rainha me ouvisse... por tempo o suficiente para não comer nem beber nada que não fosse examinado primeiro. O assassino não iria vencer. Eu faria o que devia ter feito desde o início; revelaria às autoridades tudo o que sabia.

Virei de volta para meu local de descanso para acordar Varin, mas ele não estava ali e o espaço ao meu lado estava gelado. Aonde ele tinha ido? Não teria me abandonado, mas a visão do tapete vazio fez meu estômago se contrair.

Teria sido capturado? Talvez o inspetor tenha nos descoberto ali e o levado da sala. Ou o assassino? Por que não me levara também? Mackiel ainda estava brincando comigo?

Não devia ter caído no sono. Mas não tivera uma noite de descanso em dias.

Eu me sacudi e abri a porta, espiando pela fresta para ver se o corredor estava vazio. Assim que me convenci de que tudo parecia bem, me esgueirei para fora.

Por que estava tudo tão quieto? Onde estava todo mundo? Cerrei os punhos.

Varin vai ficar bem. Tudo vai ficar bem. Encontre a rainha Marguerite. Acabe com essa bagunça. Encontre Varin depois.

Eu me dirigi aos aposentos da rainha Marguerite. No caminho, passei pela enfermaria. A porta estava ligeiramente aberta. Empurrei-a um pouco mais, então parei na soleira. Quatro corpos jaziam em macas de metal, os lençóis cobrindo seus rostos.

Quatro... quatro rainhas. Todas mortas.

— Não — sussurrei.

Minhas pernas fraquejaram, e eu caí. Braços fortes me envolveram por trás, me colocando de pé.

— Varin — murmurei. — Chegamos tarde.

— Não é Varin — disse uma voz gentil.

Baixei o olhar. Dedos longos e bizarros espraiavam de minha cintura, onde haviam me agarrado.

O inspetor.

Eu me desvencilhei e corri para dentro da enfermaria, manobrando entre as macas em direção à parede dos fundos. Mas não havia para onde ir; o inspetor bloqueava a única saída.

— Já está de volta? — perguntou ele, não parecendo surpreso em me encontrar ali.

— Estou ajudando a rainha Marguerite — expliquei, repetindo a mentira que tínhamos contado a Christon. — Estou tentando achar o assassino.

— É mesmo? — Ele inclinou a cabeça, me estudando.

Não pude evitar que meus olhos vagassem até a quarta maca. Eu havia falhado.

O inspetor prendeu o comunicador na orelha para registrar nossa conversa.

Onde estava Varin? Ele poderia me tirar daquela confusão.

— Sim — respondi.

— E ontem, quando estava escutando meu relatório da autópsia, também foi para ajudar a rainha Marguerite?

Ele sabia que estávamos ali?

— Ah, sim — disse ele, percebendo minha confusão. — Já sabia que você estava no palácio há um tempo. — Ele deu um pequeno assovio, então sorriu. — A pergunta que não quer calar é: *por que* você estava aqui?

— Por que *você* está aqui? — contra-argumentei. — Você chegou ao palácio antes da morte da rainha Iris. Por que estaria aqui antes que houvesse qualquer assassinato para investigar?

— Isso é mentira — rebateu ele. — Cheguei depois que a rainha Iris foi morta.

— Seu nome não estava na lista de visitantes!

— As autoridades não são obrigadas a assiná-la.

Não. Não. *Não podia ser tão simples.*

— Mas você está aqui — observou ele, com o cenho franzido, então abriu um estojo prateado em sua cintura e passou os dedos por centenas de chips de comunicação. Ele devia ter pedido à rainha Marguerite que relembrasse todas as suas audiências daquele dia na corte, então gravou suas memórias. Ele escolheu um, fechou os olhos e colocou o chip em sua língua para ingerir a lembrança.

Quando abriu os olhos, pareciam aço.

— Sim, você estava aqui desde o início. Você forneceu informações sobre um criminoso procurado, de nome Mackiel. Isso foi antes do assassinato da rainha Iris.

— Não tente colocar a culpa em mim! — Apontei para ele. — Eu estava tentando ajudar.

O inspetor olhou para os corpos cobertos.

— E ajudou?

— Isso não é minha culpa! — *Onde estava Varin?* Se alguma coisa tivesse acontecido a ele, jamais me perdoaria.

— Isso ainda precisa ser averiguado — retrucou.

O som de passos ecoou do corredor. Enquanto o inspetor olhava para a porta, peguei o bisturi mais próximo e mais afiado.

— Olá! — O inspetor chamou quem quer que estivesse passando por ali. — Chegou bem a tempo. Creio que encontrei sua Keralie.

Quase deixei o bisturi cair com o choque quando Varin entrou, seguido de vários guardas do palácio.

Não!

— Soltem ele! — gritei.

O rosto de Varin parecia inexpressivo quando ele assentiu para mim.

— Sim. É ela.

Antes que eu tivesse tempo de reagir, os guardas me cercaram. Um torceu meus braços para trás e prendeu algemas em meus pulsos. Escondi o bisturi na manga de meu dermotraje.

— O que está fazendo? — perguntei. — O que está acontecendo, Varin?

Ele balançou a cabeça, relutante em falar, a expressão carregada de emoção. Emoção que ele não devia sentir.

— Keralie Corrington, de Toria — anunciou um dos guardas. — Você está presa pelo assassinato das rainhas Iris, Stessa, Corra e Marguerite. Sua sentença será determinada mais tarde.

— O quê? — guinchei, me virando, lutando contra as algemas. — Não machuquei ninguém!

— Bem, isso não é exatamente verdade, é? — perguntou uma voz familiar.

Mackiel entrou na enfermaria e parou ao lado do inspetor. Embora eu soubesse que ele estava envolvido, meu coração tremeu no peito, como um rato assustado. Eu queria fugir. Queria gritar. E queria rir daquele absurdo. Mackiel e eu, os dois no palácio, como em nossas brincadeiras de criança. Mas não havia nada de infantil em sua expressão.

Seu cenho estava franzido sobre as pálpebras delineadas com kohl, seu olhar penetrante. O cheiro defumado era nítido, apesar das bandagens.

Engoli em seco.

— Ok, admito. Eu o machuquei — *e ele mereceu* —, mas não matei as rainhas. — Indiquei Mackiel com o queixo. — Ele é seu assassino!

O inspetor balançou a cabeça.

— Mackiel só chegou ao palácio hoje de manhã. As rainhas já estavam mortas.

Isso não podia ser verdade. Mackiel *tinha* que estar por trás de tudo. Onde estavam seus capangas? Fugiram, agora que haviam completado a tarefa mortal?

— Mas você mesmo disse que ele é um criminoso procurado! — falei. Mackiel sempre dissera que o palácio conhecia seu rosto e seu nome. Era por esse motivo que ele sempre me fazia roubar quando estávamos perto de Concórdia.

— *Você* disse isso — argumentou o inspetor. — Depois de suas acusações contra ele na audiência com a rainha Marguerite, requisitei a presença de Mackiel no palácio. Ele tem sido muito prestativo e limpou o próprio nome.

É claro! Outra mentira. Outro jogo. A corte não sabia nada sobre Mackiel. Mas por que ele fingiu o contrário? Teria sido apenas para me obrigar a cumprir suas ordens?

Mackiel levantou uma das sobrancelhas, o canto dos lábios ligeiramente erguidos.

— Gostaria de poder dizer que é um prazer rever você, querida, mas nas atuais circunstâncias — ele encolheu os ombros estreitos — é quase um choque descobrir o que fez em minha ausência.

— O que *eu* fiz?

— Por que não conta a Keralie o que me confessou? — o inspetor pediu para Varin, que não tinha saído da soleira.

Minhas pernas tremiam. *Não. Não é possível. Não Varin.*

— Tenho provas — declarou Varin, desviando o olhar.

— Provas? — perguntei. — Do que está falando? Os chips de comunicação regravados? — Alguém puxou meu pulso.

— Peguei — disse o guarda atrás de mim.

Eu me virei e vi que ele havia tirado meu bracelete de larápia. O guarda o entregou ao inspetor, que arrancou um dos berloques. Era o pingente que Mackiel tinha me dado quando eu fora bem-sucedida ao invadir a casa do governador de Toria, que alegava estar acima do Jetée e dos prazeres que o distrito tinha a oferecer, mas era um frequentador assíduo, que bebia e jogava. Foi a missão em que Mackiel me enviara duas semanas antes de me pedir para roubar o estojo de Varin.

O berloque tinha a forma de uma pequena garrafa de prata.

— Não entendo... — comecei, mas o inspetor torceu o topo do pingente com seus dedos estreitos. A pequena rolha saiu em sua mão. — Eu não sabia desse truque. — Não tinha certeza se alguém sequer me ouvia.

O inspetor virou o berloque de cabeça para baixo.

— Os guardas não verificam as joias. — Alguns grãos de pó caíram do pequenino gargalo da garrafa. — O lugar perfeito para esconder veneno.

— Não — neguei, sacudindo a cabeça na direção de Mackiel, cujos olhos azuis estavam arregalados de surpresa fingida. — Ele me deu o berloque. Eu nem sabia que abria!

— E quanto a isso? — perguntou o inspetor, escolhendo outro pequeno pingente, no formato de um livro. Ele o abriu, e uma chama se acendeu.

— Não — repeti.

O inspetor continuou a soltar os outros berloques, os olhos negros semicerrados, inclusive minha gazua e o pingente em formato de estojo de comunicação. Ele os colocou no banco e começou a brincar com eles.

Eu não entendi o que estava fazendo até que os berloques começaram a se juntar, como peças de um quebra-cabeça, e formaram uma lâmina. Uma lâmina muito fina, com o pingente no formato de estojo como punho, e a gazua como a ponta afiada.

— Eu não sabia disso também — comentei, baixinho.

O inspetor cortou o ar com a arma recém-formada.

— Que bela lâmina você tem aqui.

Desajeitada, lutei contra as correntes.

— Ele fez isso! — gritei para Mackiel. — Trabalho para ele! Ele me deu cada um dos berloques! Foi ele que matou as rainhas!

Mackiel simplesmente encarou Varin.

— Varin? Por favor, esclareça.

Meus olhos dispararam até Varin. *Não me diga que você me traiu. Não com Mackiel.* Ele não teria feito isso. Ele não *podia*. Eu confiei nele!

Lentamente, Varin levantou o rosto, mas não me encarou.

— Há algumas horas, na sala de costura, caí no sono. — Eu não compreendia. Nós *dois* tínhamos adormecido. — Quando acordei, você tinha saído. Encontrei você no corredor, prendendo o berloque de garrafa de volta no bracelete.

Aquilo jamais acontecera. Por que ele estava mentindo? Por que se voltaria contra mim?

— A rainha Marguerite foi encontrada envenenada pouco depois — disse o inspetor com um aceno.

— E ontem. — Varin pigarreou. — Quando estávamos no armário, você também desapareceu. Pensei que tinha ido ao banheiro. Quando voltou, seu cabelo estava úmido e você cheirava a perfume.

— Quando a rainha Stessa morreu — explicou o inspetor. — Nos banhos perfumados.

— Você está pagando Varin! — cuspi para Mackiel. — Não está? Você está dando a ele o que ele quer. Ele está nas suas mãos agora, não é?

Que burra! Eu havia pensado que significava algo para Varin, mas estava enganada. Todo mundo podia ser comprado, e Mackiel sabia o preço.

— Não, querida — retrucou Mackiel com um aceno de cabeça.

— Você me incriminou — sussurrei, com um aperto no peito. Minha visão ficou turva de lágrimas. — Todos vocês.

— Isso não é verdade. — Varin me encarou pela primeira vez. — Você *me* enganou. Me fez acreditar que queria minha ajuda. Me fez acreditar em você, mas estava mentindo o tempo todo. Mentindo sobre seu pai, fingindo se importar. Tudo o que queria era matar as rainhas. Era *seu* plano o que vi naqueles chips. Todo esse tempo, você alegou ser a melhor. Eu devia ter ouvido. — Ele soltou uma risada cruel. — Você nos enganou direitinho.

Minha cabeça rodou. Tombei para a frente. Os guardas me puxaram, me endireitando.

— E o que é isso? — perguntou Mackiel, dando um passo em minha direção. Eu me encolhi conforme seus dedos carbonizados correram pelo emblema eonita bordado no ombro de meu dermotraje. Ele ergueu uma sobrancelha, sabendo perfeitamente que aquele traje não era... *não podia*... ser meu.

— Isso pertence à rainha Corra — disse o inspetor. — A aia dela me reportou o sumiço de um dermotraje dos aposentos reais.

Mackiel estalou a língua.

— A mesma rainha Corra que queimou até a morte depois que alguém incendiou seu quarto. Pelo lado de dentro.

Aquilo não parecia nada bom. Eu sabia disso. Mas não era verdade! Por que ninguém me ouvia?

— Diga — exigiu um dos guardas, seu hálito soprando em meu rosto. — Por que fez isso?

Balancei a cabeça, o cabelo chicoteando meu rosto.

— Não tenho nada a dizer! Não tenho razões para matar as rainhas. Por que faria isso? Não tenho nenhum motivo!

— Nenhum motivo? — Mackiel abriu os braços com suas mãos queimadas. — Mas o que sempre quis quando era criança? — Sua expressão estava sombria, mas os lábios tremiam. Ele queria sorrir. — Toda a riqueza do quadrante e governar Toria.

Sacudi a cabeça. Aquilo era um jogo. Uma brincadeira de criança. Não significava nada.

— Não! — Tombei para a frente outra vez, desesperada para me livrar das correntes e daquelas mentiras.

— Eu vi as memórias de Mackiel — interrompeu o inspetor. — O que ele diz é verdade.

Todos olhavam para mim como se eu fosse uma garota selvagem, perversa. Só que eu não era quem eles pensavam. Não pertencia a Mackiel. Mas eu tinha que admitir que parecia mesmo culpada: havia me esgueirado pelo palácio por três dias; entrara nos aposentos das rainhas, com ampla oportunidade de matá-las; Varin contara a eles sobre a arma do crime — fornecendo uma evidência concreta —, e Mackiel verbalizara meus motivos.

— E quanto a isso? — perguntou um dos guardas, enquanto balançava minhas algemas. Um bisturi caiu no chão com um tinido, selando meu destino.

— Eu avisei — disse Mackiel, com um aceno de cabeça. — Ela é implacável.

Não havia nada que eu pudesse dizer para desbaratar suas mentiras.

O inspetor empunhou a adaga com uma das mãos enquanto pegava o bisturi com a outra. Ele me encarou, os olhos escuros penetrantes.

— Leve-a para a prisão do palácio.

CAPÍTULO 38

Arebella

Arebella não precisou fingir quando chegou ao palácio. Sua surpresa era real. Sua empolgação era real. Sua admiração era real. Jamais vira tamanha extravagância. Mesmo à noite, o palácio era uma dourada joia abobadada. Ela se imaginou vagando pelo labirinto de corredores, os braços abertos para tocar as paredes cobertas de ouro.

Era lindo. Tudo aquilo.

Ela sorriu para o vestido dourado que usava, percebendo o quanto se encaixava ali, sem nem ao menos tentar. Aquele era seu berço, seu verdadeiro lar, e enfim tinham se reencontrado.

Assim que se acomodara em seus aposentos e fora apresentada aos criados, Jenri a levara até a enfermaria do palácio. O cômodo cheirava a produtos químicos, que faziam seus olhos e nariz arderem. Arebella piscou, sentindo as lágrimas nos olhos e no fundo da garganta.

Ela esperava ver quatro corpos deitados ali, mas havia um só, coberto por um lençol branco. Sua mãe.

O inspetor a chamou com seus longos dedos.

Era estranho ficar próxima do corpo da mãe sabendo que tinha sido a responsável por sua morte. Arebella sabia que devia sentir algum tipo de tristeza, pois fora aquela mulher que lhe dera à luz, mas apenas sentia o gosto acre da amargura. Nenhuma culpa. A mãe tinha julgado Arebella fraca, incapaz de suportar o peso da coroa. Ela não podia ter se enganado mais.

A jovem assentiu para o inspetor.

— Estou pronta.

Ele levantou o lençol.

Arebella deixou escapar um grito. Mackiel a havia aconselhado a nunca se aventurar nos arredores de Concórdia para ver os Relatórios das Rainhas, com medo de que alguém a reconhecesse. Agora ela entendia o porquê. A mãe tinha o mesmo longo cabelo avermelhado, o queixo marcado e as covinhas na bochecha. Mas as sobrancelhas da mãe eram mais finas, o nariz, mais comprido.

— Ela parece comigo! — exclamou, cobrindo o rosto com as mãos. Algo se agitou dentro dela. E não era amargura.

Uma mão tocou seu ombro.

— Lamento, minha senhora — disse Jenri.

Não tinha ouvido outra coisa naquele dia. *Lamento por sua perda, minha senhora. Meus pêsames, minha senhora. Como está se sentindo, minha senhora? Como posso ajudar, minha senhora?*

Estava cansada daquilo. Quando iriam enxugar as lágrimas e nomeá-la rainha?

Arebella abaixou as mãos e olhou para a mãe uma vez mais, deixando um suspiro escapar de seus lábios.

— Estou bem. É somente o choque de ver uma pessoa morta. — Ela jamais vira a mãe adotiva quando faleceu.

Tentou se convencer de que aquilo era verdade. O choque de ver como se parecia com a mãe. O choque de que, morta, a rainha parecia viva. Ela se convenceu de que não era culpa... por que se sentiria culpada por alguém que jamais vira? Sangue era apenas sangue. Embora as ligasse, não significava nada. A mãe lhe ensinara isso. Havia abandonado Arebella, privando-a de seu direito de nascença. Claramente, os laços de sangue não significavam nada para a rainha. Afinal, todos sangravam, todos morriam. Arebella apenas tinha se certificado de que acontecesse na hora certa. A morte da mãe fora relevante, permitindo que Arebella ascendesse ao trono, e isso devia valer de alguma coisa. Com frequência, a morte era em vão.

— Vamos lhe dar um momento — avisou Jenri, acenando para o inspetor.

Quando se foram, Arebella teve a chance de, realmente, olhar para a mãe. Ela se perguntou como teria sido vivenciar seu amor. Não era uma hipótese que já tivesse considerado. Marguerite fora uma grande rainha... pelo que ouvira de Jenri durante todo o percurso de carruagem até o palácio.

A mais forte, gentil e sábia rainha.

Palavras cuja intenção era trazer paz a Arebella: embora sua mãe tenha partido, ela fizera seu melhor enquanto havia ocupado o trono toriano. No entanto, as palavras trouxeram dor. Uma dor que Arebella nunca sentira antes.

— Lamento, mãe — sussurrou Arebella. Ela se sentiu tola, mas havia algo na expressão da rainha morta que a fazia querer abrir o coração e confessar seus desejos mais sombrios. E esta seria sua única chance antes do cortejo fúnebre. Com a prisão do assassino, logo as rainhas seriam enterradas nas criptas do palácio e jamais vistas outra vez. — Espero que não tenha sofrido muito.

Arebella imaginou que ser envenenado era um modo simples de morrer, mas, pelo que lhe disseram, havia sido o mais demorado e doloroso. E, por isso, ela *lamentava*.

— Quero que saiba que não foi pessoal — continuou, gesticulando na direção do corpo imóvel da mãe. — Sua morte não foi em vão. Um dia, no quadrante sem fronteiras, vamos nos encontrar e vou explicar tudo. Vou explicar por que você precisou morrer para que eu pudesse viver de verdade.

As palavras rodopiavam em sua mente, palavras que deviam ter soado melhor, mais significativas, mas não havia tempo para uma segunda chance. Já que nenhuma era oferecida em vida.

Ela balançou a cabeça para clarear os pensamentos.

— Adeus, mãe.

A mulher que jazia sobre a mesa, com os lábios pálidos e pálpebras cor de lavanda, não significava nada para ela agora.

CAPÍTULO 39

Keralie

Minha cela tinha o dobro do tamanho da caverna em que eu ficara presa seis meses antes. Sabia disso porque havia passado quatro dias examinando cada rocha e cada fenda. Sabia o quanto podia esticar os braços antes que tocassem nas paredes. Comparei a cela com a caverna repetidas vezes, até ser incapaz de distinguir memória de realidade. Eu era atormentada pela escuridão e sangue e escuridão e sangue, tendo apenas a mim mesma por companhia. Jamais teria imaginado que gostaria de voltar à caverna, meu pai inconsciente ao meu lado, mas era melhor do que aquilo. O aperto em meu peito era a única lembrança de que eu ainda estava ali. Ainda viva.

Parecia que haviam se passado semanas desde que eu despencara na escuridão. Semanas desde que tinha visto Varin. Desde que ele me traíra. Ainda não conseguia entender o motivo. A não ser que tivessem lhe oferecido a HIDRA para que me entregasse e inocentasse Mackiel e seus capangas. E, no entanto, Varin havia me dito que preferia dar a dose de HIDRA a meu pai que usá-la em si mesmo. Teria sido mentira? Eu o havia ensinado tão bem?

Eu devia saber que não era inteligente confiar nele. E o odiava por isso. Baixei a guarda e fui traída, de novo.

Onde estava Mackiel agora? E seus capangas? Mackiel também tinha convencido o inspetor da inocência de seus homens? Estavam sentados agora nos tronos das rainhas, as mãos macilentas, pútridas apertando o mogno?

Embora parecesse que tinham se passado semanas, foram apenas dois dias. Eu marcava o tempo pelas seis refeições que haviam me oferecido desde minha chegada. Uma gororoba sem gosto, que eu somente podia supor ser o mingau matinal, pão mofado ao meio-dia e um caldo insosso à noite.

A cela cheirava a vômito... meu vômito. Apenas poucos minutos depois de ser jogada naquele cubículo, o pouco conteúdo de meu estômago fora esguichado para fora, forrando o chão. Eles haviam arrancado o dermotraje da rainha Corra, me cobrindo em trapos de vestidos inacabados da corte. Eu não tinha nada para impedir que o medo me queimasse, e os farrapos estavam sempre úmidos de suor.

Talvez a escuridão fosse uma bênção; eu podia fingir que estava em outro lugar... um lugar maior. Algum lugar onde respirar não era doloroso, onde eu não era sacudida por palpitações e náusea.

Inspirar fundo, ofegante, expirar fundo, ofegante. Estou presa aqui. Nunca vou sair.

Meu medo de lugares fechados havia se apossado de meu corpo e de minha mente. Estava encolhida em posição fetal, na esperança de me tornar pequena o bastante para não ser esmagada pela sala. A tontura era uma companhia constante no escuro.

Um dia depois de ser jogada ali, o inspetor me visitara. Ele me perguntou a mesma coisa, repetidas vezes.

Por que fez aquilo?

Não importava quantas vezes eu dissesse que não tinha sido eu, ele não acreditava em mim. Mackiel havia enfeitiçado a todos com suas mentiras, como fizera comigo quando eu tinha 10 anos. Engraçado que fosse preciso uma traição para eu, enfim, enxergar a verdade. Ele regara a cobiça em meu coração, até que florescesse, como uma trepadeira deformada, agarrada a cada parte de mim.

Minha garganta estava arranhada de tanto gritar, alegando inocência. Embora existissem várias celas nas masmorras do palácio, estavam todas vazias; nenhum outro preso para me fazer companhia. Os guardas os tinham transferido, temendo minhas notáveis habilidades de assassina? Achavam que eu podia matar alguém somente com o olhar? Havia guardas posicionados do lado de fora da porta que levava à prisão, mas apenas apareciam para entregar minha comida, com cuspe como acompanhamento.

Não havia nada para me distrair da ideia de que apodreceria ali. Carne dando lugar a osso. Osso a cinzas. Mas isso era bobagem. Eles iriam me matar antes que acontecesse.

Aquela cela era apenas um prelúdio para o espetáculo principal: meu enforcamento. Pois um crime tão grave quanto assassinato era punido pelo método predileto do quadrante natal do condenado. E Toria preferia a gentil carícia de uma corda no pescoço.

Que sorte.

Queria ter aquela adaga agora — meu bracelete de larápia —, porque sabia o que fazer com aquilo. Encontrar uma bela bainha entre as costelas de Mackiel.

Talvez eu fosse mesmo uma assassina, afinal.

SOUBE QUE PLANEJAVAM me matar no dia que a comida começou a melhorar. Não era comida comum de prisão. Era o clássico *estamos prestes a matar você, então melhor aproveitar enquanto pode.*

Era a tarde de meu terceiro dia na prisão, meu sexto no palácio. No jantar, serviram uma porção de galinha assada com cremosos pãezinhos de alho. Meu favorito.

Arremessei os pãezinhos na porta.

Mackiel. Ele devia ter revelado meu prato predileto. Minha última refeição.

Ainda estava brincando comigo.

Eu não podia deixar que vencesse aquele último jogo. Deixei a raiva flamejar dentro de mim. Eu iria sair dali. Iria mostrar a Mackiel quão bem havia me treinado.

Aquele era outro serviço. A lição final de Mackiel. A prova: estar trancada em uma cela com nada além da própria astúcia. Nem mesmo tinha botões ou zíperes ou laços; de propósito, os trapos do velho vestido não traziam nenhum detalhe. O material grosseiro arranhava minha pele, que ficava mais sensível quanto mais tempo me privavam de ar fresco e sol.

Eu precisava de algo para arrombar a porta. *Qualquer coisa.* Mas os guardas não devolveram meus pertences; conheciam meus truques. Eu poderia usar qualquer coisa para escapar. Afinal, tinha conseguido fugir da sala de triagem, me esgueirar pelo palácio e matar todas as quatro rainhas, sem que ninguém me visse.

Ri para mim mesma, baixinho.

Comi a galinha e guardei os ossos menores, escondendo-os debaixo da cama. Iria esperar que enrijecessem até que pudesse afiá-los.

Então iria arrombar a porta da cela.

Esperava que tivesse tempo suficiente.

CAPÍTULO 40

Arebella

Os dias depois da prisão da assassina foram os melhores da vida de Arebella. Mas ela precisava esconder o fato. Tinha que parecer um peixe fora da água, uma filha de luto, uma rainha inexperiente por mais um tempo. Até que fosse aceitável ser a rainha que nascera para ser. A rainha que havia treinado sua vida inteira para se tornar.

Arebella esperara todo aquele tempo; podia esperar mais algumas semanas até que suas verdadeiras qualidades brilhassem. Um dia, tarde da noite, ela havia ponderado todas as possibilidades: dias pareceriam muito pouco, mas semanas não despertariam suspeitas. Meses? Bem, não conseguiria esperar tanto.

Ela sabia que sua trama para governar Quadara encontraria resistência. Se qualquer parente fosse encontrada, então poderia exigir seu lugar de direito, mas Mackiel garantira que tinha cuidado de tudo, e nenhuma descendente se apresentaria... não *poderia* se apresentar.

Ainda assim, isso enervava Arebella. Mesmo dentro do palácio, havia uma chance de tudo desmoronar ao seu redor. Seu plano perfeito, arruinado. E apesar de tudo ter seguido seu curso até então, ela se sentia insegura. Uma carta rebelde, e inesperada, poderia derrubar toda a pilha. Ela se perguntou o que ou quem aquela carta poderia ser e como poderia removê-la sem derrubar todo o plano. Sim, ela estava dentro do palácio, mas ainda estava aguardando. Aguardava eternamente. Em breve seria coroada rainha de Toria, mas aquela jamais fora sua intenção. Para mudar Toria e melhorar sua situação, precisava ser rainha de todos os quadrantes. Senão tudo o que fizera teria sido em vão.

À noite, enquanto estudava os detalhes de tudo o que tinha acontecido, e do que ainda estava por acontecer, a imagem da mãe não saía de seu pensamento. Às vezes imaginava a mulher conversando com ela do quadrante sem fronteiras. Ela dizia que entendia, que sentia muito por ter negado a Arebella o que lhe era de direito. Outras vezes, imaginava a pele da mãe soltando-se de um corte em seu pescoço, bile negra pingando de seus lábios, o cabelo flutuando ao redor da coroa, como se submerso em água, e chamas vermelhas refletidas nos olhos. Ela apontava para Arebella e abria a boca para gritar, amaldiçoando-a por tudo o que fizera a ela e a suas irmãs rainhas.

Mas não era culpa, dizia a si mesma. Não, era apenas choque. O cadáver da mãe havia sido o primeiro que vira, e a imagem jamais a abandonaria. Afinal, Arebella sempre analisara demais as coisas. Não seria diferente com a morte.

Ela substituiria a imagem por outras mais importantes. Como ser a primeira rainha única de Quadara, e seu primeiro decreto: demolir os muros entre os quadrantes. Somente então Toria e os torianos poderiam florescer.

CAPÍTULO 41

Keralie

Estava imaginando os detalhes de meu enforcamento — seria público ou eu seria apagada daquele mundo sem que nem minha mãe nem meu pai soubessem do acontecido? — quando passos soaram, descendo as escadas de pedra.

Olhei para cima. Os ossos de galinha ainda precisavam endurecer. Aquela podia ser a chance de conseguir uma arma.

— Olá.

Aquela voz. Uma lanterna elétrica brilhou na escuridão, iluminando as feições de Varin. Ele conseguia parecer arrependido, o que era bom. Devia ter ensaiado em frente ao espelho.

— Vá embora. — Voltei a estudar o chão sujo da cela. Ele não teria nada que pudesse me ajudar.

— Não. — A voz parecia forte, determinada. Ele colocou a lanterna no chão entre nós.

— Tudo bem. Fique se quiser, mas não preciso escutar as desculpas esfarrapadas de um traidor.

Ele deu uma risada sem graça.

— Eu? Um traidor? *Você* me enganou, Keralie.

Eu queria ignorar o tremor em sua voz. Embora o odiasse, isso ainda mexia com meu coração, que eu havia aberto pela primeira vez desde que deixara meus pais. *Keralie burra, burra.*

— Prefiro não passar minhas poucas horas de vida discutindo quem enganou melhor o outro — resmunguei. — Mas só por curiosidade, o que Mackiel ofereceu para colocar você contra mim? — Eu me levantei e abri os braços. — Não tem ninguém aqui para ouvir suas mentiras. Diga a verdade. Mereço pelo menos isso. Você me trocou pelo quê? Ele ofereceu uma dose de HIDRA? Percebeu que estávamos sem saída e sugeriu um melhor acordo?

— Ele não me deu nada. — Varin avançou, e notei o brilho de lágrimas em seus olhos. — Eu nem sabia que ele estava no palácio até conversar com o inspetor. Mackiel comprovou o que eu tinha visto você fazer.

— Chega! — Eu me aproximei o máximo que pude, apesar das grades que nos separavam. — Diga. A. Verdade!

Ele segurou as barras que emolduravam meu rosto.

— Eu disse a verdade! Por que você não faz o mesmo? É tão orgulhosa que não pode admitir o que fez? Me diga por que me traiu!

Cambaleei para trás, sua fúria tangível.

— Você me acha capaz de matar? — Minha voz se tornou um fiapo.

— Não achava. — Seus olhos varavam os meus. — Até ver você com aquele frasco de veneno. Até tudo apontar para você. Não posso evitar a verdade.

Esfreguei as mãos no rosto.

— Aquilo *nunca* aconteceu! E eu nem mesmo sabia o que meu bracelete podia fazer! Você não percebe? Foi Mackiel o tempo todo. Ele armou para mim!

Varin suspirou e balançou a cabeça.

— Vim até aqui para ouvir você confessar e me contar o motivo.

— Mackiel, seu novo melhor amigo, contou o porquê — disparei. — Melhor não chover no molhado.

— Não aquele motivo. — Ele balançou a cabeça novamente. — Achei... — Sua expressão suavizou. — Pensei que você e eu... — Ele suspirou, as mãos no cabelo. — Acho que me enganei.

— E eu pensei que você se importava comigo — preenchi as lacunas. — Acho que ambos nos enganamos.

Nós nos encaramos. Palavras, conversas, dias, momentos que podiam ter sido aproveitados juntos foram deixados para trás. Ele havia me mostrado um caminho, uma vida diferente, com honra e lealdade e, talvez, amor. Mas ele a roubou, de nós dois.

— Você acha mesmo que fui eu — sussurrei. — Por quê?

— Porque eu vi você — respondeu, esfregando a mão nos olhos. Quanto ele havia dormido desde que eu fora presa? Se achava que eu era culpada, por que ainda se torturava? E por que eu me importava?

— Me viu fazer o quê?

— Chega de brincadeira! — exclamou ele. — Você quer que eu duvide do que vi.

— Não estou brincando. Estou tentando salvar minha vida!

Ele engoliu em seco, com dificuldade.

— Não posso mais discutir com você, Keralie. Se não quer me dizer a verdade, então não posso obrigar você a fazer isso. Você é a mentirosa perfeita, afinal.

Suas palavras me acertaram como um golpe. Eu não conseguia convencê-lo de minha inocência. Por alguma razão, ele tinha visto algo que o fez se voltar contra mim. Algo em que acreditava mais do que em mim.

Como ele podia acreditar no que tinha visto quando estava ficando cego?

E, no entanto, eu não era capaz de fazê-lo duvidar de si mesmo. As palavras estavam na ponta da língua, palavras que talvez me libertassem, mas que o destruiriam. Eu não podia magoar Varin desse jeito. Não podia usar sua doença contra ele. Afinal, eu não o odiava de verdade.

— Você fez o que julgava certo — disse eu, conciliadora. — Achou que eu fosse a assassina. Por isso me entregou. — Isso parecia mais fácil de engolir do que a ideia de Varin me trair. Coloquei minha mão sobre a sua na grade, desesperada para tocá-lo, mas as luvas de seu dermotraje estavam no caminho. — Mas não fiz isso. Acredite em mim.

Ele desviou o olhar.

— Não posso.

E apesar de compreender seus motivos — ele era eonita, criado para acreditar na verdade e na lógica —, meu coração se partiu com aquelas palavras. Eu pensava que ele fosse mais que aquilo. Mas Varin ainda não tinha aprendido a pensar com o coração.

— Aqui. — Ele passou alguma coisa pelas barras.

— O que é isso? — perguntei, pegando um pedaço de papel amassado do chão. Não sabia o que esperar, mas arfei quando o desdobrei, revelando um intrincado esboço a caneta. — Sou eu. — Meus próprios olhos me encaravam, um sorriso irônico nos lábios. — Quando você fez isso?

— Não importa. — Ele baixou o olhar para os pés, os ombros caídos. — É uma mentira. Foi tudo mentira. Mais uma para sua coleção.

Lágrimas grossas caíram de meus olhos, borrando o papel. Eu as enxuguei, não querendo arruinar o desenho ainda mais. Eu parecia feliz. Parecia bonita. Parecia uma boa pessoa. Parecia alguém com a vida inteira pela frente.

Era uma mentira.

— Por que me dar isso agora? — perguntei, desejando que minha voz soasse mais firme.

— Não preciso mais dele. — Ele nem mesmo queria uma lembrança

Engoli as lágrimas.

— Você pode me fazer um favor? — pedi.

— Não vou ajudar você a fugir.

— Não é isso. — Inspirei fundo, hesitante, e exalei. — Encontre meus pais... minha mãe. — Meu pai estaria morto em algumas semanas. — Conte a ela o que aconteceu. Diga que eu estava tentando endireitar tudo. — Agora jamais conseguiria. — Diga que lamento.

Ele assentiu.

— Farei isso.

— Por favor, não diga a ela o que você pensa sobre mim. — Eu ainda não era capaz de juntar *assassina*, *rainhas* e *eu* em uma mesma frase. Era absurdo demais. — De qualquer forma, é provável que ela saiba pelos Relatórios das Rainhas.

Ele pegou a lanterna, então se dirigiu para as escadas. Quando chegou ao topo, hesitou, se virando para me olhar uma última vez.

— Eu quis acreditar que não era verdade, que não tinha *visto* o que pensei que vi. Mas...

— Você não confia em mim. Jamais confiou.

— Não é isso. Eu confio... *confiava*. Eu confiei em você. Mais do que jamais confiei em alguém. Mais do que me permitirei confiar em alguém outra vez. — Seus olhos brilharam com tristeza.

O que ele tinha visto que o fizera duvidar de mim? Como pode ter se enganado tanto?

— Me desculpe — lamentei. Mesmo que não mudasse nada, mesmo que eu ainda fosse para a forca, eu o queria ao meu lado. Queria que acreditasse em nós. Precisava daquele momento perfeito na sala de costura para suportar meu destino. Queria acreditar no garoto que tinha desenhado aquele belo retrato de mim. — Lamento ter magoado você. Mas não matei as rainhas. Juro.

Ele suspirou, agitado.

— Quanto mais você nega, pior. É como se nem mesmo soubesse o que fez. Acredita tanto nas próprias mentiras que se tornam sua realidade.

Seria verdade? Eu estava em negação? *Não*. Não fiz aquilo. Foi Mackiel, sim. Os capangas. Armaram para me incriminar.

Inclinei a cabeça, incapaz de vê-lo partir.

— Adeus, Varin — murmurei.

CAPÍTULO 42

Arebella

Enfim chegara o dia da coroação de Arebella.
Ela havia idealizado aquele dia mais que qualquer outro momento de sua vida. Para Arebella era um verdadeiro rito de passagem. Não a morte da mãe ou sua chegada ao palácio, mas o momento em que ascenderia ao trono de Toria e assumiria o poder de todas as rainhas torianas anteriores.

Com a assassina presa e a execução marcada para mais tarde, naquela noite, chegara a hora. A hora de os conselheiros abandonarem o luto e abraçarem a nova rainha, pois Quadara precisava dela. Agora mais do que nunca. O povo quadariano ainda tinha que ser notificado do assassinato das rainhas, e assim seria, quando Arebella estivesse no trono. Daquele modo, não haveria pânico.

Mal podia esperar para gravar seu primeiro Relatório da Rainha dirigido à nação.

As costureiras do palácio haviam feito um vestido primoroso, ajustado a cada curva de Arebella. Ela se perguntou se o usaria outra vez. Talvez pudesse vesti-lo todos os dias. Ou seria exagero? Por que se importava? Ela estava prestes a se tornar rainha, acima de qualquer julgamento.

Ela tentou não pensar demais quando provou o traje, vestindo-o como quem veste uma outra pele... seu verdadeiro eu emergindo.

O vestido era branco-gelo, forrado em renda do pescoço até a cintura, onde se via uma larga faixa de seda. Quando se virou e olhou no espelho, Arebella notou o decote que deixava à mostra a pele de alabastro. A saia se estendia até o chão, com uma longa cauda que cobriria a distância entre seus aposentos e o trono toriano — uma tradição da coroação, representando o caminho da rainha, de sua origem até seu destino.

Arebella deu uma última olhada em seu reflexo, ajeitando uma mecha de cabelo atrás da coroa dourada, antes de sair.

Os servos do palácio entoavam a melodia da coroação: uma combinação de apenas quatro notas, cantadas em diferentes arranjos. Quatro notas para simbolizar os quatro quadrantes. E as quatro rainhas.

Em breve, uma, pensou Arebella. Apesar de Jenri e os outros conselheiros ainda não a terem nomeado rainha de todos os quadrantes, ela sabia que era a única opção.

Arebella não conseguia esconder o sorriso. Sabia que estava radiante... mais bonita que jamais imaginara. Por um breve instante, ela se perguntou o que a mãe diria. Então suprimiu o pensamento e se permitiu aproveitar o momento.

Presente. Aqui. Feliz.

Mackiel estava parado em um corredor adjacente; ele inclinou o chapéu-coco com a mão enfaixada quando ela passou, um sorriso astuto no rosto. Tudo havia corrido conforme o plano. Mais que isso. Tudo havia corrido à perfeição. Ninguém suspeitou de nada.

E sua mente estava em paz. Não teve visões das rainhas assassinadas, de sedutores comerciantes do mercado clandestino ou do enterro macabro de sua mãe.

Enfim seria uma rainha. Em breve, a primeira rainha de Quadara.

MACKIEL A ACONSELHARA a não fazer aquilo. Havia dito que Keralie mexeria com sua cabeça; a jovem era perturbada naquele nível. Mas Arebella precisava ver o rosto da garota que caíra para que pudesse ascender.

Arebella vinha pensando com frequência na garota trancada na prisão do palácio. Embora Keralie tivesse cumprido seu papel, a rainha sentia dificuldade em deixá-la para trás e se concentrar no futuro. A presença da jovem incomodava Arebella, como uma pedra no sapato.

Se Arebella pudesse ver Keralie talvez a tirasse da cabeça.

Dois guardas escoltaram Arebella até o calabouço. Ela pediu que a deixassem sozinha, mas se recusaram, os desestabilizadores em punho e carregados. Aquilo era obra de Jenri, pensou Arebella. Ele não saía do seu lado durante o dia e posicionava guardas na porta de seu quarto para garantir sua segurança.

Arebella amaldiçoou a mãe por lhe controlar a vida do além-túmulo.

— Olá — Arebella cumprimentou a prisioneira.

Keralie ergueu o olhar. Uma expressão cruzou seu rosto enquanto estudava a jovem rainha, vestida no traje predileto, dourado, combinando com a coroa de ouro em sua cabeça.

— Quem é você? — perguntou Keralie.

— Rainha Arebella. — Teve o prazer de dizer pela primeira vez.

Keralie a observou.

— A filha da rainha Marguerite? — Arebella assentiu. — Lamento por sua mãe.

Arebella inclinou a cabeça.

— Lamenta tê-la matado?

Keralie pigarreou, mas não disse mais nada. Obviamente, havia cansado de alegar inocência.

— Já nos vimos antes? — perguntou Keralie, de repente, inclinando a cabeça. — Você parece familiar.

— Não — respondeu Arebella, determinada. Precisava desviar Keralie daquela linha de raciocínio, mas não havia pensado direito naquela visita. Não tinha mais o que planejar. Tinha tudo o que precisava e queria, e sua mente inquisitiva continuava em um silêncio contente. Quase. À exceção dos pensamentos fantasmagóricos sobre a mãe e daquela pedra no sapato. Pelo menos, podia se livrar de um deles.

— Fico feliz que tenha uma escolta — resmungou Keralie.

Arebella se eriçou.

— Está me ameaçando?

Keralie ergueu as mãos. Suas unhas estavam manchadas de verde... seria comida?

— O que eu poderia fazer a você, rainha Arebella?

Arebella olhou de relance para os guardas atrás de si antes de responder:

— Você é uma garota cheia de truques. Não vou cometer o erro de subestimar você. Não como todos os outros.

Todas aquelas rainhas... assassinadas por essa coisinha? Arebella tinha noção de como parecia ridículo. Keralie exibia um ar tão... inocente, com os grandes olhos azuis e as feições delicadas. Mesmo imunda, o cabelo loiro se enrolava em pequenos cachos sujos. Ela parecia uma boneca que havia sido deixada na chuva e na terra.

Mackiel tinha escolhido bem.

— Queria mesmo poder considerar tudo isso um elogio. — Keralie gesticulou para a cela. — Mas a ideia de que todos me acham capaz de matar as rainhas sem ser vista é ridícula.

Arebella se aproximou, arregalando os olhos.

— *Elogio?* É uma escolha interessante de palavras.

Keralie soltou um suspiro cansado.

— Me diga — começou a dizer. — Me diga o que veio fazer aqui.

Arebella sorriu. Foi um sorriso cruel.

— Sua execução foi marcada para hoje à noite. E você vai morrer pelo método predileto de seu quadrante.

Eles viviam e morriam pelas leis do quadrante.

— *Meu* quadrante... — ponderou Keralie. — *Seu* quadrante. Que interessante. Sabe, você parece mesmo familiar. — Ela encarou Arebella com tamanha intensidade que a rainha teve que desviar o olhar.

— A forca — disse Arebella, ignorando o olhar aguçado de Keralie. — Vai morrer pela forca.

— Imaginei — retrucou Keralie com um dar de ombros, embora a expressão revelasse que se importava mais do que era sua intenção. — Algo mais, minha rainha?

— É só isso que tem para me dizer? — perguntou Arebella, uma das sobrancelhas erguidas. Ela imaginou que sentiria uma espécie de alívio ao ver a garota que levara a culpa, mas não sentiu nada. Esperava que fosse o bastante para desviar sua atenção para outras coisas. — Não quer dizer mais nada antes de seu enforcamento?

— Sim — respondeu Keralie, semicerrando os olhos. — Mantenha os guardas por perto.

— Outra ameaça?

Keralie deu de ombros outra vez.

— É só que o assassino continua no palácio. Melhor tomar cuidado, ou vai encontrar sua mãe antes do que imagina.

Arebella franziu os lábios para segurar um sorriso.

— Keralie, não acha que já é tempo de aceitar a verdade?

Quando a garota não respondeu, Arebella deu meia-volta e se encaminhou para as escadas.

— Adeus, Keralie. — *E obrigada.* — Que as rainhas do céu a acolham no quadrante sem fronteiras. — *Juntas, mas separadas.* Ela sorriu. — E que tenham sua vingança.

CAPÍTULO 43

Keralie

Mais tarde naquele dia, recebi outra visita. Uma que me deixou sibilando e bufando como o gato vira-latas que havia tentado pegar do lado de fora da casa de leilões quando era criança.

— Se afaste de mim! — berrei quando Mackiel fechou a porta da prisão atrás de si e desceu as escadas até minha cela. — Guardas! — Pela primeira vez eu os queria ali embaixo. — Guardas!

— Calma, calma, querida — disse ele, a voz apaziguadora como de hábito enquanto se aproximava. — Não sentiu minha falta?

— Por que ainda está aqui? — perguntei. — Você conseguiu o que queria! — A rainha Marguerite estava morta; o Jetée iria sobreviver, seus negócios estavam salvos.

— Por que eu iria embora? — Ele endireitou os ombros. — Fui convidado a permanecer no palácio por minha querida amiga, a rainha Arebella. Serei seu confidente real.

Balancei a cabeça. Jamais ouvira aquele nome antes de encontrá-la pela manhã.

— Ah, sim. — Ele parecia ler a confusão em meu rosto. — Somos amigos há muitos anos.

Ele segurou duas das barras, as mãos sem curativos. E cicatrizadas.

Arfei.

— Ah, você notou? — Mackiel balançou os dedos para mim. — Nossa nova e adorável rainha me concedeu uma dose de HIDRA. A dose anual. Não tenho sorte? — Ele sorriu.

Lutei contra o desejo de gritar. Meu pai estava à beira da morte, Varin seria morto aos 30 anos por causa da cegueira, e Mackiel ganhava uma preciosa dose de HIDRA? Não era justo.

— Posso contar um segredo? — perguntou ele. — Você está presa aqui, a poucas horas da forca, então por que não? — Ele encolheu os ombros estreitos.

Comprimi os lábios em uma linha fina. Não queria saber nada que Mackiel oferecia de bom grado. Só podia ser um truque.

— Sabe por que a HIDRA é tão rara?

Não respondi.

— A HIDRA já foi uma mulher. Não apenas uma mulher, mas uma médica. Uma médica *lapidada*.

Uma *mulher*? Se uma médica podia curar cada ferimento e doença, por que não ajudava mais de uma pessoa por ano?

Quando não falei nada, ele acenou com a mão em minha direção.

— Sei o que está pensando; como meus capangas, mas não. Ela era algo mais. — Ele sorriu. — Era aprimorada para que pudesse trabalhar com os doentes e jamais se infectar. Um dia, estava ajudando a retirar um pedaço de vidro do abdômen de alguém, mas o estilhaço cortou sua mão no processo. Seu sangue pingou no ferimento do paciente. E *bum* — ele juntou as mãos — a ferida começou a cicatrizar. — Seu sorriso se abriu tão lentamente quanto meus dias de prisão pareciam longos.

Trinquei os dentes. Não iria responder. Não o deixaria perceber o quanto aquelas palavras me magoaram.

— Infelizmente — continuou ele nada triste —, ela morreu há muitos anos. Mas, antes de ser enterrada, teve o sangue drenado. — Ele observou as mãos. — Tentaram replicá-lo, mas todos os testes falharam. Em vez disso, diluíram seu sangue para criar mais doses. Mas restam poucos tratamentos e duvido muito que ajudem uma criminosa e assassina.

Minhas costas acertaram a parede do fundo da cela enquanto cambaleava para longe dele.

— Belos trajes, a propósito — comentou sobre meus trapos. — Embora ache que a cor não favoreça você.

— Me deixe em paz — disparei. — Tenho mais o que fazer.

— Imagino que sim. — Ele suspirou, então ajeitou o colarinho. — Minha bela Keralie, como eu queria que tudo tivesse acabado de um jeito diferente.

— De um jeito diferente? — rosnei. — Você armou para mim! Estava por trás de tudo, e seus capangas fizeram seu trabalho sujo, como sempre. E hoje vou morrer em seu lugar.

— Eu? — Ele tocou o próprio peito com um dedo cheio de anéis. — Ah, não, não matei as rainhas. Nem meus capangas. Eles estão em Toria, cuidando da casa de leilões enquanto estou aqui. Achei que havíamos esclarecido tudo. Vou ser mais direto, então. *Você* — ele apontou para mim — matou as rainhas.

— Não tem mais ninguém aqui, Mackiel. Chega de mentiras.

— Querida, você está enganada. Em tantos níveis. Eu queria mesmo que tudo tivesse acabado de um jeito diferente; nunca fez parte de meus planos que você fosse capturada. Isso foi culpa de seu *namorado*. — Os olhos dele endureceram com a palavra. O ódio se esgueirava sob sua pele, já quase exposto, o verdadeiro Mackiel escondido sob a charmosa superfície. — Ele falou de você para o inspetor antes de minha chegada. Precisei mudar meus planos.

— Você admite, então? — Enfim, alguém falava a verdade. — Planejou tudo isso? Subornou Varin?

— Sim e não. — Ele inclinou a cabeça; seu chapéu-coco havia sido substituído por uma cartola dourada... não combinava com ele. — Eu estava envolvido, mas não subornei Varin. E não queria mesmo que você fosse capturada. Investi muito tempo e dinheiro para ver você morrer. Mesmo depois de nossa pequena desavença. — Ele mexeu as mãos na pouca claridade, como se procurasse por imperfeições.

— Eu... — Senti as pernas fraquejarem. — O que quer dizer?

— Kera. — Desejei que parasse de repetir meu nome. Não queria que fosse a última pessoa a pronunciá-lo. Qualquer um, menos ele. — Você era boa, *muito* boa em seu trabalho — elogiou ele. — Infelizmente, fugir nunca foi seu forte. — Ele estendeu uma das mãos. — Sempre tentei ensinar você...

Entre rápido. Saia ligeiro.

— Não — sussurrei. — Não fui eu. — Mas a expressão em seu rosto era a prova. Ele não estava mentindo.

Mackiel sorriu.

— Eu precisava de um assassino, mas não é fácil contratar um. Não sem ter que compartilhar meu plano com um desconhecido... alguém que poderia facilmente me trair. Há mais ou menos um ano, me dei conta de que já tinha o assassino perfeito. — Um ano... quando Mackiel começou a me tratar de forma estranha. Distante. — Já tinha alguém com as habilidades necessárias para entrar e sair despercebido. Minha doce e pequena Kera. Minha melhor larápia. Eu havia treinado você bem.

— Mas eu não matei as rainhas. — Não tinha como. Eu não teria feito isso. Era impossível.

— Foi você, querida. Você só não lembra. Isso parece familiar? — Ele exibia algo na palma da mão.

— São chips de comunicação — murmurei.

Mackiel balançou a cabeça.

— São mais que isso.

— O que são? — Eu não queria uma resposta.

— Coisinhas incríveis. — Ele pegou um dos chips e o levou até o olho. — São um novo tipo de chip de comunicação, mais sofisticado. E ilegal, já que apresenta alguns efeitos colaterais indesejados. — Ele deu de ombros. — Mas você conhece meus amigos na fronteira? — *Amigos* dificilmente seria a palavra que eu escolheria para descrever os guardas de fronteira que Mackiel chantageava. — Ficaram contentes em me informar sobre o último carregamento dessa tecnologia banida de Eonia. Os chips deveriam ser entregues a um oficial ludista, para que fosse verificada a possibilidade de uso recreativo. Tudo o que precisei fazer foi interceptar a entrega.

Então ele dissera a verdade quando revelou que o destinatário original dos chips de comunicação estava morto.

— Você fez bem ao roubar os chips do mensageiro e depois ingerir, garantindo que eu não colocasse as mãos neles. Engenhoso de sua parte, na verdade. Eu estava planejando forçar você a engolir os chips ou colocar em sua comida, mas foi melhor que não soubesse de meu envolvimento.

— Não entendo — confessei.

— Pobre Kera. Você não percebe? Eram os chips que continham os planos do assassinato das rainhas. *Meus* planos. Antes que os roubasse para mim, os chips estavam em branco. Eram inofensivos. Mas as coisas ficam interessantes quando se grava pensamentos no dispositivo. — Ele exibiu os caninos, e senti o estômago revirar. — Quando soube que você estava tentando entregar os chips na Casa da Concórdia, fiz uma visita para me certificar de que viria ao palácio — explicou ele. — Você pensou que a decisão de vir até aqui foi apenas sua.

Eu roubara os chips para Mackiel. E os havia ingerido para impedir que Mackiel colocasse as mãos neles.

Mackiel. Mackiel. Mackiel. Sempre fora ele.

— O que eles fazem? — Mal ouvia minha voz, a verdade me soterrando.

— São uma forma de controle. — Seus olhos muito delineados me observavam com atenção. — Uma vez ingeridos, só era preciso acionar três gatilhos. — Ele jogou o chip para o alto e o pegou com a outra mão. — Tocar a arma do crime. — Ele correu os dedos pelo pulso nu. — Entrar no palácio. — Ele gesticulou para as paredes ao redor. — Ver as rainhas. — Ele sorriu, acenando com os dedos para mim. — Então nada a impediria de colocar o plano em ação... meu plano. — Ele fechou um dedo de cada vez. — Você, minha assassina perfeita.

Controle.

Olhei para minhas mãos. Estavam tremendo.

— Essa é mais uma de suas brincadeiras, Mackiel?

Sua expressão suavizou por um instante.

— Infelizmente, não.

— Então *eu* matei as rainhas?

— Sim. Sei que é difícil de entender, já que não lembra, mas você matou as rainhas, e todas as evidências comprovam sua culpa. Na verdade, o inspetor achou traços de DNA de cada uma das rainhas em seu bracelete. Até encontraram um fio de seu cabelo no corpo afogado da rainha Stessa. Era o que estavam esperando... provas concretas... antes que fosse sentenciada.

Eu me lembrava de segurar a faca nas mãos quando abri a garganta da rainha Iris, mas a lembrança vinha dos chips de comunicação. Não senti o punho ficar escorregadio e quente conforme o sangue cobria a lâmina. Não senti o cheiro metálico de sangue.

Eu não. Não podia ter sido eu.

Só que... Mackiel estava dizendo que os chips de comunicação não eram meras instruções para o assassino, mas um meio de controlar o corpo e os sentidos do assassino. E não havia como negar no que meu bracelete podia se transformar. Eu estivera carregando uma arma mortal enquanto vagava pelo palácio. E já tinha aquela arma fazia meses, enfim completa quando Mackiel me deu o berloque como recompensa pelo roubo do estojo. Aquele sempre fora seu plano, colocado em ação havia um ano.

Comecei a balançar a cabeça com violência.

— Não, não, não, não, não.

Eu era a assassina. O fantoche de *Mackiel*. Varin tinha razão; ele havia me visto com o frasco de veneno porque eu *tinha* envenenado a rainha Marguerite. Meu cabelo estivera molhado e perfumado porque eu havia afogado a rainha Stessa. E meu vestido salpicado de sangue que eu imaginara ser de meu joelho arranhado, mas agora percebia a verdade. Era o sangue da rainha Iris. E eu não podia negar que tinha estado lá quando a rainha Corra fora consumida por fumaça e cinzas.

Desabei no chão, enxugando, desesperada, as mãos em meus trapos.

— Não pode ser.

Eu não podia ter assassinado as rainhas de forma tão violenta, tão imprudente. Era dona de minha mente. Não era uma arma. Jamais tivera a intenção de trazer dor, de derramar sangue.

Mas eu fiz isso. Destruí coisas. Arruinei-as. Como destruí meu pai.

— É uma das vantagens destes queridinhos. — Ele brincou com um dos chips. — Você ignora as memórias dos assassinatos, julgando ser apenas eco das visões. Porque você executa os crimes exatamente daquele modo. Quem poderia notar a diferença? — Ele piscou para mim. — Com certeza, não você.

Levei as mãos à barriga. Eu ia vomitar.

No que estivera pensando naqueles momentos? Quando tinha assassinado toda e cada rainha com as próprias mãos? Sequer fora dona de algum pensamento? Ou era apenas um receptáculo vazio? Para ser usado por alguém como Mackiel. A assassina perfeita, dissera ele.

Uma boneca, era o que eu tinha sido para ele. Algo com que brincar. Algo para usar. Havia quanto tempo estaria me preparando para aquilo, o mais hediondo ato?

— Por quê? — gemi.

— Calma, calma — arrulhou Mackiel conforme eu tremia. — Não perca o controle. Não é de seu feitio.

Não era de admirar que Varin tivesse me entregado. Ele tinha visto o que eu fizera. Tinha visto a verdade.

Só que não era a verdade... não a verdade de meu coração. Sim, eu era egoísta. Gananciosa. Perversa até... às vezes. Mas não era uma assassina. Nem mesmo Mackiel podia me transformar em uma.

Por um instante, fui capaz de ignorar o nojo, o aperto em meu estômago ante a visão de minhas mãos, e me lembrei de que Mackiel dissera que não me queria presa.

— Você está aqui para me libertar? — perguntei, com a voz trêmula. Eu podia explicar. Podia contar ao inspetor que não estava no controle de meus atos. Aquilo tinha que valer para alguma coisa, não?

Mackiel franziu o cenho.

— Sinto muito, querida, mas não.

— Mas você disse...

— Eu sei. — Ele estendeu as mãos curadas. — Acredite, não queria que acabasse assim. Como já disse, você devia ter escapado. Os chips de comunicação a instruíam a sair depois do assassinato da rainha Marguerite, mas sua mente estava dividida. Em vez disso, você voltou para aquele maldito eonita. Ele é o culpado de sua prisão. E pensar que eu tinha planos grandiosos para você...

— Mais assassinatos? — Levantei de um pulo. — Como se atreve a me usar! Como se atreve a me fazer matar as rainhas! Matar qualquer pessoa! Pensei que se importasse comigo!

— Eu me importo — confessou ele, se inclinando para a frente e segurando as barras da cela. — Não percebe, querida? Jamais confiaria uma missão tão importante a qualquer um que não você. — Seu sorriso se tornou maldoso. — Mas você me virou as costas primeiro. Confiou naquele eonita inútil em vez de em seu melhor amigo. Você se *importou* com o fato de que ele sofreria consequências se não entregasse o estojo de comunicação. Era *eu* que devia ter acompanhado você ao palácio. Você só devia ter pensando em mim. — Seus olhos brilharam, tempestuosos. — Você me obrigou a agir.

— *Eu* obriguei você a agir? Você me obrigou a matar! — A fúria me fez avançar. Eu chafurdei na sensação. Queria esquecer o que tinha feito. — Quem dera jamais ter conhecido você! Você me tirou tudo!

Ele inclinou a cabeça.

— Acho que sim, já que seu fim está próximo.

— Por que você veio aqui se não foi para me libertar? Veio apenas se vangloriar?

Ele pareceu inseguro por um momento.

— Acho que queria dizer adeus.

— Adeus? — Cuspi em seu rosto. Todo mundo queria uma despedida. Já tinham decidido quem eu era, o que tinha feito e como seria punida.

Quem você quer ser?

Bem, eu não estava pronta. Ainda não.

— Dispenso seu adeus.

— Dispensa? Ele riu. — Não pode dispensar um adeus. Só pode abraçá-lo, querida.

— Sério? — perguntei. — Bem, este é *meu* adeus. — Segurei-o pela lapela e o puxei de encontro às barras. Ele soltou um suspiro. Passei um punho pela grade e o acertei na barriga. Ele se dobrou, o casaco se abrindo.

Minhas mãos dispararam até as sombras dos bolsos.

— Boa, Kera — elogiou ele, chiando. — Lutando até o fim. — Então segurou meu pulso. — Mas vou precisar disso. — Ele pegou sua gazua de minha mão direita. — Bela tentativa.

— Maldito! — Lutei contra ele.

— Lamento, querida. Sinceramente, queria poder deixar você fugir. Vou sentir sua falta.

— Por quê? — Eu me desvencilhei dele, as lágrimas vencendo minha determinação e me escorrendo pelo rosto. — Por que você não me ajuda? Depois de tudo que passamos juntos? — Não sobrara nada do velho Mackiel? Nada que lhe falasse ao coração quando olhava para mim? Nada de nossa infância no Jetée?

Ele ergueu os olhos para o palácio acima.

— No final, cada um deve fazer o melhor negócio para si mesmo. — Ele sorriu para mim. — Você foi meu passaporte para o poder, e não vou perder tudo ao libertá-la.

— Rainha Arebella — eu disse, compreendendo. — Ela orquestrou os assassinatos! — *Aceitar a verdade*. Fora o que ela dissera quando visitou Keralie, e havia lhe parecido algo estranho a dizer para alguém que você acreditava ter matado sua mãe.

Não *admitir*, mas *aceitar*. E agora lembrava onde a vira antes. A garota de boina azul na casa de leilões, a que Mackiel havia ajudado a se sentar. Ela estivera lá o tempo todo.

Mackiel ergueu uma sobrancelha.

— Será que ela orquestrou? — ponderou ele. — Acho que você nunca saberá. Mas terei mais poder aqui, como confidente de Arebella, do que jamais poderia alcançar no Jetée. E vou me assegurar de que ninguém ameace meus negócios outra vez. Nem mesmo uma rainha. — Sua expressão ganhou intensidade. — Ninguém *nunca* vai se esquecer de meu nome.

Ultraje. Era aquele o motivo? O pai de Mackiel sempre dissera que ele não valia nada, e ele estava determinado a provar o contrário.

Minhas lágrimas caíam com mais força agora, turvando minha visão. Turvando Mackiel. Bloqueando a hedionda verdade.

— Saia!

Daquela vez, ele aquiesceu. Inclinou a cartola dourada e me deixou soluçando no chão da cela.

Assim que não podia mais ouvir seus passos, enxuguei as lágrimas com a mão direita. Na esquerda, estava a lâmina que eu havia roubado do bolso de Mackiel.

Sim, ele me ensinara bem.

CAPÍTULO 44

Arebella

Décima Terceira Lei: *Apenas uma rainha pode ocupar o trono. Quando assume a coroa, ela aceita a responsabilidade de governar o quadrante até o dia de sua morte.*

A rebella subiu ao trono, incapaz de não olhar para os assentos vazios ao seu lado. Um esgar curvou o canto de sua boca. Sobre a plataforma, pode sentir o poder correndo em suas veias. O poder de governar um quadrante... logo uma nação. Uma nação não mais dividida.

Mackiel havia feito seu trabalho; nenhuma parente fora encontrada. Em breve, Arebella seria nomeada a única quadariana de sangue real viva. O passo seguinte estava claro: ela se tornaria rainha de Quadara.

Assim que se sentou, todos os criados do palácio e os conselheiros tomaram seus lugares à frente da rainha. Alguns torianos vestiam negro, os rostos cobertos por véus. Pela expressão severa dos conselheiros, parecia claro que não estavam felizes com apenas uma rainha no trono. Seu sistema estava ruindo.

Arebella olhou de relance para o disco quadariano atrás de si. Era um dia nublado; pouca luz se infiltrava do ponto mais alto da cúpula até a joia dourada no centro da superfície do disco. As Leis das Rainhas praticamente indecifráveis na luz fraca, o que parecia condizente, pensou Arebella, com o início de uma nova era. Ela reescreveria todas as regras.

Mackiel sorriu para ela da primeira fila. Haviam conseguido. De fato, haviam conseguido.

— Você convocou esta reunião — disse Arebella a Jenri. — Qual é a pauta? — *Demonstre surpresa. Demonstre indignação. Convença-os de que jamais foi sua intenção. O último ato.*

— Sim, rainha Arebella — respondeu Jenri. — Lamento dizer que falhamos. — O conselheiro pigarreou. — Não conseguimos encontrar quaisquer descendentes reais para Archia, Ludia e Eonia.

Ela levantou o queixo.

— Como isso é possível? Achei que as Leis das Rainhas exigiam que assegurassem a linhagem real.

Ele trocou um olhar com os outros conselheiros.

— Não sabemos o que aconteceu, mas, ao que parece, qualquer traço de parentesco real foi apagado.

— O que isso significa para mim? — perguntou ela, antes de se dar conta do próprio erro. — O que isso significa para os *outros* quadrantes? Quem vai assumir os tronos?

Jenri soltou um longo suspiro cansado. Olheiras escuras emolduravam seus olhos. Ela duvidava de que o homem tivesse dormido desde que soubera do falecimento de sua mãe. Mas aquele não era problema seu; na verdade, poderia funcionar a seu favor.

— E então? — insistiu ela. — Não podemos deixar os quadrantes sem liderança. Meu Relatório das Rainhas está agendado para ser veiculado ao cair da noite, após a execução. Temos que agir rápido. Uma nação sem governo é uma nação fraca.

Está feito. Leve-os até a água... mas não os force a entrar... A voz de Mackiel estava em sua mente. De modo quase imperceptível, ele assentiu para ela.

— Tem razão, minha rainha — argumentou Jenri. — Não podemos esperar nem mais um momento. O povo não ficará satisfeito ao descobrir que escondemos a verdade. Há rumores de que algo terrível aconteceu. Para manter a paz, precisamos anunciar a morte das rainhas e sua ascensão ao trono toriano.

— Sim, sim. — Arebella assentiu, com entusiasmo. — É o que deve ser feito.

Jenri se dirigiu a uma pessoa de sua equipe.

— Grave um Relatório das Rainhas especial, detalhando os assassinatos, para ser veiculado após o anúncio da coroação da rainha Arebella.

Arebella se endireitou no trono. Esperando... Esperando...

Quando ele não acrescentou mais nada, ela se levantou.

— Minha rainha? — perguntou o conselheiro. — Há mais alguma coisa que queira tratar hoje?

Eram todos idiotas? O que estavam esperando?

— Uma decisão deve ser tomada — disse ela, a voz enchendo a cavernosa câmara.

— Uma decisão? — ecoou ele, as bolsas debaixo dos olhos parecendo inchar. — Sobre o quê, minha rainha?

Sim, eram mesmo todos idiotas.

— Pelos outros quadrantes. — Ela disfarçou a frustração na voz. — Toria está protegida, mas e os outros?

— Lamento, minha rainha. Mas, como já disse, não conseguimos encontrar qualquer parente vivo. Vamos continuar a procurar por uma herdeira, não mais uma descendente direta, porém vamos precisar fazer testes genéticos em toda população de Quadara. Pode levar anos até encontrarmos alguém com sangue real.

— Anos? — Arebella comprimiu os lábios por um instante. — Não podemos deixar os outros quadrantes sem uma monarca por tanto tempo, podemos?

— Não — respondeu ele, inseguro, olhando para os outros conselheiros, que assentiram em comum acordo. — Suponho que não.

— Então outra solução deve ser colocada em prática. Não temos escolha. — Sua paciência estava chegando ao fim. Com toda certeza, ele veria que não lhes restava opção. Quando ele não retrucou, Arebella acrescentou: — Temporariamente, é claro.

Jenri se virou para os outros conselheiros, então começaram a discutir acaloradamente. Depois do que pareceram horas, ele deu meia-volta e encarou Arebella.

— Você é a única rainha com sangue real quadariano que sobreviveu — argumentou ele. Arebella baixou a cabeça, sabiamente. — Podemos colocá-la no comando dos outros quadrantes, entretanto...

— Se é o que precisa ser feito — interrompeu ela. — Então carregarei mais esse fardo.

— Mas, minha rainha. — Jenri arregalou os olhos. — Se assumir os tronos, não há como voltar atrás. Não seria algo temporário.

Arebella sabia de tudo aquilo, mas fingiu confusão.

— Por que não?

— Faz parte das Leis das Rainhas, algo que devemos obedecer. Pois se alguém com sangue real assume o trono, então absorve o poder do quadrante até o dia de sua morte.

— Mas a lei foi escrita exclusivamente para o quadrante da rainha — disse uma das conselheiras, uma mulher alta, com cabelo branco. *Alissa.* Arebella se lembrou de ter sido apresentada a ela nas muitas conversas dos últimos dias. Ela era casada com a antiga aia da rainha Corra. — Quando a rainha sobe ao trono, está ligada a ele até a morte.

— Não foi estipulado que ela só pode assumir um trono — argumentou Jenri.

Sim. Sim. Enfim, estão entendendo.

— Jenri — falou Arebella, baixando ligeiramente a cabeça. — Farei qualquer coisa que meu quadrante ou os quadrantes exigirem de mim. O que for melhor para Quadara. — Ela o perscrutou com o olhar. — É o que minha mãe gostaria que eu fizesse.

Isso. Jogue com suas fraquezas. A voz de Mackiel soava clara em sua mente.

Jenri se dirigiu aos outros conselheiros.

— Planejávamos esperar até encontrarmos uma descendente distante, mas Arebella propõe uma solução mais rápida. Se a escolha é notificar os quadrantes de que suas respectivas rainhas estão mortas e de que ainda não há herdeira para o trono, ou notificá-los de que suas rainhas estão mortas e de que o último membro da realeza vai governar, então não temos escolha, senão colocar a rainha Arebella no comando de toda Quadara.

— Para sempre? — perguntou Ketor, o velho e estoico conselheiro eonita. — Está pedindo muito.

— Até o dia da morte dela — elucidou Jenri. — Como determinam as Leis das Rainhas. Não podemos ler nas entrelinhas em tempos tão instáveis.

É isso. É isso. Arebella enterrou as mãos na saia para disfarçar o tremor.

— Não — protestou outro conselheiro. Ele tinha cabelo ruivo, e, pelos olhos injetados, era óbvio que estivera chorando. *Lyker.* Tinha que ser. Ela havia ouvido os criados sussurrando sobre seu relacionamento escandaloso com a rainha Stessa. — Não é o que Stess... não é o que a rainha Stessa gostaria. Ela queria proteger Ludia e mantê-la separada dos outros quadrantes. O que essa... — Ele encarou Arebella. — Quero dizer, o que a rainha sabe dos desejos dos outros quadrantes? Ela acabou de chegar. Nem sabia que era da realeza até seis dias atrás. E ela é tão jovem!

Como ousava! Era pouco mais velho que ela.

— Concordo — disse Ketor. — A rainha Corra também teria sido contra.

Mas ela está morta. Estão todas mortas. Arebella mordeu a língua para não retrucar. Sutilmente, Mackiel ergueu uma das mãos, a palma virada para ela. *Respire fundo. Não os deixe perceber o que você deseja.* Ela sabia que era o que ele estava tentando lhe dizer.

— Então ensinem à rainha Arebella tudo o que sabem — decidiu Jenri. — Assegurem-se de que ela governe com sabedoria. Que outra opção temos? — perguntou, quando os outros conselheiros não responderam. — A rainha Arebella tem razão. Não podemos esperar anos até encontrar uma candidata adequada. É muito arriscado.

— Mas as Leis das Rainhas... — lamentou Alissa, estudando as paredes ao redor, mas as palavras ainda estavam indistintas graças à pouca luz que entrava pelo domo.

— São tempos difíceis — argumentou Jenri. — Devemos fazer o que é melhor para Quadara. As rainhas concordariam com isso.

Alissa baixou a cabeça.

— Sim, a rainha Iris faria qualquer coisa por seu quadrante. Mesmo que significasse ver uma toriana sentada em seu trono.

Ketor assentiu, solene, enquanto Lyker continuava em silêncio. Era óbvio que não compactuava com os outros conselheiros.

— Rainha Arebella? — Os olhos sombrios de Jenri encontraram os dela. — A escolha é sua.

Sim. Sim. Sim.

— Claro — respondeu ela. — Farei o que for melhor para Quadara, para meu povo. E prometo respeitar a memória das rainhas mortas.

Não olhe para Mackiel. Não olhe para Mackiel, avisou a si mesma, pois sabia que não conseguiria esconder um sorriso.

— Ótimo — falou Jenri. — Você já é uma rainha; tudo o que precisa fazer agora é sentar em cada um dos tronos e jurar lealdade aos respectivos quadrantes.

Arebella se levantou.

— Estou pronta.

CAPÍTULO 45

Keralie

Esperei trinta minutos antes de pôr meu plano em ação. Tinha que me assegurar de que Mackiel havia ido embora, e precisava do tempo extra para colocar os pensamentos — e a mim mesma — em ordem.

Eu tinha matado as rainhas. Não podia mais fugir da verdade. Não se quisesse sair daquele lugar. E tudo enfim fazia sentido. Por que eu estava sempre a um passo do assassinato de cada rainha, mas atrasada para salvá-las? Como poderia ter salvado as rainhas de mim mesma?

Havia julgado que meu senso de oportunidade estava dessincronizado desde que entrara no palácio, sendo incapaz de salvar as rainhas por isso, mas eu fora pontual. Exatamente como Mackiel tinha planejado. Eu, sua marionete. A assassina batendo o ponto.

Mas não deixaria isso me destruir. Todos os outros pecados eram minha culpa. O barco da família, o ferimento de meu pai, os anos de roubos e fugas. Mas não isso. Sim, eu havia levado a morte a cada rainha, mas não era culpada. Eu tinha ido até o palácio para salvá-las, não machucá-las. Minha mão pode ter desferido o golpe, mas Mackiel empunhava a lâmina. *Ele* era o responsável.

Não podia permitir que se safasse.

Já estava no meio das escadas da prisão, pronta para enfrentar os guardas, quando ouvi passos suaves vindo do corredor ao lado. Corri para o topo e me encostei na porta, esperando que o guarda virasse a esquina e encontrasse meu punho. Não tinha intenção de usar a faca de Mackiel em nada além de uma porta trancada.

O guarda abriu a porta; meu punho encontrou sua barriga, derrubando-o. Eu me lancei por cima do homem, o segundo murro apontado para sua têmpora.

— Pare! — disse o guarda. — Sou eu!

— Varin? — Hesitei, o punho erguido sobre seu rosto. — O que está fazendo aqui?

Ele rolou para o lado e ergueu as mãos. A princípio, pensei que em sinal de rendição, mas ele estava segurando um garfo e uma faca.

— Achei que pudesse usar os talheres — disse ele. — Para escapar.

— Você voltou para me ajudar? Mas você disse...

— Acredito em você — ele me interrompeu. — Acredito que você não matou as rainhas. Não sei o que vi, mas sei que não era você. Não podia ter sido você. — Seus olhos pálidos me cortavam o coração, me deixando tonta. — Eu estava errado. E vou compensar tudo. Mas primeiro precisamos sair daqui.

— Bem... eu... — Como podia explicar o que *havia* acontecido de fato? Ele não tinha nenhuma razão para duvidar do que viu... estivera certo sobre mim... sobre tudo.

— Posso me levantar? — perguntou ele.

Eu ainda estava montada em Varin, o punho cerrado.

— Claro. — Enrubesci e saí de cima dele. — Desculpe.

Nós nos encaramos. Antes que pudesse dizer qualquer coisa, ele me agarrou, os braços envolvendo minha cintura.

— Lamento tanto. — Varin sussurrou as palavras em meu cabelo oleoso. — Pode me perdoar?

Eu o empurrei, embora quisesse me perder naquela sensação. Tinha acreditado que jamais o veria de novo, e agora ele queria meu perdão? Ali estava ele, jogando toda a lógica e a parafernália eonita para o alto e, em vez disso, confiando em seu coração. Confiando em mim. Contra tudo e contra todos.

Não conseguia achar as palavras, a garganta seca de emoção. Então assenti.

— Vamos sair daqui então. — Ele pegou minha mão. — Vão vir buscar você em menos de uma hora. — Mas eu não podia deixá-lo fazer aquilo sem confessar a verdade. Se ele fosse pego me ajudando a fugir do palácio, então sua vida não valeria nada.

Seria capaz de *me* perdoar?

— O quê? — perguntou ele. — O que foi?

Balancei a cabeça, minhas lágrimas ameaçando cair. Não queria que ele parasse de me olhar como estava fazendo. Como se eu fosse tudo para ele. Seu coração e seu futuro. A garota do desenho. Não queria destruir isso. Destruir nós dois.

— Keralie — sussurrou ele, as mãos enluvadas emoldurando meu rosto. — Vamos sair daqui. Juntos. Não se preocupe.

— Não é isso. Você precisa saber a verdade antes de ir embora comigo. — Inspirei profundamente, então soltei o ar. — Eu... eu matei mesmo as rainhas... — Dizer isso parecia errado, mesmo sabendo a verdade.

De súbito, sua postura mudou, os ombros se curvaram, os braços caíram ao lado do corpo. Sua expressão ficou impassível, como se ele tivesse fechado a porta de suas emoções.

— Pare — pedi, estendendo os braços para ele. — Me deixe explicar.

Contei a ele sobre a nova tecnologia eonita e sobre como Mackiel havia usado os chips para me controlar. Durante todo o tempo, Varin ficou em silêncio, e só pude ver um lampejo de emoção em seus olhos quando mencionei como tinha sido controlada.

— Você consegue me perdoar? — perguntei a ele, a dor maltratando minhas entranhas. Não sabia como seria capaz de deixar o palácio se ele não me perdoasse. Uma coisa era me ajudar achando que tinha sido incriminada. Agora ele sabia a verdade. Eu havia assassinado as rainhas. Talvez fosse pedir muito. Ele era eonita. Acreditava na bondade e na justiça. Só sabia como ver e julgar o que estava na sua frente. E, no entanto, ele ainda estava ali. Ainda me encarando.

— Sim — respondeu ele, embora sua voz parecesse rouca e cautelosa.

— Vou entender se não quiser mais fugir comigo. — Ele iria me empurrar escada abaixo, de volta à cela? Iria querer me ver enforcada?

Varin aproximou meu rosto do seu e, com gentileza, depositou um beijo em meus lábios. Agarrei seu cabelo, como se fosse um bote salva-vidas, e me senti mais como eu mesma do que me sentira em dias. Em anos.

Ele se afastou.

— Claro que quero ficar com você. Você não tinha controle de seus atos. Não foi culpa sua. Poderia ter sido qualquer um sob o controle de Mackiel... — Mas sua máscara estoica estava de volta ao rosto.

Delineei seu maxilar áspero com a mão.

— No que está pensando? — Queria tirar aquela máscara e queimá-la.

— Estava pensando que perdemos muito tempo. — Ele pegou minha mão outra vez. — E que vou matar Mackiel se o vir de novo.

———

— ONDE ESTÃO TODOS os guardas? — perguntei quando saímos da prisão. Parecia estranho, levando em consideração que eu deveria encontrar o carrasco em menos de uma hora.

— Posso ter dito que o inspetor precisava deles — respondeu, dando de ombros. — Para o enforcamento.

Lancei um olhar surpreso para Varin.

— E eles acreditaram?

Varin se virou, a voz quase inaudível quando respondeu:

— Sou eonita. Além do mais, fui eu que entreguei você. Acreditam que eu não vou ajudá-la.

Apertei sua mão.

— Eu perdoo você, lembre-se disso.

Ele me olhou de relance, a esperança brilhando em seus olhos, e abriu a boca para continuar.

Dei uma risada.

— Podemos conversar mais tarde.

Atravessamos depressa o corredor em direção à seção archiana do palácio. Antes que pudesse afastá-las, imagens da rainha Iris pipocaram em minha mente.

— Por que estamos indo por aqui? — perguntei, estacando. Mesmo que eu aceitasse que não tinha estado no controle quando cortei a garganta da rainha Iris, isso não queria dizer que gostaria de retornar ao local do assassinato.

— O jardim archiano é a única saída para o mundo exterior, com exceção da sala de triagem, e não há como conseguirmos passar por aquela porta trancada. Nem mesmo você. — Ele sorriu. — Vamos precisar escalar o penhasco e atravessar o canal em um barco, fugir para algum lugar onde ninguém nos encontre.

Ele havia pensando bastante naquilo. Uma vida e um futuro planejados para nós dois. Uma vida em fuga. Jamais veria minha família de novo... ou o que restou de minha família.

Ele puxou minha mão.

— Vamos.

— Não.

— Não?

— Eu não vou.

Ele franziu o cenho.

— Mas é a única saída.

— Não vou deixar o palácio. — Seus olhos se estreitaram. — Quero ser livre, mas não enquanto o inspetor e o restante do palácio não souberem a verdade. Não posso deixar Mackiel e Arebella se safarem. Ela matou a própria mãe! Não pode ser a rainha de Toria.

— Você está disposta a arriscar a vida para isso?

Eu estava acostumada a me colocar acima dos outros; roubar o que queria, fazer o que bem entendia. Procurando enriquecer do jeito fácil. Pensando que meus sonhos e desejos eram mais importantes que os dos outros. Mas agora eu tinha a oportunidade de ser alguém diferente. Alguém digna do amor de meus pais. A garota que me criaram para ser.

Arebella não podia ser a soberana de Toria. Se estava disposta a matar a própria mãe, do que mais seria capaz? E com Mackiel ao seu lado, a escuridão se espalharia do Jetée à Passagem, e até mesmo ao palácio. Apesar de não poder trazer as rainhas de volta, isso eu conseguiria fazer. Não importava o que aconteceria comigo. As rainhas mereciam vingança.

— Vamos achar o inspetor — chamei, puxando Varin. — Temos um último encontro na corte.

CAPÍTULO 46

Arebella
Rainha de Toria

Décima Quarta Lei: *É dever da rainha manter a paz entre os quadrantes.*

Primeiro, Arebella sentou no trono de Archia. Parecia apropriado, já que a rainha Iris tinha sido a primeira a morrer. Em meio à multidão, Mackiel irradiava alegria, sua cartola dourada, torta. Haveria muito o que celebrar naquela noite.

Foco, censurou-se Arebella. Aquele era o momento com que sonhara por dois anos. Teria muito tempo para aproveitar a companhia de Mackiel mais tarde.

Alissa estava parada à frente de sua esposa archiana na audiência. Ela lhe lançou um olhar resignado antes de subir ao palanque.

— Rainha Arebella. — Sua voz parecia insegura, mal preenchendo o amplo salão. — Por favor, levante a mão direita.

Arebella fez conforme solicitado, não conseguindo esconder um tremor de expectativa. Jenri lhe deu um sorriso tranquilizador, interpretando de forma equivocada seu estremecimento. *Muito sensível*, pensou Arebella. Talvez precisasse substituí-lo. No devido tempo.

— Repita comigo — instruiu Alissa. — Eu, rainha Arebella.

— Eu, rainha Arebella.

— Prometo defender tudo o que meu quadrante... — ela balançou a cabeça por um momento, antes de continuar: — ... tudo o que *Archia* acredita.

Arebella repetiu as palavras enquanto sorria para sua nova conselheira archiana. O tempo estendia a mão para ela. Arebella iria conquistar Alissa, eventualmente.

— E com esse Juramento da Rainha — disse ela, com clareza, a voz tomando o grandioso salão dourado. Um raio de luz aqueceu suas costas enquanto o sol lutava para romper as nuvens. Um novo amanhecer. — Minha vida é de Archia, e Archia é minha vida. Até minha...

A porta da corte de Archia abriu de supetão. O inspetor entrou, flanqueado por duas pessoas. Antes que ela conseguisse ver quem eram, a dupla foi rodeada pelos guardas.

— Isso não é necessário — garantiu o inspetor, calmo. — Estão aqui sob minha autoridade.

— Quem é? — Arebella se levantou do trono.

Os guardas empurraram os dois intrusos adiante.

— Keralie — constatou Arebella, atônita. Ao lado da jovem, estava seu cúmplice eonita, a expressão impassível, os ombros retos.

Keralie exibiu os dentes em um rosnado.

— Rainha Arebella.

Arebella ordenou que os guardas prendessem Keralie, mas suas palavras foram engolidas pelas do inspetor, quando este disse:

— Keralie tem importantes informações para a corte.

Não. Não. Não. Agora não. Não quando estava prestes a conseguir tudo o que sempre quis.

— Prossigam com a coroação! — gritou Arebella. Mas Alissa não estava olhando para ela.

— A rainha Arebella — declarou Keralie em alto e bom som — é a verdadeira assassina!

CAPÍTULO 47

Keralie

— Eu? Assassina? — perguntou Arebella, com uma risada. Então se dirigiu a Alissa: — Por que está deixando que ela desperdice meu tempo? — Acenou com a mão e voltou a sentar no trono archiano.

Tentei dar um passo adiante, mas o guarda segurou meu braço, sem saber como agir.

— Mas todos não têm direito a uma audiência na corte, minha rainha? — sibilei.

— Levem-na! — Ela desviou o olhar, como se a mera visão de meu rosto lhe queimasse os olhos. — Ela matou minha mãe e fugiu da prisão. É uma criminosa! — Sua voz ficou estridente. — Levem-na!

O guarda apertou meu braço com mais força e começou a me arrastar. Mas eu não iria ser silenciada.

— Sim, eu *sou* uma criminosa! — gritei. — Mas não sou uma assassina, por mais que Mackiel quisesse que eu fosse. Por *você*.

— Ela está mentindo — retrucou a rainha Arebella, pulando do trono mais uma vez. — Por que estão de queixo caído, como tolos? Ela admite ser uma criminosa, e, no entanto, vocês a escutam? *Eu* sou a rainha. Ordeno que a enforquem! Agora!

Aturdido, Jenri olhava da rainha Arebella para o inspetor

— O que está acontecendo aqui?

O inspetor se desviou dos guardas, aproximando-se do palanque.

— Desculpe pela confusão. — Sua voz soava calma. — Keralie e esse garoto — ele indicou Varin, ao meu lado — me procuraram na enfermaria. E compartilharam algumas informações muito interessantes. Informações sobre o assassinato que a corte devia ouvir.

— Mas você tem evidência irrefutável, inspetor — interrompeu a rainha Arebella, apontando para mim. — Ela matou as rainhas.

— Isso é verdade. — O inspetor semicerrou os olhos escuros na minha direção. — Evidências dadas por esse jovem. — Ele esticou o dedo longo para Mackiel, sentado entre os conselheiros, como se aquele fosse seu lugar. Mas seu lugar era na prisão.

A raiva emanava de Varin em ondas, sua estoica máscara eonita enfim esquecida.

— Então por que está desperdiçando meu tempo? — perguntou a rainha Arebella.

— Você admite? — Jenri me perguntou. — Você matou as rainhas?

— Por minhas mãos, elas morreram. Mas não por meu coração ou vontade. — Balancei a cabeça. — Jamais escolheria matar outra pessoa. — Levaria muito tempo para que eu aceitasse completamente o que havia acontecido, mas, por ora, iria afastar as lembranças grotescas e assegurar que meu nome fosse limpo. — Eu estava sendo controlada. Por chips de comunicação. Por *ela*.

Ouviu-se um arquejo audível na multidão. A rainha Arebella apenas bufou com minha acusação.

— Do que ela está falando? — Jenri perguntou ao inspetor.

O inspetor abriu um sorriso preguiçoso.

— Antes de Keralie me procurar, eu tinha uma teoria sobre o assassino, mas o quebra-cabeça não estava completo. Todas as evidências apontavam para esta jovem — ele gesticulou para mim — e, no entanto, alguma coisa não parecia certa. Comecei a acreditar em suas negativas. Queria mais provas.

— Fico feliz que alguém estava ouvindo — resmunguei.

— Eu estava — assentiu o inspetor. — Como ouvi cada um no palácio. Os velhos e os jovens. — Ele olhou de Arebella para Mackiel. — Keralie estar sendo controlada era a peça que faltava.

— Do que está falando? — a rainha Arebella exigiu saber. — Chips de comunicação não obrigam as pessoas a fazer algo. — Ela deu uma gargalhada forçada. — São para gravar memórias. Todos sabem disso.

— Ah. — O inspetor ergueu uma das mãos. — Um chip de comunicação *comum* não faz algo assim, mas há alguns que podem. Conheço todas as tecnologias eonitas, incluindo as que foram banidas de nosso quadrante. Uma dessas tecnologias proibidas era uma forma de controle emocional. Em vez de precisar de anos de treino, as crianças eonitas precisariam apenas ingerir os chips que suprimiam pensamentos e sentimentos. Mas os efeitos colaterais eram muito severos, fazendo as crianças agirem de maneira estranha, dissonante. Elas também relataram apagões. Os testes foram cancelados.

"Mesmo banidos de Eonia, os chips foram contrabandeados, sendo comercializados no mercado clandestino em outros quadrantes e permitindo que fossem arrematados pelos mais altos preços, pelas pessoas mais baixas."

— Arebella contratou Mackiel, e ele me enganou para roubar os chips e ingerir — contei. — Os chips me controlaram, me fizeram... — Inspirei fundo. — Me forçaram a cumprir suas ordens. Então, quando todo o trabalho sujo estava feito, Mackiel veio até o palácio para se gabar.

O inspetor desviou seu olhar para Mackiel.

— O que tem a dizer?

Mackiel inclinou a cartola dourada.

— Não sei nada sobre esses chips modernos de que fala.

— Nem eu. — A rainha Arebella entrou na conversa. — Isso é uma mentira elaborada de uma garota desesperada para escapar da forca.

— É a verdade! — falei, entre dentes.

Varin se aproximou para me dar apoio moral, incapaz de me tocar, pois os guardas mantinham suas mãos presas atrás das costas.

— É uma completa e total mentira — retrucou Arebella.

— É verdade que uma pessoa desesperada é capaz de tudo — disse o inspetor, se aproximando da rainha toriana. — Não é mesmo, minha rainha?

— Sim. — A rainha Arebella assentiu fervorosamente. — Sim, é verdade.

Ele ergueu o olhar para a plataforma, encarando a rainha.

— Desesperada, uma garota pode, até mesmo, tentar matar a própria mãe. Não concorda?

A rainha Arebella estremeceu, como se seu corpo tivesse sido desestabilizado.

— O que disse? — Ela agarrou o trono toriano, em busca de apoio.

Sem olhar para ela, o inspetor se dirigiu à corte:

— Uma garota talvez orquestrasse o assassinato de todas as rainhas para ascender ao trono. Mas ela não poderia agir pessoalmente, pois seria muito óbvio. Em vez disso, precisaria contratar alguém que tivesse os meios para levar adiante tal carnificina. Alguém como ele. — O inspetor apontou para Mackiel. — Um velho amigo de Arebella, que agora sabemos que a controlava. — Ele apontou para mim. — Uma criminosa a seu serviço.

— Mais mentiras — rebateu a rainha Arebella.

— A princípio, eu estava cético, mas Keralie me permitiu ver a verdade. Ela gravou suas transações com Mackiel, relatando como lhe foi pedido que roubasse os chips de comunicação e como os ingeriu mais tarde, desconhecendo as consequências. Ela não tinha controle sobre o que aconteceu com as rainhas.

— O que está dizendo? — A rainha Arebella levou a mão ao pescoço.

— Nega seu envolvimento? — O inspetor virou a cabeça para o lado. — Muito embora você seja a única a lucrar com a morte das rainhas?

— Claro que nego — guinchou ela. — Alguém prenda o inspetor por essas acusações absurdas!

O inspetor comprimiu os lábios.

— Ficaria feliz em chamar outro inspetor para analisar minhas descobertas, mas ele vai chegar à mesma conclusão. — Ele deu uma batidinha no comunicador pendurado na lateral do corpo. — Todas as minhas descobertas estão gravadas aqui.

Arebella encarou seu conselheiro.

— Jenri, me ajude! Ele está mentindo!

Dei um passo à frente.

— Não, ele não está. — Os guardas haviam afrouxado o aperto enquanto o inspetor falava. — Tudo o que ele disse é verdade. Mackiel me usou para cumprir os desmandos de Arebella. Os dois me controlavam e me fizeram matar as rainhas. Não sou culpada... *Ela* é! Se querem me executar, então a rainha Arebella deve ser enforcada ao meu lado.

— Não! — O rosto da rainha Arebella havia ficado vermelho. — Eu nunca mataria minha mãe. Não conseguiria! — Era fácil ver Arebella como a jovem criança petulante que realmente era conforme suas mentiras começavam a se desenrolar.

— Essa — começou o inspetor — é a primeira verdade que você diz hoje.

Os ombros de Arebella relaxaram ligeiramente.

— Sim, sim. Eu não a matei.

— Não, você não matou — concordou o inspetor. — Pois ela vive.

Arfadas ecoaram pelo salão. Cambaleei. *O quê?* Os olhos de Varin estavam tão arregalados quanto os meus.

Uma mulher se levantou em meio à multidão, um véu negro lhe escondendo o rosto. A princípio, pensei que estivesse prestes a desmaiar; então ela tirou o véu.

— Rainha Marguerite! — exclamou Jenri ao ver a antiga rainha de Toria. — Você está viva!

CAPÍTULO 48

Marguerite
Rainha de Toria

Décima Quinta Lei: *Anualmente, as rainhas decidirão, em conferência com seus conselheiros, a quem caberá uma dose de hidra.*

Marguerite percebeu que não estava morta quando viu o rosto do inspetor se inclinando sobre ela, no lugar do de suas nobres ancestrais — havia muito reinando no quadrante sem fronteiras. E, embora não conseguisse falar, ela assentiu quando lhe perguntaram se se sentia bem.

Bem era algo relativo.

Assim que o veneno tocara sua pele e penetrara no tecido para macular sua corrente sanguínea, ela julgara ser seu fim. A garganta arranhava, e parecia que alguém havia cravado as unhas em suas entranhas, mas ela estava respirando. Estava viva.

O inspetor explicou que, embora o veneno já tivesse causado um grande estrago a seus órgãos, os médicos haviam sido capazes de impedir que atingisse seu coração com uma dose de HIDRA.

Anualmente, Marguerite participava da escolha do paciente crítico mais digno de receber o tratamento milagroso; jamais imaginara que seria um deles.

O inspetor havia lhe explicado que o médico da corte tinha administrado uma dose de HIDRA quando ela entrara em coma. O sangue infectado passara por um processo de diálise; sendo tratado com a substância, então transfundido de volta a seu corpo para cicatrizar as lesões internas.

Marguerite não havia conhecido pessoalmente a mulher que era a HIDRA. Agora tudo o que restara da médica eonita eram vinte frascos perfeitos do elixir de sangue. A rainha queria que ela ainda estivesse viva para poder agradecer.

Conforme os dias se passavam, o sangue fez seu trabalho dentro do corpo de Marguerite, e ela começou a se sentir melhor. Mais leve. Cada fôlego não mais parecia como se alguém tivesse jogado álcool em uma ferida... a dor diminuía e diminuía. No quarto dia, recuperou a voz.

— Por que não recebi visitas? — perguntou ao inspetor, preocupada que o fogo tivesse tomado mais vidas que a da rainha Corra. Sentiu um aperto no peito com o pensamento. O inspetor havia permanecido a maior parte do tempo ao seu lado, mas desaparecia por longos períodos.

Ele a encarou, a expressão séria.

— Todos pensam que você morreu, rainha Marguerite.

Ela se sentou em choque, sem se dar conta, até aquele momento, de que recuperara o controle do próprio corpo.

— Por quê?

Ele a fez se deitar de volta nos travesseiros.

— Para sua segurança. Eu estava preocupado que o assassino tentasse outra vez, se soubesse que tinha sobrevivido.

— Você ainda não sabe quem é?

Um sorriso chegou aos olhos do inspetor.

— Tenho uma teoria que está ganhando força.

Marguerite queria perguntar mais coisas, porém uma onda de cansaço a invadiu, transformando seus membros em chumbo.

— Durma, rainha Marguerite — continuou ele. — Há tempo para suas perguntas. E para todas as respostas.

Quando Marguerite estava pronta para deixar a enfermaria, o inspetor explicou sua teoria. Apesar de magoar ouvi-la, uma parte daquilo fazia sentido. Uma parte que, no fundo de sua alma, sabia ser verdade.

Foi então que Marguerite se lembrou de alguém murmurando sobre seu corpo imóvel, quase morto, palavras que julgou um delírio de sua febril recuperação.

Sussurros de sua filha, confessando tê-la matado.

———

— MÃE? — sussurrou Arebella, a voz suave, mas penetrante, enquanto os conselheiros encaravam sua rainha ressuscitada dos mortos.

— Estou viva — respondeu Marguerite, mas para Jenri. — Não graças a minha filha.

Jenri agarrou o ombro de Arebella quando ela ameaçou cair da plataforma.

— Eu a vi morta — disse a filha de Marguerite. — Na enfermaria. Você estava...

Sua mãe sorriu.

— Um ardil.

— Sim — concordou o inspetor. — Embora tenha conseguido salvar a rainha Marguerite antes que o veneno lhe corroesse as entranhas, decidi manter sua sobrevivência em segredo. Assim, poderia atrair o assassino. Quando você a visitou, ela estava em coma induzido. Dormindo, mas bem viva.

Arebella desabou no trono, as pernas incapazes de mantê-la de pé.

— Viva — murmurou.

O inspetor se voltou para a audiência atônita.

— Eu sabia, desde o início, que o culpado tinha que ser alguém que se beneficiaria da morte das rainhas. Mas não fazia ideia de quem. Keralie foi a primeira suspeita, e, apesar de as evidências apontarem para ela, sua motivação não parecia clara. Sim, ela tinha os meios, mas por quê? Por que matar todas as rainhas?

"Não contei a ninguém sobre a sobrevivência da rainha Marguerite, pois temia que fosse apenas temporária. Esperei para ver quem se apresentaria para assumir o trono e, ao fazer isso, se tornar minha principal suspeita. Mas curiosamente — ele brincou com o gravador — nenhuma outra parente de sangue real foi encontrada. O que faz de você, Arebella, a *única* suspeita."

— Isso é ridículo! — gritou Arebella.

— Quando a rainha Marguerite estava bem o bastante para falar, ela me contou sobre a visita da filha, em sonho, pedindo desculpas por tê-la matado. Mas eu não podia prender Arebella sem provas. As memórias induzidas pelas drogas de uma rainha convalescente não seriam o bastante para condenar Arebella, não quando todas as evidências concretas apontavam para Keralie. Eu precisava de mais tempo para aprofundar as investigações. Então Keralie me encontrou na enfermaria, me contou tudo o que havia acontecido e permitiu que eu acessasse suas memórias. — O inspetor acenou com a cabeça para Jenri. — E bem a tempo. Pois parece que você estava prestes a nomear Lady Arebella rainha de todos os quadrantes.

— *Lady* Arebella? — resmungou Arebella, puxando o cabelo, irritada. — Quer dizer, *rainha*.

— Não. — O inspetor a encarou com os olhos negros. — Você jamais foi rainha. Como poderia, quando a rainha Marguerite nunca morreu de verdade?

— Por quê? — questionou Marguerite, os olhos cheios de lágrimas ao encarar a filha. Ela era linda, o melhor de Marguerite e do pai. Pelo menos, na aparência. — Desejei uma vida diferente para você. Uma vida melhor. Por que faria isso? As minhas irmãs rainhas... — Sua voz falhou. — Elas a amariam como uma filha.

— *Melhor?* — cuspiu Marguerite, os olhos cor de mel arregalados, as bochechas coradas. — Você me negou tudo o que sempre quis. Você me julgava muito fraca para lidar com o poder do trono. — Ela abriu os braços. — Mas veja o que eu fiz.

— Você não fez nada, a não ser manipular aqueles ao seu redor para fazerem seu trabalho sujo. — A mãe gesticulou para o jovem de cartola dourada.

Arebella ergueu uma sobrancelha; a expressão de desdém era assustadoramente igual à que a mãe muitas vezes exibia.

— Como uma verdadeira rainha.

— Rainhas não são assassinas. — Como a filha se tornara tão amoral?

— Era a única maneira de reaver o que era meu por direito! O trono!

A mãe semicerrou os olhos.

— Jamais deveria ter sido seu.

— Exatamente por isso que tive que fazer o que fiz!

A boca de Marguerite se abriu e fechou. Não era possível argumentar com a garota. Sua lógica era imperfeita.

— Minha rainha? — perguntou o inspetor a Marguerite. — O que quer que eu faça?

Por trás da máscara de garota zangada, Marguerite não podia deixar de vislumbrar o bebê que amara demais para permitir que caísse na teia de questões políticas. E, no entanto, veja o que tinha acontecido. Ainda assim, aquela era a garotinha que ansiava rever desde que a mandara embora. Ela era exatamente como Marguerite havia imaginado: os mesmos olhos, cabelo e rosto que o seu. Mas não havia calor nos olhos dela. Nem mesmo agora, sabendo que tinha sido descoberta, ela mostrava remorso. Ou até medo.

Marguerite poderia ter evitado aquilo se tivesse permitido que Arebella soubesse a verdade desde o nascimento? Ou ainda estariam vivendo aquilo, três rainhas assassinadas?

— Levem-na até a prisão do palácio — ordenou Marguerite, com pesar. — Decidirei seu destino — ela suspirou — no devido tempo.

O inspetor assentiu, e os guardas se afastaram de Varin e Keralie, seguindo na direção da rainha deposta.

— Você não pode me matar — disse Arebella ao ser imobilizada. — Ainda não tem outras herdeiras. Assumirei o trono um dia. Você não vai viver para sempre!

— Não, não vou — retrucou Marguerite. — Mas me resta bastante tempo para me certificar de que você jamais reine. Pois a única pessoa que pode mudar as Leis das Rainhas é uma rainha. Uma verdadeira rainha quadariana. E você nunca foi rainha e nunca será.

Ela pensou que a filha iria retrucar, cuspir palavras de ódio, mas Arebella ficou em silêncio enquanto era arrastada para fora da sala.

— E Mackiel? — perguntou Keralie, apontando para o rapaz magro, que tentava desaparecer na multidão.

— Não se preocupe — assegurou o inspetor. — Ele também responderá por seus crimes. — Assentiu para os guardas, e estes avançaram para Mackiel, que serpenteou pela multidão, empurrando as pessoas, antes que pudessem capturá-lo.

— Não há para onde fugir — disse o inspetor, com tranquilidade. — O palácio ainda está fechado.

Mas isso não impediu o rapaz, que, naquele momento, Marguerite reconhecia não apenas como o bebê de suas memórias, mas como a imagem cuspida e escarrada de sua amiga de infância. A amiga a quem dera Arebella, a amiga que devia achar uma família para criar a menina longe do palácio. O que tinha acontecido com aquela doce amiga de infância que ficara ao seu lado quando as outras crianças zombavam dela? Como Mackiel havia se tornado alguém tão sombrio e corrupto?

E sua própria filha?

Mackiel disparou pelo corredor, braços e pernas balançando freneticamente conforme tentava escapar dos guardas. Os anéis voaram de seus dedos enquanto ele tropeçava na direção de uma das saídas da corte, a cartola deixada para trás.

Mas ele não era a única pessoa em movimento.

Uma figura disparou pela multidão sem tocar ninguém, como um peixe no riacho, manobrando entre correntes invisíveis, ou uma sombra entre lâmpadas a gás, a luz jamais a iluminando.

Mackiel mergulhou no chão, a figura sobre suas costas.

— Não se atreva a fugir! — gritou Keralie, pressionando Mackiel com mais força contra o piso.

O garoto lembrava a Marguerite uma aranha, os longos membros espremidos na terra.

Os guardas do palácio cercaram os dois jovens torianos, afastando Keralie com empenho de relativa força.

— Maldita seja, Keralie! — cuspiu Mackiel. — Por que não podia fazer o que eu queria?

Keralie deu um chute alto; seu pé acertou o nariz de Mackiel. Ele caiu nos braços dos guardas, sangue escorrendo pelo rosto.

— Se livrem dele! — pediu ela antes de se virar, os ombros tremendo. — Não deixe que seu sangue suje este palácio.

Marguerite atravessou o corredor, correndo na direção da menina.

— Está tudo bem — assegurou ela quando a alcançou. Keralie desabou em uma cadeira, o rosto vermelho e selvagem. — Vai ficar tudo bem.

Keralie a encarou de queixo caído.

— Achei que tivesse matado você... Matei as outras...

Marguerite colocou a mão no braço da jovem assustada.

— *Você* não fez tal coisa. Precisa aceitar seu papel na trama e entender que não teve culpa.

Ela estava olhando para a mão de Marguerite como se visse um fantasma. A pobre garota. Pelo que passara?

— Não sei se consigo — retrucou ela, seus olhos úmidos.

— Você precisa — insistiu Marguerite. — Pois a vida não deve ser desperdiçada. Você precisa ser forte.

— Sim, minha rainha — disse ela, mas sem encontrar seu olhar.

— Está sozinha? — perguntou Marguerite.

— Não — respondeu outra voz. — Ela está comigo.

Marguerite se virou e viu um jovem eonita um pouco mais velho que sua filha. Sua atitude lembrava a da rainha Corra, postura ereta e rosto impassível. Sentiu uma dor no peito ao pensar em sua irmã rainha... um buraco no coração que jamais cicatrizaria.

— E você é...? — perguntou ela para o menino de olhos estranhos.

— Varin — respondeu ele, ajudando Keralie a se levantar e passando o braço da menina pelo ombro para mantê-la de pé. — Minha rainha — acrescentou.

Marguerite sorriu com a formalidade.

— Fico feliz em ouvir isso. Vão precisar um do outro nesses tempos difíceis.

A garota toriana olhou de esguelha para Varin antes de assentir para Marguerite.

— Mas, rainha Marguerite, o que fiz com as outras rainhas...

— Basta. — Marguerite a interrompeu com um aceno de mão. — Você não vai passar o resto da vida pensando no que aconteceu aqui. Deve ir embora e esquecer este lugar. — A garota parecia prestes a protestar. — É uma ordem de sua rainha.

Keralie a estudou por um momento antes de um sorriso tomar seu rosto, como se a iluminasse por dentro. Ela era linda e cheia de vida.

— Acho que essa é uma ordem que não me importo de obedecer — disse Keralie.

CAPÍTULO 49

Keralie

Eu precisava vê-lo. Uma última vez. Então estaria livre.
Havia sido obrigada a passar os últimos dois dias na enfermaria, de repouso, para garantir que eu não entraria em choque depois de descobrir meu papel na morte das rainhas, de acordo com o médico da corte. Minhas olheiras enfim começaram a sumir conforme lutava para deixar os fantasmas daquele lugar para trás.

— Olá, querida — cumprimentou Mackiel, quando desci as escadas da prisão. Ele estava sentado no chão da cela, as pernas finas esticadas, cruzadas na altura do tornozelo. Não parecia o garoto que eu conhecia havia tantos anos; tinham lhe despido das roupas sofisticadas, e roubadas, e das joias, e ele vestia calças largas e uma camisa muito grande. A sujeira tingia seu rosto como rouge, o cabelo negro estava sebento pela falta de banho, e o delineado em seus olhos sumira... de tanto chorar?

Ele parecia pequeno, insignificante. Impotente.

Enquanto eu estivera na enfermaria, tanto Mackiel quanto Arebella haviam sido condenados à prisão perpétua. Mackiel iria realizar seu desejo de viver no palácio afinal.

— Mackiel. — Eu me aproximei de sua cela, mas não muito; não pretendia cometer o mesmo erro que ele, quando viera me visitar.

— Veio me salvar? — Ele piscou.

— Não nessa vida ou na próxima — respondi.

— Quem é? — perguntou Arebella, o rosto entre as grades da cela vizinha à de Mackiel. Seu vestido dourado tinha desaparecido, substituído pelos mesmos trapos que eu estivera usando apenas três dias antes. Quando me viu, fez uma careta. — Ah, é *você*.

— Vim me despedir — disse aos dois, tirando um chapéu imaginário.

— Kera, querida... — começou ele, mas eu o interrompi.

— Não preciso ouvir nada do que tem para dizer. Vim até aqui para que você me escute.

— Hã? — perguntou ele. — E o que Kera tem a dizer?

— Obrigada.

— Obrigada? — Arebella soltou uma risada insana. — De todas as coisas que imaginei que pudesse dizer, *obrigada* nem me passou pela cabeça. Noite passada, fantasiei a visita do inspetor, depois a sua e... da minha mãe... — Sua voz falhou. — Por que ela ainda não veio me ver?

— Porque você tentou matá-la! — Mackiel cuspiu as palavras para a parede que separava as celas.

Não me surpreendia o fato de a rainha Marguerite ainda não ter visitado a diabólica filha. Duvidava de que ela pudesse encará-la um dia. Talvez jamais conseguisse.

— Achei que ela me deixaria explicar — comentou Arebella, com um suspiro. — Eu a faria entender. — Ela desenhou círculos na sujeira do piso de pedra. — Explicaria por que tive que fazer o que fiz. Pelo trono. Pela nação. Era a única maneira. Mas ela nem quer me escutar! Eu até já imaginei exatamente o que diria e como ela iria...

— Cale a boca! — gritou Mackiel, esmurrando a parede. — Ninguém se importa com sua estúpida *imaginação*. Apenas cale a boca!

Arebella se encolheu, as lágrimas se acumulando nos olhos.

— Briga de namorados? — perguntei.

Ele me olhou feio. Era óbvio que não tinha nenhuma afeição por ela. E, embora não devesse me importar, senti pena da garota. Mackiel também me usara.

— Ande logo, Kera — exigiu ele. — Me diga por que está aqui.

Uma veia pulsou em meu pescoço, mas inspirei fundo para me acalmar.

— Queria agradecer — repeti. — Porque você, de fato, me *criou* e, embora muitos possam enxergar em mim apenas uma garota perversa e impulsiva, sou forte. Sou criativa. E, por causa disso, vou sobreviver ao que você me fez. E a muito mais.

Mackiel abriu a boca, mas eu continuei:

— Não sou sua vítima. Não sou sua amiga. Não sou sua família. Não sou *nada* sua. E obrigada, porque sem seu esquema mortal — encontrei os olhos de Arebella — talvez jamais tivesse deixado de ser sua larápia. Talvez nunca me encontrasse... nunca encontrasse a pessoa que eu quero ser.

Mas ele não merecia saber quem era ela. A única pessoa a quem eu devia a verdade era a mim mesma. E a minha família.

— Agora estou deixando você, e nunca vou olhar para trás. Mas você vai sempre se lembrar de mim. — Abri meu mais doce sorriso. — Tenho certeza. — Fiz uma reverência. — E isso é tudo.

Antes que ele pudesse retrucar, disparei pelas escadas da prisão. No topo, me virei, sorri, então disse:

— Entre rápido. Saia ligeiro. Certo, Mackiel?

Com isso, eu o deixei no passado.

―――――

DE VOLTA À CORTE, a verdadeira rainha de Toria ocupava o trono. Usava um vestido de veludo vermelho-sangue, com três braçadeiras negras, em sinal de luto pelas três irmãs mortas. Sua coroa de direito havia sido devolvida, o véu negro sobre o cabelo comprido. Os outros tronos foram retirados da plataforma. Eu estava feliz em ver os guardas a flanqueando; a segurança tinha sido reforçada desde os assassinatos. Seu conselheiro, Jenri, estava parado a suas costas, os olhos cinzentos jamais se desviando do rosto da soberana.

— Bem-vindos, Keralie e Varin — cumprimentou ela com um sorriso quando entramos no salão de mãos dadas. — É bom vê-los bem.

Não havia dúvida de que ela se referia a meu novo traje — a calça cortada de um dermotraje com um corselete azul-royal e, por cima, um casaco longo de Toria; o melhor dos dois quadrantes em termos de conforto.

— Rainha Marguerite. — Fiz uma reverência, ainda segurando a mão de Varin.

— Jenri disse que você queria falar comigo? — perguntou ela, sorrindo.

Consegui desgrudar a língua do céu da boca.

— Sim, minha rainha. Se for de seu agrado.

Ela riu, mas não com indelicadeza.

— Sei pouco sobre você, Keralie, mas jamais achei que fosse tímida. Continue.

Olhei para a expressão serena de Varin antes de continuar:

— Sei que não tenho nenhum direito de lhe pedir isso — pigarreei —, de lhe pedir qualquer coisa...

— Pare — ordenou a rainha Marguerite. — Já se esqueceu de meu decreto? Deve se esquecer do que aconteceu aqui. — Ela olhou para Jenri. — Todos nós devemos.

— Não esqueci.

— Continue, então.

— Meu pai se envolveu em um acidente há seis meses — comecei. — Um acidente causado por mim. E, muito embora eu não mereça perdão, ou continuar com minha vida, *ele* merece. — Antes que me desse conta, lágrimas escorriam por meu rosto. — Dei as costas a minha família há muito tempo, antes mesmo do acidente. Eu escolhi algo que era fácil, gratificante e egoísta. Não percebi que minhas escolhas magoavam minha família; me importei apenas com o que eu queria. O que *julguei* que queria. Mas quero mais da vida agora. — Sorri para Varin em meio às lágrimas. — Aprendi tanto no palácio. Além do Jetée, além de Toria. — Abri os braços. Mesmo sem as quatro rainhas, o salão tinha uma atmosfera de autoridade. De nação, de divisões e interseções. Uma atmosfera de culturas combinadas. De nossos desejos combinados.

As primeiras quatro rainhas de Quadara tinham conquistado a paz com seus muros, mas não haviam assimilado o poder daquele lugar? O potencial de sua nação?

Não havia fronteiras ali.

— Você está bem? — perguntou a rainha Marguerite, se inclinando para a frente.

Varin colocou a mão livre em minhas costas, me amparando. Se eu não tivesse roubado o estojo de comunicação de Varin, jamais teria descoberto sobre as datas de morte em Eonia. Jamais teria entendido como os eonitas sentem e sofrem. E Varin e eu nunca teríamos nos encontrado; aquelas paredes teriam nos separado.

Arebella pode ter sido uma rainha destrutiva e perigosa, mas ela não estava completamente errada sobre Quadara.

— Estou bem — respondi, decidida. — Meus olhos se abriram para um mundo maior. Um de que quero fazer parte. Mas para isso — enxuguei o nariz com as costas da mão —, preciso aprender como me perdoar. E não posso fazer isso sem minha família. Não consigo.

À menção de família, a rainha Marguerite ficou imóvel

— O que posso fazer?

— Meu pai está no Centro Médico de Eonia — respondi. — Está em coma desde o acidente, e sua condição tem se deteriorado. Ele tem semanas, talvez menos, de vida. Eu tinha esperança... queria pedir... — Por que era tão difícil? Eu estava tentando não ser egoísta, mas ali estava eu, fazendo um pedido egoísta. — Sei que de todas as pessoas, eu devia ser a última a pedir alguma coisa a você, à corte. Não mereço. Mas meu pai, sim. Por favor — as lágrimas caíam livremente agora —, por favor, dê a ele uma segunda chance.

— Quer uma dose de HIDRA para salvar seu pai? — resumiu ela.

Assenti com a cabeça.

— Sei que restam poucas doses, mas se puder abrir mão de uma, serei eternamente grata.

A rainha Marguerite olhou para Jenri por um instante. Algo afetuoso se passou entre os dois, algo além da relação rainha e conselheiro. O que acontecera ali havia ressaltado o que era importante. Eu conhecia o sentimento.

— Por favor, minha rainha. Por favor, me dê a chance de fazer parte de uma coisa boa.

— Sem outras rainhas para discutir a decisão — começou a rainha Marguerite, os olhos dardejando para onde os outros tronos deveriam estar —, cabe a mim, e apenas a mim. Passamos por horrores inimagináveis nas últimas duas semanas. Assim como você. Se não fosse minha filha e a escolha que fiz há dezessete anos — ela inspirou fundo —, nada disso teria acontecido.

— Não é sua culpa! — interrompi. — Minha rainha — acrescentei, com rapidez.

— Nem sua. — Suas palavras eram severas, mas compreensivas. Naquele momento, puder ver a mãe maravilhosa que teria sido. — Vou lhe conceder o que pede, pois você e seu pai merecem um novo começo. Todos merecemos.

Meus joelhos fraquejaram, mas Varin me segurou.

— Obrigada, rainha Marguerite. Obrigada. Obrigada. — As palavras eram pouco para expressar minha gratidão.

— Vou enviar a dose de HIDRA para o Centro Médico imediatamente.

Escondi o rosto no peito de Varin e perdi o controle.

— Estou com você — sussurrou Varin contra meu ombro trêmulo. — Você vai ficar bem. — E, pela primeira vez em meses, talvez anos, acreditei que minha vida pudesse mudar para melhor. Já *tinha* mudado.

Depois de um momento, me recompus e agradeci à rainha Marguerite outra vez.

— Sabe — começou a rainha de Toria —, preciso de conselheiros extras agora que vou governar Quadara sozinha. — Uma nuvem lhe cobria as feições sempre que mencionava as rainhas mortas. — Uma pessoa envolvida em negócios entre quadrantes me poderia ser útil.

Soltei uma risada surpresa.

— Está me oferecendo um emprego, minha rainha?

Ela ergueu uma das sobrancelhas.

— Aceitaria se eu estivesse?

— Não sei. — Queria desesperadamente começar do zero e deixar o palácio para trás, mas tudo o que havia acontecido nas últimas duas semanas me mudara de um modo irreversível. — Não sei se conseguiria ficar aqui.

— Sem problemas! — Ela acenou com uma das mãos. — Também preciso de uma folga do palácio. Estou organizando uma excursão a todos os quadrantes, um mês em cada, para me assegurar de que compreendo não apenas as diferenças entre eles, mas os ideais que compartilhamos. Como rainha de Quadara, devo respeitar o desejo de minhas irmãs rainhas, mesmo enquanto anuncio mudanças. Mudanças necessárias.

— Não sei o que dizer.

Ela se inclinou para a frente.

— Diga que vai me ajudar. Quando chegar a Toria, meu último destino, me ajude a aprender o que há para saber sobre seu quadrante. — Notei que ela disse *seu* quadrante, e não meu. Ela falava por toda Quadara agora. — Até mesmo sobre o Jetée. Há muito as rainhas têm vivido desconectadas do povo. Entendo isso agora, com tudo o que aconteceu. — Ela hesitou, a mão no peito, antes de continuar: — Quero ter certeza de que a voz de todos será ouvida e de que sou capaz de apaziguar qualquer preocupação. Não posso permitir que a raiva e o ódio causem tamanha destruição, como a que aconteceu aqui, com esses assassinatos.

— Sim — concordei. — Ficarei mais que feliz em ajudar. — Era o mínimo que eu podia fazer pelo palácio e pela rainha Marguerite, depois da ajuda prometida a meu pai. E talvez ajudasse a aplacar minha culpa.

— Maravilha! — Ela bateu palmas. — Agora, Varin.

— Perdão? — Ele me encarou. — Meu conhecimento sobre os outros quadrantes é fraco, minha rainha. Não sei se serei de grande ajuda.

Ela sorriu em resposta.

— Não é bem o que tinha em mente para você. O inspetor examinou seu histórico quando estava investigando os assassinatos.

Se Varin ficou surpreso, não demonstrou.

— Sim, minha rainha?

Ela comprimiu os lábios, solene.

— Ele soube de sua data de morte. — Apertei a mão de Varin. Seu peito subia e descia mais rápido conforme a rainha prosseguia: — Não posso permitir que Eonia continue a tratar seu povo com tamanho desrespeito. Embora a mudança nas leis exija tempo, posso lhe oferecer algo para garantir que sua visão não continue a se deteriorar.

— A HIDRA? — perguntei. A expectativa cantava em minhas veias. Nós dois seríamos abençoados pelas rainhas do céu?

A rainha Marguerite balançou a cabeça.

— Temo que não. Veja bem, a doença de Varin não é uma patologia nem um ferimento. É uma condição genética. E genes só podem ser manipulados antes do nascimento. Lamento, mas não podemos curar sua visão.

Não podia acreditar no que eu ouvia.

— Achei que a HIDRA pudesse curar qualquer coisa...

Ela franziu as sobrancelhas.

— Perguntei a todos os médicos. Lamento muito. Queria ter boas notícias.

A expressão de Varin continuou impassível. Eu queria que gritasse, berrasse, desmoronasse. Queria que sentisse, como eu fazia, naquele momento. E queria ajudá-lo a suportar a dor.

Mas ele endireitou os ombros e disse:

— Entendo. Obrigado por tentar, minha rainha.

— Nem tudo está perdido — avisou ela. — Há um tratamento que vai manter a degeneração estável. E já aumentei os investimentos nas pesquisas para tentar reverter condições genéticas *após* o nascimento. — Quando nenhum de nós respondeu, ela continuou: — Há esperança, Varin. Por favor, não desista.

VARIN E EU nos sentamos nos degraus da Casa da Concórdia, meus dedos traçando padrões nas costas de sua mão. Havia nevado durante a noite, cobrindo tudo com um manto branco. O ar tinha aquele cheiro fresco de neve recém-caída, e os trabalhadores matinais estavam cuidando de seus negócios.

As telas acima dos prédios continuavam a exibir o último Relatório da Rainha Marguerite. Algumas pessoas se levantaram, assistindo a narrativa solene dos eventos das últimas semanas, quatro dedos pressionados contra os lábios.

Quadara havia vergado, mas jamais quebraria.

Varin observava algo à frente, algo que eu não conseguia enxergar. Tive medo de que me rejeitasse de novo, sem a possibilidade da dose de HIDRA. Mas tudo havia mudado. *Ele* havia mudado.

— Você está bem? — perguntei.

Ele virou para mim e abriu um sorriso tímido.

— Não se preocupe comigo. Como disse a rainha Marguerite, tenho esperança. É mais do que eu tinha antes de vir até aqui. De fato — ele ergueu minha mão e depositou um beijo em suas costas —, tenho muito mais que esperança. Mais do que jamais poderia sonhar.

— O quê? — debochei de sua formalidade. — Uma ficha criminal?

Ele riu, segurando minha mão entre as suas. A sensação de sua pele na minha sempre fazia meu coração acelerar, o estômago afundar. Esperava que jamais parasse. Apesar de se recusar a calçar novamente as luvas, ele ainda vestia o restante do dermotraje. Não me importava, pois lhe caía bem. Tudo, tinha chegado à conclusão, ficava bem em Varin. Especialmente quando ele sorria para mim.

— Obrigado — agradeceu. — Por ficar do meu lado.

— Obrigada por ficar do meu. Agora que me conquistou, não vai conseguir se livrar de mim.

— Espero que seja uma promessa.

Sorri.

— É.

Ele olhou para o palácio atrás de nós, o domo iluminando Concórdia como um segundo sol.

— Tem certeza quanto a ajudar a rainha Marguerite em sua viagem para Toria? Vai lembrar você do que aconteceu aqui.

Algo sombrio se agitou dentro de mim, mas ignorei a sensação. Eu queria manter a parte principal de minha promessa a rainha Marguerite...

não pensar nos crimes sangrentos cometidos ali. Aqueles eventos cabiam a uma garota que não mais existia. Uma garota que só pensava em si mesma. Uma garota que pertencia a Mackiel

Ela havia partido agora.

Eu era a garota que se importava com sua família. Com seus amigos. Eu era a garota que via mais que o Jetée, mais que Toria. Meus olhos estavam abertos.

E não estava sozinha. Jamais estivera. Eu tinha dado as costas a minha família para correr atrás de riqueza, para conquistar as coisas que não podiam me dar, coisas que julguei precisar. Mas estava enganada. Eles me deram tudo o que eu podia ter desejado. Uma vida de afeto e amor.

Ao observar Varin, a palavra parecia me provocar. *Amor. Amor. Amor.* Eu amava aquele garoto. E apesar de ainda não ser recíproco, eu iria ensiná-lo a me amar. Ele merecia. Como todo mundo.

Varin soltou minha mão.

— Você vai voltar para casa depois? — perguntou ele. Não precisava pronunciar as palavras: depois da HIDRA. Mal podia acreditar que da próxima vez que visse meu pai, ele estaria bem.

Sabia que magoava Varin falar sobre a HIDRA, já que não era algo que pudesse ajudá-lo. Mas, como ele mesmo dissera, ainda tinha fé em uma cura e, enquanto isso, visitaria o Centro Médico de Eonia para desacelerar a deterioração de sua visão. Poderia continuar com sua arte, capturando a bela, e complicada, nação de Quadara.

— Espero que sim. — A incerteza apertava meu estômago quando pensava em meu lar.

Ele ficou em silêncio. Estudei seu perfil e os cantos caídos de sua boca.

— Qual é o problema? — perguntei.

— E nós?

— Você vem comigo, claro.

— Um mensageiro fracassado e uma ladra aposentada? — ponderou ele. — Parece o início de uma piada de mau gosto.

— Não. — Balancei a cabeça, séria. — Parece o início. Você pode ser quem você quiser em Toria. Fazer o que quiser. Pelo tempo que desejar.

Sua expressão ficou séria.

— Gosto da ideia.

— Fechado, então. — Estendi o braço para um aperto de mãos. O início de muitas promessas a cumprir.

Ele pegou minha mão nas suas e a levou ao peito.

— Eu sabia que havia mais no mundo. Mais do que a vida que eu levava em Eonia. Mas jamais imaginei que pudesse fazer parte disso. Você me mostrou que eu era capaz. Como poderia deixar você ir embora? Você ressuscitou meu coração. Me trouxe de volta à vida, Keralie Corrington.

Suas palavras me tiraram o fôlego. Sorri em meio às lágrimas.

— Você me mostrou que eu podia mudar, que meu passado não determinava meu futuro. Você me salvou de mim mesma.

Ele pressionou sua boca quente contra a minha, e uma onda de calor atravessou meu corpo. Era tão melhor sem um dermotraje completo entre nós... mais real.

Quando me soltou, exibia um sorriso largo. Nunca me parecera tão bonito.

— Aqui — eu disse, tirando algo do bolso do casaco. — Achei que podia querer de volta. — Era o desenho que tinha feito de mim.

— Você guardou?

Assenti com a cabeça.

— Queria levar algo seu comigo. Mas não preciso mais de nada. Já tenho você.

Ele desamassou o papel na perna.

— Obrigado.

Eu me inclinei sobre seu braço enquanto ele acompanhava as intrincadas linhas do desenho com o dedo.

— Quero ser a garota que você desenhou — confessei. Uma garota de luz e riso. — Quero ser digna de seu... — Queria dizer *amor*, mas era muito cedo. — Quero ser digna de você.

— Digna de mim? — bufou. — Keralie, achei que estava sozinho no mundo. Nunca imaginei que se importasse comigo — ele sorriu — do jeito que eu me importava com você.

Nós nos beijamos novamente.

Quando ele se afastou, seu olhar estava focado em algo atrás de mim.

— Estão aqui — avisou.

Uma carruagem parou aos pés da escada da Casa da Concórdia e uma mulher saltou na neve. Ela olhou para o palácio antes de me ver. Sua expressão se dissolveu em descrença. Assim como meu coração. Ela parecia igual ao que eu lembrava. E estava me encarando do jeito que eu havia sonhado, com amor e perdão.

Minha mãe.

Ela se virou e estendeu as mãos para dentro da carruagem, para ajudar alguém a descer.

Da última vez que eu o vira, ele estava coberto em sangue e ataduras, com um respirador preso à traqueia. Prendi o fôlego até que seus olhos encontraram os meus.

Quando meu pai sorriu e abriu os braços — pronto para me abraçar —, meu coração se emendou dentro do peito.

Eu estava em casa.

AGRADECIMENTOS

Gosto de pensar que passei toda a minha vida me preparando para me tornar escritora. Quando criança, sempre imaginava mundos fictícios, em geral com meus gatos como cúmplices relutantes. Embora isso não seja incomum entre crianças, que florescem regadas a imaginação selvagem, magia rebelde e o desconhecido, quando crescemos, deixamos essas "fantasias infantis" para trás; eu não. Este livro que você tem nas mãos é o sonho de uma vida transformado em realidade. Mas eu não teria chegado aqui sem as seguintes pessoas:

A minha incrível editora, Stacey Barney. Sua sabedoria, sua risada contagiante e suas palavras gentis de apoio fizeram essa já maravilhosa jornada ainda mais especial. Sempre quis uma editora que amasse meu livro do mesmo jeito que eu e sou uma felizarda por ter encontrado você! Obrigada!

Não existem agradecimentos o suficiente para minha fabulosa agente, Hillary Jacobson. Você foi meu primeiro "sim", colocando minha vida e meu livro em um curso que jamais poderia ter imaginado. Saber que você me apoia é uma sensação maravilhosa e reconfortante. Obrigada, obrigada!

Sou extremamente grata a Jennifer Klonsky, Courtney Gilfillian, Kate Meltzer, Katie Quinn e todo o time da Penguin Teen, vocês são a melhor e mais estudiosa equipe que um autor poderia querer! Obrigada,

Theresa Evangelista e Katt Phatt por criar a mais linda capa que já vi. Obrigada a Virginia Allyn por realizar meu sonho de criança ao criar o mágico mapa de Quadara. E um agradecimento especial à indomável Felicity Vallence. Você é a melhor nesse meio!

O processo criativo pode ser solitário, por isso fico feliz por poder contar com Sabina Khan, Tomi Adeyemi, Adalyn Grace e Mel Howard, que dividiram os altos e baixos comigo. Obrigada por sempre me ouvirem com um coração gentil e aberto.

A Amie Kaufman, obrigada por seus conselhos inestimáveis e por ser uma amiga tão maravilhosa. Um muito obrigada também a Nicole Hayes, Jay Kristoff, Shivaun Plozza e todos os Hillary Angels, Team Pusheen, EaF e The Wordsmiths pelo apoio contínuo. Muito amor para os Literarians por seu incentivo ao longo dos anos. Um brinde a vocês!

Abraços para o restante de meus amigos e familiares. Sempre ficou atônita com o quanto vocês estão empolgados com este livro. Significa tudo para mim! Um agradecimento especial a Jessica Ponte Thomas e Shannon Thomas por sempre estarem ao meu lado.

A meu príncipe da Disney, Andrew Lejcak, obrigada por aturar toda a minha conversa sobre livros. Sei que não é algo que compreenda completamente e, por causa disso, significa ainda mais que me deixe falar e falar e falar... Amo poder dividir essa jornada com você. E *veja só*, chamei você de príncipe! ☺

A minha mãe e meu pai, vocês me ensinaram que os sonhos nem sempre se realizam, como nos filmes; é preciso mais que desejar a uma estrela cadente ou a uma fada madrinha *bibbity bobbity boo*. Desde cedo, estava determinada a trabalhar duro para realizar meus sonhos. É por causa de vocês que eles agora se tornam realidade. Tenho tanta sorte de ser sua filha.

Muitos abraços e beijos para meus "colegas" peludos, Lilo e Mickey. Sentar ao computador o dia todo até a noite teria sido solitário sem vocês, embora pudessem ter deixado de lado a coisa de pisar no teclado!

A Gary Rodney, meu optometrista em Sydney. Os anos antes de começar a me tratar com você foram os mais difíceis de minha vida, quando eu era incapaz de ler ou escrever por conta de problemas na visão. A palavra "obrigada" é muito insignificante para agradecer o que você fez por mim. Você é minha HIDRA.

Também preciso reconhecer e agradecer a Walt Disney. Sem ele, eu não seria a pessoa que sou hoje, e não acreditaria no poder, na magia e na encantadora arte de contar histórias.

Por fim, obrigada a *você*! Apesar de todo assassinato e caos, espero que *As quatro rainhas* tenha trazido alguma alegria e surpresa a sua vida. Obrigada por escolher meu livro!

Este livro foi composto na tipografia Bembo Std,
em corpo 15,5/16, e impresso em
papel off-white no Sistema Cameron da
Divisão Gráfica da Distribuidora Record.